낫씽맨

THE NOTHING MAN

ⓒ Catherine Ryan Howard, 2020

All rights reserved

Korean translation copyright ⓒ 2021 by NEVERMORE BOOKS
Korean translation rights arranged with David Higham Associates Limited,
through EYA (Eric Yang Agency)

이 책의 한국어판 저작권은 EYA(Eric Yang Agency)를 통한 David Higham Associates Limited사와
독점계약으로 네버모어에 있습니다.
저작권법에 의하여 한국 내에서 보호를 받는 저작물이므로 무단전재 및 복제를 금합니다.

THE NOTHING MAN

낫씽 맨

캐서린 라이언 하워드 장편소설
안현주 옮김

Media Review

《낫씽맨》은 실제 범죄에 대한 오늘날의 집착과 깊이 있는 캐릭터들을 취해 책 속의 책이라는 독특한 구성으로 우리에게 올 여름 가장 독창적인 미스터리를 선사한다.
〈RTE Culture〉

《낫씽맨》은 호소력 있고 탄탄한 범죄 스릴러이다. 단순히 범죄 소설 독자에게만 와 닿는 것을 넘어서서, 연쇄살인범들에 대한 오늘날 우리의 문제적인 집착과 스릴만큼이나 진실도 중요하다는 것을 날카롭게 진단한다. 〈선데이 타임스〉

연쇄살인범, 심리적인 스릴러, 실제 범죄의 화자를 솜씨 좋게 엮었다. 독특한 소시오패스 묘사로 장르의 상투성을 파괴하는 탁월하고 설득력 있는 소설. 〈아이리시 타임스〉

근사한 작품. 〈우먼스 웨이〉

《낫씽맨》은 캐서린 라이언 하워드의 이전 책들이 지닌 당당한 자신감을 품고 있다. 균형 잡힌, 지적인 작품으로 솜씨 좋게 직조된 이 스릴러는 크게 성공을 거둘 자격이 있다. 〈아이리시 인디펜던트〉

극도로 영리한 심리 스릴러. 캐서린 라이언 하워드는 연쇄살인범이라는 장치를 이 역작에서 독창적이며 놀라운 방식으로 활용한다.
〈퍼블리셔스 위클리〉

캐서린 라이언 하워드는 독자에게 기만적인 쫓고 쫓기는 게임을 선사하며, 아우토반을 달리는 BMW의 꾸준함으로 플롯을 몰아간다. 수준 높은 터치와 단단한 캐릭터로 완성된 걸작 스릴러.
〈크라임타임.co.uk〉

새로운 개념의 범죄 소설의 여왕이 다시 부상한다. 이제껏 내가 읽은 소설 중에 우리를 사로잡는 실제 범죄의 소름과 반전을 사실적으로 포착한 첫 소설이다. 캐서린 라이언 하워드는 늘 훌륭한 작품을 써냈지만 책을 낼 때마다 더욱 더 훌륭해질 뿐이다. _ 작가, 제인 케이시

아주 영리하고, 긴장감 넘치는, 완벽하게 설득력 있는 소설.
_ 작가, 리즈 누젠트

《낫썽맨》은 오랜만에 내가 읽은 가장 독창적이고 소름끼치는 스릴러 작품이며 영화 〈시리얼〉과 드라마 〈더 폴〉의 팬들에게 완벽한 작품이다. _ 작가, 마크 에드워즈

Media Review

개념부터 시행까지 정말이지 영리한 생각이다. 비슷한 책을 떠올릴 수 없다. 지독하게 영리하며 감동적인 작품. _ 작가, 세라 힐러리

눈을 뗄 수 없으며, 아름답게 쓰였고, 진심으로 소름이 끼친다. 《낫씽맨》은 첫 페이지부터 나를 사로잡았다. 뛰어나다.
_ 작가, 메그 가디너

능숙하게 직조된 최상의 이야기이다. _ 작가, 패트리샤 기브니

완전히 빠져 버렸다, 충분히 빨리 읽을 수 없을 정도다. 어떤 찬사로도 표현할 수 없다. 놀랍고, 독창적으로 짜였으며 지극히 만족스럽다.
_ 작가, 조 스페인

캐서린 라이언 하워드는 최고의 아일랜드 범죄 작가 중 한 명이다.
_ 작가, 시네드 크로울리

당신의 깨어 있는 시간을 훔쳐가고, 잠자는 사이에도 꿈에 맴돌 작품. 소름끼치고 독창적이다. _ 작가, 카스 그린

완벽하게 설득력 있고, 완전히 독창적인, 《낫싱맨》은 2020년의 걸출한 소설이 될 것이다. 캐서린 라이언 하워드가 범죄 소설을 새로운 수준으로 끌어올렸다는 사실을 잊지 않게 만든다.
_ 작가, 샘 블레이크

인간의 가장 어두운 충동들을 탐험하기를 주저하지 않는, 손에서 내려놓을 수 없는 스릴러. 또한 슬픔과 죄책감에 대한 열정적인 연구이기도 하다. 어두운 곳에서, 혼자 읽기를 권한다. _ 작가, 에린 켈리

읽는 동안 당신을 의자에서 꼼짝 못하게 만들 진정한 스릴러.
_ 작가, 스튜어트 맥브라이드

존과 클레어에게,

둘이 함께 나누기를.

한 사람을 우선시하는 건 공평하지 않을 테니까.

짐은 순찰 중이었다. 고개는 들고 눈은 주변을 훑으며 엄지손가락은 허리 벨트에 걸었다. 벨트에 걸린 물건들—그의 휴대전화, 무전기, 큼지막한 손전등—의 무게 때문에 벨트 가죽이 엉덩이까지 처졌고, 그 무게감이 그를 걷는다기보다 성큼성큼 활보하게 했다. 그는 그 무게가 좋았다. 하루가 끝나 집에 돌아가서 벨트를 벗어야 할 때면 그 느낌이 그리울 정도였다.

쇼핑센터가 문을 연 지 30분밖에 안 돼서 아직 직원이 손님보다 많았다. 짐은 가정용품 코너를 한 바퀴 돌고 여성 의류 코너를 지나 식품 코너로 향했다. 식품 코너엔 적어도 움직임이 좀 있었다. 이 시간쯤이면 양복을 차려 입은 20대 언저리의 남자들 한 무리가 뛰어들어와 카툰이 그려진 오트 밀크나 포장된 슈퍼 푸드 샐러드 따위를 찾아 눈을 굴리곤 했다. 마치 무슨 팀 빌딩 과제를 수행하기라도 하는 것처럼.

짐은 부리나케 스쳐가는 그들의 얼굴을 뚫어져라 쳐다보았다. 그들이 자신의 뜨거운 눈길을 느끼리라는 것을 알면서.

그는 백화점이 저 너머 쇼핑센터의 나머지 부분과 만나는 입구로 걸어갔다. 몇 분 동안 사람들이 오가는 모습을 지켜보았다. 깔끔하게 줄지어 놓인 쇼핑카트들을 확인했다. 비닐로 포장된 꽃다발들이 꽂힌 통 앞에 멈춰서, 고개를 기울여 숨을 깊이 들이쉬며 혹 끼치는 꽃향기와 무언가 희미한 화학약품 냄새를 들이마셨다.

통들 중 하나에서 바닥으로 물이 새고 있는 것 같았다. 짐은 벨트에서 무전기를 빼내어 소리쳤다. "꽃 주변 청소 요망. 통이 새는 것 같다. 이상."

그는 딸칵거리는 소리와 느릿하게 울리는 단조로운 답변을 기다렸다.

"확인, 짐."

아침 이 시간이면 그는 신문 헤드라인을 슬쩍 읽기를 좋아했다. 하지만 신문 가판대에 다가가기 전, 오른쪽으로 열다섯 발짝쯤 떨어진 카드 진열대 뒤에 누군가 웅크리고 있는 것이 시야에 들어왔다.

짐은 움직이지 않았다, 적어도 눈에 띄게는.

그는 원래 생각한 대로 멀리 떨어진 신문 진열대 옆으로 걸어가 카드 진열대 쪽을 마주했다. 아무 신문이나 하나 집어 들어 펼쳤다. 잠시 앞면을 들여다보고는 천천히 시선을 들었다.

여자였다. 아침 이 시간에 적절한 차림으로 보였다. 단추는 채우지 않고 걸쳐 입은 트렌치코트, 팔에 걸린 커다란 가죽 가방, 세련됐지만 기능적인 구두. 난감한 표정이었다. 사무실에 가서 일을 더 하기 전에, 끝도 없는 '할 일' 목록에서 한 가지라도 해치우려고 하는 젊은 직장인이었다—혹은 그저 그렇게 보이고 싶은지도 몰랐다. 여자의 왼팔 아래 무언가가 끼어 있었다. 짐은 책일 거라고 생각했다.

딩동 하는 소리가 울리며 쇼핑센터에 흐르던 고요한 음악을 방해하더니, 실체 없는 목소리가 울려 퍼지며 마리사라는 이름의 누군가를 꽃집으로 불렀다. "마리사는 꽃집으로 와주세요. 마리사는 꽃집으로 와주세요."

여자는 카드 하나를 집어 들고는 평생 가장 흥미로운 것이라도 되는 양 쳐다보았다.

짐은 신문을 높이 들어올렸다. 이 각도에서는 여자가 그를 본다 해도 회색 머리카락과 세월에 주름진 손만 보이고 그의 셔츠 주머니에 매달린 밝은 빨간색 '보안' 글자는 보이지 않을 터였다.

책이 그녀의 팔 아래에서 미끄러져 쿵 소리를 내며 바닥에 떨어졌다. 그녀는 손을 뻗었다―《낫씽맨(The Nothing Man)》.

제목이 책의 번쩍이는 검은색 커버에 샛노란 색으로 인쇄되어 있었다.

여자는 몸을 굽혀 책을 집어 들었고, 짐은 책등에서도 같은 제목을 읽었다.

갑자기 피가 거대한, 성난 파도가 되어 그의 귀까지 솟구쳤고 그의 머리를 백색 소음으로 가득 채웠다. 거기엔 근원적인 리듬이 있었다, 마치 반복적인 곡조처럼.

낫씽맨 낫씽맨 낫씽맨.

여자가 이제 자신을 쳐다보고 있다는 사실을 그는 흐릿하게나마 인지했다. 그리고 아마도 자신이 그녀를 쳐다보는 것처럼 보일 거라는 사실도. 하지만 책에서 눈을 뗄 수 없었다. 그는 그 자리에 뿌리를 내리고 서서, 점점 더 커지다가 이내 울부짖는 사이렌 소리가 되어버린 그 곡조에 귀가 먹어버렸다.

낫씽맨 낫씽맨 낫씽맨.

여자는 그에게 얼굴을 찌푸리고는 계산대 쪽으로 이동했다.

짐은 평상시처럼, 그녀가 책값을 정당하게 지불하는지 따라가서 확인하지 않았다. 대신 몸을 돌려 반대쪽으로, 문구류와 장난감과 책 들이 있는 작은 코너로 걸어갔다.

소설이야, 그는 자신에게 말했다. 틀림없어.

하지만 아니라면?

찾아볼 필요도 없었다. 선반 세 칸이 전부 그 책으로 꽉 차 있었다. 모든 책이 앞면을 향해 있었다. 그를 향해 음울한 합창을, 비명을 내지르면서.

그를 가리키면서.

그를 비난하면서.

어제는 그 책들이 그곳에 없었다. 짐은 확신했다. 간밤에 들여온 게 틀림없다. 신간일 것이다. 아마도 이번 주에 출간됐으리라. 그는 한 발 다가가 저자의 이름을 확인했다—이브 블랙.

짐에게 그 이름은 분홍색 잠옷을 입고 계단 꼭대기에 서서 어둠을 내려다보며 불확실한 목소리로 "아빠?" 하고 부르던 열두 살짜리 소녀였다.

아니. 그럴 리 없었다.

하지만 그랬다. 표지는 바로 그렇게 말하고 있었다.

낫씽맨: 살아남은 자의 진실 탐구.

짐은 몸 안에서 열이 솟구치는 것을 느꼈다. 뺨이 붉어졌다. 그의 손은 그 책에 손을 뻗고자 하는 절실한 마음과 그 일을 막는 변연계의 충돌로 덜덜 떨렸다.

하지 마, 그는 손을 뻗어 선반에서 책 한 권을 꺼내면서 동시에 자신에게 말했다.

책의 하드커버는 매끄럽고 왁스를 바른 것 같은 느낌이었다. 그는 손가락 끝으로 제목 글자를 만지며 도드라진 글씨들이 피부에 닿는 감촉을 느꼈다.

낫씽맨.

그의 다른 이름.

신문이 그에게 붙인 이름.

그의 것인지 아무도 모르는 이름.

짐은 손으로 책을 뒤집었다.

그는 밤에 들어왔다, 그녀의 집으로. 떠날 때는 그녀만이 살아남았다… 낫씽맨 최악의, 그리고 최후의 공격에서 홀로 살아남은 이브 블랙은 코크시티를 공포에 떨게 한 괴물의 이야기를 깊이 파고든다. 답을 찾아서―그리고 그를 찾아서.

세월이 얼마나 흘렀는데…

빌어먹을 년.

짐은 책을 펼쳤다. 책등이 쩍 소리를 내며 갈라졌다. 마치 뼈처럼.

낫씽맨

THE NOTHING MAN

이브 블랙 지음

살 아 남 은   자 의   진 실   탐 구

IVEAGH
PRESS

초판 발행: 이비아 프레스 Ltd., UK, 아일랜드, 2019
ⓒ 2019 이브 블랙

이비아 프레스, 아일랜드.
더블린 42 도슨스트리트.

《낫씽맨》에서 다루는 내용은 〈아이리시 타임스〉에 앞서 게재되었던
〈그 여자애〉의 내용을 포함합니다.
저자와 출판사는 저작권 보유자의 허가를 구하기 위해 합리적인 노력을 다했으며,
주어진 신용 증서에 어떤 생략이나 잘못이 있다면 사과드립니다. 개정판에서 정정이 있을 수 있습니다.

이 작품의 저자로서 이브 블랙의 권리는 1988 저작권, 디자인 특허법 제77조에 따라 이루어졌습니다.
CIP 번호는 영국 도서관에서 이용 가능합니다.

ISBN:987-0-570-34514

애나와
우리가 그 이름을 잊곤 하는,
혹은 결코 알지 못하는 모든 피해자들에게

희생자들

앨리스 오'설리번(42)

2000년 1월 14일 밤, 코크카운티
캐리갤라인 밸리스레인에 있는 자택에서 폭행

크리스틴 키어넌(23)

2000년 1월 14일 밤, 코크 블랙록로드 코벤트코트에 있는 자택에서 강간

린다 오닐(34)

2001년 4월 11일 밤, 코크카운티 퍼모이 외곽에 위치한 자택에서 폭행 및 강간

마리 미라(28), 마틴 코널리(30)

2001년 1월 3일 밤, 코크 메리버러로드 웨스트파크에 위치한 자택에서 살해

로스 블랙(42), 데어드리 블랙(39), 애나 블랙(7)

2001년 10월 4일 밤, 코크카운티 패시지웨스트에 위치한 자택에서 살해
저자만 홀로 생존했음.
당시 12세.

노트

모든 이야기에는 세 가지 측면이 존재한다고 한다. 상대방의 이야기, 나의 이야기, 그리고 진실. 이 글을 쓰는 현재, 낫씽맨은 아직 자신의 이야기를 남기지 않았다. 기록들, 녹음들, 그리고 인터뷰들이 우리가 사실 확인을 위해 얻을 수 있는 전부였다. 그리고 나는 그 자료들을 오직 이 책을 쓰기 위한 자료로만 이용했다. 나는 다른 사람들의 이야기—그 피해자들의 이야기, 그를 막으려 했던 남자의 이야기—를 가능한 한 정확하게 옮기고자 모든 노력을 기울였다. 하지만 이 책은 나의 이야기이기도 하다. 나는 이 이야기를 나 자신에게 들려주면서 당신에게 말하기 위해 최선을 다했다. 그것이 우리가 닿을 수 있는 가장 가까운 진실이라고 생각한다.

들어가며

그 여자애

우리가 만나면, 아마도 나는 당신에게 에벌린이라고 나를 소개하며 "만나서 반가워요."라고 말할 것이다. 잔을 다른 손으로 옮기며 당신이 내민 손을 맞잡으려 하지만, 동작이 서툴러서 결국 당신과 나 둘 다에게 화이트 와인을 몇 방울 튀기게 되리라. 나는 당황해서 얼굴을 붉히며 사과한다. 당신은 손을 저으며, 아니, 아니, 괜찮습니다, 정말로요, 라고 말하지만 나는 당신이 피해를 가늠해보려고, 어쩌면 그날을 위해 드라이클리닝을 맡겼을 셔츠를 슬쩍 쳐다보는 모습을 본다. 당신은 내게 무슨 일을 하는지 묻고 나는 이 대화가 길어질 것이라는 점에 실망하는지 안도하는지 알 수 없다. 나는 말한다. "오, 이거저거요." 그런 다음 당신에게 무슨 일을 하는지 묻는다. 당신이 내게 말하고 나는 음, 하며 공손한 관심을 보인다. 그리고 곧 침묵이 따른다. 우리는 진이 빠지고 만다. 우리 중 하나가 마지막 남은 카드를 꺼내든다. "음, ○○○를 어떻게 아시나요?" 우리는 번갈아 주최자와의 사회적 관계를 설명하며 연관성을 찾는다. 뭐라도 찾겠지. 더블린은 좁은 곳이다. 우리는 다른 주제들을 붙든다. 오늘 밤 모인 사람들, 모두가 흠뻑 빠진 그 팟캐스트, 브렉시트. 방 안은 불쾌하게 덥고, 소란하고, 낯선 몸들이 지나치며 내 몸에 부딪히지만 내 불안의 진정한 이유, 내 목을 타고 오르는 성난 홍조를 일으키는 것은 언제고 문득 깨달음이 스칠 테고, 그러면 당신은 눈을 찌푸리고 고개를 기울이며 나를 볼 테고, 정말로 들여다볼 테고, 그리고 말할 것이라는 점이다. '잠깐, 당신 혹시 그 여자애 아닌가요...?'

이것이야말로 내가 새로운 누군가를 만날 때 언제나 품는 두려움이다. 왜냐하면 내가 맞으니까.

나는 그 여자애다.

내가 열두 살 때, 한 남자가 우리 집에 침입해서 내 엄마, 아빠와 그 당시에, 그리고 영원히 일곱 살일 내 여동생 애나를 살해했다. 나는 후에 내 엄마가 강간당하고 살해당하는, 그리고 내 여동생이 질식하는 소리였다는 사실을 깨닫게 될 이상하고 혼란스러운 소리들을 들었다. 계단 밑바닥에 쓰러져 있는 어떤 더미가 내 아빠의 피로 얼룩지고 구타당한 몸이라는 것을 발견했다. 나는 범인의 공격에서 살아남은 아빠가 우리 부엌에서 전화를 걸어 위험을 알리려 했다고 믿는다. 나는 내 방광 때문에, 잠자기 전에 방에 몰래 들고 들어가서 마신 클럽 오렌지 때문에 살아남았다. 침입자가 계단을 오르기 몇 분 전에, 나는 화장실에 가려고 깼다. 그래서 그 일이 시작됐을 때 화장실에 숨을 수 있었다. 자물쇠는 엉성했고 달아날 방법도 없었다. 살인자가 문을 열려고 했다면 문은 이내 열리고 나 역시 죽었을 것이다. 하지만 어째선지, 그는 그러지 않았다.

우리는 이 남자가 공격한 마지막 가족이었지만 첫 번째는 아니었다. 우리는 2년 새 그의 다섯 번째 피해자였다. 미디어는 그에게 낫 셍맨이라는 별명을 붙였다. 왜냐하면 그들 말로는 아일랜드 경찰이 그에 대해 아무것도 발견하지 못했기 때문이다. 어느 날 밤 길가에서 헤드라이트 불빛 속에 얼핏 목격된 것만 제외하고, 누구도 그가 오가는 것을 보지 못했다. 그는 마스크를 착용했고 때로 피해자들의 얼굴에 정면으로 손전등 불빛을 비춰서, 어떤 생존자에게도 쓸 만한 물리적 인상을 제공하지 않았다. 그는 콘돔을 이용했으며, 채취 가능한 머리카락이나 지문도 남기지 않았다. 떠날 때 흉기를 들고 갔고—칼을, 이후에는 총을—피해자들을 제압하는 데 사용한 꼬인 파란색 밧줄만을 남겼다. 그 밧줄은 어떤 비밀도 밝히지 못했다. 그는 기이한, 쉰 목소리로 속삭였으며 자신의 실제 목소리에 대한 어떤 단서도 내주지 않았다. 그는 하나의 카운티, 아일랜드 최남단이자 남부에서 가장 큰 코크에서만 활동했지만 그 안에서는 계속 돌아다니면서 코크시티 외곽으로 거의 40킬로미터나 떨어진 퍼모이 같은 곳에 출몰했고, 교외 지역인 블랙록에도 나타났다.

 거의 20년이 지났지만 그는 잡히지 않은 상태고, 나는 절단된 팔다리가 아직도 그 자리에 남아 있는 것처럼 내 가족이 그립다. 내 삶에서 가족의 부재는, 그들의 비극적인 운명과 그들이 겪었을 고통은 내 귀 속의 끝없는 울림이고, 내 입 속의 어떤 맛이며, 내 피부의 가려움이다. 그것들은 언제 어디서든 존재하며 나는 지워낼 수가 없다. 시간은 상처를 치유하지 못하고 더욱 악화시키면서 원래 상처 주변의 피부를 괴사시켰다. 나는 열두 살에 실제로 잃었을 때보다 지금, 서른 살에야 내가 잃은 것이 무엇인지 훨씬 더 잘 알고 있다. 그리고 그에 책임이 있는 괴물은 여전히 저 밖에, 여전히 자유롭게, 여전히 알려지지 않은 채 남아 있다. 어쩌면 그는 그동안 내내 자신의 가족과 함께했는지도 모른다. 이런 가능성—이런 가설—이 나를 너무도 강렬한 분노로 채워서, 심한 날이면 견딜 수가 없다. 최악의 날이면 그가 나도 죽여줬기를 바란다.

하지만 당신과 나, 우리는 이제 막 크리스마스 파티에서 만났다. 혹은 결혼식이나. 혹은 출판 기념회에서. 그리고 나는 당신을 모르지만, 지금, 당신 질문에 대한 대답으로 내가 이런 사실을 조금이라도 털어놓으면 당신이 어쩔 줄 모르리라는 사실은 안다. 그래서 내가 그 여자애냐고요…? 나는 혼란스러운 척한다. 어떤 여자애요? 그런데, 술을 몇 잔이나 마신 거예요?

나는 이런 일에 능숙하다. 수많은 연습을 거쳤다. 당신은 착각했다고 생각할 것이다. 대화는 나아가리라.

할 수 있는 한 빨리, 나 역시 그럴 것이다.

그 공격 이후에, 내 조부모 중 유일하게 살아 있던 할머니—콜레트, 아빠의 엄마—가 아일랜드의 대서양 연안 스페니시포인트라 불리는 곳으로 서둘러 나를 데려갔다. 우리는 10월 중순, 휴가를 보내는 사람들 몇몇이 마지막으로 짐을 꾸리고 있을 무렵에 그곳에 도착했고 작은, 할머니 말로는 대기근 이전부터 그 자리에 있었다는 하얗게 칠한 집으로 이사했다. 선명한 빨간색 문은 우리가 도착하기 전에 새로 칠해졌고 그 문을 쳐다볼 때마다 내가 떠올릴 수 있는 거라곤 옅은 색 침실 벽에 흘러내리던 생생한 피뿐이었다.

우리가 3주 동안 그곳에 머무른 뒤에야 나는 장례식이 있었으리라는 걸 깨달았다.

그 집은 해안 길과 끝이 없는 듯 탁 트인 바다가 입을 쩍 벌리고 있는 사이 좁은 비탈 위에 끼어 있었다. 휘몰아치는 거센 바람이 수천 킬로미터를 가로지르다 만난 첫 장애물에 성을 내는 곳에. 우리의 위치는 위태롭게 느껴졌다. 밤에 침대에 누워 있으면 성난 파도

소리가 들렸고, 나는 다음 파도가 높게 일어 이 작은 집을 덮쳐 부숴 놓고는 물러가며 우리의 잔재까지 거두어 갈까 봐 걱정했다.

스페니시포인트라는 이름이 스페인의 무적함대 두 척이 1588년에 이 곳에 부딪혀 난파당했기 때문이라는 사실도 도움이 되지 않았다. 이 지역 전승에 따르면 익사하지 않은 선원들은 처형당해 '타우마 나 스페니크', 스페인인의 무덤이라 불리는 거대한 무덤에 묻혔다고 한다. 때로, 겨울날에 밤이 일찍 찾아들면, 나는 어둑해진 해변에 서서 바다 위로 떠오르는 남자들의 유령을 상상했다. 그들은 이집트 미라와 할리우드 해적의 중간처럼 생겼고, 언제나 나를 향해 똑바로 걸어왔다.

스페니시포인트에서 우리의 삶은 고통스러울 정도로 단순했다. 우리는 TV도 컴퓨터도 없었고 집에 신문이 있었던 기억조차 없다. 나의 할머니, 내가 할미라고 불렀던 그녀는 아침이면 두어 시간쯤 라디오를 들었지만 전통 아이리시 음악을 틀어주고, 사이에 뉴스 단신 하나 들어가지 않는 채널들뿐이었다. 일반 전화는 있었고 이따금 울리기도 했지만, 그럴 때마다 나는 다른 방으로 보내지거나 날씨가 허락하면 할미가 숨죽인 목소리로 전화선 너머 상대와 통화할 동안 밖에 나가 있어야 했다. 처음 몇 주, 그리고 몇 달 동안은 전화가 자주 울렸지만 그 이후로는 거의 울리지 않았다. 마침내 전화는 극히 드물어져서 그 급작스러운 벨소리가 울릴 때면 우리는 둘 다 화들짝 놀라 서로를 돌아보며 당황하곤 했다. 마치 화재 경보가 막 울렸고 우리는 불이 났다는 사실도, 심지어 그게 경보 소리라는 것도 모르는 것처럼.

첫 해에는 거의 매일이 똑같았다. 우리의 과제는 우리가 보내는 모든 시간을 감정적으로 밀폐하는 것이었다. 슬픔이 표면으로 솟아나 뚫고 나오는 일이 없도록 막는 것. 매 끼니마다 식사를 준비하고, 소비하고, 치우는 단계를 거쳤다. 토스트와 달걀 같은 간단한 아침 식사조차 마음을 다하면 한 시간으로 늘어날 수 있다. 아침나절이면 우리는 할미가 일거리라 부르는, 집안일이나 빨래 같은 일들을 해치웠다. 점심을 먹은 뒤에는 해변을 오래오래 걷고, 허기를 느끼며 돌아왔다. 저녁이면 할미는 불을 피웠고 우리는 침묵 속에서 책을 읽으며 불꽃이 사그라져 잉걸불이 될 때까지 앉아 있곤 했다. 그런 다음 우리는 함께 문들이 다 잠겼는지 재차 확인하고 잠자리에 들었다.

그제야 비로소, 내가 어둠 속에서 내 방에 홀로 남아 이불을 덮은 뒤에야 마침내 나는 굴복할 수 있었다. 그 슬픔에, 그 애통함에, 그 혼란에. 나는 굴복했고 그러면 그 감정은 밀려와 산더미 같은 물결이 되어 나를 집어삼키곤 했다. 나는 알고 있었다. 그날 하루 무슨 일이 있었건, 할미가 얼마나 효과적으로 내 주의를 돌리게 했건 하루의 끝에서 나를 기다리는 건 이것이라는 사실을. 나는 매일 밤 울면서 잠들었고 흙투성이 묘지에서 꿈틀거리며 썩어가는 시체들의 꿈을 꾸었다. 주로 애나의 시체를. 나오려고 용을 쓰는, 내게 돌아오려고 하는.

우리는 결코, 절대 무슨 일이 있었는지 얘기하지 않았다. 할미는 그들의 이름조차 입에 올리지 않았다. 하지만 때로 나는 할미가 잠결에 나지막이 흐느끼는 소리를 들었고, 한번은 할미가 오래된 사진들이 담긴 엄마의 상자 하나를 들여다보며 주름진 뺨을 눈물로 적시고 있는 모습과 마주친 적도 있다. 나는 무슨 일이 있었는지, 그리고 왜 그런 일이 우리에게 일어났는지 수많은 질문들을 품었지만 감히 입 밖에 낼 수 없었다. 할미를 속상하게 하고 싶지 않았다. 나는 할미와 내가 이 작은 집에 숨어 있는 것이 내 다른 가족을 살해한 그 남자가 아직 어딘가 밖에 있다는 뜻임을 알았다. 그리고 지금쯤이면 그가 우리 중 하나를 놓쳤다는 사실도 깨달았을 거라고 짐작했다. 때로, 잠과 각성 사이 그 어스름한 순간들이면, 내 침대 끄트머리에 서 있는 그 남자를 보곤 했다. 남자는 공포 영화 속 살인자처럼 보였다. 제정신이 아닌, 피로 물든 거친 모습. 때로는 칼이 내게 꽂힌 뒤에 깨어나 현실이 아니라는 사실을 깨닫기도 했다.

일주일에 한 번 우리는 도서관에서 다른 책을 빌리기 위해, 장을 보기 위해, 혹은 소문을 모으기 위해 가장 가까운 마을에 들르곤 했다('소문을 모으기 위해'는 할미의 표현이었는데 나 역시 대학에서, 아무도 그렇게 말하지 않는다는 것을 깨닫기 전까지는 그렇게 말했다). 할미는 외출할 때면 내가 할미의 시야를 벗어나지 못하게 했고, 혹시 누가 이름을 물으면 이브라고 하지 말고 에벌린이라고 제대로 대답하라고 말했다. 나중에 내가 1년 늦게 중학교에 입학했을 때, 입학 서류에는 할미의 결혼 전 성이 기재되었고 나는 더 세세한 지침을 받았다. 부모님은 교통사고로 사망했으며 나는 외동딸이었다고 할 것, 하지만 질문을 받았을 경우에만 대답할 것. 할미는 늘 내게 말했다. 절대 먼저 정보를 주지 마라. 그것은 황금률이었고 나는 지금까지 그 규칙을 따르고 있었다.

나는 질문하지 않았다. 그저 평범해지고 싶었고 내 또래 다른 여자애들과 어울리고 싶었다. 나는 내가 갖는 느낌—마치 내 속이 커다란, 날것의 쩍 벌어진 상처이며 내 육체는 그저 이를 감추고 있는 얇은 껍데기일 뿐이라는 것—이 영구적인 상태이며, 의식하면 더욱 나빠지기만 할 뿐이라고 생각했다. 괜찮은 척, 모든 것이 다 좋은 척하는 데 정말로 능숙해졌지만, 언제라도 깨질 수 있는 얄팍한 표면장력일 뿐이라고.

나는 학창 시절 내내, 대입 시험을 치르고 골웨이아일랜드 국립대에 다니는 4년 내내 가장하고 살았다. 대학에서 경영학을 전공한 이유 역시 그것이 순전히 예측 가능한 분야이기 때문이었다. 나는 읽고 쓰기를 좋아했고, 입학 원서를 넣던 날 밤에는 '예술'과 '문학'과 '문예창작' 같은 선택지 위에 번쩍이는 커서를 띄우고 한참 동안 앉아 있었다. 하지만 강의실에 갇혀 트라우마니 슬픔이니 폭력 따위를 논하게 될 위험을 무릅쓸 수는 없었다. 특히 낯선 사람들이 내 얼굴을 뚫어져라 바라보는 동안에는. 나는 완전히 무너질 터였다. 데이터와 수학이 더 안전해 보였고, 실제로도 그랬다.

나는 더 이상 부활한 시체들이나 칼을 든 살인자의 꿈을 꾸지는 않았다. 하지만 내 동생의 얼굴을 찾아, 그 아이의 대용물을 찾아 사람들을 훑어보며 나 자신을 괴롭히기 시작했다. 지금쯤이면 이런 얼굴이겠지 싶은 누군가를 찾아서. 그 얼굴은 내가 열여섯 살 때의 모습이었는데, 그게 내 유일한 데이터 포인트였다. 나는 그 어떤 후보도 찾지 못했다.

"읽을 만해요?"

짐은 마치 천둥소리처럼 요란하게 탁 소리를 내며 책을 덮었다.

쇼핑센터 매니저 스티브 오렐리가 그의 뒤에 서 있었다. 팔짱을 끼고 선반에 기대서서 특유의 우월감을 뿜어내는 표정을 띤 채로.

짐의 머릿속은 비명이 울리는 메아리 방이 되었다. 내가 열두 살… 한 남자가 우리 집에 침입해서… 내 엄마, 아빠, 어린 동생을 죽이고… 자물쇠는 엉성했고… 하지만 어째선지, 그는 그러지 않았다. 그는 머릿속으로 그 메아리를 물리치고서야 말을 찾았다. "내 취향은 아니네." 그런 다음 그는 책을 선반에 도로 놓으면서 기회를 잡아 깊은 숨을 들이쉬며 입술을 적셨다.

광택이 도는 검은색 책 표지에 그의 손가락이 축축한 얼룩을 남겼다.

"아, 그러세요?" 스티브는 눈썹을 추켜세웠다. "그럴듯했어요, 짐. 아주 책에 빠질 것 같더만."

스티브는 스물여섯 살이었다. 번쩍이는 양복을 입고 매일 (점점 후퇴하는) 헤어라인에 딱딱해진 젤 방울들을 달고 출근했는데, 왠지 자기는 뭔가 있는 사람이고 짐은 아무것도 없다는 생각을 품고 있었다. 그의 밑에서 일할 때 가장 큰 과제는 그 점에 대해 정정하고자 하는 충동을 참는 것이었다.

짐은 돌아서서 스티브를 똑바로 마주했다. 스티브의 자세를 그대로 모방하며 팔짱을 끼고 선반에 살짝 기대고 섰다. 늘 다른 사람을 불안하게 만드는 가장 단순한 기술이었다. 그는 얼굴에 완벽하게 중립적인 표정을 띠고 스티브의 눈을 똑바로 들여다보았다.

"뭐가 필요한가, 스티브?"

젊은이는 몸을 살짝 움직였다.

"네에. 여기 일하러 왔다는 걸 기억했으면 해요. 여긴 도서관이 아니라고요." 그는 손을 뻗어 짐이 방금 선반에 돌려놓은 《낫씽맨》을 꺼냈다. "《낫씽맨》? 뭘 하고 있었던 거예요, 짐? 좋았던 날을 회상하셨나? 오, 잠깐만, 아니지―당신은 어디 책상에 앉아 있었잖아요, 안 그래요?―진짜 범죄자들을 쫓아다니지 못했죠."

스티브는 책의 한가운데, 종이가 다른 부분을 쩍 갈라 벌렸다. 선명한 하얀색, 두껍고 광택이 도는 그 종이들에는 사진이 실려 있었다.

왼쪽 페이지에는 커다란 외딴 집과 크리스마스트리 옆에 자세를 잡은 어린 아이들이 있는 가족사진이.

반대쪽에는 연필로 그린 스케치가.

그 연필 스케치였다.

스티브는 그 페이지를 두드렸다. "그래, 그래. 이거 들어봤어."

짐은 그 스케치를 거꾸로 보고 있었지만 굳이 들여다보지 않아도 완벽하게 떠올릴 수 있었다. 그 그림은 둥글고 살집 많은 얼굴 깊숙이 작고 모자에 가려진 눈이 자리한 한 남자였다. 두꺼운 털모자 같은 것을 눈썹을 가릴 정도로 깊숙이 내려 쓰고 있는. 각도가 살짝 어긋나서 머리를 왼쪽으로 약간 돌리고 있었다. 마치 화가가 막 그의 이름을 부르는 소리를 듣고 그에 응답하려는 중인 것처럼.

책에서 그 스케치는 페이지의 3분의 2정도를 차지하고 있었고, 위쪽에는 짧은 문구가 있었다. 아마도 2000년 1월 14일 이른 시각, 코크카운티 캐리갤라인 근처 밸리스레인에 위치한 오설리번 가족 소유의 집을 차를 몰고 지나치다가 헤드라이트 불빛으로 길가를 걸고 있던 이 남자를 봤다는 목격자의 증언을 토대로 작성된 것이라는 문구일 터였다. 몸을 숨기듯이 걷고 있었어요, 그녀는 말했다. 소위 낫씽맨이라는 살인자에 대해 사람들이 찾아낸 유일한 목격담이었다.

짐은 그 부분을 철저히 했다.

그날 밤, 어둠 속에서 기다리면서 차가 다가오면 기척이 있을 거라고, 라이트가 길을 비추기 한참 전에 엔진의 웅웅대는 소음이 들릴 거라고 생각했다. 하지만 클레어 바딘, 프랑스에 살지만 크리스마스를 보내기 위해 집에 돌아온 이 아일랜드 여성이 모는 차는 하늘에서 뚝 떨어진 것 같았다. 그녀는 모퉁이를 돌아 갑자기 나타나는 바람에 그를 놀라게 했고, 아무 생각 없이 그는 라이트를 똑바로 쳐다보았다. 이제 그 일을 돌이켜보니 그 차가운 바람이 느껴지는 것 같았고, 한순간 그는 그 길가의 어둠 속으로 돌아가 있었다. 팽팽하고 단호하게, 아드레날린이 용솟음치는 채로.

바딘이 그날 밤 가까운 경찰서로 곧장 차를 몰고 가 스케치 아티스트를 만났더라면 그 그림은 인상적일 정도로 정확했을 것이다. 하지만 그녀는 6개월 뒤에, 여동생 결혼식에 참석하기 위해 코크로 돌아왔다가 우연히 그날 밤의 공격에 대한 기사를 읽고 그 날짜와 장소가 자신의 이상한 목격담과 들어맞는다는 사실을 깨달았고, 그것만으로도 꽤 정확했다. 그 스케치를 신문에서 처음 목격한 다음 날 아침부터, 짐은 매일 지역 수영장에 들러 얼굴에 붙은 살이 팽팽하게 달라붙으면서 날카로운 턱선이 드러나고 광대뼈 아래가 움푹해질 때까지 수영을 했다.

하지만 눈과 귀. 눈과 귀는 몸무게나 나이로는 달라지지 않았다—특히 눈은. 설사 수술을 감행한다 해도 얼굴 골격에서 위치한 자리, 사이의 간격, 그리고 다른 특징들은 어쩔 수 없었다.

그리고 클레어 바던은 그 특징들을 정확하게 짚어냈다.

현실로 돌아오자, 스티브는 얼굴을 찌푸리고 스케치를 보고 있었다. "가서 일해요, 짐." 그는 책을 탁 덮어 팔 아래 끼웠다. "저는 쉬러 갑니다. 다시 올 때는 한가한 모습 보이지 말아요."

일단 그 책의 존재를 알고 나자, 짐은 아무것도 생각할 수 없었다. 불의 고리가 그의 주변을 둘러싸고 매순간 조여들며 그를 둘러싼 모든 막을 하나씩 불태우겠다고 위협했다. 그의 옷을. 그의 피부를. 그의 삶을. 그 고리가 그에게 닿으면 재만 남기고 그의 모든 비밀을 완전히 노출하리라.

그 불을 꺼야 했다. 당장.

하지만 그게 도대체 뭐란 말인가? 이 책은 뭐지? 그 여자는 왜 이런 책을 썼을까? 왜 이제 와서? 무엇도 변하지 않았다. 누구도 그를 쫓지 않았다. 그 책이 정말로 그 여자가 그를 쫓는 일에 대한 거라면 그는 이미 그 결말을 알고 있었다. 스포일러 경고. 그녀는 그를 찾지 못했다.

하지만 그걸로 충분하지 않았다. 짐은 이브 블랙이 그 책을 무엇으로 채웠는지 알아야 했다. 18년 전 자신이 계단 꼭대기에 서 있는 그 여자애를 본 뒤로 그녀가 뭘 하고 있었는지, 그날 밤에 대해 온 세상에 뭐라고 얘기하고 있는지.

계산대 여자 하나가 짐에게 괜찮으냐고 물었을 때—그녀는 그가 얼굴이 붉고 땀을 흘리고 있다고 말했다. 무슨 병에라도 걸렸어요?―그는 기회임을 알아차렸다. 그는 스티브에게 아파서 집에 간다고 무전을 넣은 다음, 스티브가 뭐라고 꽥꽥거리기 전에 무전을 꺼버렸다. 근무 시간을 기록하는 타임카드를 찍고 쇼핑센터의 직원용 주차장에 세워놓은 자신의 차로 서둘러 뛰어갔다.

하지만 짐은 차를 집으로 몰지 않았다. 곧장 도심지로 향했다. 패트릭스트리트에 워터스톤스의 자회사인 대형 서점이 있었다. 오래전에 고작 한두 번 들어가 봤을 뿐이지만 그는 그곳이 거대하고, 다른 한쪽으로 폴스트리트까지 이어진다는 것을 기억하고 있었다.

짐은 자신이 어떤 위험에 처했다고 생각하진 않았지만, 그래도 굳이 관심을 끌 필요는 없었다. 그는 자신이 일하는 곳에서 그 책을 사지는 않을 것이었다. 그리고 점원이 모든 손님과 그들이 사 간 모든 것을 기억할 수도 있는 작은 서점에서 구입할 생각은 더더욱 없었다. 온라인으로 산다면 디지털 흔적을 남길 테고, 너무 오래 걸리리라.

짐은 지금 당장 그 책이 필요했다.

그는 폴스트리트에 있는 주차장에 차를 세우고 서점의 뒷문으로 걸어갔다. 코트를 걸쳐 유니폼을 가렸다. 그의 뒤로 문이 빙 돌아 닫히자 바깥의 웅웅거림이 차단되면서 그는 서점의 숨죽인 고요에 둘러싸였다.

서너 명의 다른 손님들이 보였고, 구석에서 티셔츠를 입은 한 남자가 선반들에 책을 쌓고 있었다. 모두 지나치게 조용했다. 라디오도 틀어져 있지 않았다.

짐은 천천히, 하지만 단호하게 반대쪽 서점 정문까지 걸어갔다. 동시에, 전형적인 손님처럼 행동하는 것을 잊지 않았다. 여기저기서 별별 책을 집어 들며 감탄하고 뒤를 읽어보고는 다시 내려놓았다. 멈춰서 특가로 판매하는 상품들을 살폈다. '마지막 기회'라고 적힌 상자 속 책들을 대충 팔라거렸다.

그는 중앙 문 바로 안쪽에서 《낫씽맨》을 발견했다.

그 책은 전용 매대에 놓여 있었다. 책이 쌓여 있었고, 각각 몇 권씩 쌓은 책 기둥이 반원을 그리고 있었다. 책 한 권이 그 중앙에, 투명한 받침대 위에 놓여 있었다. 손으로 쓰인 카드가 이렇게 보장했다. *생존자가 직접 전하는, 코크에서 가장 유명한 범죄 이야기.*

짐은 책 한 권을 집어 들어 손바닥을 표지에 대보았다. 마치 그 안에 무엇이 들어 있을지를, 자신의 미래를 느낄 수 있는 것처럼.

그 모든 것이 여기 있을까. 그가 행한 모든 나쁜 짓이, 그 이후 그가 치워버렸던 그 모든 것들이? 《낫씽맨》은 위협이었다. 옳다, 하지만 그 책을 읽는다는 생각은, 자신의 화려했던 날들을 되새긴다는 그 생각은…

커다란 기쁨에 대한 아찔한 약속이기도 했다.

"바로 오늘 들어왔어요, 지금 그거요." 웃음 띤 남자가 테이블 맞은 편, 짐의 전방 1미터 앞에 나타났다. 40대 중반에, 평상복 차림이고 자신을 케빈이라고 밝히는 이름표를 착용하고 있었다. "그나저나 굉장한 책이에요. 비위가 약하지 않으시다면요. 그 모든 일이 바로 여기서 벌어졌다니 말도 안 되죠."

"읽어봤어요?" 짐이 물었다.

"두어 달 전에요. 견본을 받았죠."

"그래서 그 여자가 성공했답니까? 남자를 찾았대요?"

"아뇨. 음, 그렇기도 하고 아니기도 한데요. 그게, 좀 말하기 어려운데…."

아니, 그러지 못했지. 왜냐하면 짐은 여기 있으니까, 여전히 자유의 몸으로, 여전히 정체가 드러나지 않은 채로. 그는 케빈에게 설명해달라고 부탁할까 생각해봤지만, 이미 현명하다 싶은 이상의 대화를 나누었다. 교복을 입은 십대 여자아이 둘이 문을 밀치고 들어와 웃으면서 시끄럽게 떠들어 케빈의 관심이 쏠렸고, 짐은 그 틈을 잡아 책 한 권을 낚아채 자리를 떴다.

계산대는 서점 중앙에 있었다. 가는 길에, 짐은 《낫씽맨》과 동일한 크기의 다른 책을 한 권 집었다. 알록달록 늘어선 해변의 천막들 위로 옅은 파란색 하늘이 뒤덮인 표지의 책이었다. 그는 계산대 옆에서 처음 눈에 들어온 '해피 버스데이' 카드도 하나 집어 들었다.

계산원은 여자였다. 젊고 예술가적인 면이 있는 대학생 타입으로 바코드를 스캔하면서 책 두 권에 지대한 흥미를 보였다.

"선택에 약간 일관성이 없네요." 그녀는 얼굴을 찌푸리며 말했다.

신경 끄시지, 짐은 으르렁대고 싶었다.

그는 말했다. "그게, 뭘 좋아하는지 잘 모르겠어서. 아내가요. 생일이거든요."

"그래서…" 계산원은 앞에 놓인 정반대의 두 표지를 들여다보았다. "양쪽에 다 거시기예요?"

"뭐, 대충."

"원하신다면, 제가 도와드릴 수는 있는…"

"그냥 이걸로 할게요, 고마워요."

그는 들어온 길로 나갈 계획이었지만, 케빈이 이제는 서점 끄트머리에서 선반들을 정리하고 있어서 발을 돌려 대신 정문으로 향했다.

정문을 향해 가면서 그는 《낫씽맨》 책이 앞 유리 전면에 꽉 들어차 있는 것을 발견했다.

그 뒤로, 오래된 신문 기사 조각들이 빨간색 펠트지에 꽂혀 콜라주를 이루고 있었다.

공포가 블랙록을 덮치다.
경찰 특수 작전으로 '낫씽맨'을 쫓다
패시지웨스트에서 발발한 살인극으로 일가족 네 명이 죽다

마지막 기사는 패시지웨스트에 있는 그 집 안에서 벌어진 일에 대한 세부 사항이 아직 그 현장만큼이나 혼란할 때 조간신문에 실린 오보였다.

그 집에서는 세 명만 죽었다.

그 사실이, 지금, 문제였다.

그는 주차장으로 돌아와서 차에 앉아 문을 잠갔다. 차는 의도적으로 먼 구석에 주차해놓았다. 엘리베이터와 주차 요금 정산기에서 멀리 떨어진 곳에, 그래서 사람들이 지나다니지 않는 곳에. 그는 두 번째 책, 표지에 해변의 천막들이 있는 책을 봉투에서 꺼내어 표지 재킷을 벗겼다. 그런 다음 《낫씽맨》의 표지도 똑같이 벗겨 두 책의 표지를 바꾸었다. 두 책이 '잘못된' 옷을 입고 진짜 내용물은 가려지도록.

만약에 대비해서.

짐은 자신이 산 《낫씽맨》을 펼치고 앞 페이지를 휘리릭 넘기며 스티브가 자신을 방해했던 지점을 찾았다.

그런 다음 그는 의자를 움직여 편하게 자리를 잡은 후, 읽기 시작했다.

매 주말마다, 휴일과 여름방학 때마다, 나는 스페니시포인트로 돌아와 마치 긴 하루의 끝에 잠자리에 파고드는 것처럼 할미와의 삶 속으로 파고들었다.

할미의 늙어가는 피부와 줄어드는 몸과 목소리에 기어든 떨림을 붙들고, 내가 생각하지 않기로 결심한 모든 것을 치워버렸다.

할미는 2010년, 성모승천대축일에 자다가 돌아가셨다. 84세였다. 나는 아침에 할미를 발견했던 일을 기억한다. 팔목에서 느껴지는 피부 온도가 도움을 청하기엔 너무 늦었다고 말하고 있었다. 그 이후 몇 주 동안은 흐릿하고 조각난 이미지들밖에 기억나지 않는다.

나는 내 부모님과 동생에 대해서는 정말로 애도한 적이 없었다. 대놓고는. 사람이 고통을 겪으면서 그 고통을 딛고 앞으로 나아갈, 그 고통을 둘러갈, 그 고통을 안고 나란히 갈 길을 발견하게끔 돕는 방식으로는 한 번도. 할미가 돌아가시고, 이제야 나는 그들 모두를 위해 애도하고 있었다. 마치 내 삶의 밑면에서 지질구조판들이 이동해서 쩍 벌어지며 깊숙하고 위험천만한 틈을 형성해서 모든 안정적인 것들이 갑작스럽게 미끄러져 떨어지는 것만 같았다. 나만이 아직도 서 있고, 우리 중 유일하게 남아 있었지만, 내 발도 미끄러지고 있었다. 문제는, 그때까지 내가 너무도 잘 숨기고 있어서 그 사실을 누구도 알 수 없다는 것이었다.

나는 우등으로 학위를 마쳤다. 대학 친구 중 한 명과 사귀게 되었는데, 나는 우리가 어쩌다 이렇게 되었는지 결코 알 수 없었고, 그는 내 과거를 사실상 전혀 알지 못했다. 나는 먼지 낀 버티컬 블라인드가 쳐진 지나치게 밝은 사무실들에서 끝없는 회의 같은 것들이 끝날 때까지 앉아 있었고, 내가 알록달록한 작은 스티커 옆에 내 이름을 서명할 수 있게 서류가 한 장 또 한 장 미끄러졌다. 당면한 과제치고는 너무 경쾌해 보였다. 내가 이제 유일하게 남은 사람이라는 이유로 내 것이 아닌 것들을 소유하게 된다는 것은.

나는 모든 것을 아래로, 아래로, 아래로 밀어 넣고, 무감각 아래로 안전하게 자물쇠를 채워두었다.

나는 스물 한 살이었다.

대학을 마치자 나는 표류했다. 공부란 작은 과제들의 연속이었다. 하나를 수행하면 즉시 또 다른 것으로 대체되었다. 마치 두더지 잡기 게임처럼. 교실에 들어가기. 프로젝트 끝내기. 시험 공부하기. 4년 동안 내가 해야 했던 일이라곤 앞으로 계속 나아가는 것, 한 발을 다른 발 앞에 내딛고 또 다음 발을 내미는 것뿐이었다. 하지만 이제는 할 일을 생각하는 것 외에는 아무 할 일도 없었고, 나는 내가 전혀 생각할 수 없다는 사실을 깨달았다. 이후 6개월의 암흑기 동안 나는 풀어졌고, 내가 그래왔던—혹은 그런 척해왔던 그 사람의 흐릿한 웅덩이 속으로 사라졌다. 나는 차례로 남자친구를, 몇 안 되는 친구를, 그리고 너무 많은 체중을 잃었다. 나는 진정한 북쪽을 찾지 못하는 나침반 바늘이었다. 사실은, 찾으려고 하지도 않았다. 그 편이 훨씬 쉬웠다. 그만 찾고, 흘려보내고, 가라앉기가. 게다가 남은 가족도 없는 마당에 도대체 어느 지점을 향한단 말인가?

코크에 있는 할미의 집을 급매했기에 당장 경제적인 압박은 없었고, 덕분에 친구들이 흥미로운 일거리를 맡아 해외로 진출하거나 대학원생이 되는 동안 나는 마운트조이스퀘어에 허름한 스튜디오를 빌려서 침대로 파고들었다. 나는 삶을 아주 작게 굴려서 이웃들조차 나를 알지 못하게 했다. 밤이면 깬 채로 누워 있었고, 낮에는 몽유병자가 되었다. 내가 그 시간들을 뭘 하며 어떻게 흘려보냈는지 나는 알지 못한다. 다만 그 시간이 지나갔으며 이후에는 아무것도, 심지어 기억조차 남지 않았다는 것 외에는.

이 시기가 지난 후, 내 슬픔보다 훨씬 더 큰 무엇이 내 머릿속에서 별개로 이런 순환을 이끌고 있다는 사실을 더 이상 부정할 수 없게 되었을 때, 나는 간신히 나 자신을 의사에게 끌고 갔고 의사는 심리치료사를 만나라고 떠밀었다. 하지만 나는 그녀에게 내가 거기 온 진짜 이유를, 내가 정말 누구이고 무엇 때문에 괴로운지를 말할 수가 없었다. 매주 나는 그녀가 내게 처방전을 써줄 만큼만 입을 열었다. 그 약들이 무슨 효과가 있는지조차 확실치 않았지만 동시에 약들이 어떤 효과가 있을까 봐 극도로 겁에 질리기도 했다. 바닥처럼 느껴지는 것이 사실은 떨어지는 중간쯤이라면 알고 싶지 않았다. 그렇게 나는 계속 치료사를 만나러 다녔고 계속 약을 먹었고, 무언가 다른 것을, 무언가 다르게 느끼기를 기다렸다.

그러다 마침내, 달라지기 시작했다.

나는 밤에 잠을 자기 시작했고, 나의 낮들은 다시 초점이 또렷해졌다. 덕분에 낮에 아파트에 있으면 불안하고 초조해졌지만 달리 할 일도, 만날 사람도, 갈 곳도 없었다. 그래서 나는 걷기 시작했다. 몇 킬로미터씩, 더블린베이 가장자리를 끼고 있는 길을 따라. 주로 아침 8시경에 집을 나서서, 도시로 모여드는 근로자들을 헤치고 도시와 인파를 벗어나 떠오르는 태양이 눈앞에 펼쳐진 바다에 흩뿌리는 빛 무리를 보며 자유로운 기분을 느낄 때까지. 내가 주로 가는 길은 도심을 벗어나 북쪽으로, 바다를 따라 클론타프까지 가는 길이었지만, 가끔은 좀 더 걸어 하우스헤드까지 가기도 했다. 한번은 강을 넘어 남쪽으로 걸었고 걷다 보니 몇 시간 뒤 던레러까지 가 있었다. 거기서 나는 46A에 올라 좌석에 주저앉아 돌아오는 내내 잠을 잤다.

하지만 흐린 날에는 그렇지 않았고, 비 오는 날에는 전혀 걷고 싶지 않았다. 나는 비 오는 날에 대체할 활동을 찾기 시작했다. 나를 아파트에서 나오게는 하지만 다른 보송하고 따뜻한 장소로 데려가 줄 무언가를. 나는 도서관을 선택했다. 도시 중심에 위치한, 내가 찾을 수 있는 가장 큰 곳으로. 사람들이 꾸준히 계속해서 드나드는 곳이라, 그들 사이에 묻혀 눈길을 끌지 않고 다니면 익명성을 유지할 수 있었다. 나는 구석에 숨어들어 비가 창문을 두드리고 사람들의 숨결이 모여 창문을 습기로 불투명하게 만드는 동안, 몇 번이고 같은 페이지를 눈으로 훑기 시작했다. 마침내 나는 자신을 잊고 대충 소품으로 골랐던 책에 빠져들기 시작했다. 나는 주의력을 되찾았다는 사실을 깨달았다. 이내 나는 저녁에 읽을, 혹은 심지어 산책에 들고 갈 책들을 빌려 집으로 들고 오고 있었다. 그다음은 요리였다. 아주 기초부터 간단한, 건강에 좋은 식사까지. 내가 사는 방들을 돌보기. 나 자신을 돌보기. 당시에는 깨닫지 못했지만 한때 할미가 나를 위해 해줬던 일들을 스스로 하고 있었다. 단순한, 차분한 삶을 유지해서 나 자신을 치유하도록 돕는 것. 나는 항상 우리가 그저 숨어 있다고만 생각했었다.

정확히 언제라고 말할 수는 없지만, 나를 가리던 안개의 조각들이 사라졌다. 그것들이 사라졌을 때, 나는 공책 한 권과 샤프펜슬 한 상자를 샀다. 다음에 무엇을 할지 알았으니까. 기회를 잡는 것.

이 글의 일부를 전에 읽은 것 같다면, 아마 맞을 것이다. 그랬다면, 내가 다음에 한 일이 무엇인지 이미 알고 있으리라.

2014년 9월에, 나는 더블린에 있는 세인트존스컬리지 문예창작 석사 과정을 시작했다. 내가 세인트존스를 선택한 이유는 부분적으로 그들이 나를 기꺼이 뽑아주었던 것도 있지만, 그 캠퍼스가 이미 끔찍한 범죄에 결부되었기 때문이기도 했다. 몇 해 전에, 다섯 명의 여자 신입생들이 도시의 펍이나 클럽에서 밤을 보내고 기숙사로 돌아오다가 그랜드 운하를 따라 나 있는 길에서 납치되었다. 범인은 무의식 상태인 그들을 익사시킬 의도로 각각 블랙워터강에 버렸으며, 실제로 그들은 익사했다. 낫썽맨이 한동안 헤드라인을 장식했을지 몰라도, 운하 살인범은 하나의 산업을 창출해서, 다큐멘터리들과 블로그들과—최근에는—팟캐스트들을 양산했다. 심지어 내가 입학하던 당시, 사건 이후 수년이 지난 뒤에도(운하 살인범 자신을 제외하고는 누구도 몰랐겠지만, 그 이야기는 곧 계속된다. 세인트존스와 관련이 있는 세 명의 살인 사건이 더 있었고 그중 한 건은 내가 이 책을 쓰는 사이에 시도되었다). 나는 아일랜드에서 이 대학만이 유일하게 이미 고유한 괴물을 품고 있다는 것을 알아냈고, 그자는 심지어 내 괴물보다 더 악명이 높았다. 나는 눈길을 끌지 않고 다닐 수 있었다.

그곳에서는 내가 더 이상 그 여자애가 아닐 수 있으니까.

나는 글을 쓰고 싶었다. 늘 그래왔다. 무엇을 쓸지, 혹은 어떻게 쓸지, 혹은 누구를 위해서 쓸지는 몰랐지만, 그 어둠 밑에서 나 자신을 끌어낸 뒤로는 그 생각이 점점 강해져서 마침내 결정을 내리게 되었다. 어떻게 쓰는지 배우고, 그다음에는 쓰리라. 소설을 쓰려고 생각했다. 어둡고 뒤틀린, 내 모든 고통을—익명으로—쏟아 부을 수 있는 소설을. 위험천만한 길이지만 나는 이제 더 강해졌고 다시 한 번 척할 준비가 되었다. 그게 소설 아닌가? 척하는 것이?

물론 우리 과정의 책임자인 저명한 소설가 조너선 에글린에 따르면 아니지만. 그의 데뷔 소설 《본질주의자들》은 부커상 후보였다. 그는 수업 첫날 이렇게 말했다. 소설은 절대적인 진실을 반복적으로 엿볼 수 있게 격자 구조로 지어졌을 때에만 제대로 기능한다고. 어떤 형식을 취하든 그것이 우리 글의 목표였다. 그는 한 발 나아가, 첫 몇 주와 이후 몇 달에 걸쳐 체계적으로 우리의 갑옷을, 우리의 가면을, 우리의 섬세하게 구축된 개성을 벗겨냈다. 우리가 발가벗겨진 채 종이 위에 직접 피를 쏟아낼 때까지.

나는 가능한 한 오래 버텼다. 나는 장담했다. 절대적으로 확신했다. 내가 열두 살 때 한 남자가 우리 집에 침입해서 내 엄마, 아빠와 그 당시에, 그리고 영원히 일곱 살일 내 여동생 애나를 살해했다고 가상의 페이지에 입력하거나 혹은 실제 종이에 잉크로 적을 엄두를 낸다면, 내가 딛고 있던 작은 **땅이** 발밑에서 무너져 내리리라고. 그 심연의 깊이에서 되돌아 나올 방법은 없으리라고. 그래서 나는 서로 아끼는 단란한 가족들에 대한 단편들을 써냈다. 그들을 창조하는 행위가 내게 위안을 주었다. 글을 쓸 때마다 나는 뒤로 돌아가 내가 쓴 글과 마주했고 그 이후 그 가족들에게 무슨 일이 생겼을지 생각했다. 노트북 앞에서 보내는 시간은 내가 그 가족들을 방문하는 시간이었다.

그러다 어느 날 마감을 잊었다. 어느 날 오후 마치 얼음처럼 차디찬 총알이 흉곽에 꽂히듯 그 사실이 떠올랐다. 점수를 받으려면, 다음 날 아침까지 2,000자의 새로운 단어들을 써내야 했고, 바로 그 순간까지 완전히 잊고 있었다. 나는 그날 밤 늦게까지 도서관에 앉아 있었지만 깜박이는 커서 앞에서 완전히 마비된 자신을 발견할 뿐이었다. 무엇을 시도하건 글이 나오지 않았다. 나는 어둡고 축축한 거리를 걸어 집으로 돌아와 침실에 앉아 무기력하게 여전히 텅 빈 하얀 화면을 바라보고만 있었다.

시계가 자정을 넘기며 컴퓨터에 새로운 날짜가 떴다. 3월 21일. 애나의 생일이었다. 스물한 번째가 됐으리라.

내 안에서 말들이 끓어오르기 시작했다. 예기치 않게도. 그 애에 대해서 쓰자, 나는 결정을 내렸고 한때 내가 그랬듯 이름들을 바꾸었다. 좋은 생각은 아니었지만, 그 순간 내가 정말로 걱정했던 건 이오도가도 못 하는 상황에서 빠져나오는 것, 텅 빈 페이지와 그 끔찍한 공허에서 벗어나는 것뿐이었다. 나는 글자를 치기 시작했다. 내가 열두 살 때 한 남자가 우리 집에 침입해서 내 엄마, 아빠와 그 당시에, 그리고 영원히 일곱 살일 내 여동생 애나를 죽였다…

에글린은 속지 않았다. 그 글은 달랐다. 메스 수준의 날카로움이 있었다. 내가 이전에 쓴 어떤 작품에도 그런 자질은 조금도 보이지 않았다. 새벽 어스름 속에서 원고를 그에게 이메일로 보내고 30분 뒤에, 에글린은 내게 아침 일찍 자신의 사무실로 오라고 답장을 보냈다. 나는 예술관 복도로 걸어가면서 모든 것을 부인할 준비를 하며 마음을 단단히 먹었지만, 그는 굳이 그 글이 사실인지 묻지도 않았다. 이미 그렇다는 걸 알고 있었다.

대신에, 그는 그 글을 출간하라고 부추겼다.

나는 뭐라고 말할지 몰랐던, 어째서 그런 일은 있을 수 없는지를 어디부터 설명해야 하는지 모르겠던 것이 기억난다. 아주 부드럽게, 이렇게 말하던 그도. "하지만, 이브, 이걸로 그자를 잡을 수도 있어요."

그리고 그 말이, 그 순간, 모든 것을 바꾸었다.

나 자신을 절벽으로 내던진 느낌이었다. 이 원고가 게재될 예정이라는 걸 알기 전날 밤, 나는 애나의 꿈을 꾸었다. 내가 어렸을 때 스페인 선원들이 그랬듯 바다에서 기어 나오는 꿈을. 그 애는 반시* 같았다. 그 애는 썩어가는 손가락으로 내게 기어왔다. 금발 머리는 산발이 되어 해초들이 엉켜 붙은 채로, 내가 스스로를 보호하지 못하고 있다며 비명을 질러댔다. 하지만 나는 스스로를 보호하는 것이 또한 그자를 보호하는 것이라는 사실을 깨닫기 시작하고 있었다. 나는 그들을 살려낼 수 없었다. 하지만 어쩌면 그들을 앗아간 것에 대해 그에게 대가를 치르게 할 수는 있었다.

내 글은 〈아이리시 타임스〉에 2015년 5월의 마지막 날 오전 4시에 게재되었으며, 다음 날 아침 신문에도 실렸다. 하루가 끝날 때쯤 나는 공공연히 입에 오르내렸다. 소셜 미디어에서 시작되어 몇몇 영향력 있는 계정에서 링크를 공유하고 그들을 팔로우하는 사람들이 이를 공유하기 시작했다. 영국의 일간지에서 글을 채택했고, 그다음에는 미국 월간지에 실렸다. 모든 사람들이 낯썽맨 최악의, 그리고 최후의 공격에서 살아남은 그 여자애에게 무슨 일이 있었는지 언제나 궁금해했던 것처럼 보였다. 이제 좀 알게 되자 그들은 더, 더 많이 알고 싶어 했다.

용맹한 기자들이 세인트존스컬리지 학생 포털을 통해 내 연락처를 찾아냈고 라디오와 TV쇼에 나와달라는 요청이 쇄도하기 시작했다. 실시간으로 무슨 일이 있었는지 얘기할 수는 없겠지만—아직

---

* Banshee: 아일랜드 설화에서, 죽음을 예고한다는 유령의 일종. 여자의 모습을 하고 있다.

물리적으로 불가능했다—무언가 하고 싶었다. 에글린은 이비아 프레스의 자기 편집자를 소개해주었고, 그녀는 그 글을 책으로 확장해보라고 격려했다. 내가 책으로 써내면 자신이 출간해주겠노라고 했다. 그것이 당신이 지금 손에 들고 있는 그 책이다.

몇 주 전만 해도, 내 가족에게 어떤 일이 있었는지 책을 쓰겠다고 수락하는 일은 생각조차 할 수 없었다. 하지만 〈그 여자애〉가 사람들의 입을 타기 시작했을 때, 무언가 다른 중요한 일이 내게도 일어났다.

몇 시간 만에, 내 글에 대한 기사들이 온라인에서 터지기 시작했다. 동료들은 계속 링크를 보내왔다. 우리 중 하나가 직접 쓴 글로 그런 파장을 일으키고 있다는 사실에 흥분한 채로. 내 글 뒤에 묻힌 고통은 의식하지 못하는 것 같았다. 처음에, 나는 그들을 무시했다. 나는 낫씽맨에 대한 글은 전혀 읽지 않았었다. 꾸준히 피해왔다. 그날 밤 이후 몇 년이 흘를 동안, 나는 그가 우리 가족에게 저지른 짓의 대략적인 개요를 넘어서는 무엇도 알려고 하지 않았다. 그것만으로도 충분히 안 좋았다. 나는 그 흐릿한 형상들이 또렷해지는 것을 원치 않았다. 결코 다시 안 본 것으로 되돌릴 수 없으리라는 사실을 알고 있었다.

하지만 결국 호기심이 나를 이겼다. 나는 그 링크들을 클릭하기 시작했다. 링크된 기사들을 읽는다기보다는 훑으면서 글씨를 계속 스크린 위로 올렸다.

네 번인지 다섯 번째에서, 나는 그 문장을 읽었고, 그 자리에 얼어붙었다.

…자신의 소파 쿠션 아래서 밧줄과 칼을…

나는 되돌아가 그 문단을 처음부터 읽어 내렸다. 경찰은 그 일이 있기 2주 전에 이미 그 아파트에 들어갔다. 또 다른 입주자, 혼자 사는 한 여성이 자신의 소파 쿠션 아래서 밧줄과 칼을 발견했을 때. 그녀는 매주 같은 날 청소기를 돌렸고 한 주 전에는 그런 물건들이 없었다고 확신했으며, 그녀가 알기로는 그 이후 아파트에 다른 사람은 오지 않았다. 그녀는 즉시 지역 경찰서에 자신이 발견한 사항을 신고했다. 경찰은 낯선맨이 예비 방문 시에 이 도구들을 심어놓고, 돌아올 때 이용하려고 준비한 것으로 추정한다.

나의 귓속에서 맥박이 요동쳤다. 나 역시 소파 쿠션 아래서 밧줄과 칼을 발견한 적이 있었기 때문이다.

하지만 나는 아무에게도 그 일을 말하지 않았다.

그 공격이 있기 얼마 전, 아마 고작 며칠 전이었을 것이다. 나는 엄마가 가게들을 다녀오는 동안 30분 정도 애나를 보고 있었고, 엄마는 지금은 생각나지 않는 어떤 이유로, 거실에 있는 모든 의자에서 모든 쿠션을 바닥에 던져 쌓는 것이 필요한 게임을 하라고 나를 설득했다. 내가 소파에 남은 마지막 쿠션을 들어 올렸을 때, 덕분에 쿠키 부스러기, 잃어버린 머리끈들, 끈적거리는 동전들 사이에 놓여 있는 두 가지 물건이 드러났다. 밧줄과 칼. 밧줄은 꼬여 있었고 파란색이었으며 포장 역할을 하는 번쩍이는 띠 속에 아직도 가지런히 말린 채였다. 칼은 하드커버 책 정도 되는 길이에 두꺼운 노란색 플라스틱 손잡이가 붙어 있었고, 피셔프라이스* 장난감이 생각났다. 칼날은 가장자리를 따라 작은 톱니들이 달려 있었고 새 것이 아니면,

---

* Fisher-Price: 1930년부터 이어져 온 미국의 유아용 완구회사.

아주, 아주 깨끗하게 닦은 것 같았다. 반짝거렸다.

나는 그것들이 왜 거기 있는지 궁금해하지 않았다. 우리 엄마는 소파 쿠션들 아래 물건들을 보관하는 버릇이 있었다. 주로 우편물들, 아빠에게 들키고 싶지 않은 계산서들이었지만 이상한 잡지나 뜨개 패턴 같은 것도 있었다. 그래서 소파 쿠션 아래서 찾기엔 좀 별난 것들이라고 생각했지만 딱히 이상하다는 생각은 들지 않았다. 칼이 위험하다는 것 정도는 알았기에, 나는 쿠션을 돌려놓고 애나에게 게임이 끝났다고 말했다.

몇 주 뒤에, 같은 파란색 밧줄이 우리 집 계단 밑바닥에 뒤틀린 채 뻗어 있는 아빠의 손목과 발목에 묶여 있는 것을 보았을 때 내 두뇌가 만든 연결은 그 남자가 우리 아빠의 밧줄을 사용했다는 것이었다. 낯선 맨이 그 공격을 준비하면서 우리 집에 들어왔었다는 생각은, 쿠션 밑에 그 도구들을 넣어놨다는 생각은 전혀 들지 않았다. 그게 그의 준비의 일부라는, 다시 돌아와 그것들을 사용할 거라는 생각은. 그 공격 이후, 나는 경찰과 인터뷰를 한 번 했고 끝도 없이 울었고 목이 막혀서 단답만 내뱉었다. 밧줄은 생각도 나지 않았다. 나는 멍했고 충격을 받았고 열두 살이었다. 두 사건의 관련성은 전혀 떠오르지 않았다. 어느 시점에선가 나는 그 일을 전부 잊어버렸다.

내가 그 일을 막을 수도 있었다는, 예방할 수도 있었다는—그저 누군가에게 그 밧줄과 칼에 대해 말하기만 했다면 내 가족을 구할 수도 있었다는—갑작스러운 깨달음은 견디기에 너무 힘든 것이었다. 그 압박감이 나를 짓누르고, 내 허파를 짓이기고, 내 심장을 전부 다시 조각조각 찢어놓았다. 그건 지금까지도 내가 겪어본 가장 강렬한 고통이다. 어떤 면에서는, 심지어 본래의 상실감보다 더 지독했다. 그런 일이 일어날 필요가 없었다는 사실을 내가 알게 되었으니까.

하지만 이런 감정과 뒤섞여 또 다른, 보다 반가운 깨달음이 있었다. 결국, 낫썽맨 수사에 새로운 실마리가 생겼을지도 모른다는 것.

그가 우리 가족을 살해한 그날 밤이 그가 우리 집에 처음 들어온 날이 아니었다. 그는 전에도, 어쩌면 한 번 이상 우리 집에 왔을 것이다. 그때 누군가 그를 목격했을 수 있을까? 나는 그 칼을 묘사할 수 있다. 그 칼이 유별나게 특징적인 것이라면, 특정한 장소에서만 판매할 수 있는 것이라면? 그게 그를 찾는 데 도움이 될까? 지금, 거의 20년이 흐른 지금도 가능할까?

또 내가 아는 게 뭐가 있지? 내가 다른 유용한 정보들을 내 기억 속 명백한 곳에 감춰뒀을 수 있을까? 다른 생존자들은, 다른 피해자들은? DNA 같은, 법의학적인 것들은 어떨까? 지금은 당시보다 훨씬 발전했고, 계속 더 발전하고 있다. 과거를 거슬러서 이제 다시 낫썽맨을 찾는다면 어떨까?

이번에는 우리가 그를 찾는다면?

내가 찾는다면?

그러니 다시 내게 물으라. *내가 그 여자애냐고…?* 이번엔 진실을 말해줄 테니까. *아뇨, 하지만 그랬었죠.*

나는 낫썽맨에게서 살아남은 그 여자애였다.

그리고 이제 나는 낫썽맨을 잡을 그 여자다.

1

어둠 속에서

1
실화

 2001년 10월 4일의 그 사건들이 있기 전에도 우리 집에는 사건들이 정기적으로 벌어졌지만, VHS 테이프의 쌍축에 딱딱한 플라스틱 껍데기가 끼었다는 정도였고 그걸 안에 집어넣은 건 나였다.
 그 마지막 크리스마스에, 나는 내 방에 둘 VCR 플레이어가 내장된 휴대용 TV를 선물로 받았다. 엄마는 어떤 TV 채널에도 절대 연결해서는 안 되며, 비디오테이프를 볼 때만 이용해야 한다는 조건으로 이 선물에 마지못해 동의했다(또 다른 결정적 이유는 내가 내 방에서 그 TV를 보고 있으면, 엄마가 아래층 거실에서 뭔가를 보려고 할 때 내가 옆에서 징징대거나 끙끙대지 않을 수 있기 때문일 거라 확신한다). 테크놀로지라는 것이 접속에만 30분이 걸리는 둔중한 컴팩의 프리자리오*와 달팽이같이 느린 전화 접속, 아빠가 일할 때 쓰는 팩스 머신을 뜻하는 집에서, 갑자기 내 침실에 TV가 놓인다는 참신함이란 외계인 우주선이 뒷마당에 놓인 것과 맞먹을 만했다. TV를 켤 때마다, 그 파워가 TV 자체를 넘어서 웅웅거리며 온 방을 달구고 끝없는 가능성이라는 흥분감으로 공기 속 모든 분자를 살아나게 했다. 한 손에는 리모컨을, 다른 손이 닿는 곳에는 달달한 것을 두고 TV를 마주하

---

* Presari: 컴팩(Compaq)에서 출시된 데스크톱과 노트북 시리즈.

고 앉는 내 침대는 세상에서 가장 행복한 장소였다—볼거리가 떨어지기 전까지는.

우리는 당시 전형적인 가족용 VHS 테이프들을 모아두고 있었다. 디즈니 영화들, TV에서 녹화한 것들, 할인할 때 집은 〈프렌즈〉의 몇몇 시즌들. 이것들을 재빨리 해치우고 나자 나는 아빠에게 협상을 걸었다. 내가 돈을 내고 책임지고 제시간에 반납할 테니, 동네 비디오 대여점에 있는 부모님 회원 정보를 이용하게 해줄 것. 나는 내 일주일치 예산—용돈 5파운드 중 3파운드—을 최대한 이용하려면 최신작을 피해야 하며 대신 손 글씨가 '실화'라고 위협하는, 가게 뒤편을 파야 한다는 사실을 재빨리 파악했다. 그쪽에 있는 커버들은 대체로 멍든 것처럼 온통 검은색과 짙은 남색이었고 그 위에 피 흘리는 것 같은 효과를 주는 선명한 빨간색 제목이 박혀 있었다.

이 비디오들은 악명 높은 미국 범죄들을 기반으로 하는 미국의 TV용 영화들로, 어째선지 아일랜드에서 VHS로 대여할 수 있었다. 이 영화들은 제작 수준이 낮고 대사도 저급하며 기껏해야 실화와 빈약한 관계를 가질 뿐이었다. 내가 2001년 봄에 처음으로 이 비디오들을 접했을 때, 이미 대다수가 최소 10년은 지난 데다, 심지어 그보다 훨씬 전에 일어난 사건들을 다루는 것들이었다. 하지만 하룻밤 볼 최신 영화 한 편을 빌리는 가격으로 일주일에 두 편을 빌릴 수 있었기에, 나는 이 비디오들을 파고들기 시작했다. 그리고 이내 흠뻑 빠져들게 되었다.

〈베벌리힐스의 살인〉은 메넨데즈 형제의 이야기를 다뤘다. 그들은 그들 말에 따르면 아버지의 학대에서 벗어나기 위해, 혹은 검사의 말에 따르면 유산을 상속받기 위해 자신들의 부모를 총으로 쏘아 죽였다. 〈공무 집행: 와코의 기습〉은 엇나간 정부의 기습 작전으로 촉발되어 4명의 연방 수사관과 다윗파라 불리는 컬트교도 76명이 사망한 결과를 낳은 텍사스의 포위 공격을 재연했다. 〈작은 희생들〉에서는 파라 포셋의 머리카락이 연기하는 다이앤 다운스가 어두운 시골길에 차를 멈춰 자신의 어린 세 아이를 총으로 쏜 후 천천히 차를 몰고 인근 병원에 가서 웬 더벅머리의 낯선 사람이 그런 짓을 했다고 주장한다. 불타는 듯한 빨강머리의 10대 드류 베리모어가 주인공을 맡은 〈에이미 피셔 이야기〉에서는 '롱아일랜드의 로리타'라는, 당시에는 내가 전혀 이해할 수 없었던 별명이 붙은 16세 소녀가 35세의 조이 부타퍼코와 불륜 관계를 맺은 다음 그의 아내의 머리를 쏴서 살해를 시도한다.

하지만 내가 '가장 좋아하는' 것이 있었다면, 그건 〈미녀의 희생자: 다운 스미스 이야기〉였다. 다운 스미스의 17살짜리 여동생 샤리는 1985년 5월, 환한 대낮에 자신의 집 진입로 끝에서 래리 진 벨에게 납치된 다음, 살해당했다. 〈스타 트렉: 보이저〉의 스타 제리 라이언이 출연하는 이 TV용 프로그램에서는 다운—금발에 파란 눈, 미인 대회 우승자—에 대한 벨의 집착에 주목하며, 샤리가 실종되고 벨이 잡히기까지 28일을 그린다.

이 VHS 영화들이 모두 범죄물은 아니었다. 아기가 있는 젊은 부부의 차가 산비탈에서 눈에 갇혀 살아남기 위해 동굴 속으로 피한 이야기가 기억난다. 그리고 우연히 출생 시에 바뀌었다가 10대 시절에 그 사실을 발견하는 금발의 두 소녀에 대한 이야기도. 하지만 대부분은 범죄에 대한 이야기였고 내가 가장 좋아한 것도 범죄물이었다.

열두 살짜리가 보기에 적절치는 않았지만, 비디오 대여점의 카운터를 보는 지루한 10대는 신경 쓰지 않았고, 내 부모님은, 내 짐작이지만, 알지 못했다. 우리 집의 대원칙은 조용히 있는 한 무슨 짓을 하든 묻지 않는다는 것이었다. 요즘 아이들이 볼 법한 것과 비교해보면 아무것도 아닌 걸로 일축해버릴 수도 있으리라. 요즘 아이들이야 이불 밑에 숨길 만큼 작으면서 실질적으로 무엇이건 보여줄 수 있는 조그만 장치를 잠자리에 들고 들어갈 수 있으니까. 어떤 경우든, 나의 범죄 실화 탐닉 습관이 내게 어떤 영향을 끼쳤을지 거들먹거리며 지적하는 것은 내가 미처 알지 못하는 새 라이브 쇼에 들어갈 티켓 줄에 서 있었다는 사실로 볼 때 상당히 무의미한 지적이다. 하지만 사실 나는 그 비디오들이 내게 전혀 영향을 끼치지 않았다고 생각한다.

나는 내 작은 TV 스크린에 재현된 그 사건들이 어느 정도 실제라는 사실은 알고 있었지만, 그것들은 나의 현실이 아니었다. 여기는 밀레니엄의 전환기에 선 아일랜드였다. 우리 경찰은 총을 소지하지 않았다. FBI는 연쇄살인범을 '한 달 혹은 그 이상의 간격을 두고 최소 세 건의 살인을 저질렀으며, 각 사건 간에 뚜렷한 '냉각기'를 위한 시간을 허용하는 사람으로 확정된 범죄자'라고 정의했고, 아일랜드에 그런 사람은 없었다. 살인 사건이 뉴스가 되었을 때는 거의 항상 테러리즘이나 암흑가가 연루되어 있었다. 살의를 품은 낯선 타인의 무작위적인 타깃이 될 가능성은 극히 낮거나, 사실상 거의 전혀 존재하지 않았다(아일랜드에서 가장 유명한 미해결 살인 사건 중 하나인 1996년 프랑스 여성 소피아 토스칸 뒤 플랑티에의 죽음을 중점적으로 다루는 유명 팟캐스트 〈웨스트코크〉에서, 주최자인 제니퍼 포드와 샘 번제이는 그 지역 주민들이 어떤 식으로 이 사건을 '그 살인 사건'이라 칭하는지 묘사한다. 왜냐하면 그 사건 이후 이 지역에서 다른 살인 사건이 없었기 때문이다). 게다가 나는 나쁜 남자들을 피하는 방법을 알았다. 모든 영화마다 같은 교훈이 반복됐다. 어두울 때 집까지 혼자 걸어가지 마라. 낯선 사람들이 태워준다는 걸 받아들이지 마라. 착한 여자애가 되어라.

나는 착한 여자애였고 가족과 함께 집에 있었다. 문은 잠겨 있었고 커튼은 닫혀 있었다. 나는 안전했다.

'당신은 부모님에 대해 아는 것을 어떤 식으로 알게 되었나?' 최근에, 나는 내 친구들에게 이런 질문을 던졌다. 친구들의 대답은 대체로 둘 중 하나였다. 친척들이나 부모님의 친구들 같은 다른 사람들을 통해 알게 됐거나, 부모님이 그들에게 직접 이야기해줬거나. 두 번째 경우는 시간이 지날수록 점점 더 늘어나서, 나이가 들수록 더 많은 이야기를 듣게 되었다. 나는 또한 이 친구들에게 성인이 된 형제들, 삼촌과 이모들—그리고 모든 독실한 아일랜드 가톨릭 집안이 그렇듯—이야기를 나눌 사촌들이 있다는 사실을 언급해야겠다. 그들은 사는 내내 친구들을 모아왔고 그들의 부모 역시 그런 식이었다. 어린 시절 옆집에 살았던 소녀와, 그 시절 그 장소에서 함께 일했던 남자와 같은 형상들로 자신들의 사회적 관계에 점을 찍어간다. 한 친구는 그 질문에 대해 생각해본 뒤, 자신이 부모님의 첫 만남과 결혼 전 생활에 대해 아는 바는 대부분 자신의 아빠를 전혀 좋아하지 않았던 외할머니가 가족 모임에서 진토닉을 너무 많이 마셨을 때 내뱉은 험담을 통해 알게 되었다고 말해주었다.

하지만 내 부모님은 둘 다 외동 아이였고, 그들과 내 유일한 자매는 내가 열두 살 때, 누구도 부모님이 부모라는 역할 이외에 어떤 존재인지 전혀 관심이 없을 나이에 죽었다. 그 이후에 나는 유일한 가족 관계인 할미와 남겨졌고, 우리가 함께했던 수년 동안 나는 감히 할미에게 부모에 대해 묻지 못했다. 슬픈 사실은 내가 내 부모가 어떤 사람들이었는지에 대해 아는 바가 거의 없다는 것이다.

엄마의 이름은 데어드리였다. 그녀는 작고 말랐었다. 외모로 보면, 애나가 엄마를 닮았다. 엄마는 결혼 전부터 늘 같은 머리 모양을 하고 있었다. 옅은 갈색 머리를 어깨 바로 위에서 자른 단발 모양. 그녀는 일러스트레이터로 중학교 졸업 시험을 목표로 하는 프랑스어와 독일어 교재들에 이미지를 삽입하는 일을 했고, 방학 기간에는 캐리갤라인에 있는 한 카페에서 웨이트리스로 일했다. 엄마는 출근길에 우리를 학교까지 태워다 주고 오는 길에 우리를 태워 왔으며, 그 시간에는 카페에서 뭔가를 담아 온 상자—크림 케이크, 드미 바게트*, 과일 스콘—가 보조석 발밑 공간에 놓여 있곤 했다. 엄마는 태양을 숭배해서 구름 뒤로 한 조각 빛의 기미만 비쳐도 뒷마당 일광욕용 의자에, 오일을 바르고 피부를 드러낸 채 나가 있곤 했다. 엄마는 케리카운티 킬러글린이라 불리는 마을에서 태어났다. 대학에는 가지 않았고 엄마가 겨우 10대일 때 돌아가신 엄마의 부모님에 대해서는 거의 얘기가 없었다. 중학교 때 엄마는 경쟁력 있는 조정 선수였고 늘 운동 삼아 어떻게든 다시 시작할 거라고 말하곤 했지만, 우리 모두 그런 말이 노력의 시작이자 끝이라는 것을 알고 있었다.

나의 엄마는 아주 태평하고 느긋하며 단순했다. 애나나 내가 떼를

---

* Demi Baguettes: 일반 바게트의 반 사이즈 바게트.

쓸 때면, 엄마는 어이없다는 표정으로 우리를 바라보고는 우리가 혼자 열을 내다 말 때까지 내버려두곤 했는데, 우리 또한 우리의 성질을 돋울 반응이 없거나 들어줄 사람이 없으면 금방 그쳐버렸다. 엄마의 가장 친한 친구는 중학교 이후 쭉 알고 지낸 조앤이라는 여자였는데, 그녀는 엄마가 일하는 카페 주인이었다. 나는 엄마가 아빠 없이 다른 사람들과 시간을 보내던 모습을 제대로 기억하지 못한다. 엄마 아빠가 토요일 밤에 드물게 우리를 할미에게 맡기고 나갈 때면, 함께 어딘가 다른 곳, 대개는 다른 부부의 집에 저녁 식사를 하러 가거나 혹은 회식 자리에 가는 것이었다.

엄마는 아주 유머러스했고, 항상 재치 넘치는 말이나 허를 찌르는 대답을 하곤 해서 심각한 아빠와 특이한 커플을 이루었다. 엄마는 사진을 아주 많이 찍었고 인화까지는 했지만 그뿐이었다. 사진들을 앨범으로 정리하겠다는 엄마의 원대한 계획은 제자리에 그쳤다. 엄마는 내게 번쩍이는 4×6 사이즈의 인화물로 꽉 찬 봉투들이 터져 나오는 상자들을 남겼고, 그 사진들에는 이름이나 날짜나 장소가 전혀 표시되어 있지 않아서, 이제는 그것들을 어떻게든 하겠다는 나의 계획 역시 아직까지도 구체화되지 못했다. 거의 모든 사진들이 애나 아니면 나, 아니면 우리 둘이 함께 찍은 것들이었다.

아빠 이름은 로스였다. 그는 코크시티 북쪽의 선데이스웰이라 불리는 곳 출신이었다. 커다란 집들이 강을 등지고 있고 그 집들을 소유한 가족들은 부유한 그런 곳. 아빠가 집을 나와 결혼한 뒤에 할미는 집을 팔고 블랙록으로 이사했다. 아빠의 아버지는 내가 태어나기도 전에 심정지로 돌아가셨고 할미가 이따금 중얼댄 바로는, 술을 좋아했다. 아빠는 엄마를 시내 술집에서 만났고 18개월 만에 결혼했다. 그들은 패시지웨스트에 있는 집에서 함께 쭉 살았다.

아빠는 키가 커서 180센티미터가 넘었고 엄마의 사진으로 보면 20대부터 머리가 벗겨졌다. 나는 아빠 일에 대해 잘 몰랐는데, 화학 쪽 일이고 링개스키디에 있는 커다란 공장과 관련이 있었다. 아빠는 오랜 시간 일을 했고 집에 잘 없었다. 애나와 내가 반드시 지켜야 했던 규칙 하나는 우리 집 지하실에 있는 아빠의 작업실에 절대 들어가면 안 된다는 것이었다. 아빠를 생각할 때면, 홀마크에서 만드는 카드들과 크리스마스에 백화점에서 제공하는 밋밋한 선물 안내 책자가 떠오른다. 아빠는 아빠의 전형으로 그 책자의 모델이 될 법했다. 아빠는 서류가방을 들고 출근했고, 머리글자가 박힌 손수건을 가지고 다녔다. 위스키와 골프 시청을 좋아했고 차에 클래식 음악 CD들을 두었으며 항상 똑같은 색상의 흐릿한 갈색 트위드와 짙은 남색 니트만 입었다.

내 글이 나오고 몇 주 뒤, 나는 한 여성에게서 이메일을 받았다. 그녀를 미셸이라 부르겠다. 미셸은 자신이 내 아버지와 여러 해 동안 함께 일했었다면서 그들이 좋은 친구였다고 했다. 그녀는 거의 1,000자 가까이 소비하며 내가 한 번도 만난 적이 없는 남자, 웃기고 즉흥적이고 조언에 능하며 미셸에게 세심하게 고른 책들을 선물하고 그녀가 흥미 있어 하겠다 싶은 기사를 책상에 놓아주는 버전의 아버지에 대한 추억을 공유해주었다. 미셸은 여전히 아빠를 끔찍하게 그리워했고 나를 만나고 싶다고 했다. 내 부모님에 대한 정보에 굶주렸던 나는 그 기회를 잡아야만 했다. 하지만 그녀의 이메일 행간에는 무언가가 어른거렸다. 무언가 섬세하고 믿을 수 없는, 내가 감히 건드리고 싶지 않은 무언가가. 나는 그 여자의 이름을 한 번도 들어본 적이 없었다. 나는 그 메시지를 무시했고 그녀는 다시 연락하지는 않았지만 나의 아빠를 내가 전에 한 번도 보지 못한 어떤 빛 속에 서게 했고, 나는 그걸 어떻게 받아들여야 할지 몰랐다.

내가 본 바로, 부모님의 결혼 생활은 견고했다. 그들은 다투긴 했지만 결코 싸우지는 않았다. 비록 그건 엄마가 무엇에건 논쟁을 벌일 만큼 열을 올릴 수 없는 사람이었기 때문이긴 하지만. 뜨거워지기 전에, 엄마는 어깨를 으쓱하고는 물러서 버렸다. 그들은 TV에서 보는 항상 키스를 하고 껴안고 10대처럼 시시덕거리는 커플들처럼 행동하지는 않았지만, 자라면서 나는 거의 아무도 그런 식으로 굴지 않는다는 것을 알게 되었다. 아빠는 공공장소에서 함께 걸을 때면 엄마의 손을 잡았고, 나는 엄마 아빠가 밤늦게 서로 조용히 얘기를 나누는 소리를 두 침실이 맞닿아 있는 벽을 통해 듣곤 했다.

누구나 열두 살 때는 어른의 삶이 끝없는 모험처럼 보이는 법이다―혹은 자신의 어른으로서의 삶이 그러하리라 느낀다. 저 마지막 몇 달 동안, 나는 두꺼운 하드커버의 공책을 가지고 있었다. 그 안에 내 개인적인 생각들, 관찰들, 비밀들, 희망, 꿈을 담았다. 나는 그 공책을 엄마가 거실에 버려둔 오리알 같은 파랑과 하양의 빽빽한 격자무늬 패턴 벽지로 감싸고, 알록달록한 고무줄 무더기를 나만이 아는 방식으로 감아서, 내가 없을 때 누군가 손을 대면 알아볼 수 있도록 해놓았다. 아마도 그 아이디어는 주디 블룸의 책에서 얻은 것 같다. 이제 그 페이지들을 넘겨보면, 몇 가지 삶을 살고자 계획하던 한 소녀가 보인다.

나는 〈바즈 루어만*의〉〈로미오와 줄리엣〉과 같은 거창한 연애를 하고 싶었다. 뉴욕과 런던과 파리에서 살고 싶었다. 내 10대 시절이 TV에서 보던, 프롬과 치어리딩으로 가득하고 멋진 자기 옷을 입고 학교에 가는 미국 드라마 같기를 바랐다. 직업 댄서가 되고 싶었고, 그리고 또 남극에서 일하는 과학자가 되고 싶었고, 그리고 또 유람선에서 일하는 미용사가 되고 싶었다. 왜냐하면 내 친구의 엄마가 젊었을 때 그 일을 했었고 항상 그때가 얼마나 재미있었는지에 대해 수다를 떨었기 때문이다. 그래서 자신들이 자란 도시에서 살면서 평범한 일을 하고 평범한 사람으로 사는 내 부모를 봤을 때, 나는 별다른 인상을 못 받을 수밖에 없었다. 어째서 그들은 이걸, 자신들의 한 번뿐인 즐겁고 소중한 삶을 그냥 내버려뒀을까? 왜 절실하게 무언가를 원하지 않았을까? 어째서 꿈과 모험과 소원과 목표가 없었을까?

나는 그들의 욕망에 대해 아무것도 몰랐고, 그게 문제였다. 그 잃어버린 조각 없이는, 나의 부모님이 내 마음속에서 완전한 형상을 취한 사람들로 살아나기 어려웠다. 하지만 최근에 나는 그들이 이미 이루었기 때문에 아무것도 원하지 않았던 게 아닐지, 우리 가족의 삶이 그들의 꿈이 아니었는지 생각해보기 시작했다. 그 생각이 마음에 든다. 나는 이제부터 그런 걸로 결정했다. 그럴 것이다.

내 일기장에서 정말 충격적이었던 것은 일기장에서 빠진 부분이었다. 나는 불평할 때만 부모님을 언급했고 애나는 거의 언급하지

---

* Baz Luhrmann: 오스트레일리아의 영화감독. 1966년에 개봉한 레오나르도 디카프리오 주연의 〈로미오와 줄리엣〉을 연출하였다.

않았다.

나는 동생에 대해서 돌이킬 수 있는 기억이 아주 희미하다. 언뜻 스치는 것들이나 엄마가 찍은 사진들은 있지만 움직이는 이미지들은 거의 없다. 어릴 때는, 특히 청소년기로 접어드는 시기의 아이라면, 다섯 살은 아주 큰 차이다. 애나는 내게 주로 골칫거리였다. 내 일상의 주변부를 웅웅거리고 돌아다니며 이런저런 것들을 요구하는. 도움을, 무언가 빌려주기를, 내 관심을 바라는. 이런 것들을 부탁할 때면, 애나는 양손을 등 뒤에서 맞잡고, 고개는 숙인 채 조용히 다가왔다. 승산이 없다는 건 알지만 이번에는 다르기를, 내가 다르게 나오기를 바라면서.

이제 그 애가 보인다. 금발 머리를 핑크색 고무줄로 뒤로 묶고, 코에는 주근깨 한 줌이 뿌려지고, 밑창에 번개가 그려지고 벨크로스트랩이 달린 운동화를 신은 그 애가. 한 다리는 다른 다리 뒤로 꼬고 나를 순수한 바람으로 쳐다보고 있다. 나는 간절하게 그때로 돌아가서 네가 갖고 싶은 건 뭐든지 가질 수 있다고, 언니는 전부 네 거라고, 언니가 다른 건 다 포기하고, 네 남은 생의 모든 순간을 뭐든지 네가 하고 싶은 대로 전부 하면서 보내도록 해주겠노라고 말해주고 싶다.

아니, 취소한다. 우리가 그 시절로 돌아간다면, 나는 그 애를 안아 들고 달아나서 안전한 곳에 머물 것이고, 자라서 어른이 되어 친구가 될 수 있는 지점에 이를 것이다. 하지만 나는 그저 아이였다. 우리 둘 다 그랬다. 그리고 우리 둘 다 무엇이 다가오고 있는지 알지 못했다.

내가 기억하는 건 이런 것들이다. 애나는 놀 때면 어른 역할 놀이를 했다. 내가 바비 인형에 빠져 불순한 켄스와 납치된 스키퍼스가 등장하는 아침 드라마에 나올 법한 줄거리로 인형들을 가지고 놀 때, 애나는 유모차가 딸린 실제 크기의 아기 인형 따위를 좋아했고, 어느 기억할 만한 크리스마스에는 기저귀에 조그마한 갈색 얼룩을 남기는 기능까지 갖춘 인형을 받았다. 우리는 거실에 허리 높이의 수납장을 두었었는데, 애나는 그걸 벽에서 끌어내서 그 뒤에 서 있곤 했다. 그러면 우리는 애나가 그날 어떤 사업을 벌이든 줄을 서서 방문해야 했다. 은행일 때도, 우체국일 때도 있었고, 커피숍일 때도 있었다. 어느 여름날 우리는 바비큐 그릴을 샀고 애나는 아빠를 자기 레스토랑의 셰프로 고용했다. 그 레스토랑은 다소 찌그러진 파티오 테이블 하나에 자리 세 개만 있는 레스토랑이었지만 내 기억에 따르면 프린트된 메뉴판과 아주 사려 깊은 웨이트리스가 한 명 있었다(반면에 셰프는 우리 버거를 전부 태워 먹었고 분명 재교육을 받을 필요가 있었다). 애나의 상상의 땅에는 결코 공주나 인어나 슈퍼 히어로가 포함되지 않았고, 다만 승무원과 사무원과 도서관 사서들이 있었다. 애나는 어른의 세계에서 노는 데 너무 열중한 나머지 아이로 있을 틈이 없었다. 그 애의 역할 놀이가 결국에는 애나가 경험할 수 있는 어른 세계의 전부가 되었다.

    그 마지막 여름에 내가 뚜렷하게 기억할 수 있는 두 가지 사건이 벌어졌다. 첫 번째는, 6월에 애나가 사고를 당한 일이었다. 애나는 친구의 자전거를 타고 우리 집 근처 가파른 비탈길을 내려오다가 앞바퀴가 움푹 파인 구멍 가장자리에 걸리면서 몸이 붕 떴다가 핸들 위로 떨어졌다. 애나는 헬멧을 쓰고 있었지만 피맺힌 상처투성이가 되었고 불안정한 착지 때문에 오른손 약지가 탈골됐다. 뼈를 맞추려면 마취를 해야 했고, 그 말은 애나가 병원에서 이틀 밤을 보내야 한다는 뜻이었다. 애나는 어쨌든 작은 아이이긴 했지만, 그 애가 병원 침대에 거의 움직임 없이 자그맣고 멍한 모습으로 누워 있는 걸 보고 있자니 내게는 충격적이었다. 나는 그 이틀 혹은 사흘 동안 애나와 몇 시간이고 함께 지내면서 책을 읽어주고, 카드 게임을 하고, 석고 붕대 위로 삐죽 솟은 작은 손톱들에 반짝이를 발라주었다. 애나가 퇴원했을 때, 나는 내 TV를 볼 수 있게—잠시 동안만이라고, 나는 몇 차례 경고했다—해주었다. 애나가 제일 좋아했던 디즈니 영화 〈황제의 새 장갑〉과 아빠가 빨리 나으라고 선물로 사준 〈토이 스토리 2〉를 볼 수 있게 말이다. 애나는 내게 옆에서 같이 봐달라고 부탁했고 병원 침대에 누워 있는 그 애의 이미지가 아직도 생생했던 나는 괜스레 눈을 굴리고 한숨을 쉬어가며 알았다고 했다. 엄마는 팝콘과 거품이 뽀글대는 콜라를 쟁반에 받쳐 가져다주면서 조심스럽게 살짝 방으로 들어왔다. 마치 우리가 평정이 깨질 위협에 처한, 자연 서식지에 있는 야생 동물들이라도 되는 것처럼.

 당시에 대해 내게 또렷하게 남아 있는 또 다른 기억인 애나의 파티에서는 내가 그리 잘 행동하지 못했다. 어떤 이유로, 엄마가 애나와 애나의 친구 대여섯 명을 한 학년이 끝나가는 기념으로 동네 맥도날드에 데려가기로 했고, 애나는 즉시 파티를 소집했다. 그 맥도날드에는 아이들 파티를 위해 버섯 의자와 해바라기 테이블 들을 갖춘 특별한 구역이 있었고, 엄마가 일종의 돌보미이자 아이들과 씨름할 역할로 나 역시 참석하라고 요청했지만, 내가 그런 데 들어가 앉아 있을 일은 절대 없었고, 나는 그 점을 아주 분명히 했다. 반복적으로. 그게 애나를 불안하게 했다. 이제와 돌이켜보면, 분명히 알겠다. 내가 입을 열어 이 여름날 토요일 오후에 애들의 소위 파티에 가는 것보다 더 중요한 할 일이 있다고 불평할 때마다, 애나의 입은 작아지며 꾹 닫혔고 눈은 커다래졌다. 애나는 간절히 내가 와주길 바랐고, 내가 오지 않을까 봐 분명 걱정했다. 결국 나는 가긴 했지만, 몇 테이블 건너에 앉아 감자튀김을 뒤적이고 계속 시계를 보면서 견딜 수 없이 지겨워 보이기 위해 최선을 다했다.

내가 아는 한 애나는 신나는 시간을 보냈다. 애나는 이제 막 학교 밖에서 자기 친구들 무리와 어울리기 시작했고 내가 마음의 눈으로 그 파티에 있는 애나를 볼 때면, 그 한가운데서 미소 짓고 깔깔거리며 케첩 접시들 중 하나에 치킨 너깃을 찍으려고 손을 뻗는 모습이 보인다. 나는 애나가 파티에 만족했다는 걸 안다. 엄마에게 파티에 참석했던 아이들의 평이 좋았다고 자랑스럽게 말하는 걸 들었다. 하지만 나는 내가 애나 옆에, 바로 오른쪽 옆에 붙어 앉아 있었다면 얼마나 좋았을까 싶다. 그 애의 의젓한 언니였더라면.

내가 애나에 대해 정말로 하고 싶은 말은 그 애가 어떤 청소년이 됐는지, 그리고 그 뒤에 어떤 여자가 됐는지에 대한 것이다. 나는 애나가 어떤 모습인지, 어떤 상태인지, 어떤 사람인지, 어디를 갔고 무엇을 했는지 알고 싶다. 대학에서 무엇을 공부했는지, 그래서 어떤 길로 갔는지 알고 싶다. 그 애의 파트너와 그 애의 아이들을 만나고 싶고, 어떤 옷을 입는지, 어떻게 집을 꾸미는지 알고 싶다. 크리스마스면 우리를 위한 와인과 아이들을 위한 선물을 들고 방문하고 싶고, 모두 함께 휴가를 보내고 싶다. 밤늦게까지 함께 앉아 은행놀이에 대해, 자전거 사고에 대해 생일 파티들에 대해 추억을 나누고 싶다. 그 아이가 괜찮다고, 행복하다고, 잘 산다고 하는 말을 듣고 싶다. 애나의 어른이 된 목소리를 듣고 싶다.
하지만 그 남자 때문에, 그럴 수 없다.

2
게임을 해보자

　1999년 12월 31일 마지막 순간에, 온 나라가 새천년의 시작에 대한 알 수 없는 낙관과 Y2K가 유발한, 비행기들이 하늘에서 떨어질 거라는 공포로 들떠 있는 가운데, 나는 우리 집 거실 소파에 앉아 있었다. 한쪽에는 애나가 잠들어 있었고 다른 쪽에는 할미가 가볍게 코를 골고 있었다. 부모님은 캐리갤라인 코트 호텔에서 열리는 파티에 갔고, 나는 다음 날 아침 일어날 때까지 부모님을 보지 못할 터였다. TV에서는, 더블린시티에서 열리는 콘서트가 생중계되고 있었다. 불꽃놀이가 막 열릴 참이었다. 눈꺼풀은 무거웠지만, 나는 불꽃놀이를 볼 때까지 깨어 있기로 했다. 콜라를 한 모금 마시려고 했거나, 아니면 심지어 일어나 직접 차를 만들었는지도 모른다.
　같은 시간에, 우리 집에서 차로 12분 정도 걸리는 거리에 있는, 그리고 캐리갤라인 코트 호텔에서는 고작 2분 거리인 또 다른 어느 집 거실에서 16세의 토미 오설리번이 자기 가족의 TV로 같은 내용을 보고 있었다.
　그때 부엌에 있는 전화가 울리기 시작했다.
　처음에 토미는 전화선 너머에서 아무 소리도 들리지 않는다고 생각했다. 상대방 말소리가 TV 소리에 묻혔거나, 혹은 어쩌면 이쪽 집 탓일 수도 있었다. 그의 동생들, 열두 살 데이비드, 열 살 낸시, 일곱 살 에머 때문에. 그들은 TV 화면 앞을 펄쩍펄쩍 뛰어다니며 춤추고 박수치고 이따금 싸우는 시늉을 하며 남은 크리스마스 간식과 숨소리 나는 음료들로 잔뜩 들떠 있었다. 오설리번네 전화는 부엌 냉장고 옆 벽에 고정되어 있었다. 토미는 아이들을 조용히 시키고 두 공간 사이에 달린 문을 닫은 다음 전화기에 대고 두 번째로 말했다. "여보세요?"

그는 길고 느린 한숨에 이어, 이후에 그가 타닥거리는 소리로 묘사하게 될 소리를 들었다. 전화기 너머에서 누군가 수화기에 대고 거친 숨을 내뱉고 있었다. 이상하고 섬뜩한 소리를 내면서. 토미가 듣게 될 목소리는 남자였고 거칠었으며 쉰 속삭임과 만성적인 줄담배로 성대가 손상된 것 사이 어디쯤인 목소리였다. 그 목소리가 말했다. "게임을 해보자."

그 억양은 분간할 수 없었지만, 상대방이 말하는 그 방식에는 무언가 과장된 위협이 담겨 있었다. 토미는 10대 호러 영화 〈스크림〉을 떠올렸다. 그 시작 장면에, 드류 배리모어가 연기하는 캐릭터가 혼자 집에 있을 때 처음엔 가벼운 장난처럼 보이는 전화를 받는다. 하지만 전화한 사람은 곧 마스크를 쓴 살인자로 밝혀지고 그는 집에 들어와 그녀를 죽인다. 이 장면은 토미의 머릿속에 생생했는데 친구들과 핼러윈 밤에 그 영화를 봤기 때문이었다. 지금은 새해 전야였고 토미는 그 친구들 중에서 마이크 허키의 집에서 열리는 파티에 참석하지 않은 유일한 멤버였다. 술기운이 충만한 친구들은 마이크의 부모님 찬장을 털고는 여느 밤이라면 틀림없이 경찰이 찾아왔을 크기로 음악을 틀어대고 있을 터였다. 거기 가는 대신, 토미는 아이돌보기나 떠맡은 채 집에 처박혀 있었고 그의 부모님은 나의 부모님과 동일한 새해 전야 파티에 참석해 있었다.

토미는 원래도 이런 합의가 마음에 들지 않았지만 지금, 시계 바늘이 자정을 향해 째깍거리고 파티를 놓쳤다는, 혼자 남겨졌다는 비참한 느낌이 절정을 찍으려 하는 지금은 더욱 마음에 들지 않았다. 이 전화가 친구 중 한 명 혹은 여러 명이 이런 상황을 놀리려는 것이라고 확신한 토미는 대충 "아, 꺼져, 병신들아." 같은 말을 내뱉고는 전화를 끊었다. 다음 날, 그의 친구들은 그런 전화를 하지 않았다고 부정한다.

2주 뒤, 2000년 1월 14일 아침에 토미는 휴대전화의 피아노 건반 신호음 소리에 깨어났다. 이 전화기는 그의 첫 전화기로 아버지에게 물려받은 중고품에 선불용 새 심 카드를 끼운 것이었다. 토미는 여름 이후 캐리갤라인에 있는 슈퍼밸루*에서 아르바이트를 했는데, 선반에 물건을 정리하고 봉투를 포장하면서 매주 받는 자신의 수입에서 10파운드를 전화 요금으로 따로 떼어놓았다. 그 정도면 충분하고도 남았는데, 그는 그 기기를 역시나 휴대전화가 있는 친구들과 메시지를 주고받을 때만 사용했고 그런 친구들이 한 손 손가락으로 다 꼽을 정도였기 때문이었다. 그의 어머니는 휴대전화가 없었고 아버지는 직장에서만 사용했다. 그게 혼란스러운 부분이었는데, 그의 침실 어둠 속에서 번쩍이는 작은 녹색 네모진 화면에 따르면 지금 그에게 전화하고 있는 사람은 '아빠'였다. 시간을 보자 토미는 더욱 혼란스러웠다. 오전 5시 2분.

"토미?" 아버지의 목소리는, 아마도, 바로 벽 맞은편에 있는 것치

---

* Supervalu Inc: 미국의 3대 식품 소매회사 가운데 하나로 식품점, 약국 등을 운영한다.

고는 너무 멀게 들렸다. "방문 잠겨 있냐?"

한밤중처럼 느껴졌고 그는 이제 막 깊은 잠에서 화들짝 깨어난 참이었다. 토미에게 처음 든 생각은 아버지가 정신이 나갔다는 것이었다. 그는 질문을 반복해달라고 부탁했다.

"네 방 방문 잠겼냐? 가서 확인해봐라."

"아빠, 그게 뭔 개소…" 토미는 친구들에게는 아주 쉽게 쓰곤 하는 그 욕설을 내뱉다가 입술을 깨물며 얼른 삼켰다. "무슨 소리예요?"

"그냥 해."

아빠의 목소리는 이상하게 들렸다. 10대의 피로의 무게가 토미의 눈꺼풀에 매달려서 그를 베개로 끌어내리고 있었고, 사지를 묵직하고 느리게 했다. 그가 하고 싶은 일이라곤 가능한 한 빨리 다시 잠드는 것뿐이었다. 그는 신음 소리를 내며 침대에서 나와 터덜터덜 방문으로 걸어갔다. 방문은, 정말로, 잠겨 있었다.

토미가 몸을 굽혀 열쇠 구멍을 들여다보자, 빛만 보였다. 열쇠가 없었다.

"우리 방도 잠겨 있다." 그의 아버지가 말했다. "그리고 네 엄마가 방에 없구나."

"엄마가 뭐 때문에 방을 잠근 거예요? 엄마 어디 있는데요?"

그의 아버지는 질문에 대답하지 않았다. 토미는 전화기를 가슴에 대고 불러봤다. "엄마?" 대답은 없었다. 다시, 더 크게. "엄마?" 여전히 아무 대답 없었다. 그는 방문을 두어 번 쾅쾅 두드렸다. 그런 다음 동생 데이비드와 맞닿은 벽 쪽으로 가서 그 벽을 두드렸다.

"내가 나가마." 아버지가 말했다. "창문으로 간다. 내가 보조 열쇠

가지고 들어갈게."

그들은 전화를 끊었다.

토미가 다음에 들은 소리는 맞닿은 벽을 통해 들리는 불만 섞인 신음이었다. 데이비드가 마침내 깨어났다. 토미는 동생을 달래서 침대 밖으로 나와 문을 확인하라고 했다. 같은 상태였다. 잠겨 있고, 열쇠는 없었다.

토미는 창문을 향했다. 밖은 칠흑같이 까맸다. 밸리스레인의 집들은 넉넉한 부지가 딸려 있었고 가로등은 없었다. 그래도 차가 두 대 있는 게 확실했다. 엄마가 집 안에 있다는 뜻이었다. 하지만 뭘 하고 있지? 그는 크리스마스를 떠올렸다. 특히, 크리스마스이브를. 2년 전에, 산타클로스가 곧 온다는 사실에 낸시와 에머의 흥분이 도를 넘으면서 둘이 서로의 흥분을 더해서 두 아이 모두 정신이 말똥말똥해지는 바람에 거의 밤새도록 번갈아가며 선물이 아직 안 왔는지 보려고 살금살금 거실로 나왔던 적이 있었다. 지치고 화가 난 나머지 엄마는 마침내 아이들 방 방문을 잠가버렸다. 이게 그 일일까? 엄마가 동생들이 아침까지 몰랐으면 하는 깜짝 놀랄 만한 일을 계획하고 있는 걸까? 하지만 그러면 열쇠는 왜 가져가지? 왜 엄마 방까지 잠그지? 어째서 그가 부르는 소리에 대답이 없지?

토미가 보는 사이, 노란 빛 한 줄기가 자갈돌 깔린 진입로에 떨어지더니 창문이 열리는 둔중한 탁 소리가 들렸다. 그의 아버지가 밖으로 나오고 있었다. 1분 정도 걸렸지만 이내 자갈돌이 발밑에서 우적우적 밟히는 소리가 나고 한 형체가 토미의 방 창문을 서둘러 지나쳤다. 밤을 가로지르는 한 그림자. 그는 열쇠가 정문에 꽂히는 소리를 들어보려 했지만 그 소리는 결코 들리지 않았다.

대신, 아버지의 고함 소리가 들렸다.
아버지는 토미에게 경찰을 부르라고 외치고 있었다.

짐의 휴대전화가 갑자기 울려 차 속의 고요를 흩트리며 그를 깜짝 놀라게 했다. 아직도 책이 만들어낸 기억의 안개 속에 잠겨 있던 그는 아무 생각 없이 전화를 받았다.

"오." 노린의 목소리가 들렸다. "전화 받을 줄은 몰랐네. 그냥 메시지를 남기려고 했는데. 일하는 거 아니야?"

"무슨 일이야, 놀?"

"케이티가 저녁 먹으러 온대." 그들의 딸은 컬리지로드에 있는 대학생을 대상으로 하는 셋방으로 이른바 출가했음에도 불구하고, 그 전만큼이나 집에 얼쩡대는 것 같았다. "그래서 당신 오는 길에 센트라에서 뭐 좀 사 오라고."

짐은 무릎 위에 놓인 책을 쳐다보았다. "왜 당신이 가서 사지 않고?"

"돈." 노린은 조용히 말했다.

"하지만 금요일에 충분히 줬잖아. 다 어디 갔어?"

"공과금을 냈지, 짐. 그리고 우리가 이번 주에 지금껏 먹은 음식들하고. 내가 어쩔 수 없…"

"문자로 보내."

짐은 전화를 끊고 전화기를 보조석에 다시 던졌다. 아내가 히스테리를 부릴 때면 듣고 싶지 않았다. 들으면 머리가 아팠다.

그리고 그는 다시 책으로 돌아가고 싶었다.

이브 블랙이 그 칼과 밧줄을 발견했었군. 그건 새로운 사실이었다. 그것들은 그날 밤 그가 가지러 갔을 때 여전히 그 자리에 있었기 때문에 그가 그 사실을 알 도리는 없었다. 흥미로운 사실이었다. 달라질 건 아무것도 없었지만. 그리고 스페니시포인트라. 가본 적은 없지만, 어딘지는 알았다. 그걸로 질문에 답이 됐다. 그는 항상 그녀가 그날 이후 어디로 사라졌는지 궁금했다. 어린 시절의 기억. 지루했다. 그는 이 사람들이 어떤 사람들이었는지 전혀 관심 없었다.

그래도 그 거짓말은 흥미로웠다.

혹은, 일단 이브를 믿는다 치면, 그 착각은.

그녀가 그날 밤 일을 자세히 묘사할까, 그 밤을? 뭐라고 할까? 그는 앞부분을 건너뛰고 확인해보고 싶은 유혹이 강하게 들었다.

하지만 책을 음미하고 싶기도 했다.

그 책을 읽는 일이 무언가를 휘젓고 있었다. 어떤 느낌. 그 느낌. 마치 오래전 연락이 끊겼던 단짝 친구의 목소리를 듣는 것만 같았다. 전혀 기억나지 않지만 일단 되살리고 나면 잊어버렸다는 사실을 믿을 수 없게 된다.

하지만 잊어야 하리라. 그는 거의 예순세 살이었다. 예전처럼 빨리 움직일 수 없었다.

더 이상은 그 모든… 일을 할 만한 에너지가 없었다.

1시 반이었다. 그는 보통 3시 15분경에 퇴근하니까, 학교가 파하는 시간에 교외로 빠져나가 가게에 들렀다 가려면, 45분 정도는 더 있어도 안전할 것 같았다.

짐의 전화기가 진동했다. 노린이 보낸 문자였다.

닭가슴살, 오븐 칩스, 버섯, 화이트 와인 한 병.

부탁한다는 말도 고맙다는 말도 없었다. 그리고 화이트 와인은 없어도 되리라. 짐은 열여덟 살짜리 딸한테 목요일 밤에 술을 따라주지는 않을 것이고, 어쨌든 케이티도 원치 않을 터였다. 매일 아침 동이 트자마자 일어나 체육관에 가니까.

그리고 노린은 내가 화수분인 줄 아나?
짐은 전화기에 타이머를 설정해놓고 책으로 돌아갔다.

대신, 아버지의 고함 소리가 들렸다.

아버지는 토미에게 경찰을 부르라고 외치고 있었다.

밖에서 보면, 오설리번네 집은 전혀 눈에 띄지 않았다. 그 집은 아일랜드 교외 지역에 흩어져 있지만 교외에 어우러지게 하려는 노력은 전혀 기울이지 않은 전형적인 부류의 단층집이었다. 더러운 잿빛 벽돌로 지어진 웅크린 직사각형 상자 모양의, 길에서 물러나 있는 집. 창문들은 너무 짧고 동시에 너무 길쭉해 보였다. 마치 더러운 슬레이트 타일들이 묵직하게 얹힌 경사진 지붕의 압력에 불안정하게 짓눌려 있는 것처럼. 오로라—현관 옆 놋쇠 현판에 새겨진 집 이름—는 1978년 계획안대로 지어졌다. 그날 이후 개보수된 거라곤 공사가 끝나기도 전에 사라진 건축업자가 뒤뜰에 지은 온실뿐이었다. 업자는 그 공간을 1년 중 열 달은 안에 앉아 있기 너무 춥고, 한 쌍의 프렌치도어는 제대로 닫히지도 않는 채로 남겨놓았다.

토미의 부모님, 앨리스와 셰인 오설리번은 둘 다 열아홉 살이었을 때 블라니에서 열린 생일 파티에서 만났다. 앨리스는 원래 클로나킬티 출신이었고, 셰인은 밴던 출신이었다. 그들은 그 첫날 저녁 서로 겹치는 친구들과 공통의 장소들에 대해 말로 지도를 그리며 어떻게 이전에 한 번도 마주치지 않았는지 놀라워했다. 그 이후 그들이 함께한 삶은 매끄럽게 예정된 길을 따라 흘러갔다. 그들은 3년간 연애한 다음 결혼했고 집을 샀다. 앨리스는 12개월 만에 토미를 임신했다. 셰인은 은행에 들어가 꾸준히 승진하기 시작했다. 세 명의 아이들이 더 생겼는데, 앨리스가 생각했던 것보다 한 명이 더 많았다.

한동안은 힘들었고 심지어 미칠 지경이었지만, 이제는 아이들도 다 자랐고 앨리스는 다시 숨 쉴 공간이 생겼다고 느꼈다. 셰인은 석

달 전에 더글라스의 점장으로 임명되었고 덕분에 생각할 여유뿐 아니라 경제적인 여유도 약간 생겼다. 앨리스는 얼마 전까지만 해도 의존했던 아동 복지 수당을 저축하기 시작했다. 그리고 계획을 짜기 시작했다. 해외에서 보내는 가족 휴가, 가능하면 프랑스. 아이들마다 방 하나씩을 주기 위해 필요했던 새 침실을 추가할 건물 증축. 저 끔찍한 온실 허물기.

그를 처음 만난 건 앨리스였다.

2000년 1월 14일 새벽에, 그녀는 깨어나 눈부신 하얀 빛에 앞이 보이지 않는다는 것을 알아챘다. 그 빛이 눈에 보이는 전부였다. 눈을 감아도 어두워지지 않는 것 같았다. 뇌졸중이나 일종의 뇌출혈인가 싶은 생각이 스쳤다. 요 전날 겪었던 두통이 떠올랐다. 그때 의사를 보러 가야 했을까? 이제 너무 늦었나? 앨리스는 정신없이 침대 옆을 더듬으며 셰인의 따듯한 몸을 찾아 무언가 끔찍하게, 끔찍하게 잘못됐다는 것을 알리려고 했다. 하지만 무언가가, 누군가가 그 전에 그녀를 붙잡았다. 빛이 바뀌더니 그 진원지가 흔들리며 멀어지고 몸 위를 짓누르는 묵직한 무게감으로 대체되더니 무언가 날카로운 것이 목의 부드러운 살에 와 닿았다.

소름 끼치는 한순간 모든 것이 이해됐다. 그 빛은 그녀의 집에 있어서는 안 되는, 마스크 쓴 남자의 이마에 묶여 있는 헤드램프였다. 그 남자가 지금 그녀 위로 올라타며 오른쪽 팔로 그녀를 셰인의 티셔츠 천에서 고작 몇 센티미터 떨어진 침대 왼쪽에 고정하고 왼팔로는 그녀의 목에 날카로운 무언가를 짓누르고 있었다. 그는 젖은 낙엽과 흙냄새를 풍겼고, 그의 숨결에서는 무언가, 친숙하지만 살짝 불쾌한 냄새가 났다. 이건… 커피?

장갑 낀 손이 앨리스의 입을 너무 세게 틀어막아서 앨리스는 입에서 금속 맛이 났다. 그 힘 때문에 잇몸에서 피가 흘렀다.

"소리 내지 마." 침입자가 속삭였다. "목을 그어버릴 테니까. 그런 다음 전부 갈라버릴 거야, 한 명씩 한 명씩. 알겠으면 끄덕여."

앨리스는 끄덕거렸다.

몸 전체가 너무 심하게 떨려서 어째서 셰인이 깨어나지 않는지 이해할 수가 없었다. 하지만 그때 셰인이 꿈틀거렸다. 앨리스는 자신의 몸 아래쪽에서 그 움직임을 느꼈고 그가 몸을 뒤척이면서 매트리스 스프링이 삐걱대는 소리를 들었다. 하지만 그녀의 남편은 이내 다시 잠에 빠지며 한숨을 뱉었다.

그녀의 몸 위에서 무게감이 사라지고 방 안의 빛이 달라지며 그녀가 아는 상태로 돌아갔다. 어둡고, 저 아래 현관에 달린 전구에서 비치는 가느다란 빛줄기가 흐릿하게 열린 문 틈새로 밀려들어 오는. 너무 빨리 일어난 일이라 앨리스는 한순간 자신이 이제 막 깨어났고 지난 10초 사이 벌어진 모든 일은 꿈, 끔찍하게 생생한 악몽의 끄트머리였다고 생각했다. 늦었다고 생각하며 깨어났다가 아직 시간이 많다는 걸 깨달았을 때처럼. 안도감이 밀려드는 참에 이불 아래서, 남편 쪽이 아닌 잘못된 쪽에서 한 손이 그녀에게 다가와 그녀의 발을 휙 잡아당겼다.

그 남자가 침대 밑에, 혹은 그 옆 바닥에 웅크리고 있었다. 이제 장갑 낀 손으로 그녀의 발목을 잡았다. 칼날 끝으로 그녀의 다리 뒤를 훑더니 발꿈치에서 맴돌며 그 끝으로 8자 모양을 그렸다. 그러더니 다리로 다시 올라와 그녀의 허벅지 속을 파고들어 팬티의 레이스 가장자리를 찔렀다. 앨리스는 공포로 떨고 있었다, 수없이 들어도 봤고 읽어도 봤지만 실제로 경험한 적은 한 번도 없었던 표현대로. 그리고 그녀는 자기 몸의 이 비자발적인 움직임 때문에 피부에 칼이 닿을까 봐 걱정됐다. 이제 그 마스크 쓴 남자가 그녀의 다른 다리를 잡아당기고 있었다. 그다음엔 그녀의 팔도. 그는 그녀를 침대에서 끌어내면서 그녀의 귓가에 이렇게 속삭였다. "우린 게임을 할 거야."

목에 칼을 들이댄 채, 침입자는 앨리스를 침실 밖으로 끌어내어 복도로, 현관 쪽으로 밀쳤다. 그녀는 달아나려고 시도하지 않았다. 할 수 있을 것 같지 않았다. 그녀는 생각했다. 이 남자가 나를 여기서 데려가고 있어. 나를 죽일 거야. 아이들 방 방문—토미의, 데이비드의, 그리고 낸시와 에머가 함께 쓰는—을 지나칠 때는 남자가 이미 자신의 가슴에 칼을 찔러 넣은 것 같았다. 그들은 현관문을 지나쳐 거실로 들어갔다. 왜 남자는 그녀를 여기로, 모두가 잠들어 있는 곳에서 반대쪽 끝으로 데려왔을까? 그녀는 남자가 자신을 강간할 차례라고 생각했다.

이 시점에서 그녀가 품은 희망이 있었다면, 그게 다이길 바라는 것이었다. 그녀는 적어도 육체적으로는 살아남을 수 있을 것이라고, 그리고 어떻게든, 언젠가는 그 기억을 떠안고 사는 법을 배울 수 있으리라고 생각했다. 그녀는 조용히 기도했다. 집의 다른 모든 이들이 잠든 채로 있기를—다른 모두가 잠들어 있는 것이기를, 이 괴물이 하려는 짓이 뭐건 간에 그녀의 침대에서 시작했기를 빌었다. 그게 아니라면 생각하기도 끔찍했다.

이 집에는 화장실이 두 개 있었다. 침실 옆에 붙은 가족 화장실과 부엌 옆 더 작은 것 하나. 작은 쪽은 고작 1.5미터에서 2미터도 안

될 만큼 좁았지만 그럭저럭 변기 하나, 세면대 하나에 어른에겐 너무 작지만 아이들이 쓰기엔 충분한 샤워기 하나를 우겨넣을 수 있었고, 그 정도로도 학교 가는 날 아침의 스트레스를 줄이기엔 충분했다. 마스크 쓴 남자는 살짝 발로 차서 그 문을 열고는 앨리스를 안에 밀쳐 넣었다. 그는 그녀에게 바닥에 앉으라고 말하며 칼로 변기와 샤워 문 사이의 틈을 가리켰다. 앨리스는 무릎을 꿇으며 주저앉았고, 그는 그녀 바로 뒤에 서게 됐다.

잘 기억나지 않는 움직임과 작열하는 고통이 따랐다. 그는 그녀의 머리를, 얼굴부터 닿게 도기로 된 변기에 박았다. 앨리스는 비명을 내지르며 넘어져 기절했다. 그녀는 입술에 매끄럽고 부드러운 무언가를—피를—느꼈고, 코가 부러졌는지도 모르겠다고 생각했다.

공백.

눈을 떴을 때, 그녀는 바닥에 반쯤 누워서 타일을 마주하고 있었다. 뇌가 두개골 밖으로 탈출하려는 것처럼 느껴졌다. 시야가 분홍색으로 변했다. 피가 이마에 난 깊은 상처에서 눈으로 흘러내리고 있었다. 상처를 만져보려고 조심스럽게 손을 들어 올렸지만 반밖에 들지 못했다. 일격을 맞아 기절해 있는 동안, 침입자는 기다란 밧줄로 그녀를 변기 뒤 파이프에 묶어놓았다. 밧줄은 그녀의 손목을 몇 번이고 감고 있었고 깔끔하고 단단한 매듭들로 묶여 있었다.

그는 문간에 서 있었다. 현관 불빛에 그림자를 드리우면서. 그는 몸을 굽혀 그녀의 귀에 속삭였다. 그의 더운 숨결이 그녀의 피부를 간지럽혔다.

"토미. 데이비드. 낸시. 에머."

앨리스는 그 메시지를 이해했다. 그녀는 얌전히 굴 터였다.

진짜 공격이 시작되리라 생각하면서, 그녀는 마음의 준비를 했다. 하지만 대신 침입자는 밖으로 물러나 복도로 나서더니 문을 부드럽게 닫았다. 열쇠가 자물쇠에서 돌아가는 짤그랑 소리가 들렸다.

화장실 안은 이제 어두웠고 그녀는 혼자였다. 그가 가고 있나? 얼마나 조용히 있어야 할까? 그녀가 조용히 있으면 그자가 어떻게 할까? 그가 아이들을 해치지 않으리라는 걸 어떻게 알지? 지금 소리를 질러서 아이들에게 경고를 해야 할까? 그러면 아이들이 다치게 될까? 어떻게 해야 할까?

이후 몇 분간, 집 안의 고요는 점점 더 커져갔다. 마치 볼륨이 가장 크게 맞춰져 있지만 음악은 틀지 않은 스피커가 지직거리는 것처럼. 그 고요는 그녀 자신의 맥박 소리, 그녀의 머릿속에서 쿵쿵대는 고통과 뒤섞였다. 그 고통이 그녀의 시야에서 어떤 상을, 그녀가 알아보고자 애쓰는 어떤 빛을 맺어갔다. 혹은 그녀의 눈이 부풀어 오르고 있기 때문인지도 몰랐다. 혹은 그건 그녀의 코인지도 몰랐다. 앨리스 귀에 어떤 소리들이 들렸지만 그녀는 그 소리가 진짜인지, 진짜라면 무엇 때문에 나는 소리인지 확신이 없었다. 문 경첩이 내는 부드러운 끼익 소리. 카펫 위를 스치는 발소리. 유리가 무언가 다른 것, 아마도 나무에 부딪히는 희미한 쨍그랑 소리. 앨리스는 눈을 감았고 아이들의 목숨을 위해 기도했다.

셰인은 경찰에게 어떤 소리 때문에 깼을지도 모르지만 확실치는 않다고 말했다. 그가 깼을 때 충격받은 것은 꼭 아내가 침대에 없었기 때문—그녀는 밤에 종종 그러듯 화장실에 가려고 일어났을 터였다—이 아니라 침실 문이 닫혀 있는 것이었다. 울부짖는 토미를 병원에서 집으로 데려온 이후 문은 항상 살짝 열린 채였다. 셰인은 1, 2분간 깬 채로 누워 귀를 기울이며 기다리다 혼란스러움이 걱정이 되어 침대에서 일어났다. 그는 침실 문이 잠겨 있고 열쇠가 빠져 있는 것을 발견했다. 전혀 이해가 가지 않았다. 그의 일부는 집안 전체를 깨우더라도 앨리스를 소리쳐 불러 도대체 무슨 일인지 알아보고 싶었다. 그의 일부는 웃기는 과잉반응이라고 생각했다.

그는 토미의 휴대전화가 떠올랐고 침대 옆 테이블 위에 두고 충전 중이던 자신의 휴대전화로 전화했다. 아들이 자신의 침실 문 역시 잠겨 있다고 말했을 때, 셰인은 무언가가 끔찍하게 잘못되었다는 것을 알아차렸다. 그는 신발을 신고 서투르게 침실 창문을 타고 넘어 서둘러 현관으로 돌아갔다. 테라코타 화분 아래 보관해둔 보조 열쇠로 집에 들어갈 생각이었지만 열쇠는 필요 없었다. 현관문은 활짝 열려 있었다.

앨리스가 집을 나갔나? 셰인은 정원을 훑어보았다. 자갈돌 깔린 진입로, 도로, 하지만 칠흑 같은 어둠 속에서 보이는 것은 거의 없었다. 손전등을 가져와야겠다고 그는 생각했다. 냉장고 옆 잡동사니 서랍에 하나 들어 있었다. 그는 안으로 들어가 부엌으로 향하면서 가는 길에 전등 스위치들을 다 올렸다. 공기 중에서 누군가 커피를 끓이고 있었던 것 같은 냄새가 났고, 정말로, 부엌 카운터 위에 블랙 커피가 식어가는 머그컵이 놓여 있었다.

이 모든 것이 다 이상했다. 앨리스는 커피에 우유를 넣어 마셨고, 아침에 일어나자마자 한 잔만 마셨으며 그 머그컵은 절대 사용하지 않았다. 그 컵은 그들이 크리스마스 선물로 받은 네 개 세트 중 하나로, 유명한 아일랜드 홈웨어 디자이너가 수공예로 작업한 값비싼 것이며, 아내가 '쓰기엔 너무 좋은 것'으로 분류한 것이었다. 그 컵들은 평소에 유리문이 달린 장식장 안에 전시되어 있다가 특별한 손님들이 왔을 때만 꺼내는 것이었다. 지금 그 컵이 한밤중에 부엌 카운터 위에, 커피 자국이 남아 있고, 여전히 따듯한 채로 놓여 있었다.

하지만 부엌 식탁 위에는 한층 더 이상한 것이 있었다. 길고, 얇고, 단순한, 다섯 개의 은색 열쇠들이. 식구들의 방 방문 열쇠들. 그 열쇠들을 보자 서늘한 공포가 셰인 속에 뱀처럼 똬리를 틀었다. 왜냐하면 지금 무슨 일이 일어나고 있는지 알았으니까. 분명했다. 그는 토미에게 경찰을 부르라고 소리쳤다. 더 이상은 누구를 더 깨우든 신경 쓰지 않았다.

모든 것이 들어맞기 시작했다. 열린 현관문, 밖에서 잠긴 방문들, 사라진 앨리스… 그리고 셰인은 은행 지점장이었다. 그는 이런 일에 대해 설명을 들었다. 인질 강도라고 불렸다. 가족에 가하는 위협, 경찰에 접촉하지 말라는 경고. 이제 곧 틀림없이 전화가 오거나, 혹은 이후의 지침에 대한 메모를 남길 터였다. 앨리스는 아마도 어딘가 밴 뒷자리에서 겁에 질려 있겠지만 육체적으로는 무사하리라. 그는 아침이면 평소처럼 출근해서 수천수만 파운드를 현금으로 짊어지고 나올 터였다. 혹은 그들이 지금, 아무도 오기 전에 출근해서 경보를 해지하고 금고를 비우라고 시킬지도 몰랐다. 나중에 그는 이 패거리 중 한 명에게 돈을 전달할 테고 얼마 후면 앨리스가 집으로 돌아오리라.

그게 예정된 일이었다. 적어도 이 범죄 조직의 마음속에서는. 셰인의 고용주, 이 나라에서 가장 큰 상업 은행에서는 이런 일이 발생하는 경우에 대한 명확한 지침이 있었다. 납치범의 말을 듣지 말 것.

이 일은, 어쨌든, 무장 강도는 아니었다. 그래, 이자들은 강도가 맞다. 하지만 살인자인가? 아니. 경찰에는 이런 상황을 다루도록 훈련된 특수 경찰들이 있었고, 그들이 납치범들을 덮쳐 앨리스를 구출할 때까지 셰인이 가짜 협상을 하게끔 도울 터였다.

셰인은 한 손에 열쇠들을 쓸어 담고, 하나가 맞을 때까지 하나씩 하나씩 맞춰보았다. 낸시와 에머는 각자 침대에서 잠들어 있었다. 데이비드는 궁금한 표정으로 침대에 앉아 있었다. 아내와 함께 쓰는 방은 그가 나온 그대로였다. 토미는 자기 방 방문 앞에 서서 전화기를 손에 쥐고 기다리고 있었다. 999 담당자가 무슨 일이냐고 묻고 있었다. 셰인은 재빨리 상황을 요약했다. 전화선 너머 여자는 캐리갤라인 경찰서에서 차 한 대가 이미 출발했다고 그를 안심시켰다. 그는 전화기를 토미에게 돌려주고 나서야 그의 왼손에 손바닥 피부를 찔러대는 무언가가 있다는 사실을 깨달았다. 열쇠였다. 열쇠 다섯 개, 방은 네 개. 어딘가 문 하나가 여전히 잠겨 있었다.

그가 그 화장실 문을 열었을 때, 불을 켜기도 전에 그의 발이 아내의 다리를 찼다. 앨리스는 멍했고 말을 제대로 하지 못했다. 그녀의 얼굴은 부어오르고 피로 얼룩져 엉망이었다. 그녀는 코가 부러졌고 가벼운 머리 부상을 입었으며, 둘 다 빠르게 그리고 완전히 회복됐지만, 그날 밤에 그녀의 얼굴은 알아볼 수 없는 자줏빛 덩어리였다.

첫 번째 경찰차가 5분 뒤에 도착했다. 수사가 있을 터였지만, 무엇을? 앨리스를 제외하곤 목격자도 없었고 앨리스는 남자의 얼굴을 보지 못했다. 그는 집 안에 자기 흔적을 전혀 남기지 않았다. 그 지역에서, 혹은 그 공격이 있던 시간대에 목격된 차량은 없었고, 위치 때문에 확인 가능한 CCTV 영상도 없었다. 침입자가 어떻게 집에 들어왔는지조차 알 수 없었다. 유령이라고 할 판이었다.

내부적으로, 경찰은 침입자가 아예 없는 것이 아닌지 의구심을 품었다. 몇 달 뒤 클레어 바딘이라는 한 여성이 그 침입이 있었던 시간대에 밸리스레인을 운전하다가 목격한 바를 신고하게 된다. 그녀 차의 헤드라이트 불빛으로 화들짝 놀라게 했던 어두운 색 옷을 입은 한 남자를. 바딘은 외국에 살았고 코크에 다시 방문해서 그 사건에 대해 알게 될 때까지 자신이 본 것의 중요성을 깨닫지 못했다. 그녀는 경찰서 소속 화가에게 협력해서 남자의 스케치를 일반 대중에게 배포했지만 새로운 실마리를 얻는 데는 실패했다.

반면에, 오설리번 가족은 자물쇠를 바꾸고, 보안등을 달고, 전자장비를 설치했다. 그들은 뉴스를, 범인이 체포됐다는 소식을 기다렸다. 아무 소식도 들려오지 않았다. 신문과 지역 라디오에 몇 줄 보도가 됐지만 모두 이 사건을 인질 강도가 실패한 것으로 취급했다. 앨리스는 가족과 친구들에게 자신이 괜찮다고, 그저 이 일을 잊고 싶을 뿐이라고 말했지만 6개월 뒤에도 여전히 밤마다 완전히 깬 채로 TV에서 일렁이는 푸른 불빛을 마주하면서, 하지만 전혀 보지는 않으면서 소파에 앉아 있곤 했다. 문도 자물쇠도 전혀 의미가 없었다. 그녀는 자신의 집에서조차 깜깜하고 아무도 없는 길가에 나와 있는 것처럼 위협을 느꼈다. 결국 오로라에는 '매매' 표지가 붙었고 셰인은 어디든 이 나라 다른 곳에 있는 지점으로 전근 요청을 했다.

아이들은 그날 밤에 일어난 일에 대해 각기 다른 이야기를 들었다. 낸시와 에머는 거의 아무 얘기도 듣지 못했고, 그 후로도 몇 년간 자신의 엄마가 화장실에 가려고 일어났다가 어둠 속에서 무언가에 걸려 넘어졌다고 생각하게 된다. 데이비드는 엄마가 도둑을 마주쳤다고, 새로운 안전장치들 덕분에 이제는 더 이상 도둑이 들지 않을 거라고 들었다. 토미는 진실을 들었지만 전부는 아니었다. 그는 그날 밤 자기 집에 들어온 남자가 엄마에게 게임을 하자는 등의 말을 지껄였다는 얘기는 듣지 못했다. 그 장난 전화를 걸었던 상대가 새해 전야에 그에게 말했던 것과 똑같이. 그에겐 두 사건을 연결할 하등의 이유가 없었다.

오설리번네 부엌에 있던 전화는 선불 전화였다. 커다란 파란색 버튼과 동전을 넣는 구멍이 달린 진회색의 네모진 플라스틱 덩어리로, 가정집 벽에는 전혀 어울리지 않는 물건이었다. 1900년대 아일랜드에서는, 이게 10대 아이를 둔 부모들이 전화비를 아끼는 똑똑한 방법이었다. 나와 같은 과 친구인 대니얼도 자기 집에 그런 전화가 있었다고 했다. 하지만 그녀는 엄마가 그 열쇠를 어디에 보관하는지 찾아냈다. 그녀는 전화가 필요할 때마다 몰래 동전 통을 열 기회를 기다려 파운드 동전과 50펜스짜리들을 한 줌 움켜쥐고 다른 기회를 노려 전화기에 집어넣기만 하면 됐다. 그녀의 엄마는 자기도 종종 같은 행동을 했기 때문에 결코 알아차리지 못했다.

나는 가끔씩 오설리번의 부엌에 너무도 어울리지 않았을, 1999년 12월 31일 밤의 그 전화기를 상상해본다. 가족들의 생활 쓰레기가 널린 조리대 위로 유리문이 달린 찬장 안에 크리스털 잔들과 도자기 접시들이 깔끔하게 진열되어 있는 시골풍의 부엌 사진을 본 것이 도움이 된다. 그 전화기는 미사 시간이 보이게끔 접힌 교구 소식지를 자석으로 붙여놓은 냉장고 옆에 달려 있다. 모든 것이 고요하고 어둡고 죽은 듯 미동하지 않는다. 생명의 징후라고는 다른 방에서 들려오는 희미한 음악 소리와 들뜬 아이들의 꺅꺅거림뿐.

이 순간, 우리가 모두 살아 있고 안전한 이때, 우리는 아직, 밤에 집에 들어와 등 뒤로 문을 닫으면 따뜻하고 안전하고 친숙한 모든 것은, 춥고 위험하고 낯선 모든 것과 벽으로 분리되는 장소로 들어왔다고 믿는 세계에서 안전하게 살아 있다고 느낀다.

그리고 다음 순간, 전화가 울리기 시작한다.

그 날카로운 울림이 공기를 가로지른다. 어쩌면 그 작은 LCD 스크린이나 수신 전화가 있음을 알리는 불빛에 무언가가 있는지도 모른다. 어쩌면 이 침범은 그저 기분 탓인지도 모른다. 어느 쪽이든, 전화선 반대쪽에 괴물이, 속삭일 준비를 하고 기다리고 있다.

수년 동안 나는 내 가족을 살해한 남자에게 혹시라도 기회가 있다면 물어보려고 머릿속에 질문거리를 담아두었고, 위에서 세 번째 질문(왜? 왜 우리인가? 그다음)은 왜 그날 밤인가, 였다. 2000년이 시작되는 이날 자정보다 더 희망이 가득했던 밤은 없었다. 그날은, 마침내 도래했는데도 너무나 미래적이어서 마치 외국어 같았다. 그 순간의 무엇이 그자에게 그런 짓을 하게 했을까? 그날 밤 그림자들 속에서 나와 오설리번의 집에 전화하기로 결정했을 때 그는 무슨 생각을 하고 있었을까? 그에게 어떤 일이 생긴 탓에 마침내 스위치가 눌린 걸까? 혹은 몇 달 동안 그 일을 계획했을까? 그리고 대체 전화는 왜 했을까? 의미가 뭘까?

하지만 내가 가장 궁금한 것은 토미 오설리번이 마지막으로 수신된 전화번호로 재발신할 수 있는 버튼 조합을 알았더라면 어떻게 됐을까 하는 것이다. 그랬다면 어디서 전화가 울렸을지 궁금하다. 한적한 시골 길가에 있는, 이미 텅 비어 버린 공중전화 부스에서 울렸을까? 예상 밖의 장소일까? 대학이나 병원, 혹은 경찰서 같은? 아니면 오설리번네 집과 같은, 음악과 아이들 목소리와 거품이 솟는 축하주로 가득한, 역사적인 카운트다운을 맞아 들썩이는 나라 전체에 합류할 준비를 하고 있는 어느 집에서?

　나는 어떤 시나리오가 가장 무서운지 안다. 그리고 그것이 가장 가능성이 높다는 것도.

짐이 차를 세우고 가장 먼저 본 것은 앞마당에 떡하니 놓여 있는 질펀한 개똥 덩어리 한 무더기였다. 그걸 보니 피가 끓어올랐다. 그는 문을 박차고 나와 옆집 진입로로 뛰어들었다. 그 집 마당에는 개똥이 전혀 없었다. 웃기기도 하지.

그가 초인종을 누르자 캐런이 나왔다.

캐런과 데릭은 30대 초반이었다. 캐런은 구불구불한 짙은 색 곱슬머리에 피부는 누르스름했고, 작고 단단한 몸을 꼭 끼는 신축성 있는 옷으로 휘감고 있었다. 데릭은 마르고 창백했으며 그녀와 전혀 어울리지 않았다. 그들은 아이가 없었고 대체로 이웃을 거슬리게 하지 않았다—웬 멍청한, 늙은, 불가역적인 장 기능 문제 어쩌고 때문에 끊임없이 다른 사람들 정원에 자기 장을 비워대는 개를 '구조'하기 전까지는.

"짐." 그녀는 억지로 웃으며 말했다. "무슨 일이시죠?"

둘 다 그가 왜 거기 있는지 알고 있었다. 그는 지난달에도 같은 이유로 두 번 그 자리에 섰다.

"또 그랬습디다." 짐은 어쨌든 말했다.

캐런은 입술을 오므렸다. "음, 죄송하네요. 하지만 개니까요. 우리가 어쩌길 바라시는지 잘 모르겠네요."

"아주 간단하지. 그놈을 내 마당에 못 들어오게 해요."

또 다른 억지웃음. "최선을 다해볼게요."

"또 그러면, 우리도 더 심각한 조치를 취할 수밖에 없어요."

캐런은 고개를 돌려 현관 안쪽을 흘끗 쳐다보았다. 처음에 짐은 그녀가 데릭이 거기 있는지, 그가 와서 자신을 지원할 수 있는지 확인하나 보다 생각했다. 하지만 그때 그는 그녀의 입가 한쪽이 슬쩍 올라간 것을 보았다. 그리고 그녀가 고개를 돌려 그를 마주 볼 때 입술이 한데 다물린 모양새도. 그리고 그는 그녀가 웃음을 감추고 있다는 것을 깨달았다.

짐은 얼굴이 달아올랐다.

그는 밸리스레인에 있는 한 집에 들어가서 잠자는 여자를 여자의 침대에서 끌어내렸던 남자였다. 여자를 묶고 그 귀에 그 여자의 아이들 이름을 속삭였던 남자. 여자의 머리를 변기에 박았던 남자.

그리고 그 이후로, 훨씬 더 심한 짓까지 했던.

하지만 캐런이 자기 앞에 서 있는 사람에게서 보는 건 이웃집 연금 생활자였다. 머리 양 옆에 하얀 머리카락 한 줌만 남은 남자. 손등에는 검버섯이 돋은 남자. 힘세고 건강한 건 맞지만, '그 나이치고'라는 수식어가 붙는. 그녀가 보는 남자는 이미 (별 볼 일 없는) 전성기를 지난, (많지도 않은) 줄 것들은 전부 준, 이제는 아무것도 바꿀 수 없는(너무 늦었으니까) 남자였다. 그는 그들이 처음 이사 왔을 때 자신이 경찰이었다는 점을 분명히 했지만, 그조차 예전처럼 효과적이진 않은 것 같았다. 요즘 사람들에게는 존경심이라는 게 없었다.

오래지 않아, 마침내 나이가 그를 완전히 투명하게 만들어버릴 때면, 캐런은 그 자리에 누가 서 있다는 것조차 알아차리지 못할 터였다.

하지만 진실을 알면 그 여자도 그를 비웃지 못하리라.

비명을 지르며 달아나겠지.

"다시는 그런 일이 없을 거예요." 캐런은 말했다. 설득력 있게 들리려는 노력조차 하지 않았다. "그만 가봐야겠어요. 오븐에 뭘 넣어놔서요." 그녀는 문을 끌어당기기 시작했다.

"그 개를 없애지 않으면, 내가 할 거요." 짐은 말했다.

협박처럼 들렸고 그런 의도였다. 평소라면 그도 그렇게까지 밀어붙이지 않을 터였지만 아마도 그날 밤 밸리스레인에서 있었던 일에 대해 읽은 것이 차갑게 식어가던 무언가에 불을 지핀 것 같았다.

그는 자신이 정말 누구였는지 되새길 필요가 있었다.

그가 어떤 사람이었는지, 전부.

하지만 캐런은 당황하지 않았다. 그녀는 그저 이렇게만 말했다. "좋은 밤 되세요, 짐." 그리고 그의 면전에서 문을 닫아버렸다.

짐은 《낫씽맨》 책을 차의 보조석 자리에 놔뒀다. 책은 편한 마음으로 즐기는 여름 해변용처럼 보였지만, 그의 차 속에서는 그쪽이 한층 더 수상해 보였다. 이제는 분명했다. 이건 실수였다. 운동선수의 자서전이나 우주비행사에 대한 책에서 표지를 벗겨내는 편이 나을 뻔했다. 그는 '실수'인 표지를 벗겨내어 조각조각 찢어 그 표지가 원래 속해 있던 책과 함께 집 옆 쓰레기통에 버렸다. 그는 《낫씽맨》의 표지와 자신이 산 생일 카드 역시 똑같이 해서 버렸다. 이제 그가 서점에서 구입한 것 중에서 《낫씽맨》 책만이, 벌거벗은 책등에 금박으로 새겨진 제목이 붙은 단순한 검은색 리넨 표지만 입은 그 본체만이 남았다. 그는 보조석 앞 수납 칸에 책을 넣은 다음 노린이 부탁한 식료품들을 들고 집으로 들어갔다.

그녀는 부엌 조리대에서 채소를 썰고 있었다. 식탁에는 세 사람을 위한 식탁 매트, 좋은 포크와 나이프, 냅킨들이 깔끔하게 차려져 있었다. 노린은 반팔 티를 입고 있었는데, 그 흐늘거리는 싸구려의 얇은 재질은 그녀 등에 붙은 여분의 지방이 출렁이는 윤곽을 한층 강조할 뿐이었다. 짐은 부엌 문 옆 온도 조절 장치에서 off 버튼을 눌렀다.

"어디 있었어?" 노린은 쳐다보지도 않고 말했다.

짐은 그 답으로 식료품이 든 봉투를 식탁에 가능한 한 세차게 내려놓았다.

"지금 말이야. 주차 소리는 5분 전에 나던데."

"옆집." 짐은 말했다. "그 빌어먹을 개새끼가 또 그 짓을 해놨잖아."

노린은 칼을 내려놓고 그를 향해 돌아서며 손을 앞치마에 닦았다.

그녀의 눈이 그의 얼굴에 머물렀고 그는 어떻게든 그녀가 자기 얼굴에서 그것을 알아차렸을지 궁금했다. 그의 다른 자아를. 그의 실체를. 그 당시 있었던 일에 대한 독서가 그걸 더 분명하게 드러냈나? 표면에 더 가까이 불러냈나? 오늘 아침, 어제, 지난 18년간보다 노출될 위험이 더 커진 건가?

그럴 리가 없었다. 노린이 알아차렸을 리가 없었다.

"당신 소란 떤 거 아니겠지." 그녀는 말했다. 눈이 봉투로 떨어졌다. 얇은 비닐 사이로 내용물이 대부분 드러났다. "와인은 어디 있어?"

"가게에. 그건 필요 없어."

"필요해, 그러니까 사 오라고 했지."

"케이티는 평일 저녁에 술 마시는 데 흥미 없고, 당신도 당연히 필요 없어."

"케이티 거 아냐. 나도 아니고. 우리 저녁 때문이라고. 우리 저녁에 넣을 거. 내가 와인이 필요한 건…" 노린은 말을 멈추고 심호흡을 했다. 그런 다음, 차분하게 말했다. "내가 만드는 요리에 넣을 재료야."

"그럼 다른 거 해."

짐은 냉장고를 열었다. 여느 때처럼, 냉장고는 꽉 차 보였다. 그는 그 안을 가리켰지만, 노린은 봉투에 뿌리를 박고 있었다.

"오, 세상에." 그녀는 말했다. "오븐 칩스라고 했잖아."

"다 똑같아, 놀."

"아니, 그렇지 않아."

"다 마케팅 수작이야. 맙소사, 당신은 아무 데나 속아."

노린은 그를 물끄러미 처다보았다.

"케이티는 몇 시에 온대?" 짐은 물었다.

"벌써 와 있어." 노린은 서랍을 열고 베이킹 트레이를 꺼내 조리대에 내리쳤다. 애들처럼 생떼나 쓰는 행동이었고 짐은 알아주지 않았다. "2층에서 샤워해. 여기서 하면 더 싸게 먹힐 테니까. 집에서는 애가 전기세를 안 내도 되고."

"당신은 어디서도 돈을 안 내잖아, 놀."

그 말에 대답이 있었더라도, 짐은 기다리지 않았을 터였다. 그는 복도로 나가 계단 끝에 멈춰서 샤워 소리가 들리는지 확인했다. 들렸다. 케이티가 욕실에 있고 노린이 부엌에 있으니 그 책을 안전한 곳으로 옮길 좋은 기회였다.

짐은 차에서 책을 꺼내 옆구리에 낮게 끼고 집 옆으로 재빨리 돌아갔다. 앞마당 동쪽 구석에 창고가 있었다. 그의 창고가. 그는 자신만이 숫자 조합을 알고 있는 산업용 크기의 자물쇠로 그 문을 잠가두었다.

창고 안은 8×10 사이즈 정도로 작고, 아주 평범했지만, 짐이 전적으로 혼자일 수 있는 유일한 공간이었다. 한쪽 구석에는 문에 또 하나, 더 작은 자물쇠가 달린 높은 철제 캐비닛이 놓여 있었다. 낡은 트랜지스터라디오가 놓인 접이식 피크닉 테이블. 바래고 찢어진 덮개가 덮인 낡은 안락의자는 몇 년 전에 집에서 내다 버린 가구 세트들에서 챙긴 것이었다. 그 창고에는 작은 창문이 한 개만 달려 있었고 짐은 그 창문을 암막 블라인드로 영구히 가려놓았다. 페인트가 튀긴 탁상용 램프가 놓인 뒤집어놓은 플라스틱 우유 상자 옆에는 일반적인 원예용품이 들어 있는 작고, 뚜껑 없는 선반이 놓여 있었다. 오래된 페인트 깡통, 비료, 쥐약, 새 모이 통, 깔끔하게 말아놓은 마당용 호스.

여기서 더할 필요는 없었다. 고작해야 책 한 권이었고 창고는 안전했다. 원한다면 보이는 곳에 두고 나갈 수도 있었다. 그 말고는 아무도 이 창고에 들어오지 않았다. 결국, 그는 안락의자의 방석 쿠션을 들어 올리고 그 밑에 책을 밀어 넣었다.

지난날을 기리며.

몸을 돌려 나가려던 짐의 눈이 열린 상자 속 무언가에 꽂혔다.

쥐약.

짐은 어둠 속에서 깬 채로 누워 있었다. 양손은 가슴 위에 올려놓고, 기다리면서. 그를 둘러싼 집은 온통 고요했다. 침대 옆 탁자 위 시계가 째깍거리며 자정을 지난 이후 그는 잠들지 않으려 애썼다. 피로가 사지를 끌어당기며 그의 눈꺼풀을 짓누르고 숨을 느리게 했다. 호기심이 그가 잠에 빠져들지 않게 막는 유일한 것이었다. 어두운 시간이 그가 《낫씽맨》을 더 읽을 수 있는 가장 좋은 기회였다. 그는 깨어 있어야 했다.

저녁 식사는 딱 그가 예상한 만큼 맛이 없었다. 유일하게 좋았던 건 케이티가 가져온 쇼트브레드 쿠키가 담긴 작은 통뿐이었다. 케이티의 룸메이트가 만들었다고 했다. 케이티는 대학 생활에 대해 활기차게 떠들었는데, 즐기고 있는 것 같았다. 케이티는 늘 활동적이었지만 이제 한 단계 더 올라간 듯했다. 그녀는 조정 팀과 매일 달리기 모임에 가입했다. 짐은 잘 자라고 케이티를 껴안았을 때 날카로운 어깨뼈를 느꼈다. 그건 새로웠지만 케이티가 열심히 노력하고 있다는 걸 보여주고 있었다.

물론 노린은 문이 닫히자마자 그 얘기를 꺼내야만 했다. 케이티가 얼마나 말랐는지, 얼마나 제대로 먹고 더 쉬어야 하는지, 애가 왜 그 쿠키를 혼자 먹지 않았는지. 짐은 노린에게 절제력 강한 우리 딸에게 한 수 배우라고 말했고 그걸로 대화는 끝이었다.

노린은 이제 그의 옆에 잠들어 있었다. 그녀의 호흡은 깊고 규칙적이었으며, 몸도 안정되었다. 그녀는 등을 대고 잠들어 목구멍에서 축축한 비음을 내고 있었다. 한 손이 이불 위로 올라와 있었고 이런 어둠 속에서도 짐은 얼룩덜룩하고 나이 들어 피부가 늘어져가는 그녀의 손등 주름을 볼 수 있었다. 크레이프 같은 그녀의 손가락 피부. 부풀어 오른 살이 결혼반지인 금반지를 집어삼킬 듯했다. 노린은 그보다 훨씬 어렸지만 그럼에도 자신을 돌보는 일을 완강히 거부한 탓에 요즘에는 그보다 연상으로 보였다.

오전 1시였고, 그녀는 반 시간째 미동도 없었다. 서서히 그리고 꾸준히, 짐은 침대에서 몸을 빼냈다.

그들은 결혼 생활 내내 이 집에서 살았고, 덕분에 짐은 삐걱거리는 계단과 끼익거리는 경첩이 어디 있는지 그 위치를 전부 알고 있었다. 어두운 집을 조용히 빠져나가면서, 그는 이 상황의 기이함에 경탄할 수밖에 없었다. 어둠 속으로 빠져나가면서 며칠 밤이나 바로 이런 행동을 했던가? 얼마나 자주 현관 잠금장치를 조용히, 능숙하게 풀었던가. 오늘 밤이 그날 밤이 될 것인지, 상황이 딱 맞아떨어질 것인지 궁금해하면서? 그리고 지금, 수년이 흐른 뒤에 그는 정확히 똑같은 길을 걷고 있었다. 그가 한 일에 대해 다른 누군가가 쓴 책 한 권을 앉아서 읽기 위해. 묘했다. 흥분됐다. 바깥으로 나설 무렵에는 정신을 차리기 위해 찬바람을 맞을 필요도 없었다.

짐은 잠옷에 슬리퍼를 신고 현관 옷걸이에 걸려 있는 코트를 입은 채였다. 누군가 우연히 그를 본다면 이상하게 보일 터였다. 그는 현관 앞에 잠깐 멈춰 서서 거리를 훑었다. 그들의 집은 일렬로 늘어선 똑같이 생긴 ㄷ자 한 쌍 중 끝에서 두 번째였다. 맞은편에는 똑같이 생긴 집들이 또 한 줄 늘어서 있었다. 그는 그 창문들을 훑어봤지만 드리워진 커튼과 어둠만 보일 뿐이었다. 현관 등이 한두 개 켜져 있었지만 그뿐이었다. 이곳은 어린 아이들, 9시 출근 5시 퇴근하는 이들과 그와 노린처럼 나이 든 커플들이 사는 주택 단지였다. 이런 밤 시간에는 모든 이들이 이미 자기 침대에서 잠들어 있었다.

그는 만족하고 집 옆으로 돌아 창고로 들어갔다. 그는 암막 블라인드가 창문을 완전히 가리고 있는지 확인하고 불을 켰다. 그리고 안락의자 쿠션 아래서 책을 꺼낸 다음 자리에 앉았다.

바깥보다 창고 안이 더 추운 것 같았고 그는 작은 히터에 돈을 좀 쓰거나 집에서 담요를 가져와야겠다고 생각했다. 차 한 잔도 나쁘지 않겠지만 주전자는 시끄럽다. 보온병을 하나 구해서 좀 더 이른 시간에 채워놓으리라.

짐은 《낫씽맨》을 펼치고 읽다 만 부분을 찾았다. 그리고 읽기 시작했다.

3

드림캐처

 2000년 여름에, 크리스틴 키어넌은 스물세 살이었고, 생애 처음으로 독립했다. 그녀는 할머니에게 코크시티 의곽, 블랙록로드에서 약간 떨어져 위치한 코벤트코트라는 복합 단지에 방 두 개짜리 집을 물려받았다. 코벤트코트가 유명하지 않았다면 그곳은 그저 테라스 딸린 집이라 불렸을 터였다. 이 개발지는 폴 베리라는 북아일랜드 건축가가 설계했으며 1960년대 모더니스트 디자인의 특히 훌륭한 사례로 간주되었다. 아직도 해외에서 대학생 무리가 이 건물을 보러 왔고, 안뜰에 양반다리를 하고 앉아 그 입면도를 그리곤 했다. 그러면 커튼들이 움찔거렸고 주민들은 오래전 그 관심에 지쳤거나, 자기가 사는 곳의 영예로운 지위에 속으로 만족하면서 눈을 굴려대곤 했다. 차량용 입구 옆 작은 명판에는 심지어 코벤트코트가 1972년 RIAI(Royal Institute of Architects of Ireland) 주택 부문 은상을 수상했다고 명시하고 있었다. 그 복합 단지 중에서 매물이 나올 때면, 목록에는 언제나 '타운하우스'로 명시되었고 매물을 맡은 부동산 중개인은 잠정적인 구매자들에게 이름을 정정해주느라 빠르게 지쳐버리곤 했다. 사실, 코벤트*cov-ent*입니다. 네. 아뇨, n 없이요.
 크리스틴은 그곳을 싫어했다. 따분한 4월의 어느 날 그곳을 방문했을 때, 나는 어렵지 않게 그 이유를 찾을 수 있었다. 60년 전 코벤트코트를 최첨단 건축물이 되게 했던 특징들—평평한 지붕들, 알루미늄 슬라이딩 도어, 삼나무 천장과 외장재—이 대부분 이제는 낡고 허물어져가면서, 비바람에 침식되는 형편없는 소재를 선택한 걸로 보였다. 이 복합 단지를 보고 내가 떠올린 거라곤, 같은 시기에 도시 어디서건 지어졌던 공공주택들이었다. 가능한 한 모든 비용을 절감하는 바람에 완성되기 전부터 무너지기 시작하는 것들.

안에 들어서면, 코벤트코트는 그 옛날 제임스 본드 영화나 〈라이프〉의 우주비행사 아내들의 사진들과 공통점이 더 많았다. 실내는 현대적인 가구들에 적대적인, 이상하게 구획된 공간들의 연속으로 아주 화창한 날에조차 흐릿할 게 틀림없었다. 노출된 벽돌, 천장의 피복, 벽난로들과 부엌 조리대와 계단 같은 것들을 조성하는 거대한 광택 콘크리트 평판들—그것들은 모두 빛을 빼앗아 저 아래로 집어삼켰다.

나에게 입구 근처 매물을 보여준 부동산 업자는 전부 하얗게 칠한 다음 거울들을 걸라고 제안했다. 한낮이었는데도 그가 모든 램프와 천장의 등을 다 켰다는 것을 나는 알아차렸다. 코벤트코트에 있는 크리스틴의 집은 그녀의 것이라 팔 수도 있었지만, 또한 그녀와 그녀의 할머니, 그리고 할머니와 남은 다른 가족들 사이의 마지막 유대이기도 했다. 메리 말로이는 64세의 나이에 갑자기 예기치 못하게 교통사고의 보행자 사망자로 죽음을 맞았다. 그리고 키어넌 가족 모두는 아직도 동요하고 있었다. 그런 여성의 집을 그토록 빨리 처분해버리는 것은, 추억이 깃든 이 집을 없애는 것은, 그 집을 낯선 타인에게 매매하는 것은 잔인해 보였다. 크리스틴은 그런 책임은 지고 싶지 않았다. 게다가 어쨌든 그녀는 자신의 엄마, 메리의 맏딸이 허락하지 않으리라 생각했다.

그래서 그녀는 장식을 새로 했다. 밝게 색칠한 액자에 먼 곳의 사진들을 집어넣고 집 안 곳곳 작은 복도들에 걸었다. 소파를 바꾸면서, 지난 전시품 행사에서 건진 에메랄드빛 벨벳이 깔린 현대적인 디자인의 것으로 골랐다. 현관문 앞에는 페튜니아 바구니를 걸고, 작은 뒷마당을 지나 큰 길로 바로 이어지는 골목으로 나갈 수 있는 뒷문 밖에는 드림캐처를 걸었다. 드림캐처에는 풍경이 달려 있어서 바람에 흔들릴 때마다 부드럽게 짤랑거렸다. 작고 잔잔해서 누구의 신경도 거슬리지 않는 소리였다. 빛을 좀 더 들어오게 할 수 있을까 싶은 희망으로 그녀는 레이스 커튼을 치울까 생각했다.

코벤트코트는 모두 유리창으로 되어 있다. 그게 이 건물의 가장 혁신적인 특징 중 하나였다. 바닥에서 천장까지 판유리로 되어 있어서 벽보다 창문이 많은 것. 건물들은 뜰을 중심으로 빽빽하게 각진 U자형으로 배열되어 있었고 크리스틴은 자기 창문에서 본 바로 미루어, 맞은편 사람들이 자신의 집을 정말로 들여다볼 수는 없다는 걸 알고 있었지만 그래도 노출되는 것처럼 느꼈다. 특히, 사유지 표지판이 이 복합 단지 곳곳에 흩뿌려져 있음에도 불구하고, 문이나 벽이 없다는 점이 그랬다. 비록, 최근 이웃에 발생한 절도 사건 이후 주민들 사이에 아마도 그런 것이 있어야겠다는 말이 있긴 했지만. 엄밀히 따지면, 누구든 안에 들어올 수 있었다.

7월의 첫째 주 이른 아침에, 아마도 4일일 가능성이 가장 높고 6일 이후는 아닌 그날에 크리스틴은 1층에 위치한 창문들에서 레이스 커튼을 걷어냈다. 조도에 미치는 영향은 극적이었고 그녀는 만족했다. 어쩌면 약간 불안했지만, 만족했다. 익숙해지려면 좀 걸릴

테지만, 그 대가로 방은 훨씬 밝아졌다. 크리스틴은 그에 적응하고 커튼을 치운 채로 두려고 했다.
 그리고 그때 그녀는 손자국을 보았다.

짐은 책을 옆에 두고 끙 소리를 내며 몸을 일으키다가 한밤중이고 조용히 하려고 애쓰는 중이었다는 걸 떠올렸다. 그는 연장 캐비닛을 열어 무언가 끄적거릴 만한 걸 찾아보았다. 풀어낸 나사들과 육각 렌치가 들어 있는 병에 뭉툭한 연필이 한 개 있었다. 연필심도 거의 남지 않았지만 오늘 밤은 그 정도면 될 터였다. 내일은 좀 더 준비를 갖추고 독서실로 오리라.

캐비닛 맨 아래 선반에는 오래된 소형 청소기가 놓여 있었다. 본체뿐이었지만—호스와 다른 부속품들은 분실 상태였다—청록색이었고 앞면에 고블린이라고 써 있었다. 짐은 몇 년 전에 이 주택 단지로 들어오는 입구 근처에 있는 쓰레기통에서 그걸 주웠다. 그는 몸을 굽혀 그 뚜껑을 열려고 했지만 이내 마음을 바꾸어 다시 일어섰다.

아직 아니었다. 지금은 아니다.

그 책을 읽는 것과 저걸 여는 건 전혀 별개였다.

그는 연장 캐비닛을 잠그고 다시 의자에 앉았다. 그는 《낫씽맨》의 속표지를 넘기고 썼다.

에글린: 누구, 지금은 어디?
〈아이리시 타임스〉 기사: 2015년 5월
칼, 밧줄: 이웃이 새로 보고?
'최근의 절도': 더??? 확인!

그 뭉툭한 연필로. 연필은 그의 글씨를 두껍고 번지게 했다.

그런 다음 짐은 자신이 읽던 곳을 넘겨, 이제는 연필을 손에 쥐고, 읽어나갔다.

그 손자국들은 다음 날 아침 거실 창가에, 정면을 향한 가장 큰 창문 위에 나 있었다. 그녀는 전날까지는 그런 자국이 거기 없었다고 확신했다. 커다란 두 개의 자국이 중간에서 약간 위쪽에 나란히, 마치 누군가가 양손으로 유리를 누르면서 안을 들여다보고 서 있었던 것처럼 나 있었다. 크리스틴은 바깥에 나가 그 자국들을 더 자세히 살펴보았다. 자국이라기보다는 얼룩 같았다. 그 자국을 남긴 사람이 먼저 끈적거리는 무언가를 만졌던 것처럼. 손가락들은 아이들의 핑거 페인팅처럼 부자연스럽게 벌어져 있었다.

꼭 손 주인이 거기 증거를 남기려 애쓴 것 같다고, 크리스틴은 생각했다. 그녀는 그 자국들을 지우고 그날 늦게 레이스 커튼을 다시 달았다.

어느 날 밤, 내가 아홉 살 혹은 열 살이었을 때, 나는 계단을 올라오는 발소리에 눈을 떴다. 한결같은 리듬으로 희미하게, 번갈아 들리는 삐걱 소리에. 왼발, 오른발. 왼발, 오른발. 왼발, 오른발. 나는 즉시 무언가가 아주 잘못되었다는 것을 알아차렸다. 왜냐하면 나지막이 코 고는 소리가 들렸고, 그건 아빠가 옆방에 잠들어 있다는 뜻이었으니까. 그리고 눈이 적응하자 맞은편 침대에 이불이 봉긋이 솟은 게 보였고, 그건 애나였다, 역시나 잠들어 있는. 그 발소리는 전혀 엄마의 가벼운 발소리처럼 들리지 않았다. 그렇다면 누가 한밤중에 우리 집 계단을 올라오고 있는 거지? 그리고 왜 이렇게 오래 걸릴까?

나는 숨을 참고 영원처럼 느껴진, 하지만 현실에선 고작 몇 초에 가까울 동안 두려움으로 뻣뻣하게 굳어 있었다. 그러다 기쁘게도 나는 내 착각을 깨달았다. 실제로 내가 듣고 있던 소리는 내 방 방문이 깜박하고 열어둔 창문으로 들어온 바람에 부딪혀 1센티미터쯤 열렸다가 닫혔다가를 반복할 때마다 경첩이 내는 소리였다.

2000년 7월 14일 밤, 크리스틴 키어넌은 유사한 경험을 했다. 그때 그녀는 계단을 올라오는 발소리에 깼고 공포로 온몸이 마비되는 것을 느꼈다. 하지만 이번엔 착각이 아니었다. 소리는 점점 더 다가왔다. 소리는 그 발걸음이 계단의 맨 나무를 떠나 층계참의 카펫 깔린 바닥을 가로지르면서 달라졌다. 그런 다음 어둠 속에서 한 그림자가 떨어져 나와 그녀를 향해 다가오다가 마침내 그녀의 침대 끄트머리에 선 마스크 쓴 남자가 되었다.

이웃은 아무도 듣지 못했다고 할 테지만, 크리스틴은 장갑 낀 손이 그녀의 입을 꽉 막고 분명히 칼이라고 생각되는 날카로운 끝이 목의 피부를 짓누르기 전에 간신히 짧고, 날카로운 비명을 질렀다. 이상한, 거의 연극적인 속삭임으로, 그녀를 공격한 남자는 그녀가 조용히 하면 '그냥' 강간만 하겠다고 했다. 소음을 내거나 달아나려고 하면 죽일 거라고. 그런 다음 그는 그녀를 배가 아래로 향하게 굴려 그녀의 손목을 뒤로 묶었다. 그런 뒤에는 오직 고통만이 있었다.

크리스틴은 키가 170센티미터였고 55킬로그램이 채 안 나갔다. 육체적으로 그녀는 자기 위에 올라탄 이 어깨가 건장하고 키가 크고 무거운 남자의 상대가 되지 않았다. 게다가 그에겐 무기가 있었다. 그래서 그가 자신의 몸을 범하는 동안 그녀는 자신이 할 수 있는 유일한 것을 했고 자신의 마음 주변에 철문을 내렸다. 그녀는 지금 벌어지고 있는 일에서 자신을 분리하고, 대신에 다음에 벌어질 일과 자신이 이미 결정내린 일에 집중하려고 애썼다. 그녀는 그가 반드시 잡혀서 재판을 받고 교도소에 갇히게 할 것이었다.

그녀는 마음속으로 그에 대해 아는 것들을 분류했다. 그녀는 문간에 서 있는 그를 떠올릴 수 있었다. 그러니까 그의 키가 어느 정도인지 말할 수 있었다. 그의 기이한 속삭임에는 별다른 억양이 없었지만, 그 자체로도 시사하는 바가 있었다. 그는 아일랜드인이었고, 아마도 이 주변 사람일 가능성이 있었다. 그녀는 그의 눈 주변 피부를 보았다. 그는 백인이었다. 그녀는 그가 30대 혹은 40대라는 인상을 받았다. 그에게서는 이상한 흙냄새 같은 것이 났다. 젖은 낙엽과 진흙. 그녀는 기회가 있다면 자신의 손톱으로 그의 피부를 긁어야 한다고 되새겼다. TV에서 보기를, 자신의 손톱 아래 그의 피부 조각이 남으면 경찰이 그걸 긁어내어 테스트를 해볼 수 있다는 걸 그녀는 알았다. 하지만 손이 등 뒤로 묶인 탓에 크리스틴은 기회를 얻지 못했다. 일을 마치자 그녀를 강간한 남자는 그녀의 몸을 돌려 양모 재질의 무언가—둥글게 만 양말—를 그녀의 입 안 깊숙이 거칠게 쑤셔 넣었다. 그녀는 숨을 쉴 수가 없었고 구역질이 나기 시작했다.

그녀는 몸을 세워 앉는 자세를 만들려 하면서 그 자세가 도움이 되기를 바랐다. 도움이 되지 않았다. 그녀는 정신이 희미해지기 시작했다. 그녀를 강간한 자는 반응하지 않았다. 그는 침대 가장자리에 앉아 그녀가 목이 막혀 캑캑거리는 모습을 보고 있었다. 그녀가 느낄 수 있는 것이라고는 고통뿐이었다. 마치 일관된 전기적 충격이 그녀의 뼈대를 꿰뚫는 것처럼. 그리고 이제 그녀의 가슴에도 타오르는 고통이, 숨을 쉴 수 없다는 공포가 있었다. 가장 마지막 순간에, 크리스틴이 이제 끝이라고, 포기해야겠다고 생각했던 순간에 그 강간범이 그녀의 얼굴 앞에 칼을 내밀더니 그 끝을 까딱거렸다. 질문이었고 크리스틴은 그 답으로 절실하게 끄덕거렸다. 그녀는 비명을 지르지 않을 터였다. 그는 그녀의 입에서 양말을 끄집어냈고 그녀는 그 즉시 토하면서 토사물을 그의 소매에, 자신이 입고 잔 티셔츠에, 이불에 온통 내뿜었다.

그는 그 물질이 방사성이라도 되는 듯이 움찔했다. 그는 재빨리 침대에서 몸을 빼내 그 끝에 서서 그녀를 지켜보았다. 그런 다음 갑자기 몸을 돌려 떠났다.

크리스틴에게 이 최악의 경험에서 가장 끔찍했던 것들 중 하나는 얼마나 오래 견뎌야 할지, 혹은 이후에 어떤 일이 벌어질지 알 수 없다는 점이었다. 더 나빠질까? 그가 또 어떤 짓을 할까? 그녀가 이 고통을 감당할 수 있을까? 그녀는 어떤 상처들을 입을까? 그가 그녀를 그냥 죽이지 않을까? 그가 그녀의 방 안에 있는 내내 강간보다 더 큰 공포가 거기 있었다. 얼마나 나빠질지 알 수 없다는 것. 그의 갑작스러운 떠남이, 벌써 종점이 다다랐다는 것—그것이 일을 있었던 일로, 과거로 생각하게, 무엇을 상대해야 하는지 그 한도를 알게, 앞으로 나아가게 했다. 그리고 그건 너무나 뜻밖이어서 크리스틴은 무엇을 해야 할지 잘 알 수가 없었다. 그녀는 그가 서둘러 계단을 내려가 등 뒤로 문을 쾅 닫는 소리를 들었다. 그런 다음 그녀는 그 뒤를 따른 고요함 속에서 가만히 앉아 있었다. 울었고, 아팠고, 피를 흘렸다.

그리고 하늘이 밝아오자 그녀는 도움을 구하러 갔다.

크리스틴은 외동딸이었다. 그녀의 아버지는 패스트푸드 레스토랑 체인을 소유하고 있었고 어머니는 광고 홍보 에이전시를 운영했다. 에이전시는 곤혹스러울 정도로 호화로운 제품 출시 행사들과 D

급 유명인들의 포토콜들로 꽤 알려져 있었다. 키어넌 가족의 집은 건축가가 디자인한, 전면이 유리로 된 저택으로 로체스타운로드 어귀를 굽어보고 있었다. 전망을 위해 높은 곳에 지었다고 친구들은 말했고, 그래서 자기들이 돈이 얼마나 많은지 다들 보라고 지은 거라고 적들은 수군댔다. 근방에는 그 집에 수영장이 딸려 있다고도 알려졌다. 크리스틴은 그 도시에서 비슷하게 돈 많은 집 딸들이 수대를 이어가며 다니는 학교에 다녔지만, 거기서조차 두드러져서 어울리지 못하고 다르게, 더 높은 부류이자 다른 세상 사람으로 여겨졌다. 그녀의 가족들이 돈을 전시했기 때문이었다. 코크대학교에 입학했을 때, 그녀는 자신이 바다 한가운데 떠 있으며, 그렇게 동급생들의 세계와는 너무도 동떨어져 있다는 것을 깨달았다. 그들의 아르바이트며, 맹렬한 정치적 시각이며, 우중충한 숙소며…. 마치 자신이 다른 언어를 쓰는 다른 행성에서 떨어진 것만 같았다. 그녀는 친구가 거의 없었고 몇 안 되는 친구들과는 감정을 나누지 않았다. 그 사건이 있기 석 달 전에 크리스틴은 마지막 시험을 치렀고, 뒤도 보지 않고 캠퍼스를 떠났다.

그녀는 아버지의 가장 친한 친구의 이름을 달고 있는 법률 회사에서 비서로 일하게 됐고 또 한 명의 신입 직원이었던 파트너 중 한 명의 아들과 급속히 가까워졌다. 여름 내 몇 번의 주말을 그와 그의 가족, 그의 친구들과 함께 보냈고 그중에는 두 사람이 즉흥적인 결정으로 파리를 당일치기로 다녀온 것도 포함되었다. 크리스틴은 사촌 엠마와 가까웠다. 그들은 함께 자랐고 엠마와 그녀의 가족이 1996년 두바이로 이민한 이래 편지를 주고받아 왔다. 근래에는 이메일을 교환했고 그 이메일에서, 그해 초여름에, 크리스틴은 엠마에게 자신이 행복하다고, 혹은 적어도 행복에 가까워지고 있다고 했다.

크리스틴은 삶의 모든 특권을 누려왔다. 그녀는 쉽고 안락하고 재정적으로 성공적인 미래를 향해 가고 있었다. 하지만 그때 한 남자가 한밤중에 그녀의 집 계단을 올라왔다. 회복이 필요한 일이 닥쳤을 때, 그런 면에서 크리스틴은 빈곤하다고 할 정도로 딱하다는 것이 빠르게 명백해졌다. 그녀는 부모와 가깝지 않았고, 형제자매도 없었으며, 친구가 있다손 쳐도 가까운 친구는 거의 없었다. 그녀의 연애는 그녀의 몸에 일어난 일의 무게 아래서 급속히 망가졌다. 그녀는 그가 자기 몸을 만지기를 원하지 않았고, 그건 이해할 법한 일이었다. 하지만 그 역시 그녀를 만지고 싶어 하지 않았는데, 그건 잔인해 보였다. 한편, 코벤트코트의 이웃들은 크리스틴의 안녕보다는 경찰의 존재와 나쁜 명성의 불편함을 더 신경 쓰는 것 같았다. 많은 이들에게 이해가 안 가는 결정이었지만, 크리스틴은 그 사건 이후에 코벤트코트로 돌아가 거기서 혼자 계속 살았다. 경보 시스템을 갖추고 새 자물쇠를 달았지만, 그래도….

이런 일은 이전에 이 근방에서 전혀 일어난 적이 없었고 즉각적인 여파로, 이 이야기가 헤드라인을 점령했다. 어떤 기사에도 크리스틴의 이름이 쓰이진 않았지만 근방에서는 모두 그녀가 누구인지 알았다. 지역 소문거리의 다채로운 이야기들에 색을 더하기 위해 늘어선 이전 동급생들이 상당히 긴 줄을 잇고 있는 듯했다. 5학년과 6학년 때 그녀가 어떻게 랜드로버를 몰고 학교에 왔는지, 자기 소유의 랜드로버를, 그리고 그녀의 아버지가 직원용 주차장에 그 차를 세울 수 있게 특별 허가를 얻어주느라 어떻게 손을 썼는지 같은 이야기들. 그녀가 학교에 얼마나 고가의 옷들을 입고 다녔는지, 그리고 어떤 디자이너 핸드백에 교재들을 넣고 다녔는지. 그녀가 대학에 다닐 때 그녀의 어머니가 어떻게 엘리시안에 아파트를 구입해서 그녀가 가족과 함께 사는 집까지 30분 거리의 통학을 하지 않게 해줬는지. 누구도 감히 나서서 말하지는 않았지만 거기엔 숨은 의미가 있었다. 누구나 한 번쯤은 *시련을 겪어봐야지*. 크리스틴은 한 번도 시련을 겪은 적이 없었으니, 그녀가 처음 받은 몫이 그토록 엄청나다는 것도 나름 이해될 법했다. 그리고 *어이, 뭐 죽은 것도 아니잖아요*.

그 공격이 있고 7주 뒤에, 크리스틴의 사건을 담당했던 제럴딘 로슈 형사가 미리 예정되었던 방문을 위해 코벤트코트에 도착했다. 크리스틴이 문도 열지 않고 휴대전화도 받지 않자, 로슈는 걱정이 되었고 강제로 진입했다. 그녀는 침대에서 의식을 잃은 크리스틴을 발견했다. 크리스틴은 치사량의 진통제를 삼켰고 이틀 뒤 병원에서 사망하게 된다.

폭력적인 범죄의 피해자가 같은 장소에서 무의식 상태로 발견되자, 다시 한 번 코벤트코트의 그 집은 범죄 수사의 일환으로 경찰의 조사를 받게 되었다. 모든 곳이 샅샅이 노출되었고, 사진이 찍혔고, 분류되었다―아마도 이번엔 전보다 더 철저하게. 이번에는 크리스틴이 그곳에서 무슨 일이 있었는지 말해줄 수 없으므로.

수사가 진행되는 동안, 민간인 과학 수사 기술자가 사용 가능한 전화선이 설치되어 있는 것을 발견했다. 다만 전화기가 없었으므로 사용되지는 않은 것 같았다. 전화기는 찬장에서 포장된 채로 발견됐고 일치하는 케이블이 수화기에 감겨 있었다. 전화기는 커다란 베이지색 다이얼을 돌리는 모델로 아마도 크리스틴의 할머니가 사용했으며, 크리스틴 본인은 전혀 사용하지 않은 것 같았다. 그래도 경찰은 확인할 필요가 있었다.

민간인 기술자가 이를 확인할 빠른 방법을 알고 있었다. 그녀는 전화기에 플러그를 꽂고 세 자리 번호를 돌려, 2000년 여름, 에어콤의 내장된 음성 사서함 서비스에 접속했다. 비밀번호는 기본 제공된 1234에서 변경되지 않았고 그녀는 메시지들을 들을 수 있었다.

기술자가 처음 들은 것은 음성 사서함이 꽉 찼다는 기계음이었다. 두 번째는, 남겨진 시간과 날짜만 다른 수많은 엇비슷한 음성 메시지들 중 첫 번째 것이었다. 각 메시지들은 1, 2분간 지속됐고 동일한 남성의 쉰 듯한 목소리가 이렇게 속삭였다. "내가 왔어, 크리스틴, 내려와서 나를 들여보내 줘." 다시 또 다시. 그사이 배경에서는 풍경의 짤랑 소리가 크고 또렷하게 들렸다. 크리스틴의 풍경이었다.

첫 번째 음성 메시지 날짜는 7월 20일, 그 공격이 있은 지 6일 뒤였다. 가장 최근 것은 2주 전, 8월 19일에 남겨졌다. 크리스틴을 공격한 자는 코벤트코트에 계속 다시 오고 있었다.

음성 메시지는 전부 13개였다.

내가 코벤트코트를 두 번째로 찾은 날은 훨씬 좋았다. 파란 하늘, 가벼운 바람, 따스한 햇살. 나는 크리스틴의 공격이 있기 2주 전, 소파 쿠션 아래서 칼과 나이프를 찾아낸 이웃인 마거릿 배리와 이메일을 교환해왔고, 몇 주 동안 망설인 끝에 그녀는 결국 나와 만나기로 동의했다.

안뜰을 가로지르면서, 나는 대학생들로 보이는 한 무리를 지나쳤다. 걸어가면서 그들의 눈이 나를 따라오는 것을 느꼈다. 나는 그들이 이 건축물 때문에 여기 있다고 생각했지만 마거릿에게 그들을 언급하자, 그녀는 내 기사가 나간 뒤로는 모두 그렇지는 않다고 말했다. 낫씽맨이 뉴스에 돌아오면서 코벤트코트에 다른 종류의 추종자들을 끌고 왔다고. 실제 범죄를 찾아다니는 여행객들을.

마거릿은 이제 60대로 단발에, 철회색 머리카락을 지녔다. 그녀는 매기로 통했다. 아일랜드계 미국인 첫 세대로 코크 출신 부모님과 함께 캘리포니아 버클리에서 살았고 스물여섯 살에 아일랜드에 살러 왔다. 2000년 여름, 그녀는 코크대학교 국제행정실에서 일하고 있었다. 그녀는 결혼을 향해 가고 있다고 생각했던 장기적인 관계가 깨졌을 때 코벤트코트에 집을 샀고, 당시 그런 지 채 1년이 안 되었다. 그녀는 크리스틴의 할머니, 메리 말로이를 주변에서 본 적은 있었지만 대화를 나눈 적은 없었다. 그들은 그 복합 단지의 반대쪽 끝에 살았다. 그녀는 그 공격 다음 날 아침, 매기가 커튼을 열어 경찰차 한 무리가 바깥에 주차되어 있는 걸 발견하고, 유니폼 입은 경찰 둘이 막 현관을 두드릴 때까지 크리스틴의 존재를 알지 못했다.

우리가 만난 날, 그녀는 대담한 프린트가 있는 길고 하늘거리는 서머 드레스를 입고 반짝이는 샌들을 신고 있었다. 내가 차림새를 언급하자 그녀는 오후 늦게 친구 생일이라 열리는 바비큐 파티에 갈 거라고 말해주었다. 그녀의 미국식 억양은 아직도 두드러졌다. 우리는 그녀의 뒤뜰을 이등분하는 한 줄기 햇빛 속에 앉아 섬세한 작은 잔에 담긴 강하고 쓴 커피를 마셨다. 그녀는 내 기사를 읽었다고 말했지만 이 책을 읽을 배짱이 있는지는 잘 모르겠다고 말했다.

매기는 그 칼과 밧줄을 발견했을 때 거실에서 청소기를 밀고 있었다. 토요일 아침이었고, 그녀는 매주 같은 시간에 그곳을 '공격'했다. 처음에 그녀는 아무것도 하지 않았다, 전혀 반응하지 않았다. 그녀는 그저 거기 서서 움직이지도 않고, 발치에서 시끄럽게 웅웅거리는 청소리를 들고 쳐다만 보고 있었다. 자신이 무엇을 보고 있는지 이해가 되기를 기다리면서. 잠시 뒤 그녀는 발로 밟아 청소기를 끄고 그 물건들을 좀 더 자세히 살펴보았다. 어떻게 저런 게 거기 있을까? 그것들은 그녀의 물건이 아니었다. 그녀는 분명 일주일 전에 정확히 같은 행위를 했고, 그때는 거기 그런 게 없었다. 그 이후로 그녀 외에는 누구도 그 집에 들어오지 않았다.

그녀는 999에 전화를 걸었고 차가 올 때까지 문 밖에서 기다렸다. 왠지 집 바깥에 있는 것이 더 안전하게 느껴졌다. 마침내 두 명의 유니폼 경찰이 도착했다. 둘 다 여자였다. 그들은 매기에게서 진술을 받고 주변을 둘러보고 그 칼과 밧줄을 가지고 갔다. 그들은 그녀에게 창문과 문을 잠그라고 조언했고, 다른 일이 또 있으면 전화하라며 전화번호가 있는 명함을 두고 갔다. "그들은 진지하게 들어주었어요." 매기는 말했다. "하지만 달리 할 수 있는 일이 없었지요."

여기는 한밤중에 코크시티의 교외에 있는 집들에 웬 마스크 쓴 남자가 침입해서 혼자 사는 여자를 공격하는 세계가 아니었다. 아직은. 2주 가까이, 그 발견에 대해 매기를 괴롭혔던 점은 그 위협성보다 그 미스터리였다. 그녀는 온갖 종류의 설명을 시도해보았다. 친구들에게 물어보고 심지어 소파를 제작한 회사에 전화를 걸어 그들이 어떤 도구들을 사용했는지 물어보았지만, 어떤 설명도 제대로 들어맞지 않았다. 누군가 그녀의 집에 침입해서 소파 쿠션 아래 무언가를 두고, 아무것도 가져가지 않고 떠났다는 것이, 그리고 들락거리면서 어떤 창문이나 문도 손상시키지 않았다는 것이 설명되지 않는 느낌이었다. 도대체 누가 왜 그런 짓을 하지? 그냥 이해가 가지 않았다.

그러다 크리스틴이 공격을 받았고 모든 것이 새로운, 섬뜩한 의미로 다가왔다. 매기에게 DIY 가게들을 떠올리게 했던 그 칼은 이제 찌르는 동작들을 떠올리게 했다. 등반가가 쓸 법하다고 생각됐던 그 밧줄, 매기는 이제 마음의 눈으로 그 밧줄이 연약한 손목과 발목에 팽팽하게 묶여 있는 것을 볼 수 있었다. 그녀는 토거 경찰서에 가서 진술했다. 그녀는 진술을 받는 경찰이 그 밧줄과 칼이 어떻게 생겼는지 상세히 물으며 상당한 시간을 소비하고 있는 것을 알아차렸다.

"가지고 있지 않아요?" 그녀는 물었다. "그냥 가서 보면 되잖아요?"

"위치를 찾는 데 어려움이 있습니다." 경찰은 마침내 인정했다. "아마 꼬리표를 잘못 붙였나 봅니다. 종국에는 발견될 테지만요."

나는 매기에게 크리스틴이 그녀의 쿠션 아래 있던 물건들로 어떤 일을 당했는지 알게 된 순간, 그 물건들이 그 강간범의 것이며, 어느 시점에선가, 그녀 역시 그가 노렸던 타깃이었을 가능성이 높다는 것을 깨달았던 순간에 대해 질문했다.

나는 그녀가 할 수 있는 모든 일을 한 느낌이었다고 말해주기를 바랐다. 찾아낸 것을 신고했는데도 크리스틴이 당한 일을 방지하지 못했으니까. 나는 그녀의 말을 통해 그녀처럼 행동하지 못했던 나 자신의 책임감을 벗고 싶었다. 아마도 내가 무슨 말을 했건 무엇도 달라지지 않았으리란 걸 안다면 아무 말도 하지 않았다는 나 자신의 죄책감을 좀 덜 수 있을 터였다.

매기는 바로 대답하지 않았다. 나는 커피를 한 모금 마시면서 그녀에게 생각할 시간을 주었다. 다시 그녀를 마주했을 때, 나는 그녀의 눈에 가득한 눈물을 보았다.

"안도감." 그녀는 조용히 대답했다. "내가 느낀 건 안도감이었어요."

짐은 아직도 그 냄새를 맡을 수 있었다. 그 토사물 냄새를. 그 톡 쏘는 시큼한 냄새. 그리고 그의 피부에 와 닿던 그 혼란스러운, 이질적인 열감. 그건 누렇고 파랬으며 섬유질이 많았고 오렌지 조각들이 점점이 박혀 있었다. 그저 이불만 적신 게 아니라 침대 전체에 흩뿌려졌다. 그는 그 냄새를 떠올리지 않고는 그날 밤의 기억을 재생시킬 수 없다는 걸 알았다. 그날 밤은 영원히 망가졌다. 계속하는 것이 아무 의미가 없어서 그는 그냥 일어나서 자리를 떴다.

그녀를 죽일 수 있었는데도.

죽였어야 했다, 어쨌건 결국엔 그 여자가 스스로 끝낸 걸 보니.

그 다른 멍청한 여자, 그 이웃이 짐이 그 집에 돌아가 그 칼과 밧줄을 써먹으려고 계획했던 몇 시간 전에 그것들을 찾지만 않았더라면.

적어도 그날 밤에 그는 몇 가지를 배웠다. 양말은 쓰지 말 것. 넥타이를 턱에 돌려 뒤통수에서 묶어 입을 벌려두게 하는 편이 말을 못 하게 할 때도 더 수월했고, 토할 위험성도 없었다. 두 번째로 웨스트파크에 있는 집에 침입했을 때는 그 집 남자의 넥타이를 사용했다. 그때까지는 아무도 죽이지 않았고, 낫씽맨이 존재하는지조차 알려지지 않았었다, 아직은. 그건 다 나중 일이었다. 그 부부는 아마도 그가 강도라고 생각했을 터였다. 그는 강도가 아니라는 사실을 일깨워줄 필요가 있었다. 그보다 더한, 훨씬 더 나쁜 일이 될 거라는 것을. 그는 그들의 눈에서 공포를 보고, 그들의 떨리는 몸에서 공포를 느끼고 싶었다.

그래서 그는 그들의 방 방문에 서서 주머니에서 타이를 꺼냈다. 브랜드명이 있는 초콜릿 바들이 자잘하게 그려진 디자인이 눈에 확 띄는 것으로. 그 타이는 그 집 남자의 것이었다. 부부는 그걸 보자마자 그가 그들의 집에 침입한 것이 처음일 수 없다는 사실을 알아차렸다. 울부짖음과 몸 떨림이 그 즉시 시작되었다.

그는 특히 그 부분이 늘 뿌듯했다.

4
밤의 공포

 나는 혼자서는 절대로 그 집을 찾을 수 없을 거라는 경고를 듣는다. 퍼트리샤 키언스는 그러니 자기가 태워다 주겠다며 퍼모이타운에서 만나자고 제안한다. 그녀는 알디* 밖에 차를 세우고, 빨간 코트의 짧은 금발머리를 찾으라고 한다. 나는 차를 세우자마자 그녀를 본다. 그녀는 입구 근처에 커피 컵이 두 개 담긴 종이 트레이를 들고 서 있다. 인사를 나누고 그녀에게 다시 한 번 감사 인사를 하고 나자 그녀는 나를 자기 차로 데려간다. 흐릿한 적갈색 다치아 더스터다. "팀 전체를 다 태우죠." 그녀는 내게 말하며 애정을 담아 차를 어루만진다. 퍼트리샤는 열한 살부터 열일곱 살까지 아이가 셋 있다. 그녀는 차 상태에 대해 양해를 구하고 나는 손을 흔들며 전혀 신경 쓰지 않는다고 말하지만, 차 문을 열자 내부가 부스러기며 빈 음식 포장지들로 뒤덮여 있는 것을 발견하고 안전벨트를 가슴에 두르고 나니 손가락에 찐득한 느낌이 남는다.
 퍼트리샤는 차를 빠르게 몰고, 2분가량 지나자 우리는 퍼모이를 벗어나 가차 없이 구불거리는 생울타리가 늘어선 좁다란 시골길을 질주하고 있다. 처음에 나는 굽이마다 따라가며 마음속으로 지도를

---

* Aldi: 독일의 대형 슈퍼마켓 체인.

그려보려고 애를 쓴다. 그녀가 기회만 주면 사실 혼자서도 그 집을 찾을 수 있었을 거라고 스스로 확인할 준비를 하면서. 하지만 이내 나는 다시 온다 해도 가망이 없으리라는 사실을 깨닫는다. 세 번째 좌회전 이후로 나는 길을 놓치고, 우리는 아직도 교차로들과 갈림길 두 개를 더 찾아가야 한다. 여기는 거리 표지판들이 없고 모든 길은 전부 지나온 길과 똑같이 생겼다. 나는 포기하고 창문 밖으로 지나치는 들판을 바라본다.

집까지는 10여 분이 걸린다. 그 집은 다섯 개의 외따로 떨어진 집이 일렬로 늘어서 있는 막다른 골목길이 펼쳐진 곳에 있다. 퍼트리샤는 그 땅이 모두 한 농부의 소유이며, 그가 땅을 작은 조각들로 나눠 팔았다고 말한다—마지막 집이 그 집이라는 말은 필요 없다. 그 집만이 제멋대로 확장된 미국식의 멋대가리 없는 대저택의 외관을 하고 있다. 지붕 높이가 저마다 다르고 중앙의 두 배 크기 창문 너머 나선 계단의 매끄러운 곡선이 보인다. 바깥에 주차된 차는 없고 모든 창문은 블라인드가 내려져 있다. "저 집 사람들은 플로리다에 있어요." 퍼트리샤는 시동을 끄면서 말한다. 그녀는 대문 밖 오른쪽에 주차한다. "하지만 진이 둘러봐도 괜찮다고 하더군요." 그녀 말은 집 바깥, 그 주변이라는 뜻이다.

우리가 진입로를 걷자 발밑에서 조약돌이 밟히는 소리가 난다. 태양이 집 뒤쪽에 있어서 집을 올려다보려면 눈을 가려야 한다. 나는 퍼트리샤에게 그녀가 여기로 보내졌던 날 이후 다시 여기 온 적이 있는지 묻는다.

"아뇨." 그녀는 말한다. "차로 지나가기만 했어요."

그녀 역시 올려다보고 있다. 그녀의 입술은 꽉 맞물려 있고 양 끝이 아래로 구부러져 있다. 마치 시큼한 무언가를 맛보는 것처럼.

"끔찍하죠." 그녀는 말한다. "아마 내가 목격한 것 중 최악일 거예요."

집에 대해 하는 말이 아니라는 걸 굳이 명시할 필요는 없다.

CAB*는 1996년 10월, 아일랜드에서 조직범죄가 치솟던 시기에 설립되었다. 그해 6월, 〈선데이 인디펜던트〉 기자 베로니카 게린이 더블린시티 바로 외곽 나스로드에서 빨간 불에 멈춰 있을 때, 자신의 차 속에서 암살당했다. 두 남자가 오토바이를 타고 그녀의 옆에 멈춰 섰다. 그중 한 명이 방아쇠를 여섯 번 당겼다. 둘 다 존 길리건이라는 이름의, 형이 확정된 범죄자의 동료들로 알려졌다. 게린은 어떻게 길리건 같은 남자가 이 나라의 장기 실직자 중 한 명임에도 불구하고 백만장자의 라이프스타일을 즐길 수 있는지 공개적으로 질의한 바 있었다. 그녀의 죽음에 이어진 국가적인 항의로, 아일랜드 국민들은 같은 질문에 대한 답을 요구했다.

CAB의 형성과 범죄 방지법의 발효로 그 부서에 주어진 힘 덕분에, 관계 당국은 불법적인 활동으로 축적된 재산이라 믿어지는 모든 자산에 대해, 설사 그 등기 소지자가 범죄 행동을 저지르지 않은 사람이라 해도 해당 자산을 압수할 수 있게 되었다. 부동산, 차, 현금 - 설립 후 15년 동안 CAB는 7,000만 파운드 이상의 가치를 축적했다. 그 주머니에 25만 파운드 상당을 공헌한 것이 노스코크에 있는 퍼모이타운에서 외곽으로 10분 거리에 있는 이 침실 여섯 개짜

---

* The Criminal Assets Bureau: 범죄 자산 사무국.

리 주택이었다.
　주택 증서는 배리 파이크의 이름으로 되어 있었다. 파이크의 아버지, 리처드는 1년 내내 선탠을 하고 있는 백만장자로, 친구들에게는 자신이 해외 부동산 개발 쪽에 있다고 하면서 사실은 가짜 담배 거래에 종사하고 있는 인물이었다. 나이 많은 파이크가 1999년 후반에 마운트조이에 있는 교도소로 강제 이주하게 되자 퍼모이에 있는 그 집은 시장에 나왔다. 집은 몇 개월 동안 팔리지 않았다. 참견하기 좋아하는 사람들이 집을 보러 오는 일은 잦았지만 누구도 9시 뉴스에 온갖 안 좋은 일들로 등장했던 집에서 살고 싶어 하지 않았다. 호가는 세 배나 떨어졌다. 마침내 샌프란시스코에서 10년간 일하고 아일랜드로 돌아오게 된 코너와 린다 오닐이 최저 가격을 불렀고 그들로서는 놀랍게도, 즉시 거래가 수락되었다. 그들은 2001년 2월의 마지막 날 열쇠들을 받았다.
　린다는 범죄자가 지은 집에서 사는 데는 아무 거리낌도 없었지만 그가 그 집을 짓기로 선택한 장소에는 감명을 받지 못했다. 샌프란시스코에서 그녀와 코너는 퍼시픽하이츠에 있는 침실 한 개짜리 아파트에서 위, 아래, 옆으로 모두 다른 사람들을 끼고 살았다. 그들 삶의 배경음악에는 늘 TV가 켜져 있거나 차 경적이 끊임없이 울렸다. 여기 퍼모이에서는 새들과 트렉터 엔진이 쿨럭거리는 이상한 소리 외에는 아무 소리도 없었다. 그들의 가장 가까운 이웃은 고요를 제공할 만큼 아주 멀리 있었다. 심지어 지나가는 차들도 없었다. 왜냐하면 그 집은 어디로도 통하지 않는 막다른 길에 있었으니까.
　퍼모이타운은 차로 10분 거리였고, 인근 시골길을 따라 걷거나 자전거를 타는 것은 너무 위험했으며, 대중교통이 없어서 꼭 차로 이동해야 했다. 하지만 그럴 가치가 없었다. 린다는 샌프란시스코의 친구들에게 퍼모이는 꼭 필요한 것들—은행, 슈퍼마켓, 미용실, 철물점, 펍 다섯 개—이 길 하나에 모여 있다고 말했다. 그리고 내가 아는 사람이나 나를 아는 사람을 꼭 만나게 된다고. 새 이웃들 중 한 명이라든가, 혹은 그 동네에서 자란 코너의 친척이라든가, 혹은 그 집에서 일하는 일꾼들이라든가. 그들은 모두 좋은 사람들이었지만, 린다는 익명성이 사라진다고 꼬집었다. "어디 따져보자." 코너는 그녀를 놀리곤 했다. "당신은 여기는 아무도 없어서 싫다 하고 시내에 가면, 거긴 사람이 있어서 싫다는 거야?"

린다가 부산한 대도시에서 자란 것도 아니었다. 그녀는 이스트 코크의 바닷가에 인접한 인구 538명의 사나모어, '영광의 십자로(Glorified Crossroads)' 출신이었다. 그녀는 더블린에 있는 대학으로 진학할 때 그곳을 떠나 신입생 환영 주간에 나이트클럽 대기 줄에서 코너를 만났다. 하지만 그들이 샌프란시스코에서 보낸 10년이 그녀에게 가장 행복했던 때였고, 이제는 아일랜드 시골에 파묻힌 것처럼 느껴졌다. 왜냐하면 린다가 내심 도시 여자이기 때문이었다. 이편이 더 좋아서 선택한 것이라는 사실도 그녀의 느낌이 그렇다는 것은 바꾸지 못했다.

하지만 이제는 적응하는 수밖에 다른 도리가 없었다. 이것이 그녀와 코너가 동의했던 계획의 1단계였다. 그들의 미국 생활은 완벽과는 거리가 멀었다. 장시간 근무에 터무니없이 높은 임대료, 그리고 끊임없는 압박감. 둘 다 삶의 속도가 바뀌기를 갈망했고 결국 아일랜드로, 코너가 자란 동네로, 그의 가족 대부분이 아직 살고 있고 그들이 모은 돈이면 훨씬 더 멀리, 아마도 영구적인 집과 아이들을 갖는 것까지 죽 나아갈 수 있는 곳으로 가자는 생각에 합의했다.

코너는 애초에 그를 미국으로 가게 했던 동일한 회사에서 계속 일을 하게 되어 코크시티에 있는 유럽 본사로 전근하게 된 반면, 린다는 일을 그만두어야 했던 것도 도움이 되지 않았다. 처음에 그녀는 기회로 생각했다. 자신이 정말로 원하는 것이 무엇인지 결정할 수 있는 휴지기라고. 그녀는 소설을 쓴다거나 컨설팅 일을 시작한다거나 집 뒤의 공터에 요가 요양소를 연다거나 하는 막연한 생각들을 품긴 했지만, 당장은 대부분의 시간을 집수리를 맡은 일꾼들을 상대하며 보냈다. 이 집을 지은 남자는 집에 자신의 누보 리치* 취향과 안전에 대한 강박을 흠뻑 가미해서 방탄유리를 끼운 창문들, 옷장 크기의 '제어실'이 딸린 정교한 CCTV 시스템, 순금으로 된 욕실 부속품들, 엘리베이터(한 층 올라가는), 부부 침실의 3면을 차지하는 열대 해변의 벽화 등을 설치해놓았다. 린다는 집이 자신들의 것처럼 보이기 시작할 날을 더 이상 기다릴 수 없을 정도였다.

코너가 중요한 프로젝트 완성을 지휘하기 위해 샌프란시스코로 다시 불려가게 됐다고 알렸을 때, 린다는 그와 함께 가기를 거부했다. 고작 3주 동안이었지만 그녀는 집수리를 핑계로 삼았다. 린다가 거부한 진짜 이유는 자신이 사랑했던 도시를 6개월 만에 두 번째로 떠나는 것이 너무 쓰라릴까 봐 두려워서였다. 게다가 이번엔 그곳을 떠나서 무엇을 얻는지 정확하게 알고 있으니까. 그래서 그녀는 퍼모이에, 혼자 집에 남기로 했다.

---

* Nouveau Riches: 신흥부자 혹은 벼락부자를 뜻하는 프랑스어.

그 사건들이 처음 시작됐을 때 린다는 거의 눈치채지 못했다. 이후에는, 너무 많아서 정확히 언제 그런 일들이 시작됐는지, 혹은 어떤 순서로 발생했는지 구별하기가 어렵게 되었다. 그녀가 말할 수 있는 건 그게 코너가 샌프란시스코로 떠난 다음이었고, 아래의 일들이 분명히 기억난다는 것뿐이었다.

    - 맹세코 전날 밤 잠자리에 들러 2층으로 올라갈 때 현관 등을 켜 놨는데 아침에 꺼져 있었던 일. 전구가 나간 것은 아니었다. 스위치를 딸깍거려보니 그 점은 분명했다. 린다는 어깨를 으쓱하고 자신이 잘못 기억했다고 생각했다.

    - 거실 TV가 저절로 켜진 일. 어느 이른 저녁 린다가 부엌에서 식기 세척기에 그릇을 쌓고 있을 때 일어났다. 그녀는 갑작스러운 목소리들에 겁을 먹었고, 옆 공간에 있는 TV에서 나오는 소리라는 걸 깨달았을 때는 혼란스러웠다. 누군가가 거기 있어서 TV를 켰다는 걱정은 들지 않았다 - 그때는, 그런 걱정은 그녀의 세계 밖에서나 가능한 일이었다. 그녀는 리모컨이 소파 쿠션 두 개 사이에 끼어 있는 것을 발견하고 빨간 전원 버튼에 압력이 가해져서 이런 일이 일어난 거라고 생각했다. 아니면, 기계 오작동이라고. 그녀는 TV를 끄고 리모컨을 TV 스탠드에 올려놓고 설거지를 하러 돌아갔다. 다시는 그런 일이 일어나지 않았다.

    - 딱히 왜 젖었는지 알 수 없는 흠뻑 젖은 수건을 욕실에서 발견한 일. 2층 화장실, 손을 닦는 수건이었다. 린다는 전날 밤 자러 가기 직

전에 그 수건을 썼던 기억을 떠올렸다. 그 수건으로 손을 닦았다. 그랬다고 시간이 이렇게 흐른 뒤에 젖어 있다는 것도 좀 터무니없었지만, 린다가 아침 7시 무렵 깨어난 직후 총총히 화장실에 들어갔을 때, 수건은 너무 젖어서 그 아래 타일 바닥까지 물이 흐르고 있었다. 새는 곳도 보이지 않았을 뿐더러, 설사 새는 곳이 있었다 한들 어떻게 물이 새면 약장 바로 아래 수건걸이에 걸려 있는 수건에, 약장은 전혀 젖지 않은 채로 곧장 떨어지겠는가? 전혀 말이 되지 않았다. 하지만 다시 린다는 자신의 기억이 문제라고 생각했고, 건축업자 중 한 명이 전날 무언가를 몰래 훔치려고 그 수건을 썼다고, 그래서 수건이 젖은 거라고 스스로에게 말했다. 그녀는 그들 중 누구에게도 그 일에 대해 묻지 않았다.

- 다수의 물건들이 사라지거나 이동하는 일. 소소한 것들, 이를테면 린다가 화장대 위 그릇 속에 뒀다고 생각한 립스틱이 나중에 거실에서 발견되거나 하는. 그녀가 항상 부엌 조리대 위 받침에 꽂아두는 칼이 왜인지 이제는 잡동사니 서랍 속에 있었다. 어느 저녁 그녀는 영화 〈글래디에이터〉를 DVD로 보려고 자리를 잡았다가 케이스 속에 있는 디스크가 〈쥬라기 공원〉이라는 사실을 발견했다. 그리고 〈쥬라기 공원〉 케이스 속에는 또 다른 안 맞는 디스크가 들어 있었고 몇 개나 더 그런 식으로 계속됐다. 코너는 자신의 DVD 컬렉션을 자랑스러워했고 알파벳순으로 보관했다. 한편 린다는 모든 것이 제자리에 있는 것을 좋아했다. 이건 우연이 아니었다. 이삿짐 옮기는 사람들이 장난질을 쳤나? 집수리 작업반장 조니 머피는 코너의 오랜 학교 친구였고, 그건 가능한 영역에 속했다. 대서양을 가로지르는 통화 속

에서, 부부는 이런 결론을 내렸다. 그들은 그 일에 대해 웃어 넘겼다.

업자들의 존재가 이 모든 걸 상대적으로 설명하기 쉽게 만들었다. 집은 문단속이 되어 있지 않았다. 밖에는 차들이 주차되어 있었고 묵직한 부츠에 단단한 모자를 쓴 남자들이 매일같이, 온종일 쿵쿵대며 들락거렸다. 견적을 담당하는 로신은 예고 없이 도착하고 인사 없이 가버리는 습관이 있었다. 현관은 장시간 닫혀 있는 일이 드물었고 진입로 끝의 전자 문들은 아예 닫혀 있는 적이 없었다. 린다가 집에 혼자 사는지는 몰라도, 그 집에서 혼자인 적은 거의 없었다. 그녀는 물건들을 자기가 놓은 자리에 두라거나 만지지 말라고 요구할 수 없었다. 그녀는 건설 현장에 살고 있었다. 그 정도는 허용해야 했다.

그러다 일기장이 사라졌다.

린다는 자신의 일상을 DVD 케이스 크기의 파란색 몰스킨 다이어리에 기록했다. 미국에서는 그 페이지들에 그녀의 일과를 간신히 담았다. 매일 매일이 그녀의 특히나 작은 글씨로 빼곡하게 채워졌고, 뒷 표지 쪽에 달린 덮개는 명함, 영수증, 티켓 들로 터질 지경이었다. 매 해 막바지에 이를 때면 다이어리는 뚱뚱해져서 닫히기를 거부했고, 린다는 새롭고 신선한, 흠 하나 없는 다이어리로 눈길을 돌려 1월 1일에 의식을 치르듯 인생의 목표들이 담긴 리스트를 적으며 새 다이어리를 썼다. 그 4월에 다이어리가 사라졌을 때, 그 2001년판 다이어리는 여전히 사실상 새것 같았다. 이례적이었지만, 퍼모이로 돌아온 이후 린다는 다이어리를 전처럼 사용하지 않았다. 그녀는 더 이상 출근하지 않았고, 이제 다이어리는 집수리 정보를 적절히 기록하는 용도로 사용되었다. 배관공 전화번호, 부엌 타일 수치, 새 조립식 소파가 도착하기로 한 날 등이 적혀 있긴 했지만, 이제 다이어리는 대부분 거실 테이블의 얕은 서랍에 있었고 밖으로 나오는 일은 잘 없었다. 그러던 어느 날 다이어리가 서랍에서 사라졌고 다시 나타나지 않았다.

처음에, 린다는 집에서 일하는 남자들 중 하나가 전화번호를 찾으려고 가져갔다가 돌려놓지 않았다고 생각했다. 하지만 현장에 있던 네 남자 모두 부인했다. 린다는 작업반장인 조니에게 전화를 걸었고, 그는 진상을 규명하겠다고 약속했지만 다음 날 아침, 상징적으로나 문자 그대로나 빈손으로 집에 도착했다. 그의 일꾼 중 누구도 그 다이어리를 가져가지 않았다고, 그리고 자기는 자기 사람들을 믿는다고 말했다. 하지만 린다는 분명 그 서랍에 다이어리를 넣어두었다. 어디로 갔단 말인가?

다른 사건들과 달리, 린다는 이 일이 일어난 때는 정확히 기억하고 있었다. 그녀는 다이어리가 사라진 것을 2001년 4월 9일에 발견했다. 조니는 다음 날 아침 4월 10일에 누구도 그 다이어리를 가져가지 않았다고 보고했다. 그녀가 이것을 아는 이유는 그날 밤 늦게, 시계가 막 4월 11일을 가리켰을 때, 린다가 깨어나 그녀의 침대 옆에 서 있는 마스크 쓴 남자를 발견했기 때문이었다.

무엇 때문에 깼는지는 몰라도, 그녀가 깼을 때 처음으로 본 것이 그 남자였다. 키가 크고 체격이 좋은 남자가 그녀를 굽어보고 있었다. 눈 부분에만 구멍이 뚫려 있는 검은 마스크를 쓴 채로. 그녀가 후에 '작은' 총이라고 묘사하게 될 것을 그녀의 복부 위에서 들고 남자는 똑바로 아래를 겨누었다. 그는 그녀가 비명을 지르면 총을 쏘겠다고, 복부 총상으로 맞는 죽음은 느리고 견딜 수 없이 고통스럽다고 경고했다.

그녀는 남자에게 무엇을 원하느냐고 물었다. 그는 대답하지 않았다. 그녀는 그에게 그 집에서 원하는 것은 무엇이든 가져가고 자신은 건드리지 말아달라고 간청했다. 그는 그녀에게 눈가리개를 건네고 착용하라고 말했다. 그녀가 망설이자 그는 총구를 그녀의 살에 대고 눌렀다. 눈가리개는 실크넥타이 같았다. 그녀가 머리 뒤로 돌려 묶자, 마스크 쓴 남자는 그녀에게 단 한 마디라도 소리를 내면 총을 쏠 테고 그녀는 죽을 거라고 말했다. 그런 다음 그는 그녀를 강간했다.

거기에는 그저 그 일이 벌어지고 있다고 믿기를 거부하는 린다의 일부가 있었다. 그녀는 사소한 범죄들이 창궐하기로 유명한 미국의 주요 도시에서 10년을 살았다. 샌프란시스코는 미국 전체에서도 차량 절도와 강도 사건 발생률이 높다고 할 수 있었다. 이제 그녀는 범죄라는 단어가 기껏해야 공공장소의 주취나 음주운전에 적용되는 작은 아일랜드 시골 마을에 있었고, 자기 침대에서 마스크 쓴 남자에게 강간당하고 있었다. 현실같이 느껴지지 않았다. 현실일 수 없었다. 아직도 잠들어 있는 걸까? 그저 꿈인가? 평생을, 린다는 악몽에서 스스로를 깨울 수 있었다. 그녀는 그 순간 깨어나려고 간절히 노력했다.

일을 마친 후, 그녀를 공격한 남자는 그녀의 손목과 발목을 밧줄 몇 가닥—밝은 파란색에, 꼬여 있는—으로 묶고 침대에서 내려와 욕실로 들어가라고 지시했다. 그녀가 시키는 대로 하자 그는 다른 밧줄로 그녀의 손목을 묶은 매듭에 고리를 만든 다음, 욕조 옆 안전 손잡이에 감았다. 그녀는 이제 욕조 속에 갇혀, 앞은 보이지 않고 아프고 발가벗은 채 겁에 질려 있었다. 그런 다음 마스크 쓴 남자는 욕실을 떠나 아래층으로 내려갔지만 집 밖으로 나가지는 않았다.

그의 움직임에 따른 희미한 소리로 미루어보아, 그는 부엌과 거실에서 시간을 보내는 것 같았다. 그는 문들을 여닫고 수돗물을 틀고 TV를 켰다. 잠시 후 경첩의 끼익 소리가 뒷문이 열렸음을 알리더니 둔탁한 쿵 소리가 문이 다시 닫혔다는 것을 암시했다. 그가 떠났나? 린다의 체온은 차가운 세라믹에 맨살이 닿아 계속 떨어지고 있었고, 이제는 이가 덜덜거렸다. 그 냉기가 그녀가 기억할 수 있는 거의 전부였다. 덕분에 그녀는 아래층에서 들려오는 소리는커녕 자기 생각조차 따라잡기가 급속도로 힘들어졌다. 이제는 아무 소리도 들리지 않았다. 소리가 나지 않아서인가? 그가 나갔나? 가버렸을까?

린다는 머리를 자기 옆 욕실 벽의 타일에 비비면 눈가리개가 위로 올라가 벗겨지리라 생각했다. 그녀의 움직임은 밧줄 때문에 1, 2센티미터 정도로 제한되어 있었지만, 그녀는 자기 뒤쪽 욕실 옆에 일회용 면도날이 있을지도 모른다고 생각했다. 닿기만 하면 밧줄을 자를 수 있을지도 몰랐다.

하지만 그녀는 그가 갔는지 확신할 수 없었고, 그래서 기다렸다. 이를 악물었다. 냉기의 찌르는 듯한 고통은 무시하려고 애썼다. 그녀는 최선을 다해서 귀를 기울였다. 사방이, 집이 조용하고 고요한 것 같았다. 그 안에서 그녀만이 유일하게 살아 있는, 숨쉬는, 움직이는 존재 같았다. 그래도, 그녀는 기다렸다. 총을 떠올렸고 그녀가 달아나려고 시도하면 그가 그 총으로 무슨 짓을 할지 떠올렸다. 마침내 린다는 눈가리개 주변으로 약한 회색빛이 비집고 들어오는 것을 느꼈다. 그가 내는 소리를 마지막으로 들은 지도 오랜 시간이, 아마도 몇 시간이 흐른 것 같았다. 바깥이 밝아오는 것을 보니 틀림없이 그렇겠지. 그는 갔다, 분명히. 그녀는 머릿속으로 초를 세며 5분 정도 더 기다렸다. 마침내, 린다는 머리를 타일에 대고 문질렀다.

어떤 소리가 휙 스치더니 따뜻한 입김이 그녀의 귀에 닿았다.

"쌍년아, 움직이지 말라고 했지."

린다는 그가 얼마나 오래 거기 있었는지 짐작도 가지 않았다. 그 공간에, 바로 그녀 옆에. 그가 계단을 올라오는 소리조차 듣지 못했다.

그것이 그녀의 마지막 기억이었다. 그다음엔 그가 그녀의 머리를 타일에 세게 박는 바람에 그녀의 두개골 전체에 거미줄처럼 촘촘한 금이 생겼고, 그중 하나는 너무 심하게 갈라져, 아주 작은 뼛조각이 떨어져 나와 그녀의 두뇌 속 부드러운 조직에 박혔기 때문이다.

이후 린다는 욕조 속에 누워 35시간 동안 서서히 죽어가고 있었다.

그 35시간 중 처음 4시간이 지난 후에, 조니 머피와 그의 일꾼들 중 두 명이 매일 아침 그랬듯 그 집에 도착했다. 그들은 열쇠가 있었고 안으로 들어왔다. 잘못됐다는 인상을 주는 건 아무것도 없었다. 린다는 대개 아침에 집에서 그들을 맞았지만 매일 아침은 아니었다. 그들은 그녀가 어디 나갔다고 생각했다. 그녀가 퇴근 시간까지도 나타나지 않자 조니는 부엌 식탁에 메모를 남겨 조명 부품이 도착하지 않았다며 연락을 달라고 부탁했다.

27시간이 지난 두 번째 날 아침 조니가 집에 들어갔을 때, 메모는 여전히 식탁 위에 있었고 린다는 없었다. 이제 그는 무슨 일이 일어났다고 생각하기 시작했다. 그는 집을 돌아다니고 2층을 오르내리며 그녀의 이름을 불렀다. 안방 침실로 들어가는 문은 열려 있었고, 방 저편 커튼은 여전히 드리워져 있었다. 그는 고개를 들이밀었다. 침대는 정돈이 안 되어 있었지만 린다의 모습은 없었다. 방에 딸린 욕실로 들어가는 문 역시 열려 있었지만 조니가 서 있는 지점에서는 욕조 속에 들어 있는 린다의 몸이 보이지 않았다. 그는 문이 열려 있었기 때문에 그녀가 그 안에 있을 리 없다고 생각했다. 그는 코너의 휴대전화에 전화를 걸었지만 캘리포니아는 오후 11시가 넘은 시간이었고 코너는 아침형 인간이라 이미 잠자리에 든 후였다. 6시간이 더 지나고서야 그는 조니의 음성 메시지를 들었다.

33시간이 지났고 코너는 아내의 전화기에 전화를 걸어보았다. 음성 사서함으로 바로 넘어갔다. 그다음에 그는 조니에게 전화를 걸었고 조니는 하루하고 반나절 동안 린다를 보지 못했다고 말했다. 다음에, 코너는 같은 동네에 사는 친구들과 친척들에게 전화를 돌려 린다를 봤거나, 혹은 심지어 지금 같이 있는지 물었다. 누구도 본 적 없고 같이 있지도 않았다. 공포의 첫 파장을 느끼면서 코너는 그의 부모님에게 전화했다. 그들은 웩스퍼드카운티 고리에서 열린 결혼식에 가 있었고 퍼모이에서 최소한 두 시간 반 거리에 있었지만, 그의 아버지는 자신들이 바로 차를 몰고 코너의 집으로 가겠다며 그를 안심시켰다. 출발하기 전에 코너의 아버지는 친구에게 전화를 걸었다. 그 친구의 아들이 마침 퍼모이에 있는 노스코크 지역 본부에서 경사로 근무 중이었다. 브렌던 번 경사는 후에 코너 오닐이 샌프란시스코에서 거물 노릇을 하느라 떠나 있는 동안 그의 아내가 가출했다는 얘기를 아버지에게 들었을 때 자신이 눈을 굴리면서 아마도 이런 말을 했던 것 같다고 인정했다. "저더러 어쩌라고요?" 하지만 거의 마흔 살이 다 되어가는 데다가 경사임에도 불구하고 번은 여전히 아버지가 시키는 일을 거역하는 것이 불편했고, 그래서 그는 그 집에 가보겠다고 말했다. 전화를 끊은 뒤, 그는 자신이 그런 일을 직접 하기에는 너무 바쁘다고 생각했고, 대신 자기 팀의 부하들 중에 배치된 지 6개월도 안 된 신참을 보내기로 했다.

35시간째에, 가다가 계속 길을 잃으면서, 경찰 퍼트리샤 키언스는 마침내 오닐의 집에 도착했다. 조니와 몇 분 이야기를 나눈 뒤, 그녀는 수색을 시작했다. 그녀가 그 욕조에서 린다를 발견한 사람이었다.

이런 지연은 린다의 고통을 가중시켰을 뿐 아니라, 그녀가 당한 일을 조사하는 데 장애가 되었다. 하루하고 반나절 뒤에야 파랗고 하얀 경찰 저지선이 현관에 붙었고, 현장은 보존되지 못하고 훼손되었으며 거듭 발자국이 찍혔다. 그 집에서 일하는 모든 이에게 샘플을 받았지만, DNA와 다른 물리적 증거들이 상당히 손상되었다. 그리고 유일한 목격자는 치명적인 뇌손상을 입어 말을 하지 못했다.

몇 주 동안 수사는 허우적거렸다. 그러다 6월 초, 린다가 짧은 진술을 할 수 있을 만큼 회복되었다. 경찰은 진술에서 나온 한 가지 요소를 붙들고 레이저처럼 그 한 가지에 초점을 맞추었다. 그 권총에.

여기는 2001년 초의 아일랜드, 경찰들도 비무장으로 근무하는 나라였다. 국경의 남쪽과 M50 고속도로 외곽으로 제한된 지역에서만 더블린의 범죄 조직들이 패권을 다투었고, 권총은 흔치 않았다. 이례적이었다. 평범한 보통의 범죄자들은 총을 가지고 있지 않았다.

애초에 총을 구할 수가 없었다. 린다의 사건은 사실상 코크카운티에서 보고된 첫 번째 강간 사건이었다. 그게 경찰이 이 범죄를 그 집의 원래 소유주와 결부시키는 데 필요한 전부였다. 리처드 파이크의 예전 집에서 '우연히' 사건이 발생했다는 설은 이 사건에 배치된 형사들에게 애초부터 전혀 받아들여지지 않았고, 받아들일 필요도 없었다. 이 연관은 합리적으로 느껴졌다. 타당하게. 편안하게. 그들은 그 가설을 그들의 주요 쟁점으로 삼는 데 매진했고 이내 그 가설이 유일한 가설이 되었다. 이제 증거가 그들이 이해할 수 있는 언어로 쓰였다. 이는 강간할 여자를 찾아 아일랜드 시골을 돌아다니는 웬 가상의 괴물이 아니었다. 이건 암흑가의, 범죄 조직의 흔해 빠진 범죄 활동이었다. 그들은 이 일을 어떻게 다루어야 할지 알았다.

리처드 파이크의 동료로 알려진 이들과 예전에 그 집에서 살았던, 모범 시민으로 보이는 아들, 그리고 리처드 파이크 본인이 심문을 위해 끌려왔다. 그들 중 누구도 이내 막다른 곳에 이르게 되는 진술들 외에 무엇도 제공하지 못했다. 하지만 한때 파이크가 상당량의 현금을 그 집의 벽 안에 숨겨놓았다는 소문이 계속 돌았고, 경찰은 그 사실을 아는 누군가가 집을 지켜보면서 들어가서 돈을 빼낼 기회를 노리고 있었지만, 일단 안에 들어가자 마음이 바뀌어 대신 린다를 강간했다고 가정했다. 이에 대한 증거는 조금도 발견되지 않았다. 강간과 가정 폭력 전과가 있는 지역 남성 두 명이 심문을 받았지만 그 각도의 조사도 결국 나머지 것들처럼 흐지부지되었다. 이때쯤 린다는 공격을 받은 지 6개월 만에 재활 시설에서 퇴원했고, 경찰은 그날 밤 퍼모이에 있는 그 집에 들어가지 않았다고 자신할 수 있는 남자들의 목록 외에는 수사를 진전하지 못했다.

코너와 린다는 망가지고 파괴된 채 그곳을 떠났다. 린다가 머릿속의 공포와 몸에 입은 상처들을 치유하는 동안, 코너는 퍼모이로 이사하자고 밀어붙였던 것과 그녀를 혼자 두고 떠난 일에 대한 죄책감에 흠뻑 젖어 있었다. 그리고 둘 다 전화들을 상대해야 했다.

린다는 그 공격 이후 익명성 뒤로 숨을 자신의 권리를 포기했다. 퍼모이의 전 주민과 아마도 그 주변 지역 주민 대부분이 그게 린다 오닐, 코너의 아내, 미국에서 막 돌아왔고, 알잖아 그 둘…이 그 일을 당한 사람들이라는 걸 아는 마당에 익명성을 지키려고 애쓰는 건 의미가 없어 보였다. 나아가, 몇 달 뒤 병원에서 집으로 돌아왔을 무렵에 그녀는 두어 건 정도 인터뷰를 하는 것이 포기한 듯 보이는 경찰 수사에 다시 흥미를 지필 유일한 길이라고 생각했다. 그러나 불행히도, 그건 광기만을 불러왔다.

전화가 낮이고 밤이고 온종일 울려대기 시작했다. 린다를 공격한 자가 어디 사는지 안다는 심령술사, 린다와 코너가 정기적으로 미사에 참석했다면 이런 일이 벌어지지 않았을 거라는 종교적인 미치광이들, 같은 짓을 하겠다고 위협하는 다른 남자들, 그리고 끊어지는 전화들. 대부분은 끊어지는 전화들이었다. 침묵 혹은 묵직한 호흡이 한순간 들린 뒤 갑작스럽게 이어지는 발신음. 이 전화들은 대부분 무해했고 대부분은 멍청한 10대들이 저질렀을 가능성이 높았다. 코너는 전화선을 없애고 싶어 했지만 린다는 누군가 써먹을 수 있는 정보를 들고 전화할지도 모른다는 신념을 품었다. 한편 경찰은 그들에게 이 성가신 전화들을 전부 기록하라고 권했지만, 부부는 둘 다 침묵하는 전화나 끊어지는 전화를 포함시킬 필요성을 느끼지 못했다.

어느 오후, 린다가 마침 전화기를 들었을 때 코너가 아래층에서 거의 동시에 전화기를 들었다. 처음에는 이 전화 역시 그들이 이미 받았던 수많은 전화 중 하나처럼 들렸다. 무거운 숨소리 외에는 아무 소리도 들리지 않는. 코너는 *꺼져, 어쩌구*라고 중얼대며 전화기를 받침에 쾅 하고 내려놓았고, 아직 손에 힘이 없는 린다는 그렇게 빠르지가 못해서 그 숨을 내쉬는 상대에게 이렇게 말할 시간을 주고 말았다. "린다? 당신이야?" 그런 다음, 짧은 침묵 뒤에. "게임 한번 더 할까?" 틀림없었다. 그 남자였다.

경찰은 이 전화를 추적할 수 있었다. 전화는 파르키 퀴브, 코크시티에 있는 갤릭 스포츠 스타디움에서 리머릭이 코크를 이겼던 먼스터 헐링 준준결승에서 마지막 호각이 불리고 3분 뒤에 걸려왔다. 그 사이 4만 명 이상의 관중들이 그 스타디움을 빠져나오고 있었다.

퍼트리샤와 나는 집 주변을 천천히 걷는다. 그다지 볼 게 많지 않다. 지금은 다른 사람들이 산다. 코너와 린다 오닐 부부는 그 사건 5년 뒤에 이혼했고, 둘 다 이후 재혼했다. 둘 중 누구도 퍼모이 인근 지역에 살지 않는다.

퍼트리샤는 더 이상 경찰이 아니다. 아닌 지 몇 년 되었다. 그녀는 내게 그날 오닐의 욕실에서 본 것이 당시에는 고마운 줄 몰랐던 방식들로 자신을 바꾸어놓았다고 말한다. 첫 아이가 태어난 후 그녀는 직장으로 전혀 돌아가고 싶지 않았다. 그러기가 두려웠다. 그와 같은 현장을 또다시 목격할 위험을 무릅쓰고 싶지 않았다. 그런 일을 집으로 가져오고 싶지 않았다. 집을 오염시킬 위협처럼 느껴졌다. 하지만 그녀는 그 지역이 좋았고 거기서 사귄 친구들이 좋았다.

지난 17년간 그녀는 가족을 부양하면서 다양한 직장에서 파트타임으로 일했다. 가장 최근에는 지역 원예용품점에서 일했다.

나는 그녀에게 욕실에 들어섰을 때 무엇을 봤는지를 물었고, 퍼트리샤는 내게 실망한 것처럼 보인다. 나는 그녀에게 사람들이 그가 얼마나 지독한지, 그 남자가 얼마나 위험하고 사악하고 폭력적인지 이해하기를 바란다고, 왜냐하면 독자들이 그가 영위해온 자유에 대해 분노하기를 바라기 때문이라고 말한다. 그녀는 고개를 끄덕이고 잠시 생각에 잠긴다. 그런 다음 말을 잇는다. "내가 뭘 봤는지를 말하진 않을게요. 그 가엾은 여자는 충분히 수모를 겪었으니까. 하지만 이 말은 하죠. 신고하면서, 나는 변사체가 있다고 말했어요. 맥박을 느낄 수도 없었지만, 그보다는 그 모습 때문이었죠. 몸의 색깔, 얼굴에 난 상처… 그 욕조 속에서 린다 오닐을 발견했을 때, 나는 그녀가 거기서 바로 시체 가방에 들어갈 줄 알았어요."

짐은 화들짝 깨어나며 《낫씽맨》을 무릎에서 바닥으로 툭 떨구었다. 그는 퍼모이에 있는 그 집의 꿈을 꾸고 있었다. 아직 수리가 끝나지 않은 그 방들을 돌아다닌 일, 그곳에서 살던 여자. 꿈은 그의 아주 생생한 기억들과 섞여 들었다. 자면서 이리저리 몸을 뒤집는 여자를 내려다보던 기억, 그녀가 바로 맞은편에서 뜨거운 물줄기 아래 서 있는 사이 샤워 커튼에 대고 숨을 내쉬던 일, 어둠 속에서 여자의 남편이 그녀에게 어떻게 하는지 듣고 있던 일. 나중에 똑같이 따라할 수 있도록, 그래서 여자가 그가 듣고 있었다는 걸 알 수 있게. 그는 간절히 돌아가고 싶었다. 그의 꿈같은 기억들에 굴복하고 싶었다. 하지만 잠의 마지막 조각들은 이미 그가 닿을 수 있는 범위를 넘어섰고…

저게 새 소리인가?

창고 벽 너머가 더 이상 고요하지 않았다. 이른 아침 새들의 지저귐이 활기를 띠고 있었다. 지금 몇 시지? 짐은 창문에서 암막 블라인드를 치웠고, 그 즉시 그의 눈을 쏘는 환한 햇빛에 욕설을 내뱉었다.

그가 다음에 든 생각은 그의 전화기가 2층 침실에 있다는 것이었다. 그리고 알람을 맞춰 놓았다는 것.

짐이 책을 방석 밑에 쑤셔 넣고 서둘러 창고를 나서 현관에 도착해서 막 문을 열어 젖혔을 때 성난 삐삐삐 소리가 위층에서 들려왔다.

그의 알람, 노린의 머리 옆에. 7시로 맞춰져 있었다.

그는 창고에서 밤을 새버렸다.

짐이 현관문을 닫았을 때, 알람이 멈췄다. 그러더니 노린이 침대에서 몸을 일으키는 소리가 들려왔다.

너무 늦었다.

그는 부엌으로 들어가서 자리를 잡았다. 식탁 머리 쪽 자신의 의자에. 가장 가까운 의자 위에 신문이 깔끔하게 접힌 채 놓여 있었다. 코크 지역을 다루는 〈에코〉였다. 짐은 신문을 잡아채서 자기 앞에 놓고 펼쳤지만 전혀 눈에 들어오지 않았다. 그는 깊은 숨을 몇 번 쉬었다. 자신을 진정시키려고, 당황하고 서두르고 들킨 것 같은 느낌을 멈추려고 애썼다.

위층에서 변기 물이 내려갔다.

그는 당황했다기보다 자신에게 화가 났다. 그는 일이 계획대로 되지 않는 것을 좋아하지 않았다. 그리고 지금 그의 머릿속은 노린의 멍청한 질문 세례까지 더하지 않아도 충분히 시끄러웠다.

왜 일찍 일어났어? 일어난 지 얼마나 됐어? 알람은 왜 안 끈 거야?

남자를 미치게 만드는 데 충분한 질문들.

전에는, 그 당시에는 모든 게 훨씬 더 간단했다. 그가 해야 할 일이라고는 작전 중이라고 말하는 것뿐이었고 그 외에 더 말할 필요가 없었다. 끝날 때까지 며칠이고 집을 비울 수 있었고 노린은 한 번도 반발하거나 어디 갔었는지, 거기서 뭐 하고 있었는지, 언제 올지 묻지 않았다. 그녀는 자신이 어떤 대답을 들을지 알고 있었다. 하지만 요즘은 상황이 많이 달랐다. 그는 한 장소, 더글라스에 있는 센터포인트 쇼핑센터에, 평일이면 매일 오전 8시 30분부터 오후 3시까지 매여 있어야 하는 직업을 가졌다. 센터포인트는 그들의 집에서 차로 고작 15분 거리였다. 노린은 아주 예리한 편은 아니었지만 완전히 바보도 아니었다. 그녀는 짐이 직장이 아니면 달리 갈 곳이 없다는 것을 알았다.

그들의 친척들은 몇 시간 거리에 살았고 짐은 양가에 모두 흥미가 없었다. 크리스마스 시기에 다 같이 모이는 것이 그가 참을 수 있는 전부였다, 모이기라도 한다면. 그는 예전 동료들도 전혀 만나지 않았는데 그들 모두를 강렬히 증오했기 때문이었다. 그리고 그가 가장 꺼리는 얘기가 경찰에 몸담고 있던 시절이었다. 때로 친구나 취미를 만들려고 좀 더 노력하거나 혹은 그런 척이라도 할 걸 그랬다 싶었다. 그랬다면 주말에 골프를 치러 가겠다거나 누군가와 커피 한 잔 마시러 간다며 두어 시간 나갈 수 있었을 텐데. 하지만 그는 그러지 않았고 지금은 너무 늦었다. 그럴 필요가 있으리라고는 전혀 예상치 못했다. 삶의 이 시기에는 아니었다.

하지만 그는 책을 끝내야 했다. 빠를수록 좋았다. 생각할 것이 있었다.

육중한 발걸음이 계단을 내려왔다. 노린이 내려오고 있었다.

노린은 운전을 하지 않았다. 적어도 그건 고마운 일이었다. 그녀는 항상 너무 불안해했고, 짐은 자신이 동료에게 들은 모든 끔찍한 사고 현장에 대해 상세하게 얘기해서 그녀가 불안을 더 느끼도록 했다. 알아볼 수 없게 으깨진 시체들. 계란껍질처럼 쪼개진 두개골들. 도로 위로 흘러나온 뇌수들. 그녀는 이따금 버스를 타고 시내에 나갔지만 집 바깥에서의 그녀의 삶은 대부분 동네 성당, 커뮤니티 센터, 그리고 묘지가 자리한 성스러운 땅에 국한되어 있었다. 그녀는 성체 성사를 보조했고, 레지오 마리에* 단원이었으며, 일주일에 두 번 식사 배달 서비스에 봉사를 나갔다. 그리고 1년 내내 도움이

---

* Legion of Mary: 가톨릭 평신도 사도직 단체중의 하나로 '자비의 모후회'로도 알려져 있다.

필요한 각종 행사들이 있었다. 그녀는 같은 일을 하는 다른 여자들 몇몇과 친하게 지냈지만 다른 상황에서는 거의 그들을 만나지 않았다. 노린이 매일 아침 일어나자마자 하는 일은 집 주위를 한 바퀴 도는 것이었다. 길로 나가 성당까지 가서 그 주위를 한 바퀴 돌고 다시 돌아왔고, 짐이 아는 한 그녀는 집에 온 뒤로 집에서 머물렀다.

슬리퍼를 신은 발이 철벅거리며 복도를 걸어왔다.

노린은 이론적으로 센터포인트까지 걸을 수 있었지만 짐은 그녀가 그러리라고는 생각지 않았다. 그녀는 그곳을 싫어한다고 지껄이곤 했다. 그곳에 있는 가게들이 반은 폐점했다고 불평하고는 자신은 테스코와 알디에서 장을 보는 편이 낫다고 말했다. 두 가게 모두 센터포인트에 입점해 있지 않았다. 그가 거기서 일하기 시작한 지 6개월 뒤, 그리고 그녀가 마지막으로 방문한 지 아마도 수년이 지난 지금, 이제 와 갑자기 그녀가 거기 가기로 결정한다면 그는 매우 재수가 없을 터였다.

노린이 부엌에 들어왔다.

"내가 말하는 걸 잊었는데," 짐이 말했다. "이번 주 나머지는 연장 근무 할 거야. 누가 좀 아파. 5시까지 있어달래."

그녀는 문간에 멈춰 서서 그에게 눈을 깜박거렸다.

"음." 노린은 그녀의 옷가지들보다도 더 그녀를 뚱뚱해 보이게 하는 지저분한 가운을 끌어당기며 주전자로 향했다. "당신도 좋은 아침이야."

노린은 이제 그의 뒤에 있었지만 그는 소리로 미루어보아 그녀가 무엇을 하는지 알 수 있었다.

머그컵 두 개를 꺼내고. 카운터 위에 있는 깡통에서 티백을 꺼내고. 우유는 냉장고에서.

"당신 일찍 일어났네." 그녀는 잠시 뒤 말했다. "어쩐 일로?"

주전자 물이 끓기 시작했다.

"일찍 깼으니까." 짐은 신문을 넘겼다. "그래서 깬 김에 일어나자 싶었지. 천장을 보며 그저 누워 있을 이유가 없으니까."

"몇 시였는데?"

"좀 전이야."

짐은 다시 신문을 넘겼다. 그는 헤드라인 모양과 사진 크기 외에는 아무것도 알아채지 못했지만 낫씽맨이라는 글씨가 갑자기 눈에 들어왔다.

한순간, 그는 자신이 어디 있는지, 누구인지를 잊었다. 노린이 거기 있다는 것도. 그는 신문에 몸을 숙이고 손가락으로 헤드라인을 따라갔다.

새 책에서 낫씽맨 사건이 재개되었다.

그 헤드라인은 밸리스레인의 그 가족사진 위에 있었다. 퍼모이의 집을 정면에서 찍은 사진 위에, 그리고 또 저 빌어먹을 연필 스케치—그리고 엄지손톱 크기의 책 표지 위에. 그는 빠르게 그 내용을 훑었다. 거의 20년 전 코크 주민들을 공포에 떨게 했던 사건이 신간 도서의 초점이다. (…) 낫씽맨 최악의 공격의 유일한 생존자 이브 블랙은 당시 고작 열두 살이었다. (…) 에드워드 힐리 경사는 이 책을 환영하며 책이 이 사건에 관심을 다시 불러일으키기를 바란다고 말했다. (…) "그는 아직 저 밖에 있죠, 맞습니다. 하지만 우리도 여전히 찾고 있습니다."

차가 담긴 컵이 그의 앞에서 맴돌고 있었다. "이제야." 짐이 말하며 노린에게서 머그컵을 너무 빨리 낚아챈 바람에 차가 넘쳐 신문에 떨어졌다. 그는 다음 페이지를 펼치고 고개를 숙여 아일랜드 연안의 낚시 제한에 대한 이야기를 짐짓 흥미로운 척 쳐다보았다.

그는 그녀가 나가기를, 아침마다 그렇듯 차를 들고 위층으로 돌아가기를 기다리고 있었다.

하지만 그녀는 머뭇거리며 그의 뒤쪽에 머물렀다.

"그거 이틀쯤 된 거 같은데, 그 신문 말이야." 그녀는 말했다. "케이티가 지난밤에 가지고 왔거든."

쇼핑센터는 전날보다 바쁘긴 했지만, 여전히 붐비지는 않았다. 짐 싣는 곳에 방치된 차 한 대와 분실됐다는 연락을 받았지만 여자 화장실에서 곧 발견된 핸드백 하나 빼고는, 근무시간이 끝나서 《낫씽 맨》을 다시 읽기까지 손꼽아 기다리는 것 외에 짐이 할 일이라고는 없었다.

노린이 샤워하는 동안 그는 창고에서 차로 책을 옮겼고, 책은 이제 다시 조수석 보관함에 들어갔다. 그의 계획은 일이 끝난 뒤 아마도 마리나라든가 어딘가에 차를 세워놓고 관심을 끌거나 방해받지 않은 채 몇 시간 책을 읽을 수 있는 곳으로 차를 몰고 갈 예정이었다. 그가 그럴 수 있는 것은 노린이 아는 한, 그는 적어도 5시까지 센터에 있는 것이기 때문이었다.

그때까지는, 극히 지루할 예정이었다. 오늘 아침은 매순간이 침전물이 가라앉는 속도로 지나가는 것 같았다.

그 트렌치코트를 입은 여자를 보기 전까지는.

오늘은 머리를 뒤로 넘긴 여자는 바지 대신 스커트를 입고 있었다. 하지만 코트는 같았고 같은 가방을 들고 있었다. 그는 그 여자라고 확신했다. 그녀는 이 지역에 살거나 근처에서 직장에 다니거나 혹은 둘 다인 게 분명했다. 그녀는 바구니를 들고 신선 식품 코너를 걷고 있었다. 바구니에 담긴 것이라곤 아직까진 사과 한 봉지뿐이었다.

그가 마지막으로 그 여자를 봤을 때는 24시간 전이었고, 여자는 《낫씽맨》한 부를 계산대로 들고 가고 있었다. 그녀가 정말로 그 책을 샀을까? 아직 읽기 전일까? 그가 한 짓에 대해 얼마나 알았을까?

낫씽맨이 지금 자기 오른쪽으로 고작 몇 발짝 떨어진 곳에 서 있다는 걸 알면 어떤 기분일까? 자신을 보고 있고, 자신을 관찰하고 있다면?

여자가 냉동식품 방향으로 걷기 시작하자 짐도—충동적으로—따라갔다. 그는 거리를 유지했고 그저 가게를 순찰하고 있는 것처럼 보이게 했지만 그의 눈은 그녀를 떠나지 않았다.

오늘 코트는 단추가 잠겨 있었고, 벨트는 허리에 꼭 맞게 둘러져 그녀의 몸매를 드러내고 있었다. 그는 그녀가 와인 한 병, 전자레인지에 돌릴 수 있는 식품 두 개, 화장지 네 팩을 바구니에 넣는 것을 지켜보았다.

여자가 고른 것들이 혼자 사는 것을 의미할까? 근무가 끝나고 집에 가는 길에 여기에 들른 걸까? 그렇다면 그녀를 집까지 따라갈 수 있을까? 어둠 속에서 그녀에게 어떤 짓을 해볼까?

어떤 짓을 하고 싶지?

그리고 신체적으로 아직도 그런 일이 가능할까?

"내가 찾던 사람이 여기 있네."

스티브 오렐리가 짐 앞에 멈춰서며 그의 시야에서 여자를 가렸다. 그의 머리카락은 끈끈한 젤 탓에 평소보다 더 떠져 보였고 양손을 엉덩이에 대고 서서 커프스단추를 달고 있다는 걸 드러내고 있었다.

저가형 쇼핑센터 관리자가 커프스단추를 달고 출근하다니. 딱하기도 하지.

짐은 차마 그 남자를 마주할 수가 없을 지경이었다.

"어제는 무슨 일이었죠?" 스티브가 물었다.

짐은 스티브의 자세를 모방하며 자기 엉덩이에 양손을 올렸다.

"편두통." 그는 말했다.

"편두통이라." 스티브가 반복했다.

두 남자는 상대방을 노려보았다.

"그러면 그에 대해 어떻게 하셨나요?"

짐은 어리둥절한 척했다. "뭘 어떻게 해?"

"의사 소견서나…?"

"그냥 자러 갔지. 어두운 방에서."

"그냥 자러 갔다고요? 어두운 방에서?"

모든 말을 반복하되 단, 질문으로 바꾸기. 아마추어의 심문 기술 제1장. 짐은 응하기를 거부했다.

"진통제도 없이요?" 스티브는 눈썹을 치켜 올렸다. "편두통인데?"

그의 무전기가 삑삑거렸다. 그는 무전기를 벨트에서 들어 올려 말했다. "스티브입니다, 말하세요." 지직 소리가 들린 후에, 작은 목소리가 고객 서비스 데스크에 있는 컴퓨터에 무슨 문제가 있다고 말했다. "바로 갈게요." 그는 짐의 눈을 똑바로 들여다보며 무표정하게 덧붙였다. "이상."

무전기에서 울려 나온 다음 소리는 짧고 날카로운 웃음소리와 두 마디 말이었고, 이전에 울렸던 것과 달리 무자비하게 뚜렷했다.

"확인, 짐."

무전기 스피커에서 들려온 아주 작은 소리지만 그 빈정거림을 쉽사리 간파할 수 있었다.

스티브는 승리에 찬 미소를 지었다.

짐은 뺨이 타오르기 시작하는 것을 느꼈다.

맞다, 그 외에는 누구도 무전기에 대고 그렇게 말하지 않았다. 하지만 짐이 그렇게 한 것은 30년 동안 들인 습관을 깨기 어려워서이기도 했고, 그렇게 하는 것이 옳았기 때문이었다. 그건 명확한 무전 통신을 보장하기 위해 세워진 절차였다. 그들이 원한다면 얼마든지 그를 놀려댈 수 있었지만 여기서 마지막에 웃는 건 누구일까. 아일랜드 경찰의 일원으로 이미 걸출한 경력을 세운 지적인 남자일까, 남은 평생 최저 시급을 위해 이 쓰레기장에 처박혀 일해야 하는 병신들일까?

스티브는 무전기를 찼고, 히죽거림이 우쭐한 만족감으로 번져가고 있었다.

짐은 그 젊은이에게 달려들어 한 손으로 스티브의 목을 움켜쥐고, 다른 손으로 꽉 틀어쥔 주먹을 그의 비웃는 입 속에 쑤셔 넣어 손가락이 스티브의 매끈한 입천장에 닿을 때까지 그 인위적으로 하얀 치아를 강제로 열어젖혔다. 그런 다음 짐은 손가락을 펼쳐 구부렸다 뺐다. 턱뼈가 갈라지고 치아가 으드득거리면서 참을 수 없는 고통을 겪는 누군가의 비명이 들릴 때까지. 스티브는 인간이 참을 수 있는 한계까지 도달했을 때, 자신의 두개골이 안쪽에서부터 쪼개지는 것을 느꼈고, 짐은 주먹을 꺼내어 그 주먹으로 스티브의 얼굴을 갈겨 먼저 가장 가까운 냉동고 유리문에 박았고, 유리문 안으로 반복해서 내리 갈겼다. 그 얼굴이 깨진 유리 조각으로 온통 뒤덮일 때까지. 그런 다음 그는 스티브의 떡진 머리카락을 잡고 그를 끌어내어 바닥에 밀어 넘어뜨려 문이란 문마다 스티브의 남은 얼굴을 문지르며 스티브의 핏자국을 길게 남겼고…

"음, 오늘은 편두통이 없기를 바라죠, 네?" 스티브는 짐에게 윙크를 했다. "아니면 이번 주 남은 동안요."

현실로 돌아와, 짐은 멀어져가는 스티브의 등을 그저 물끄러미 바라보았다.

짐은 등을 돌려 가장 가까운 냉동고에 비친 자신을 마주하고 이마를 차가운 유리에 대고 눌렀다.

몸이 떨렸고 머리가 텅 비는 것 같았다. 진정해야 했다. 지나치게 흥분하고 있었다.

그리고 스티브 같은 것들은 분명 그럴 가치가 없었다.

그는 백화점 입구를 향해 돌아가기 시작했다. 그는 근무 시간 동안 종종 15분 혹은 30분을 그 위치에 서 있곤 했다. 그 자리가 경비원이 목격되기에 가장 효과적인 장소였기 때문이다. 거기 서 있는 것은 제지 효과도 있었지만 또한 방범 센서들에 그가 잡히게 되기도 했다. 보너스로, 그곳은 그가 전혀 일을 하지 않으면서 일하는 것처럼 보이기에 최상의 장소였다.

하지만 짐은 그렇게 멀리 가지 못했다.

식품 코너가 시작되는 부분에, 꽃과 잡지 열이 끝나고 과일과 채소가 시작되기 직전에 뜨거운 음료들을 파는 매점이 있었다. 그곳에는 세 개의 높은 테이블이 있어서 사람들이 걸터앉아 커피를 마시거나 목을 빼어 벽에 걸린 TV 스크린을 쳐다볼 수도 있었다. TV는 영구히 소리가 나지 않았지만 때로 자막이 있었다.

오늘 아침에는 커플이 한 소파에 앉고, 짐이 한 번도 알아본 적 없는 인터뷰를 당하는 사람들이 맞은편 소파에 나란히 앉은 부류의 쇼들 중 하나에 TV 채널이 고정되어 있었다. 인터뷰의 대상은 금발의 여자로 20대 후반이나 30대 초반이었고, 예쁘게 보이려고 하지 않는데도 예쁘장했다. 그녀는 백금색 머리카락을 아주 짧게, 삐죽삐죽하게 잘랐고, 무슨 큼직한 검은 걸로 마른 몸을 가리고 있었다. 그녀는 모든 사람의 얼굴을 왁스 인형처럼 보이게 하는 그 두꺼운 TV 화면용 메이크업을 하지 않았지만, 사실은 좀 했어야 했는지도 몰랐다. 눈 아래 자줏빛 그늘이 져 있는 데다 너무 창백해서 아파 보일 정도였으니까. 이런 사실과 그녀 혹은 누군가 다른 사람이 입술에 밝은 빨간색을 쓱 문질렀지만 아주 깔끔하게 바르지는 못했다는 것, 게다가 42인치 HD 평면 TV 스크린이 모두 복합적으로 작용해서 그 입술이 번져 입술 선을 지나쳐 피가 흐르는 것처럼 보였다.

그 여자는 이브 블랙이었다.

짐이 그 사실을 안 것은 그녀를 알아봤기 때문이 아니라—그는 그녀가 열두 살이었을 때 이래로 그녀를 본 적이 없었고, 그때도 고작 몇 분만 봤을 뿐이다—화면 아래 자막 때문이었다. 낯선 맨이 내 가족을 살해했다: 자신이 겪은 실제 범죄를 회고하는 새 책을 낸 작가 이브 블랙.

그는 자막이 사라지는 것을 지켜보았다. 그러더니 이브도 사라졌다.

그녀 대신 선명하지 않고 살짝 초점이 나간 가족사진들이 나타났다. 엄마, 아빠, 그리고 손을 잡고 있는 두 명의 금발머리 소녀들.

그러더니 그들도 사라지고 카메라에 등을 돌리고 어느 집을 향해 걸어가는 이브와 다른 여자의 동영상으로 대체되었다. 이브가 멈춰 서더니 중경 부분에 있는 무언가를 가리켰다.

자막은 없었다. 짐은 그들이 뭐라고 말하는지 전혀 감이 잡히지 않았다.

다시 스튜디오.

진행자의 모습, 그들의 얼굴은 심각한 표정으로 고정되어 있었다. 이브에게.

그녀는 고개를 끄덕이더니 팔을 움직이며 말하기 시작했다.

그녀를 오래 들여다볼수록 짐은 그 모습에서 그 작은 소녀의 얼굴을 알아볼 수 있었다.

이럴 줄 예상했어야 했다. 책에, 그 책을 읽는 데 너무 집중한 나머지 더 큰 그림을—훨씬 더 심각한, 훨씬 더 다루기 힘든 문제를 잊었다. 그 책을 다른 사람들도 읽는다는 것. 신문에 난 기사는 다른 문제였다. 그 신문은 코크 신문이었고, 게다가 요즘 누가 신문을 읽겠나? 이건 TV 쇼였다. 전국 방송이었다.

이제 여성 진행자가 그 책을 한 권 들고 있었다. 짐은 그녀가 무슨 말을 하고 있는지 추측할 수 있었다. 시간과 날짜를 담은 그래픽이 화면에 나타났기 때문이었다.

오늘 밤, 이브 블랙은 더블린시티 센터에 있는 서점에서 자신의 책에 사인을 할 예정이었다. 그리고 내일도 같은 행사가 열린다, 이곳 코크에서.

짐이 《낫씽맨》을 구입했던 바로 그 서점에서.
그는 그녀를 보러 가기로 결심했다.

5
웨스트파크

 아이들을 위해 준비된 방들이 기다리는 끔찍한 장소들이 있다.
 그들이 그날 밤 나를 데려간 곳은 작고, 위쪽에서 불쾌하게 내리쬐는 형광등 불빛때문에 불편할 정도로 밝았다. 밖에 서 있는 번쩍이는 조끼를 입은 경찰이 비치는, 방문에 껴 있는 작은 판유리를 제외하고는 창문이라곤 없었다. 가구는 중고품 가게 진열창에서나 볼 법했다. 두 개의 푹 꺼진 소파들, 컵 자국들로 뒤덮인 커피 테이블, 차양에 술 장식이 달린 전기스탠드가 있었다. 벽에는 포스터들이 걸려 있었는데 모두 몇 년 지난 어린이 영화들이었다. 한구석에 빨간색 통이 하나 있었고, 그 안에는 플라스틱 액션 피규어들, 땋은 머리카락이 달린 인형들, 그리고 부속품이 다 있지 않다는 걸 보기만 해도 알게 되는 낡은 보드게임 박스들이 들어 있었다. 몇 년이나 나는 이 방이 경찰서에 있었다고 생각했지만, 최근에야 그 방이 코크 대학병원, 코크 시민들이 여전히 그 원래 이름을 줄여 지방병원이라 부르는 병원에 있었다는 걸 알게 되었다.
 그 방의 모든 것은 심각하게 잘못되어 있었다. 우선, 우리가 그곳에 있었다는 자체부터. 할미가 나와 함께 있었다. 내 평생 처음으로, 머리를 깔끔하게 틀어 올리지 않고 어깨 위로 늘어뜨린 채로. 할미는 주로 허공을 응시하고 있었다. 또 다른 여자도 한 명 있었다. 사회복지사였고 그녀에 대해서는 거의 아무것도 기억나지 않는다. 그녀는 그저 구석에 있는 흐릿한 잿빛 형체였다. 너무 늦어서 새벽이 다되어 있었다. 아마도 오전 6시 무렵. 나는 빌린 잠옷에 발에는 성인용 양말을 신고 있었다. 양말은 두꺼운 울 종류였고 간지러웠다. 아무도 말을 하지 않았고, 우리가 그 사실을 잊게 할 소음도 전혀 없었다. 나는 애나와 부모님에게 무슨 일이 일어나고 있는지 묻고 싶었다—그들은 지금 어디 있는지, 어떤지, 우리 집에 무슨 일이 일어난 건지—하지만 동시에 나는 그 답을 알고 싶지 않기도 했다. 그 방은 내가 알았던 나의 삶과 이제부터 어떻게 될지 두려운 나의 삶 사이의 에어로크*였다. 내가 그 방에 머무는 한 나는 그 둘 사이에서 유예 상태로 있을 수 있었다. 우리가 떠나지 않는 한 그 일은 일어나지 않은 것이었다. 이미 떨어지고 있다 해도 바닥을 치지 않는 한은 이론적으로 괜찮은 것이다.

마침내 문이 열렸고 두 사람이 들어왔다. 남자 한 명과 여자 한 명이. 그들은 평상복을 입고 있었고 선생님처럼 보였다. 그들이 할미에게 매우 유감이라고 말하면서 질문을 해야 하고 나의 안녕을 최우선으로 하겠다고 말했을 때 이상한 소음이, 마치 내 귀에 밀려드는 것 같은 소리가 들리기 시작했다. 그 사람들은 물 표면에 머물러 있는 사이 나는 물속으로 서서히 가라앉는 것만 같았다. 모든 사람들의 목소리가 먹먹해지다가 희미해졌고 내가 가라앉자 완전히 흐릿해졌다. 나는 익사하고 있었고 경보를 울릴 방법이 없었다.

남자는 다가와 내 앞에 무릎을 꿇었다. 머리카락이 붉었고 코에

---

* Air Lock: 공기압력이 서로 다른 지역을 통행할 수 있도록 해주는 장치.

주근깨가 나 있었다. 그가 너무 가까이 붙는 바람에 말을 할 때 나는 내 얼굴의 피부를 간지럽히는 그의 더운 숨결을 느낄 수 있었다. 하지만 그의 말을 하나도 알아들을 수 없었다.

에드워드 힐리 경사는 자신이 경찰이 되기로 결심한 정확한 날짜, 시간, 장소를 말할 수 있다. 그건 1980년 8월 14일, 밤 9시가 막 지난 시각이었다. 그는 여덟 살이었고 밸리시디카운티 리머릭에 있는 부모님 집 거실에 앉아 있었다. 두 명의 유니폼 입은 경찰이 소파에 나란히 앉아 똑같은 포즈를 취하고 있었다. 팔꿈치는 무릎에, 모자는 손에 두고, 엉덩이는 앉은 자리 모서리에 오른쪽으로 기울인 채. 그들의 검은 부츠는 매우 반짝거렸다. 어머니는 앉기를 거절하고 벽난로 옆에 서 있었다. 눈물이 그녀의 얼굴 위로 쏟아져 내렸다. 몇 분 전에 노크 소리를 들었을 때, 그녀는 눈을 굴리며 "이제야"라고 중얼거렸는데, 그게 저녁 시간에 늦게 귀가한 데다 왜 늦었는지 전화도 해주지 않은 에디 시니어라고 생각했기 때문이었다. 유니폼을 입은 남자는 차분하게 리머릭시티 선착장에서 사고가 있었다고 설명했다. 차 한 대가 다른 차를 치면서 두 대 모두 강물에 빠졌다고. 생존자는 없었다. 첫 번째 차 운전자는 음주 상태였다. 두 번째 차의 운전자는 힐리의 아버지였다.

힐리는 자신이 경찰이 되고 싶어 한다는 것을 알았고, 그 꿈이 그 끔찍한 날 시작되었다는 것을 알았지만, 그 둘이 어떤 연관이 있는지는 정확히 설명할 수 없었다. 수년 뒤에야 그는 이해할 수 있었다. 모든 어른들이 당황하고 울부짖고 무너지고 있는 세계에서 유니폼을 입은 그 두 남자만이 냉정하게, 단호하게, 평정을 잃지 않고, 여

열 살 헨리가 그럴 수 있으면 좋겠다고 절실하게 바랐던 모습으로 남아 있었다. 사실, 그들이 경찰이라는 것과는 아무 상관도 없었다. 그들은 그저 그날 그 자리에서 가족들의 비탄의 물결 너머에 있던 유일한 어른들일 뿐이었다. 하지만 힐리가 이 사실을 깨달았을 즈음에는, 돌이키기엔 이미 너무 늦어버렸다.

그가 템플무어에서 졸업한 날, 그의 자부심은 그의 유니폼 뒤에 찔러 넣은 경찰봉 같았다. 어깨를 뒤로 펴고 가슴은 앞으로 내밀고 턱은 들고. 그는 항상 짙은 남색 경찰복을 도움이 오고 있다는, 모든 것이 괜찮을 거라는 상징으로 받아들였다. 그리고 이제 그가 같은 유니폼을 입고 있었다. 그는 자신이 다른 사람들에게 그런 확신을 줄 수 있다는 것이 자랑스러웠다. 하지만 그의 졸업식 날이 또한 아일랜드 경찰과 그의 관계의 정점이기도 했다. 임무에 배정되자마자 힐리는 절망적인 환멸로 미끄러지기 시작했다. 그는 자신이 속한 조직이 관료주의에 물들었으며, 그가 보기에는 회복할 도리가 없는 상당 수준의 나태와 부패로 오염되어 있는 것을 발견했다. 반평생 넘게 꿈꿔온 직업을 얻어냈는데 첫째, 상상했던 모습이 전혀 아니며, 둘째, 사실상 자신의 꿈의 직업이 아니었다는 것을 깨닫는 것은 특히나 격심한 고통이었다.

1999년 3월 즈음에는 이런 실망감이 마음을 갉아먹는 원천이 되기에 이르렀다. 힐리가 형사로 임명되고 도시 서쪽 발린컬리그 서에서 지역 본부인 앵글시스트리트로 이동하게 되면서 잠시 유예 기간이 있었지만 사복형사가 되면 달라지리라는 희망도 이내 사그라졌다. 이제 상황은 그 어느 때보다 암울하게 느껴졌다. 3년도 안 된 그의 결혼 생활도 좋지 못한 요소였다. 힐리는 자신의 음주 빈도와 정도에 대해 걱정했고 그런 다음에는 더 마셨다. 그래서 잠시나마 걱정을 멈출 수 있게. 밤이면 그는 깬 채로 누워 있곤 했다. 자신이 사거리에 서 있으며, 곧 움직이지 않으면—그의 삶에 극적인 변화를, 어떤 결정을 끌어내지 않으면—그림자 속에서 무언가 튀쳐나와 그를 덮치고 말 거라는, 그리고 그다음에는 다시 돌아갈 수 없으리라는 느낌에 괴로워하면서.

누군가 말할 사람이 없다는 것도 이 모든 걸 더 악화시켰다. 정신 건강은 그 당시엔 경찰이 우선하기는커녕 인지조차 하지 못하던 분야였다. 끔찍한 현장들과 무서운 상황들을 다루어야 했던 경찰 일원들은 다수가 나중이라면 PTSD*를 의심하게 될 상황을 술집에서 파인트 잔을 기울이며 넘겼고 심지어 그럴 때조차⋯ 누군가 한 명이 말을 꺼내면 당시 만연한 분위기는 지지가 아니라 자기가 한 수 위라고 내세우는 것이었다. "그게 심각하다고? 내가 오늘 뭘 봤는지 들어봐!"

그러던 어느 따분한 목요일 아침, 힐리는 웨스트파크라 불리는 곳에서 절도 사건이 있었다는 보고를 받고 수사에 들어갔다. 이곳은 코크시티 남쪽에 있는 메리버러로드 인근 주택 단지였다. 혹은 적어도 주택 단지가 될 곳이었다. 당시엔 아직 공사 현장이었다. 매끄럽게 마감되고 크림색으로 칠해졌으며 바닥 부분을 가로질러 붉은 벽돌 띠가 화려하게 둘러진, 두 채씩 붙은 집들이 늘어선 곳. 진입로의 콘크리트는 창백하고 흠 하나 없었지만 집들과 연결된 길은

---

* 외상 후 스트레스 장애. 생명을 위협할 정도의 극심한 스트레스를 경험하고 나서 발생하는 심리적 반응.

아직 울퉁불퉁한 자갈길이었다. 멈춤 표지판들은 검은 쓰레기봉투로 덮여 있었고, 집집의 창문들에서는 우윳빛 필름이 아직 제거되지 않은 채였다.

하이비스 조끼를 입은 한 남자가 현장 사무실이라고 쓰여 있는 조립식 건물에서 나타나 웨스트파크를 건설하는 회사인 브라운 개발 유한 회사의 현장 관리소장, 데이비드 월시라고 자신을 소개했다. 그는 힐리에게 그 부지의 지도를 건넸다. 지도에는 뒷마당이 맞닿아 있는 100여 채의 집들이 줄지어 늘어서 있었다. 이 집들은 단지 뒤까지 죽 이어지는 중앙 도로로 연결되어 있었다. 지도상에서 각각의 집들은 엄지손톱 크기의 텅 빈 박스들로 그려져 있었다. 적어도 열두 채의 집에 빨간색 마커 펜으로 커다란 X 표시가 그려져 있었다.

6개월 전에 시작되었다고, 월시는 설명했다. 웨스트파크는 단계적으로 건설되어 길에 가장 가까운 집들부터 시작해서 그다음에는 저 너머 진흙투성이 벌판까지 확장해나갔다. 첫 단계가 완성되자마자 건설업자들은 현장에서 이상한 활동이 있다고 보고했다. 밤새 자재들이 움직인다고, 방에서 다른 방으로, 혹은 아래층에서 위층으로. 잠금장치들이 내부에 있는 문들에서 빠진 채로, 또 깔끔하게 제거된 채로 발견되어 자물쇠가 있던 곳에 텅 빈 공간 말고 아무것도 남지 않았다. 다른 물건들―연장들, 전기드릴, 조명 기구들―역시 사라졌다. 때로 물건들이 나타나기도 했는데, 가장 대표적인 것이 둘둘 말린 슬리핑백이었다.

기물 파손은 건설 현장에서는 흔한 문제였고 대개는 따분한 10대들이 근처에 살고 있다는 근거였지만 이번 사건에서 이상한 점은 이런 일이 마무리가 끝난 집들에서만 일어났다는 것이었다. 그 집들은 전열 장치들이 봉해져 있었고 현관은 잠겨 있었으며 텅 빈 채로 구매자들이 입주하기를 기다리고 있었다. 브라운 개발은 현장의 경비를 늘려 부지를 밤새 순찰하도록 두 명의 풀타임 경비를 고용했지만 소용없었고, 그들의 보험 회사는 경찰에 정식으로 신고할 것을 재촉했다.

"경비 중 한 명이 은신처를 발견했습니다." 윌시는 말했다.

두 남자가 힐리의 차를 부지 뒤로 안내했다. 그곳에선 빽빽하고 어두운 숲이 참을성 있게 벽돌과 모르타르를 기다리고 있는 늘어선 텅 빈 토대들과 교차하고 있었다. 윌시는 수목한계선의 틈새로 안내했다.

일단 그곳에 서자, 힐리는 몇 발짝 앞에서 땅이 가파르게 뚝 떨어지며 작은 빈터로 이어지는 것을 볼 수 있었다. 빈터 자체는 그 부지의 높이보다 1, 2미터 낮았고, 이는 키 큰 상록수들에 둘러싸여 있다는 사실과 결합하여 시야에서 가려져 있었다. 그 중앙에 놓인 것은 얼핏 보면 모닥불을 만든 것처럼 보였다. 하지만 힐리가 언덕을 미끄러져 내려가자 그는 자신이 사실 건축 자재 무더기를 보고 있다는 것을 깨달았다. MDF 판들. PVC 파이프들. 다양한 도구들. 그리고 집집마다 내부의 문들에서 제거되었던 모든 잠금장치들.

힐리는 윌시와 그 무더기를 번갈아 보며 터져 나오는 웃음을 참고자 애썼다. 이게 뭐지? 왜 내가 여기 와 있지? 물건들을 옮기는 것은 법으로 처벌할 수도 없었다. 누가 이런 짓을 했건 이 물건들을 팔 계획이라면 분명 이 시점에 이르기 전에 그렇게 했으리라. 여기는 보관 장소가 아니었다. 이 약탈품들을 길로 다시 끌고 올라가려면 악몽이 될 터였다. 거의 모든 물건들이 여전히 현장에 도착한 상태 그대로 포장 비닐 안에 싸여 있었기에, 형사상 손해조차 확대해석이었다.

그는 몇 가지 질문을 던졌고 몇몇 것들을 적었다. 상황을 보고하라고 경찰을 부른 사람들이 그런 모습을 보기를 원했기 때문이었다. 그는 소위 은신처를 막고 집에 사람들이 들 때까지 CCTV 카메라를 설치하기를 추천했다. 브라운 개발은 이를 받아들였고 힐리가 몇 주 뒤 확인 전화를 했을 때 새로 발생한 사건은 없었다. 그 이후로는 별달리 할 일은 없었고, 이따금 술잔을 기울이며 웨스트파크에서 일어난 이상한 절도 사건들에 대해 몇몇 동료들에게 이야기하며 궁금해할 뿐이었다. 동료들 중 한 명은 그 일이 수상한 보험 청구 비슷한 일의 시작처럼 들린다고 말했고, 힐리는 동의하는 쪽으로 기울었다.

시간이 흘렀다. 힐리와 그의 아내는 공식적인 별거를 시작했다. 아일랜드 법에 따라 4년의 별거 기간을 거쳐야 둘 중 한 명이 이혼을 요구할 수 있었고 아내는 시작하고 싶어 안달이었다. 이제 혼자 살기 때문에, 힐리의 음주는 약간 나아지기 전에 약간 나빠졌다. 새 천년의 전환이 왔다 갔다. 그는 경사로 승진했다. 그는 은퇴할까 생각했다. 그는 일을 떠나면 어떨지, 대학으로 돌아간다면, 심리학자가 되면 어떨지 생각하는 자신을 발견했다. 하지만 매일 아침 그는 일어나 출근했고, 매일 밤 어떤 행동도 취하지 않고 잠자리에 들었다.

앨리스 오설리번이 공격당했다.

그리고 크리스틴 키어넌이.

린다 오닐이.

그러다 2001년 6월 일요일 이른 아침에 그의 동료 한 명이 전화를 걸어 그 소식을 들었냐고 물었다. 전날 밤 젊은 부부가 도시 남쪽의 자택에서 살해되었다. 초기 보고서에는 여자가 강간도 당했다고 기록되어 있었다. 경찰이 현장에서 발견한 것은 전혀 말이 되지 않았다.

"자네가 도움이 될지도 몰라." 동료가 말했다. "웨스트파크거든."

마리 미라와 마틴 코널리는 1998년 여름, 그녀가 스물다섯 살이고 그가 스물일곱 살일 때 만났다. 그들은 제과점에서 일했다. 마틴은 유명한 초콜릿 브랜드의 회계 담당이었고, 마리는 자기 사업장을 열어 최종적으로는 카페로 확장하고 싶어 했다. 그렇게 그들은 만났다, 보드 비아 무역 박람회에서 처음으로 지나치면서. 2년 뒤에 발송된 그들의 결혼식 초대장에는 M&M을 쥔 한 쌍의 손으로 이 커플을 묘사한, 특별히 의뢰한 삽화가 그려져 있었고 그들의 친구들은 오랫동안 이걸 농담거리로 삼았다. 이 커플을 묘사하는 데 가장 자주 사용된 말은 '좋은', '인심 좋은', 그리고 '열심히 일하는'이었다.

2001년 6월 초에 그들은 웨스트파크 15호에 산 지 채 3주가 안 되었다.

그래서 이사는 여전히 진행 중이었다. 그들은 아직도 볼린콜리그에 세 들었던 아파트에 있는 가구들이 그들 이름으로 발송되었다는 확인서를 받지 못했고, 집주인이었던 케빈 프렌더개스트라는 이름의 변호사는 아직 그들의 보증금을 돌려줄 기회가 없었다. 그는 수표를 봉투에 넣어 언젠가 부칠 요량으로 일주일째 들고 다니는 중이었다.

 그 일이 일어났던 날, 공휴일이 낀 주말의 일요일 이른 시간에, 프렌더개스트는 프랭크필드에서 친구들을 만나서 골프를 칠 예정이었다. 거기까지 가는 길은 웨스트파크를 지나친다고 볼 수는 없지만 그래도 그 근처였다. 약간 돌아서 직접 수표를 건넬 수 있었다. 그는 마리나 마틴과 만날 생각은 없었다. 그의 계획은 봉투를 우편함에 밀어 넣고 떠나는 것이었다.

 오전 8시가 되기 직전에 그는 그들의 집 바깥 거리에 주차했다. 그날 아침은 후덥지근했다. 열기가 구름 낀 하늘에 갇혀 있었다. 진입로를 걸어 올라가며 그는 비가 올 것 같다고 생각했고, 비가 온다면 나인 홀이 끝날 때까지 기다려주기를 바랐다. 그는 마틴의 은색 포드 몬데오가 바깥에, 차고 문 쪽을 향해 세워져 있는 것을 알아차렸지만 자세히 들여다보지는 않았다. 진입로는 아래쪽으로 기울어 있어서 집은 길의 높이보다 60센티미터쯤 낮은 곳에 위치했다.

 프렌더개스트는 마리와 마틴을 좋아했고—그들은 훌륭한 세입자들이었다—현관문으로 다가가며 그는 그 집에 감탄했다. *자기들 힘만으로도 참 잘해냈군.* 그는 그들이 잘되어서 기뻤다. 그리고 다음 순간, 그는 무언가 잘못됐다는 낌새를 차렸다. 현관문이 15센티미터쯤 열려 있었고 그 너머로 천장 팬의 등이 켜져 있는 것이 보였다.

삐삐.

조수석 위에 놓여 있던 전화기가 갑자기 불이 들어오며 '충전이 완료되었습니다'라는 메시지가 나타났다. 짐은 책을 내려놓고 전화기를 들어, 다른 손으로 차에 달린 포트에서 케이블을 빼냈다.

근무 시간이 끝나자 그는 센터포인트에서 길 건너 상점들이 모인 거리에 있는 일렉트릭시티로 갔다. 그는 점원에게 아내가 전화기를 개수대에 빠뜨려서 대신 며칠 동안만 쓸 것이 필요하다고 말했다. 인터넷 검색을 할 수 있지만, 약정이 필요하지 않은 것. 싼 것.

그는 이브의 인터뷰를 봐야 했지만 집에 있는 컴퓨터나 자기 휴대전화, 자기 앞으로 등록된 것은 쓰지 않을 생각이었다. 그리고 인터넷 카페에 가는 건 지나치게 느껴졌다. 대신에, 그는 선불 전화기를 구입했고 그런 다음 마리나에 차를 세웠다. 그곳은 조용했고, 가끔 조깅하는 사람 혹은 개를 산책시키는 사람이 지나갈 뿐이었다.

《낯씽맨》의 존재를 발견한 뒤로, 그는 자신이 편집증적인 신중함과 자신에 찬 냉담함 사이를 오가는 것처럼 느꼈다. 절반씩 절충한 것이 그의 모습이었다.

짐은 선불 전화기를 켜고 인터넷 검색창을 열었다. 우선 그는 이브와의 인터뷰가 방송됐던 채널, 그리고 그 쇼의 이름을 찾아야 했다. 그건 쉬웠다. 그는 단순한 구글 검색만으로도 잠깐 사이 두 가지를 모두 찾아냈다. 그 결과 나타난 링크들 중 하나를 타고 가니 그가 필요한 것이 바로 나왔다. 그 채널의 온라인 다시 보기 서비스에, 재생 버튼이 이브의 얼굴을 부분적으로 가리고 떠 있었다.

영상은 6분 길이였다. 그는 전화기 소리를 제일 크게 올리고 재생 버튼을 눌렀다.

두 진행자가 밝은 분홍색 소파에 나란히 앉아 카메라를 진지하게 쳐다보고 있었다. 정장을 입은 남자는 안에 받쳐 입은 꽃무늬 셔츠가 영 어울리지 않았고, 여자가 입은 드레스는 너무 꽉 끼고 신축성이 없어서 주로 압박할 용도로 만들어진 것처럼 보였다.

여자는 카메라를 쳐다보고 웃으며 부자연스럽게 하얀 치아를 드러냈다. "그리고 이제, 다음 손님입니다. 이번 1월이면 얼굴 없는 살인자가 코크 시티와 카운티를 공포에 떨게 하기 시작한 지 20년이 됩니다. 2001년 10월, 그가 마지막 공격을 감행한 밤에, 마스크를 쓴 침입자가 도시 서쪽 패시지웨스트에 있는 한 집에 들어가서 블랙 가족 중 세 명을 살해했죠. 로스, 그의 아내 데어드리, 그리고 그들의 일곱 살짜리 딸 애나." 일곱 살에서, 진행자는 카메라 렌즈를 더 강렬하게 쳐다보았다. "기적적으로, 그들의 맏딸, 당시 고작 열두 살이었던 이브가 위층 욕실 안에 숨어 이 공격에서 살아남았습니다. 그녀가 오늘 아침 이 자리에 함께해서 그녀의 새 책, 그녀의 놀라운 책—제가 지금 읽고 있는데요, 내려놓을 수가 없습니다—《낫씽맨》에 대해 우리에게 얘기해줄 겁니다. 그녀는 이 책이 관계 당국이 마침내 그의 정체를 밝히는 데 도움이 되기를 기대하고 있습니다. 이브, 안녕하세요. 저희 쇼에 오신 것을 환영합니다."

화면이 넓어지면서 맞은편에, 진행자들이 걸터앉은 소파와 고작 한 발짝 거리에 놓인 똑같은 소파 위에 앉아 있는 이브가 나타났다. 그녀는 무릎을 가지런히 하고 양손을 무릎에 올려놓고 앉아 근엄하면서도 동시에 안절부절못하는 것 같았다. 분명 긴장한 듯했다. 그녀는 중얼댔다. "초대해주셔서 감사합니다." 그리고 바로 화면 밑에 그래픽이 나타났다.

낫씽맨이 우리 가족을 살해했다: 자신이 겪은 실제 범죄를 회고하는 새 책을 낸 작가 이브 블랙.

"이 책이죠." 여성 진행자가 말했다. 그녀는 무릎 위에 놓여 있던 책을 집어 들었다. "와우. 이 말은 해야겠네요. 끔찍한 내용이지만, 내려놓을 수가 없었습니다. 눈을 뗄 수가 없고, 압도적이고… 이 책 때문에 지난밤을 꼬박 샜어요. 오늘 아침에는 콘실러를 두껍게 발라야 했답니다." 그녀는 미소를 지은 다음 다시 진지한 표정을 지었다. "말씀해주시죠. 이 책을 왜 쓰셨나요? 그리고 왜 지금인가요?"

"음…" 이브는 빨간 입술을 핥았다. "간단한 답은, 음… 그를 찾고 싶어서인 것 같아요. 그자의 정체를 밝히고 찾아내서 체포하고 자신이 한 짓에 대한 처벌을 받게 하는 거요. 왜 지금인가에 대해서라면…" 그녀는 잠깐 멈추었다. "솔직히 말씀드리면, 제가 지금까지는 준비가 되지 않았어요."

"기사로 시작됐죠." 여성 진행자가 계속했다.

"네, 글을 썼죠. 대학에서요. 저는 문예창작 전공 석사 과정에 있었어요. 그리고 그 글이 공개되면서 많은 관심을 받았는데, 뜻밖이었어요. 그 글 때문에 이 책을 쓸 기회를 얻게 되었고, 그래서…" 이브의 목소리가 잦아들었고 그녀는 머뭇거리며 여성 진행자를 쳐다보았다. 지시를 구하는 것처럼.

"굉장히 힘드셨을 텐데요." 남성 진행자가 말했다.

"그랬어요." 이브가 말했다.

"가족에게 일어난 일뿐만 아니라 다른 범죄들도 서술하니까요. 상세하게." 그는 말을 멈췄다. "그 부분이 힘들었나요?"

이브는 고개를 끄덕였다. 그녀는 입술을 깨물고 있었고 그녀의 손은 무릎에서 미끄러져 허벅지 사이로 들어갔다. 그녀는 이제 시작했을 때보다 한층 더 초조해 보였다.

이런 모습은 짐이 지금까지 읽은 《낫씽맨》을 토대로 예상했던 그 여자가 아니었다.

"이브와 저는", 여성 진행자가 말했다. "이번 주 초에 그녀의 어린 시절 집을 방문해서 그 끔찍했던 밤에 대해 몇 가지 이야기를 나누었습니다." 화면이 가족사진으로 바뀌었다. "그리고 그녀가 이 책을 쓴 동기가, 그 부분이 정말 인상적이었는데요. 왜냐하면, 이브, 솔직히 말해서 저는 실제 범죄를 다룬 책을 아주 많이 읽고 다큐멘터리도 전부 보는데요." 이제 이브와, 짐이 진행자라는 사실을 알게 된 한 여자가 카메라를 뒤로 하고 걷는 영상이 나왔다. "그리고 팟캐스트들도 듣고요, 그리고 저는 이 남자들, 이 연쇄살인범들에 대해서 한 번도, 당신이 이 남자, 낫씽맨에 대해서 말하는 방식으로 생각해본 적이 없었어요." 영상이 사라지면서 기대에 차서 이브를 바라보는 여성 진행자가 화면을 채웠다. "잠깐 그 얘기를 해주실 수 있을까요? 그 '낫씽' 부분에 대해서요."

"그건 그냥… 음… 우리는 그들을 전설처럼 여기잖아요, 그렇죠?" 이브는 멈춰서 침을 삼킨 다음 다시 말을 이었다. "테드 번디. 골든 스테이트 킬러, 운하 살인자. 우리는 마치 그들이 다른 사람들인 것처럼, 다른 종류의 인간인 것처럼 얘기하잖아요. 인간의 탈을 쓴 괴물이라고. 우리는 그들이 저지른 범죄를 보고는 어떻게 그런 일을 저질렀는지 알아내지 못하죠. 하지만 그건 그냥 우리가 사실을 전부 알지 못하기 때문이에요. 골든 스테이트 킬러를 예로 들어볼게요. 사람들은 그가 어떻게 다른 사람들의 집을 들락거리면서도 그들의 개한테 공격받지 않았는지 의아해했죠. 사실, 한번은 그가 실제로 물리적으로 누군가를 공격하는 동안, 그 개가 그저 가만히 앉아 보기만 한 적도 있어요. 마치 그에게 어떤 초능력이, 어떤 흑마술적인 것이 있어서 우리와는 별개의 사람인 것 같았어요. 그는 그 개들을 조종할 수 있었어요. 어쨌든, 그렇다고들 생각했죠. 하지만 그가 잡혔을 때, 그는 절도 혐의로 잡혔고 그가 훔쳤다는 물건들 중에는 개를 쫓는 기피제가 있었어요. 그러니까 그거였던 거죠. 그게 다였어요. 그에겐 특별한 힘은 전혀 없었어요. 그 남자들 중 누구도요." 그녀는 이제 점점 더 크게 말하고 있었다. 더 강해 보였고, 자신의 요점을 명확히 하려고 팔을 휘둘렀다. "우리는 그들이 잡혔기 때문에 그 이름을 아는 겁니다. 이 남자들은, 그들은 살면서 다른 어떤 분야에서도 무엇을 성취하거나 특별히 성공적이지 못했어요. 그들은 따분하고 별 볼 일 없는 실패자들이에요. 그리고 저는 그 점을 증명하고 싶습니다. 낫씽맨 역시 그렇다는 걸요. 경찰은 그가 아무 흔적도 남기지 않았다고 해서 그를 그렇게 부르지만, 저는 그것이 그의 실체이기 때문에 그렇게 부릅니다. 낫씽. 별 볼 일 없는 사람. 실패자. 그리고 저는 그의 정체를 밝혀서 그 점을 증명하고 싶어요."

화면이 좁아지면서 이브를 밖으로 빼고 여성 진행자에게만 집중했다. 그녀는 눈을 깜박이고 있었다. "네, 그건… 분명히 맞는 말이죠. 음, 안타깝게도 시간이 다된 것 같네요…" 그녀는 책을 들어올렸다. 《낫씽맨》은 지금 모든 서점에 나와 있습니다. 제가 이브를 인터뷰한 전체 영상은 RTÉ 원에서 수요일 밤에 방영됩니다. 그리고 저를 믿으세요, 방송을 놓치면 후회하실 겁니다. 혹은 이 책을요."

화각이 다시 넓어지면서 세 사람이 모두 화면에 나타나고, 남성 진행자가 말하기 시작했다. "그리고 이브는, 이슨오코널스트리트에서 사인회를 열 예정이고요…" 날짜와 시간을 담은 그래픽들이 화면에 나타났다.

인터뷰는 끝났다.

짐은 영상을 멈추고 창문 너머 리강의 매끈한 물결을 바라보았다. 회색빛 하늘이 반사되고 있었다. 여섯 명 정도의 조수를 태운 카누 한 척이 미끄러져 지나갔다. 그들의 노는 완벽하게 일치하며 물살을 쉽게 갈랐다. 하릴없이 짐은 그중 한 명이 케이티일까, 생각했다. 대학 조정 클럽이 이 주변에 있었다, 그렇지 않나?

그는 그 여자를 죽일 생각이었다. 이브를 죽일 것이다. 그에 대해 그런 말을 했으니 그녀는 죽어 마땅했다. 그는 그녀의 생애 마지막 생각이 그녀가 잘못했다는 생각이 되도록 할 것이었다.

왜냐하면 그는 특별했으니까. 그는 그저 몽유병자처럼 이 세상을 맴돌면서 그걸 삶이라고 부르는, 그렇고 그런 멍청이들 중 한 명이 아니었다. 그는 더 똑똑했다. 더 강했다. 우월했다. 그는 마지막으로 그림자 속에서 나와 그의 가장 유명한 생존자를 죽이고는 다시 한 번 그림자 속으로 사라지리라. 누구도 그를 보지 못할 것이다. 그는 잡히지 않을 것이다. 모든 이가 그에게 경탄케 할 것이다. 그들은 자문하리라. 그저 평범한, 따분한 남자—이브가 뭐라고 했더라? 실패자?—가 그런 일을 할 수 있겠어? 그럴 수 없다. 그것이 간단한 답이었다. 유일한 답. 오직 그만이 가능했다.

낫씽맨.

사람들은 다시 그 말을 소곤거리기 시작할 것이다. 크게 말하면 그를 불러낼까 두려울 테니까. 그가 그렇게 만들리라. 그동안은, 이브 블랙이 뭐든 자기 맘대로 말하게 하자. 더 완강하게, 자기가 판 구멍을 더, 더 깊게 파게 하자. 그래 봤자 다음 장을—낫씽맨의 마지막 장을—더 달콤하게 만들 뿐일 테니까.

할 일이 많았다. 이번엔 예전 그때와 다를 터였다. 그는 더 오래, 더 세심하게 준비해야 할 것이었다.

지금 당장 시작해야 했다.

그는 이미 자신의 목록 맨 위 두 가지를 알고 있었다. 내일 밤 서점에서 열리는 그녀의 행사에 갈 것, 그리고 그 전에 가능한 한 그녀의 책을 많이 읽어둘 것.

어리둥절해서, 프렌더개스트는 두세 번 외쳤다. "저기요?" 대답이 없자 그는 초인종을 눌렀다. 그는 자신이 부부의 이름도 불렀다고 기억한다. 아무도 대답이 없었고, 문 너머에서 집은 완벽하게 고요했다. 목소리도, 라디오 소리도, TV 소리도 없었다. 사람조차 없는 것 같아 보였다.

그는 부부가 어딘가 동네에 걸어 나갔다고 생각했다. 아마도 성당이나 혹은 가게라거나. 나가면서 실수로 문을 열어놓고 갔다고. 그는 손을 뻗어 문을 닫고 자물쇠가 딸깍거리는 소리가 나는지 들은 다음 같은 손으로 문을 밀어보며 부부와 같은 실수를 하지 않았는지 확인했다. 수표가 든 봉투는 아직 그의 바지 주머니에 들어 있었다. 그는 우편함에 봉투를 밀어 넣었다. 그는 몸을 돌려 등을 문에 대고 마틴에게 문과 수표에 대해 설명하는 문자 메시지를 친 후 전송 버튼을 눌렀다.

프렌더개스트는 전화기를 주머니에 도로 넣기도 전에 노키아 폰에 문자 메시지가 도착하는 알림음을 들었다. 빠르게 세 번 울리고, 두 번 길게 진동, 빠르게 세 번 더 울리는. 그 자신이 노키아를 사용했기에 그는 자기 전화기를 내려다보고 어리둥절해졌다. 그는 메시지를 받지 않았으니까. 그 소리는 다른 전화기에서 나는 소리였다. 타이밍으로 보아 분명 마틴의 전화기였다. 하지만 집 안에서 들린다고 생각하기엔 너무 크고 너무 선명하다고 프렌더개스트는 생각했다.

그는 다른 문자 메시지를, 이번에는 그냥 '테스트'라고만 써서 마틴에게 다시 보냈다. 방금 전처럼 이번에도 즉시 문자 알림 소리가 났다. 이번에는 주의를 기울였기에 그는 자신의 오른쪽 땅바닥 어딘가에서 소리가 들렸다는 걸 알아차렸다. 그는 주변을 훑어보고 즉시 일치하는 전화기를 발견했다. 전화기는 테라코타 화분과 전면 벽 사이 바닥에, 차고 문에서 몇 센티미터 떨어진 곳에, 그리고 진입로에 세워져 있는 몬데오 앞에서 두 발짝 떨어진 곳 바닥에 떨어져 있었다.

프렌더개스트가 전화기를 주우려고 허리를 굽혔을 때, 그의 주변 시야에 끔찍하게 잘못된 무언가가 걸렸다. 마틴의 눈, 부릅뜬 눈이 차 아래 어둠 속에서 그를 쳐다보고 있었다.

충격으로 그는 균형을 잃고 넘어졌고 운 나쁘게도 마틴의 시체에 더 가까워졌다. 그리고 그건, 여지없이, 시체였다. 마틴은 죽었다. 그의 얼굴은 그래서는 안 되는 색이었고 그의 머리는 전혀 말이 되지 않는 각도로 뒤틀려 있었다. 그는, 어째선지, 자기 진입로에서 자기 차에 치인 채였다. 프렌더개스트는 겨우 일어나 구조대를 불렀다. 여기에 구조할 일이 없다는 걸 알고 있었지만. 이미 너무 늦었다.

그는 앞마당을 경계 짓는 낮은 담장에 앉아 번쩍이는 불빛과 사이렌 소리를, 다음에 뭘 어떻게 해야 하는지를 아는 유니폼 입은 사람들을 기다렸다. 그의 손은 덜덜 떨렸고 한쪽 다리는 제어할 수 없이 흔들거렸다. 그가 볼 수 있는 것은 마틴의 부릅뜬 눈뿐이었다. 자신의 눈을 뜨든 감든 간에.

마리는 어딘가 외출했을 거라고, 혹은 밤새 집에 없었을 거라고 그는 생각했다. 그는 앰뷸런스보다 그녀가 먼저 오지 않기를, 그래서 자신이 그녀에게 말하지 않아도 되기를 빌었다.

경찰인 일레인 그레이디와 피터 파인이 가장 먼저 그 집에 도착했다. 그들은 호출이 왔을 때 근처에 있어서 앰뷸런스보다 먼저 도착했다. 파인이 프렌더개스트와 있는 동안 그레이디가 현장의 초동 수사를 진행했다.

마틴의 시체는 차 아래, 앞바퀴 앞에 들어가 있었고, 오른손과 오른발만 예외로 바퀴 밑에 걸려 있었다. 차 밑에는 그의 몸이 들어갈 만한 공간이 없었기 때문에 그의 시체는 뒤틀린 것 같았고, 그래서 검시관이 말해주지 않아도 사인이 질식이라는 것을 그레이디는 알 수 있었다. 프렌더개스트는 그녀에게 전화에 대해 말했고 그녀는 마틴이 바닥에서 전화기를 찾고 있을 때 차가 앞으로 굴러 나와 그가 밑에 깔린 것이라고 추정했다. 하지만 애초에 무엇 때문에 차가 앞으로 굴렀을까? 그레이디는 라텍스 장갑을 착용하고 운전석의 보조석을 열려고 해봤다. 열려 있었다.

그녀가 알아차린 첫 번째는 핸드브레이크가 풀려 있다는 것이었다. 두 번째는 핸들이 피로 얼룩져 있다는 것이었고, 그걸로 모든 게 달라졌다.

그녀와 파인은 프렌더개스트를 그들 차의 뒷좌석에 가둬놓고 함께 집으로 향했다. 뒷마당으로 들어가는 샛길이 있었고 그들은 뒷문이 열려 있는 것을 발견했다. 그 문은 부엌 바깥의 작은 다용도실로 통했다. 식탁 위에 식사가 방해받았다는 걸 암시하는 것들이 있었지만 식사 중이었던 사람은 한 명뿐인 것 같았다. 바닥까지 닿는 커튼들은 모두 드리워져 있었다.

그들은 계단을 올라갔다. 주 욕실은 위에 있었다. 욕실 문을 열었을 때, 그들은 바닥에 쓰러진 마리를 발견했다. 그녀는 속옷만 입고 있었고, 손과 손목은 가느다란 나일론 밧줄로 묶여 있었으며 피부는 자상과 열상으로 뒤덮여 있었다. 여자의 사타구니 냄새가 진하게 풍겼고 욕실 대부분에 피가 튀고 얼룩져 있었다.

두 경찰은 문간에 우뚝 서서 믿기지 않는 눈으로 멍하게 보고 있다가 울부짖는 사이렌 소리가 다가오자 이것이 범죄 현장이며 수십 명의 인원들이 당도할 거라는 사실을 상기했다. 그들은 자신들이 남긴 발자국을 되짚어 차로 돌아왔다. 파인이 트렁크에서 경찰 테이프 두루마리를 꺼냈다. 그레이디는 무전을 켜고 전 대원을 불렀다. 법의학 검사 결과 욕실에 있는 피와 핸드브레이크 위의 피는 모두 마리의 것으로 밝혀졌다. 핸드브레이크의 샘플에는 또한 마리의 팔다리를 묶는 데 쓰인 파란 나일론 밧줄 섬유가 포함되어 있었다. 이는 차 안의 피가 욕실의 공격 뒤에, 그녀의 피와 밧줄이 둘 다 있었던 시점에서 나온 것이라는 점을 시사했다. 욕실과 차 사이 공간들 - 카펫이 깔린 층계참과 계단, 복도, 현관, 진입로의 첫 구간 - 에 피 얼룩이나 핏방울이 없다는 점으로 볼 때 경찰은 그 피를 차 속에 남긴 사람은 마리가 아니며 그녀를 공격한 사람 혹은 사람들이라고 결론지을 수밖에 없었다.

마틴은 아니었다. 그의 피부나 옷 위에는 자기 것이 아닌 피는 없었다. 법의학적으로 말이 되는 유일한 사건 순서는 마리가 공격을 받았고 그녀를 공격한 자가 그다음 아래층으로 내려와 차에 들어가서 핸드브레이크를 풀고 차가, 어떤 이유로든 이미 그 앞에 있었던 마틴 위로 굴러가게 했다는 것뿐이었다.

도대체 어째서 그런 일들이 벌어졌는지는 누구도 알 수 없었.

그레이엄 해리스 경위가 이 사건의 지휘를 맡았다. 힐리가 그에게 가서 1999년의 절도 사건들에 대해 얘기하자 해리스는 그를 수사 팀에 합류시켰고 그 살인 사건들과 관련이 있는지 없는지 여부를 판단하는 일을 맡겼다. 힐리는 흥미 있는 일을 맡아 들떴지만 어디서부터 시작해야 할지 확신이 없었다. 그 둘이 관련이 있다는 것이 타당하기나 한가? 한편으로, 집들이 단순한 건축물들에 불과할 때 누군가 반복적으로 침입했던 곳에서 이중 살인이 발생했다는 것은 믿기 힘든 우연의 일치였고, 범죄수사적인 측면에서 우연이란 없었다. 하지만 다른 한편으론, 연장들이 이동됐다거나 돌들이 빠졌다는 것이 자기 집 욕실에서 살해된 여자와 자기 차 밑에 깔려 죽은 남자와 무슨 상관이 있겠는가? 전자는 하찮은 범죄였고, 다른 하나는 상상할 수 있는 최악의 범죄인데.

힐리는 웨스트파크에 거듭 방문했다. 그는 보안 영상을 확인했고, 현장에서 일한 남녀의 배경을 조사했고, 이전 프로젝트 관리자였던 데이비드 월시를 추적했다. 그는 심지어 완성된 집의 매매를 담당했던 부동산 회사의 에이전트들, 브라운 개발의 주주들, 그리고 웨스트파크에 처음 이주한 다른 거주자들까지 조사했다. 그중 무엇도 쓸모가 없었다. 철저한, 끊임없는 한 달간의 수사에도 불구하고, 옵틱 작전(《투명인간(The Invisible Man)》에 경의를)이 겪는 문제는 전반적으로 같았다. 웨스트파크 15호의 부부는 적이 없어 보였다. 그들의 삶에는 비밀도 없었다. 집에서 없어진 것도 없었으며 분명한 동기도 없었다. 수사를 진행시키고자 해리스 경위는 엄숙한 진행자들이 경찰과 나란히 앉아 음울한 사건 재현 중에 공공의 도움을 간청하는 TV 쇼 〈크라임콜〉에도 나갔다.

그 방송이 전파를 탄 밤에 힐리는 현장에서 핫라인 전화 받는 것을 지원했다. 그가 받은 전화 중에 도심부에 위치한 올리버플런켓 스트리트에 있는 한 전자 장비 가게의 점원인 데니스 필립스의 전화가 있었다. 그는 마리 미라가 죽기 6주쯤 전에 그녀에게 휴대전화를 팔았다고 말했다. 그가 말하기를, 마리는 전화를 구입하러 왔을 때 지나가는 말로 자꾸 이상한 전화가 와서 유선 전화를 없애버리려 한다는 말을 했다고 말했다. 그가 그녀를 기억하는 이유는 그녀의 계좌에 접근하는 데 문제가 있었고, 그녀가 가게에 너무 오래 있는 바람에 근무 시간을 한 시간 넘게 연장해야 했기 때문이었다. 그는 앞서 뉴스에서 살인 사건 소식을 듣긴 했지만, 이제까지 마리의 사진을 제대로 보지 못했다고 말했다.

마리와 마틴이 유선 전화를 없애려고 했다는 말이 사실이라면, 그들은 결국 실천하지 못했다. 살인 사건이 있던 밤에도 전화는 여전히 작동하고 있었고 그들이 전화를 해지하려 했다는 증거는 전혀 없었다. 힐리는 세 달치 녹음 기록을 확보하고 한 건, 한 건 세세히 조사했다. 그는 수신 전화 중 통화 시간이 아주 짧은—3초 그리고 7초—수신 전화 사례들을 찾아냈다. 그 전화들은 대개 저녁에, 한 번에 두세 건씩 걸려왔고, 모두 붐비는 도심 지역에 있는 공중전화 부스에서 걸려왔다. 그중 한 건은 파르키 퀴브 주변에서, 코크와 리머릭 사이의 먼스터 힐링 쿼터 파이널의 마지막 호각이 불린 몇 분 뒤에 걸려왔다. 퍼모이의 린다 오닐이 받았던 것처럼.

힐리는 오닐의 사건에 대해 알고 있었다. 모든 이가 알았다. 하지만 그 모두가 또한 그 사건은 조직범죄 활동의 결과라고 생각했다. 이전 갱단의 멤버들이 보스의 집에 숨겨진 전리품을 찾고 있었을 가능성이 높다고. 경찰은 사건 이후의 전화들이 별종들에게 걸려왔다고 생각했다. 하지만 사소한 절도 사건들이 발생했던 건설 현장이 범죄 현장이 될 우연의 일치가 얼마든 간에, 이것까지 우연의 일치일 가능성은 없었다. 이건 명백하게 관련이 있었다. 그리고 힐리가 이런 정보를 수사 본부와 공유하자, 크리스틴 키어넌 사건을 맡았던 다른 경찰이 그녀의 비극적인 죽음 이후 발견했던 충격적인 음성 메시지들을 상기시켰다. 그렇게 두 번째 관련성이 떠올랐다.

하지만 아직 하나 더 있었다. 이 새로운 정보에 비추어, 해리스 경위는 힐리가 매달 방송되는 〈크라임콜〉의 다음 편 2부에 출연할 것을 결정했다. 2001년 9월 21일 밤에, 힐리는 〈크라임콜〉 세트장에 있는 책상 뒤에 앉아서 조명 불빛에 땀을 흘려가며 진행자에게 사건들이 전화로 연결된다고 설명했다. 크리스틴 키어넌의 음성 메시지 기록이 방송되었고 린다 오닐이 장난 전화로 들은 것을 옮긴 글이 화면에 떴다.

비숍타운에 있는 학생 숙소에 앉아 있던 토미 오설리번, 이제 코크대학교 1학년인 그는 화면에 뜬 말들을 읽었을 때 몸을 곤추세웠다. *게임 한번 더 할까?* 그는 엄마에게 전화를 걸어 그녀가 공격받기 2주 전 새해 전야에 자신이 받았던 장난 전화에 대해 말했다. 그녀는 자신을 공격했던 남자가 유사한 말을 했다고 확인해주었다. 엄마와 아들은 다음 날 아침 일찍 앵글시스트리트에서 만나 자신들이 알아낸 바를 경찰에 신고했다.

세계는 아직 9.11에서 회복 중이었다. 아직도 매일 아침 일어나 뉴스를 틀며 그 일이 정말로 일어난 것인지 확인하고, 맨해튼 중심부에서 연기가 피어오르는 불가해한 방송 장면들을 보고 있었다. 하지만 힐리는 그중 아무것도 보지 않았다. 그의 세계는 자신의 책상 테두리 안으로 줄어들었다.

그는 이제 실패한 인질 강도극이 없다는 걸 알았다. 무작위 강간범도 없었다. 전리품을 쫓는 조직 폭력배도 없었다. 대신에, 자신의 피해자들을 가지고 놀았던, 공격 전후에 그들의 집주변을 얼쩡거리고, 전화로 그들을 조롱한 얼굴 없는 괴물이 있었다. 칼로 시작했고, 그다음엔 총으로 넘어간 자가. 폭력으로 자신의 끔찍한 탐닉을 시작해서 강간을 거쳐 마침내 살인에 이른 자가. 그리고 그들이 아는 한, 그는 유령이나 다름없었다. 팀의 주니어 멤버가 자신의 기자 친구에게 이 정도를 언급하자, '낫씽맨'이라는 이름을 포함한 헤드라인이 다음 날 뉴스 첫 시간에 나타났다.

앵글시스트리트의 지역 경찰 본부는 코크에서 가장 큰 소방서 옆에 있었다. 낫씽맨이 언론에 처음 보도되고 며칠 뒤, 힐리는 복도를 지나치다가 소방서의 위기대응 팀이 바깥에서 훈련하고 있는 것을 목격했다. 건물 뒤에 이런 목적으로 특별한 장치가 설치되어 있었다. 좁고, 속이 텅 빈 5, 6층 높이의 외부 계단이 달린 네모진 건물로, 실제 사무실이나 아파트 대용 건물이었다. 이런 훈련은 정기적으로 열렸고 힐리는 이전에도 여러 번 훈련 장면을 목격했다. 하지만 이번에는 거기 서서 구경하는 동안 어떤 단어가 그의 마음속에서 구체화되었다. 연습. 그것이 바로 소방관들이 지금 하고 있는 행위였다 - 그리고 웨스트파크 부지에서 일어났던 일도 그것이었다. 누가 그 집들로 이주하기 전에, 누군가 들락거리는 연습을 했다. 그들의 살인자가 그 장소를 개인적인 훈련 장소로 이용했다. 힐리는 이전에 그 정도의 계획성을 목도한 일이 없었다. 그것이 그를 불안하게 했다. 또한 그에게 동기를 부여하기도 했다.

그렇게, 에드워드 힐리 경사는 이제껏 연관성이 없었던 네 건의 미제 사건들—앨리스 오설리번, 크리스틴 키어넌, 린다 오닐, 그리고 마리 미라와 마틴 코널리의 이중 살인—을 연계하고, 옵틱 작전을 경찰력의 그 어떤 개인보다 더 진행시켰다. 경사는 이 연쇄 공격자가 코크 시티와 카운티에서 활동한다는 것을 알아낸 장본인이었다. 그는 은퇴, 혹은 다른 도시로의 이주, 혹은 대학으로 돌아가 무언가 다른 것을 공부하는 것에 대한 생각을 멈췄다. 그가 생각할 수 있는 것은 오직 이 남자를 잡는 것뿐이었다.

에드워드 힐리 경사는 다시 한 번 살아 있는 것을 느꼈다. 그리고 나의 엄마, 아빠, 여동생에겐 살아 있을 시간이 고작 일주일 남아 있었다.

내 가족이 공격당한 밤, 그 병원의 끔찍한 방으로 돌아가서, 붉은 머리카락에 코에 주근깨가 돋은 그 남자가 내 앞에 쪼그리고 앉아 말을 걸고 있었다.

나는 그의 얼굴을 쳐다보며 집중하려고 애를 썼다. 귀에는 여전히 그 이상한 밀려드는 소음이 들렸다. 나는 엄마를 원했다. 방문에 노크 소리가 나고 고개를 들면 엄마가 머리를 쏙 집어넣고는 "이브 안에 있… 오, 거기 있구나. 이리 와!"라고 말해주길 바랐다. 하지만 대신에 문은 닫힌 채였고 남자는 계속 말을 했다.

서서히, 몇 마디 말이 들리기 시작했다.

기억… 전화… 애나.

"내 동생 어디 있어요?" 나는 갑자기 수면에 떠오르며 물었다. "괜찮아요?"

주근깨 남자는 안도한 듯 보였고 자리를 옮겨 내 옆에 앉았다. 그가 다시 입을 열었을 때, 그 말소리는 아주 조용했다, 마치 비밀을 말하는 것처럼. 그는 나를 에벌린이라고 불렀다. 그는 애나가 아주, 아주 아프지만 병원에 있고 의사와 간호사들이 그 애를 돌보고 있다고 했다. 그 말은 나보다 훨씬 어린 애들한테나 통할 설명이었고 나는 발끈했다. 나는 열두 살이었다. 아이가 아니었다. 나는 그 남자에게 그렇게 소리치고 싶었다.

그는 내게 잠을 좀 자고 나서, 집에서 어떤 일이 있었는지 얘기해달라고 말했다. 나는 아주 가만히, 무표정하게 있으려고 애를 썼지만 몸 전체가 공포로 경직되었다. 왜냐하면 그 일에 대해 말을 할 수 없었으니까. 그 일은 내가 간직해야 하는 모든 것을 내 머릿속에 가둬두었다. 이따금 어떤 이미지가 풀려나면—애나의 흐느적거리는 손이 침대 옆으로 늘어져 있던 것, 부모님 방 벽지에 흩뿌려진 빨강, 계단 밑바닥에 누워 있던 아빠 머리의 각도—나는 물리적으로 움찔하며 고개를 옆으로 홱 돌렸다. 마치 그 이미지가 기억이 아니라 내 앞에 실재하는 무엇인 것처럼, 그리고 내가 가진 유일한 선택권은 눈을 감고 고개를 돌려버리는 것인 듯이.

주근깨 남자는 당장 물어야 하는 질문이 두 가지 있다고, 그만큼 아주 중요한 질문이라고 말했다. 딱 두 가지만, 그런 다음 할미와 나는 가서 잠을 잘 수 있다고. 내일이면 심지어 애나를 만나러 갈 수 있을지도 모른다고.

"부모님은요?" 나는 물었다.

그는 입을 다물고 미소를 지었다. 나중에야 나는 이 일을 돌이키며 그의 얼굴에 어린 연민을 잡아낸다.

"부모님도." 그는 말했다. "어쩌면."

나는 질투심을 느꼈다. "엄마 아빠가 애나와 같이 있나요?"

"딱 두 가지만, 에벌린." 주근깨 남자는 살짝 내 무릎을 두드렸다. "괜찮겠니?"

나는 고개를 끄덕였다.

첫 번째 질문은 내가 장난 전화에 대해 아는 게 있느냐는 거였다. 누가 밤늦게 전화를 걸고는 아무 말도 하지 않고 끊는 것 같은 이상한 전화나, 혹은 부모님이 그런 일에 대해 얘기하는 걸 들은 기억이 있는지…? 내가 장난 전화에 대해 아는 건 어린이 영화에 나온 것들뿐이었다. 그 전화들은 웃겼다. 나쁘지 않았다. 그저 장난이었다. 내 머릿속에는, 그런 것과 우리 집에서 일어난 일을 연결하는 길이 없었다. 왜 그런 걸 묻지? 나는 주근깨 남자가 이상하다고 생각했다. 나는 그에게 없다고 말했다.

다음 질문이 가장 중요하다고, 그는 말했다. 오늘 밤 우리 집에 들어온 남자, 내 부모님과 애나를 해친 그 낯선 사람—그자를 잡고 싶다고, 또 다른 사람을 해치는 걸 막고 싶다고 말했다. 하지만 내 도움이 필요하다고. 내가 그 낯선 사람을 봤는지. 키가 얼마인지 혹은 무엇을 입고 있었는지 말할 수 있는지. 혹은 그의 목소리를 들었는지. 나는 아니라고, 아무도 보지 못했다고 말했다. 그는 내게 확실한지 물었고 나는 그렇다고 대답했다. 그는 실망했지만, 아닌 척하려고 애쓴다는 걸 알 수 있었다. 그는 질문에 답해줘서 고맙다고, 이제 가도 된다고 말했다.

할미가 내 손을 잡고 그 방에서 데리고 나왔다.

나는 내 침대에서 잘 수 있을 거라고 생각할 만큼 바보는 아니었지만, 할미의 집에 가지 않았을 때는 놀라고 말았다. 할미와 나는 크고 어둑한 호텔로 안내되었다. 그 선생님 같은 여자가 우리와 함께

갔지만 우리가 자는 방에까지 들어오진 않았다. 그녀는 할미에게 바로 밖에 있겠다고 말했던 것 같다.

침대는 두 개였지만 우리는 둘 다 같은 침대로 들어갔다. 할미는 커튼을 쳤지만 침대 옆 탁자 위에 램프는 켜두었다. 나는 깨끗한 옷이나 내 칫솔이 없는데 어떻게 해야 하는지 물었지만 할미는 대답하지 않았다. 할미는 조용했지만 나는 할미가 깨어 있다는 걸 알고 있었다. 몸이 떨리는 걸 느낄 수 있었으니까. 나는 자다 말다 하다가 어느 순간 깨어나 할미가 몸을 돌려 내게서 떨어지는 걸 보았다. 나는 한 손으로 할미가 비운 베개의 눌린 부분을 만져보았다. 차갑고 축축했다.

방은 책상 옆 의자에 앉은 할미를 알아볼 만큼은 밝았다. 할미는 한 손을 전화기 위에 올려놓고 미동도 없이 가만히 앉아 있었다. 나는 할미가 전화를 걸려나 보다 하고 기다렸지만, 시간이 가도 할미는 움직이지 않았다.

사실, 할미는 막 전화를 받은 참이었다. 애나가 죽었다고 전하는 병원 누군가의 전화를.

이상했다. 짐은 혼잡한 교통을 뚫고 집으로 가며, 에드 힐리가 이 책에 그려진 방식을 생각했다. 그는 이브 블랙이 실제로 《낫씽맨》을 썼는지, 아니면 그녀가 그런 사람을 고용했는지 궁금했다… 뭐라더라? 대필 작가? 왜냐하면 힐리가 누구보다 옵틱 작전에 기여했다는 것은 약간 지나친 과장이기 때문이었다.

짐은 그 남자를 전혀 그런 식으로 생각하지 않았다. 그는 힐리가 이 모든 일이 벌어지게 했다고 장담했다. 힐리가 웨스트파크로 불려온 날, 그리고 하이비스 조끼를 입은 그 멍청이가 그를 소위 '은신처'로 데려왔던 날, 짐 역시 거기 있었다. 이미 거기에, 겨우 몇 발짝 떨어진 곳에서 나무 사이에 숨어 있었다. 보고, 들으면서. 힐리가 그를 봤다면, 그 모든 일이 시작도 전에 끝났을 터였다.

폭행도 없었을 것이다. 살인도. 재미도.

하지만 힐리는 둘러볼 생각조차 하지 않았다.

이브가 그 증거로 명백한 결론을 전혀 추론해낼 수 없어 보이는 것도 이상했다. 경찰도 당시에 같은 문제가 있었다 - 특히 웨스트파크에서는. 간단한 일이었다. 짐은 집주인 둘이 자기들 침대에서 잠든 사이 그 집에 들어가 그가 평소에 하던 대로 했다. 깨우고, 위협하고, 묶고. 하지만 그가 여자와 있는 사이, 남자가 용케 결박을 풀었다. 그는 아래층으로 달려 내려가 밖으로 나갔다. 짐은 뒤따랐다. 남자에게 다가갔을 때, 짐은 남자가 휴대전화를 그러쥐고 전화를 걸려고 시도하는 걸 목격했다. 몸싸움이 벌어졌고 짐은 이런 상황을 싫어했다. 이렇게 되면 흔적―상처, 멍, 부어오른 손마디―이 남게 되는데 그는 평소처럼 노린이 있는 집으로 퇴근하고 다음 날 출근해야 했다. 그래서 남자가 배를 깔고 엎드려, 닿을 수 없게 발로 멀리 차버린 전화기에 다가가려고 가망 없는 시도를 벌일 때, 짐은 진입로의 경사와 주차된 차를 보고 더 좋은 생각을 떠올렸다. 그는 운전석 문을 당겼다. 열렸다. 그는 차 안으로 몸을 숙여 핸드브레이크를 풀었고 그게 끝이었다. 현장을 그렇게… 극적으로 남겨놓을 생각은 아니었다. 하지만 일이 그렇게 되어버렸다. 다음 날 서에서 동료들이 얘기하던 것이 기억났다. 대체 우리가 얼마나 미친놈을 상대하고 있는 거야? 그들은 서로서로에게 물었다. 짐이 그들 사이에 앉아 있는 동안에. 그들 중 한 명으로.

집에 왔을 때는 이미 어두웠다. 현관에 불이 켜지지 않았다는 건 노린이 집 뒤쪽에, 부엌에 있다는 뜻이었다. 아마도 TV를 보고 있을 테고, 그러면 차가 들어오는 소리를 듣지 못했으리라. 짐은 조수석 앞 보관함에서 《낫씽맨》을 꺼내고 보조석 의자에서 펫 월드 봉투를 집어 들고 집 뒤로 살금살금 걸어갔다.

개를 키운 적이 없었기에 그는 판매 중인 각종 개 먹이들에 압도되었다. 센터포인트에 있는 반려동물 용품점을 수없이 지나쳤지만, 그 어마어마한 크기를, 그 뒤로 얼마나 뻗어 있는지를 몰랐다. 오늘까지는. 반려동물 용품점은 슈퍼마켓 하나만큼이나 거대했다. 자기가 뭘 찾는지 제대로 알지 못하는 짐에게는 별 도움이 되지 않았다. 결국 짐은 순전히 박스에 있는 그림을 보고 골랐다.

그는 개 간식 상자를 열고 내용물을 창고 바닥에 뒤집었다. 크기면에서 완벽했다. 8센티미터 정도 길이의 좁은 원통형이었다. 겉은 딱딱해서 흙에서도 한동안은 멀쩡할 것 같았다. 하지만 골수 자리에 채워진 것은 짐이 예상했던 젤리 같은 물질이 아니었다. 짐의 생각대로 쉽게 되지 않았다. 사실, 쥐약을 그 안에 집어넣는 방법은 먼저 스크루드라이버로 뚫은 다음, 그 구멍에 쥐약을 밀어 넣는 것뿐이었다.

그는 시험 삼아 양 끝에 쥐약을 넣은 견본을 만들고, 잠깐 멈춰서 자신의 작품에 감탄했다. 쥐약은 작고 얇고 단단했으며 내용물과 엇비슷한 색이었다.

완벽했다.

그는 다섯 개를 더 만들었다.

오늘 밤 늦게, 그는 뒤로 가서 그것들을 자신의 뒷마당과 캐런과 데릭의 마당을 경계 짓는 생울타리 밑에 묻을 터였다.

그들은 개가 생긴 뒤로 두 집이 공유하는 울타리의 자기들 집 쪽에 1미터 높이의 가시 철망을 추가로 설치했지만, 데릭은 그 철망을 직접 설치한 데다 일을 형편없게 해놓았다. 철망은 양 기둥 사이에서 힘없이 늘어져 그 개가 코로 슬쩍 들어 올리고 울타리 밑으로 굴을 팔 수 있을 정도였고, 덕분에 개는 짐의 마당까지 들어왔다. 그게 개와 관련된 문제들의 시작점이었다. 그 개의 장과 그 장을 집 밖에서 비우는 문제는 이 일련의 사건들에서 가장 최근의, 그리고 가장 짜증스러운 부분이었다.

그리고 짐은 참을 만큼 참았다.

그가 복도 끝에 서서 이미 부엌 문 손잡이에 손을 올렸을 때, 목소리들이 들렸다. 케이티와 노린. 그들은 반대쪽 끝, 식탁에 앉아 있는 것 같았다. 그가 들어오는 소리를 듣지 못한 게 분명했다. 그가 식구들과 합류하려 할 때 어떤 본능이, 어떤 원초적인 알람이 그에게 멈춰 서서 기다리라고 경고했다.

"…언제 끝난다고?"

"잘해야… 10시. 응?"

짐은 더 잘 들으려고 귀를 문과 문틀이 만나는 사이에 댔다.

"잘 모르겠구나." 노린이 말하고 있었다. "내가 해 진 뒤에 버스로 집에 오기 싫어하는 거 알잖니. 친구 누가 해줄 수 없대?"

"전부 일하거나 나랑 같이 훈련해요. 아빠한테 태워다 달라고 해요."

"아빠가 그런 일에 전혀 관심 없는 거 알잖니."

"아빠는 들어가실 필요 없잖아요, 그냥 밖에서 기다리면 되지. 그리고 아빠가 했던 일이 그런 거 아니었어요?"

"그러니까."

"아빠가 그 사건을 맡았었나?"

한순간 정적이 흘렀다.

"아니." 노린은 말했다. "아빠는 한 번도…"

짐은 문을 열었다.

두 여자는 펄쩍 뛰었다. 그들은 그가 생각한 대로 식탁에 앉아 있었다. 저녁이 차려져 있었지만 아직 먹고 있지는 않았다. 둘 다 놀란 표정으로 그를 올려다보았다—처음엔. 다음 순간 노린의 표정이 보다 알 수 없는 무엇으로 바뀌었다.

케이티는 일어나 그를 껴안았다. 그녀는 조깅복 차림이었고, 얼굴은 말갛고 뺨은 붉었다. 머리는 축축하고 비누와 꽃 냄새 같은 것이 풍겼다.

"막 체육관에서 왔어요." 그녀는 그의 시선을 눈치채고 말했다. "끝나고 자전거 타고 왔어요."

"자전거?"

"기어 있잖아요, 아빠. 걱정 마세요."

노린은 일어나 그의 뒤로 움직였다. 스토브로.

"엄마한테 부탁이 있어서 왔어요." 자리에 앉으면서 케이티가 말했다. "그리고 엄마가 저녁 먹고 가라고 했고. 엄마는 내가 굶는다고 하는 거 아빠도 알죠. 우리가 말하는 사이 저 스튜에 아마 버터 한 덩이 더 녹이고 있을걸."

"다 들린다." 노린이 말했다. "그리고 이제 두 개 넣을 거야."

짐이 케이티에게 말했다. "무슨 부탁?"

"아, 그게…" 케이티는 식탁에서 물주전자를 들어 자기 컵을 채우기 시작했다.

"그러니까, 내일 밤 시내에서 책 사인회가 있거든요. 내가 가고 싶은데 금요일에 게임이 있어서 금요일 밤 훈련이 목요일로 당겨졌어요. 그리고 우리 중에 아무도 시간이 안 나서, 내가 엄마한테 나 대신 가서 사인 좀 받아주실 수 없냐고 부탁했어. 그런데 엄마는 혼자 가기 싫대요. 버스며, 해가 지면, 어쩌구저쩌구." 케이티는 눈을 굴렸다. "그래서 내 생각에… 혹시 아빠가 엄마랑 같이 가줄 수 없어요? 내 말은, 엄마 좀 태워다 달라고. 그냥 서점에 들어가서 책에 사인만 받고 바로 나올 거예요. 5분, 기껏해야 10분." 그녀는 기대에 찬 웃음을 지었다. "제발, 아빠?"

책 사인회. 내일 밤. 시내.

짐의 혀가 부풀어 올랐다. 입에 담기에는 너무 크게. 목구멍이 가렵고 건조했다. 그는 말이 나올까 궁금했지만 어쨌든 입을 열고 말했다. "무슨 책인데?" 꼭 목이 졸린 것처럼 들렸다. 말을 하면서 동시에 숨이 막히는 것처럼.

"《낫씽맨》."

대답한 사람은 케이티가 아니라 노린이었다. 그녀는 김이 피어오르는 접시 두 개를 들고 식탁으로 다가오고 있었다. 그녀가 접시들을 내려놓는 동시에 케이티가 자기 의자에 걸려 있는 배낭에 손을 뻗어 하드커버의 책 한 권을 꺼냈다.

번쩍이는 검은색을 배경으로 하는 노란 글씨들.

"그 여자가 코크에서 사인회를 여는 줄 알았으면 책을 미리 사지 않았을 텐데." 케이티는 말했다. "하지만 그냥 이걸 들고 가도 사인해주겠죠? 내 말은, 내가 사인회에 가본 적은 없지만, 아마…"

짐은 그 말 뒷부분을 듣지 못했다. 나머지 세계가 서서히 줄어들어 어둠 속으로 사라지고 있었다. 마치 그의 시야가 꺼져가는 TV같이 한 점 빛으로 오그라드는 것처럼.

그리고 그의 앞에 빛나는 한 가지만이 남았다.

무언가가 책 속에 끼워져 있었다. 3분의 1지점쯤에. 무언가 파란 것. 엽서일 수도 있었고 접힌 편지나 시리얼 박스에서 찢어낸 조각일 수도 있었지만 그게 뭔지는 중요하지 않았다. 중요한 것은 그것이 수행하는 목적이었다.

그건 책갈피였다.

케이티가 이브 블랙의 책을 읽고 있다.

자신의 딸이. 다른 그의 모습에 대해 읽고 있다.

짐은 케이티의 얼굴을 쳐다보았다. 그는 자신을 마주 보는 그 얼굴에 이상한 표정이 서린 것을 보았다. 기대가 걱정으로 바뀌고 있었다. 케이티가 뭘 물었나? 그녀의 입술이 움직이고 있었다. 지금 그에게 무슨 말을 하고 있는 건가? 그는 그 말을 알아들을 수 없었다. 아무것도 들리지 않…

따끔하게 어깨를 꼬집는 한 방이 그를 되돌렸다.

"여기." 노린이 그의 옆에 서서 접시 옆에 무언가 거품이 솟는 유리잔을 놓고 있었다. 그녀가 케이티에게 말했다. "아빠 저녁 드시게 해. 오늘은 종일 근무하신 후니까." 노린은 식탁 반대편으로 가서 자기 자리에 앉았다. "밤을 샌 데다 초과 근무까지… 당신 오늘은 꼭 제대로 자야 해, 짐. 당신도 이제 40대가 아니라고. 가끔 당신은 그걸 잊는 것 같더라."

"네?" 케이티가 그에게 말했다. "아빠가 엄마 태워다 주실래요?"

그는 시간을 벌기 위해 음료를 한 모금 마셨다. 그 거품에 눈이 촉촉해졌다.

"네가 그걸 왜 읽냐?" 그는 케이티에게 물었다. "그 책 말이다. 그게 왜 읽고 싶어?"

"내가 왜 신경 쓰는지 모르겠네." 노린이 중얼거렸다. "음식이 아주 돌처럼 식겠어."

"라디오에서 들었어요, 그리고 나는…" 케이티는 어깨를 으쓱했다. "모르겠어요. 그냥 흥미로워요. 안 그래요? 그러니까, 이 남자는 누굴까? 왜 그런 짓들을 했을까? 어떻게 잡히지 않았지? 아직 살아 있나? 그런 게 너무 흥미로워요. 그리고 이 책은 평도 좋고요. 그리고 그 여자 여기 출신이래요. 그리고 그 모든 일도 다 여기서 일어났대요, 아빠가 있을 때… 아빠도 그 일 맡았어요? 그 사건요."

"케이티." 노린이 경고조로 말했다. "저녁 식사 자리에서 할 얘기가 아냐."

"아빠 담당은 아니었지." 짐은 말했다. "하지만 그 사건이 벌어질 때 경찰에 있었다. 그 일은 우리한테 유흥이 아니었어, 케이티. 사람이 죽었다. 그러니 이 말은 해야겠구나. 나는 네가 읽을거리로 이 책을 선택했다는 게 좀 우려된다. 걱정되고, 실망스러워."

"하지만 모두가 그 책을 읽고 있다고요."

"케이티." 노린이 다시 한 번 경고했다.

"하지만…"

"그만." 짐이 말했다.

그는 자기 앞에 놓인 질척한 스튜 덩어리와 으깬 감자를 단호하게 내려다보았다. 음식을 한 입 떠 입에 넣었을 때, 그는 음식 맛이 느껴지지 않는다는 걸 깨달았다.

침묵이 이어졌고, 날붙이가 세라믹에 부딪히는 짤랑 소리만 간간히 들렸다. 그런 다음 노린이 케이티에게 다가오는 시험에 대해 무언가 물었고, 케이티는 자신이 해야 하는 발표에 대해 말하기 시작했고, 짐은 물러나, 목소리가 하나의 배경음으로 섞여들 만큼, 하지만 그들이 말을 멈출 경우 알아차릴 수 있을 정도로 몸을 틀었다.

짐은 그 책 사인회에 가고 싶었다. 그럴 계획을 세웠다. 다음 단계로 나아갈 준비의 일부였다. 하지만 이제 보니 그의 딸 역시 그랬다. 그는 충격을 받았지만, 다만 그게 케이티이기 때문이었다. 이론적으로, 그녀가 사인회에 가고 싶어 하는 건 놀랄 일도 아니었다. 그는 자신이 직장에서 처음 그 책을 봤을 때, 그다음엔 시내 서점에서 봤을 때를 생각해보았다. 수많은 책들. 거대한 디스플레이들. 시내 대형 서점의 창 전체가 그 책으로 덮여 있었다. 그런 다음 신문에 나왔고, 이브 블랙이 TV 인터뷰에 출연했고, 케이티가 라디오에서 들었다고 뭐라고 했던가? 그 책은 온 사방에 있었다. 그리고 실제 일어난 범죄였다. 심지어 이 지역의 범죄 실화였다. 당연히 사람들은 그에 흥미를 느낄 테다. 그중 하나가 자신의 딸이라는 것은 불행한 일이었지만, 그 애라고 영향을 받지 않을 도리가 있나?

문제는 그 애가 그 사인회에 가고 싶어 한다는 것, 그리고 갈 수 없게 되자 자기 엄마에게 대신 가달라고 부탁한다는 것이었다. 덕분에 이제 노린도 내일 저녁 그 시간에 무슨 일이 있는지 알게 됐다. 그 자체는 문제라기보다 짜증나는 쪽에 가까웠지만, 짐이 갔다가 마지막 순간에 케이티의 스케줄이 변경되어 그 애가 그 서점에 도착하면 어쩌지? 노린이 가기로 결심한다면? 그 둘이 같이 서점에 들어왔다가 그를 본다면?

"가자." 그가 말했다.

두 여자가 그를 쳐다보았다.

노린이 말했다. "어딜 가?"

"그 서점에."

케이티가 환해졌다. "정말요?"

"내가 그냥 아침에 서점에 전화할게." 노린이 말했다. "사인된 책 한 권 남겨줄 수 있을 거야. 서점에서 그러기도 해. 내가 금요일 아침에 가서 받아 오…"

"하지만 난 내 책에 사인 받고 싶다고요." 케이티가 말했다. "이 책에요."

"됐어." 짐이 말했다. "우리가 가자고."

"패트릭스트리트예요, 아빠. 7시에 시작해요. 차는 그냥 밖에 세우는 데가 있을 거예요. 짐 싣고 내리는 데가 있을 테니까, 그리고 그 시간엔…"

"알아서 세우마. 걱정 마라." 그는 노린을 쳐다보았다. "우리 둘이 가자고."

그에겐 그곳에 갈 정당한 이유가 생길 터였다. 노린이 그의 옆에 있을 테고, 덕분에 그도 여느 손님들처럼 보이겠지. 케이티는 적어도 금요일까지는 책을 가지러 올 수 없을 테니, 그는 집에 돌아와 당당하게 그 책을 읽을 수도 있었다. 그리고 그는 그 아이디어가 마음에 들었다. 지금부터 24시간 내에 그들 셋이 모두 한 공간에 있게 된다는 것이.

그.

노린.

이브.

정말로 시적이었다. 그는 자신을 찾는 것을 목적으로 삼은 여자에게 다가갈 참이었다. 그리고 여자는 목적에 실패했다. 대신, 그가 그녀에게 다가가고 있다. 하지만 그녀는 자신이 누구를 보고 있는지 짐작도 못 할 테고, 노린은 그 모든 일을 전혀 의식하지 못하리라.

"고마워요, 아빠." 케이티가 환하게 웃으며 말했다.

노린은 자기 음식을 내려다보며 아무 말도 하지 않았다.

2

그림자들 사이에서

6
여파

나는 온갖 슬픔의 표현들에 사로잡혀 있다. 문자 그대로 그것들을 수집한다. 그 표현들을 수첩에 적는다. 나의 모토는 시, 사적인 에세이, 누군가 남기고 간 비참한 회고록은 금지라는 것이다. "안과에서 동공이 확장된 눈으로 밝은 햇빛 속으로 걸어 나온 누군가의 표정이다." 존 디디온의 《상실(The Year of Magical Thinking)》에 나오는 문장. "당신이 있던 곳, 그곳에 세계의 구멍이 생겼다. 나는 낮이면 끊임없이 그 주변을 서성이고, 밤이면 그 안으로 떨어지는 나를 발견한다." 시인 에드나 세인트 빈센트 밀레이의 〈편지들(Letters)〉의 구절들. "애도의 다섯 단계 따위는 완전히 헛소리다. 왜냐하면 그것은 사실 시한부를 선고받은 사람들의 반응을 연구한 것이지, 사랑했던 사람을 잃은 사람들을 연구한 것이 아니기 때문이다. 애도는 어떤 패턴도 따르지 않는다. 현실에서 애도란 엉망이고 혼란스럽다." 우리에게당신의슬픔을털어놓아요닷컴(TellUsYourGrief.com)이라 이름 붙은 웹사이트에서의 익명의 발언자의 문장들.

나는 그것들을 모아서 '시도'해보지만, 지금까지는 그중 어느 것도 들어맞지 않는다. 완벽하게는. 당신이 고작 열두 살이었을 때, 당신의 부모님과 여동생을 잔인한 범죄로 잃었고 그 시체들의 첫 목격자가 된다면 어떤 느낌이겠는가? 누가 그런 글을 썼나? 누가 내게 거기 맞는 단어들을 알려줄 수 있을까? 왜냐하면 이제까지 나는 그런 말들을 찾을 수 없었기 때문이다. 억지로 말하라면, 나는 멍했다고 하겠다. 텅 빈 것 같았다고. 혼자 남은 것 같았고, 길을 잃은 것 같았고. 나는 그 모든 유력한 문구들을, 일반적인 비유들을, 어째선지 모두 기상학적인 그 표현들을 끌어 쓰겠다. 발밑이 흔들리고, 안개가 낀 것 같고, 파도가 밀려드는 것 같고. 나는 할미와 내가 스페니시포인트에 숨어 있을 때 내가 어땠는지 말하겠다. 나의 슬픔은 삶을 사는 내내 터져 나오는 옷장 문을 등으로 눌러 막으려는 노력처럼 느껴졌다고. 왜냐하면 등을 떼는 순간 옷장 문이 터지면서 모든 것이 쏟아져 나올 테니까.

짐은 하품을 했다.

그는 이제 막 창고에 도착한 참이었다. 노린은 일찍 잠자리에 들었고 그가 11시에 2층에 올라갔을 때는 아주 깊이 잠들어 있어서, 그는 곧장 아래로 내려올 수 있었다. 하지만 그는 이미 하품을 하고 있었다. 노린이 옳은지도 몰랐다. 어쩌면 오늘 저녁은 독서를 집어 치우고 대신 잠을 푹 자야 하는지도 몰랐다.

혹은 어쩌면 문제는 읽고 있는 이 책인지도 몰랐다.

짐은 읽고 있던 페이지의 남은 부분을 훑어 내리고, 두 페이지 더 넘겨보았다. 애도며 상실이며 슬픔이 계속됐다. 할머니는 슬프지만 아닌 척했고. 학교에 가기 시작했을 때 부모님이 교통사고로 돌아가셨다고 거짓말을 해야 했고. 그게 슬펐고, 죄책감이 들었고⋯

그는 다시 하품했다.

오늘 밤은 나오기 전에 차를 담은 보온병을 챙길 선견지명이 있었다. 그는 이제 책을 내려놓고 차를 몇 모금 삼켰다.

짐은 이제 막 《낫씽맨》을 반쯤 읽었다. 그 정도로는 그가 내일 밤 정확히 무엇으로 걸어 들어가게 되는지 자신할 만큼 충분하지 않았다. 그는 깨어 있어야 했다. 할 수 있는 한 많이 읽어야 했다. 그는 이브가 그날 밤 가족이 함께 살던 집에서 짐과 무슨 일이 있었는지에 대해 쓴 부분을 찾아야 했다. 그는 그녀가 무엇을 기억하는지, 혹은 기억한다고 주장하는지 알아야 했다.

그는 책을 도로 집어 들고 그만둔 부분을 찾아 휘리릭 넘겼다.

애도는 이미 충분했다. 흥미도 없었고 중요하지도 않았다. 건너뛰어도 괜찮았다.

짐은 다음 장의 첫 페이지를 발견하고 읽기 시작했다.

7
눈 먼 목격자

2015년 7월 초, 에글린 교수가 버나데트 오브라이언이라는 자신의 친구를 만나보라며 주선했다. 그녀는 출판사인 이비아 프레스의 편집자였다. 〈그 여자애〉 글이 입소문이 난 후 온갖 제의가 들어왔다ㅡ책, 주요 시간대 TV 인터뷰, 팟캐스트, 생명권이라 불리는 끔찍한 무엇ㅡ하지만 나는 낯선 세계의 바닷가에 있었고, 에글린에게 도움을 청했다. 그는 버나데트를 만나라고 제안했다.

이비아 프레스는 이전 아일랜드 성서공회 본부였던 전신에 대한 말장난으로 '베스트셀러'라고 불리는 도슨스트리트의 한 카페 위에 작은 공간들로 구성되어 있었다. 나는 일찍 도착해서 곧장 밖에서 본 커다란 창이 있는 방으로 안내되었다. 커다란 회의 테이블이 하나 있었고 벽에는 책들이 줄지어 있었다. 공기는 내게 커피 한 잔이 나오기 전부터 이미 희미하게 커피 냄새를 풍겼다. 커피를 홀짝이면서, 나는 다시 한 번 생각에 잠겼다.

내가 정말 이걸 하는 건가? 진지하게 책을 쓸 생각을? 2,000자 짜리 기사 하나 쓰는 것도 그렇게 시련이던 내가 어떻게 그런 걸 할 수 있지? 나는 나의 이야기와 그의 이야기가 번쩍이는 표지들 안에 한데 묶여 서점 책꽂이 깊숙이 쌓이는 세계를 상상해보려 했다. 할 수 없었다. 나는 열린 문 사이로 들여다보았다. 안내 데스크는 비어 있었다. 그냥 일어나서 떠날 수 있었다. 나는 커피를 내려놓고 의자를 뒤로 밀었다. 떠나야 했다. 하지만 그때 버나데트가 들어왔다. 반짝이는 눈에, 양팔을 벌린 채로. 그리고 나는 남아서 그녀의 말을 듣는 것이 예의바른 행동이라고 생각했다.

그녀는 막 자신의 60번째 생일을 맞았지만 새까만 머리카락을 레이저 컷으로 자른 단발머리에 가느다랗고 섬세한 금붙이들을 양 손목과 귀에서 늘어뜨린 모습 때문에 실제보다 다섯 살, 심지어 열 살은 어려 보였다. 그날 그녀는 검은색 레깅스에, 몇 사이즈 큰 게 분명했지만 그녀가 입으니 어쩐지 세련되고 근사해 보이는 커다란 니트 스웨터를 입고 있었다. 나는 그녀가 가려워 보이는 회색 사무실 카펫 위를 맨발로 걸어 다니는 걸 보고 깜짝 놀랐다. 발톱에 바른 반짝이는 빨강이 눈에 들어왔다. 그녀는 내가 누구고 어떤 일을 겪었는지 정확히 알면서도 조심하지 않았다. 그녀는 내가 평범한 사람인 것처럼 말했다. 나는 그녀가 즉시 좋아졌다.

내가 책을 쓴다면, 낫씽맨에 대한 첫 책은 아닐 거라고 그녀는 설명했다. 그에 대한 책은 이미 있었다. 창의력이 넘치는 그 제목은 이랬다. 《낫씽맨 사건》. 그 책은 스티븐 아르들이라는 이름의 기자가 썼고 2002년 10월에 출간되었다. 나는 그 책을 읽은 적이 없었지만 버나데트는 읽었고, 그녀가 말하길 그 책은 새로운 정보라는 측면에선 거의 제시된 게 없다고 했다. 아르들은 범죄 보도 기자였고, 주로 〈아이리시 이그제미너〉에서 일했으며, 그 책은 기본적으로 그가 실시간으로 그 사건에 대해 썼던 기사들의 모음이었다(아르들은 2012년에 사망했다). 이제 장르가 바뀌었다. 그래서 이제, 나는 나 자신의 이야기로 엮어낸 사건에 대한 최종적인 책을 쓸 기회를 얻게 되었다.

내 얼굴의 표정이 내 의혹을 외치고 있었음이 분명했다.

"이렇게 생각해봐요." 버나데트는 말했다. "맞아요, 당신은 혈관을 째고 뭐가 나오든 그게 종이 위에서 마르게 해야 할 거예요. 모든 걸 다시 체험해야겠죠. 하지만 딱 한 번이에요. 그러면 끝나요. 그리고 창작은 치유가 될 수도 있어요. 당신을 도울지도 몰라요. 그리고 당신은 진실을 말해야 하지만, 전부 말할 필요는 없어요. 원하는 만큼 많이, 혹은 적게 감출 수 있죠. 당신이 종이 위에 펼쳐놓는 부분이 독자에게 전체 이야기로 느껴지게만 한다면요. 하지만 반전은 여기 있어요. 사람들은 이제 범죄 실화를 그냥 읽지 않아요, 연구하죠. 그들은 더 많이 찾으려고 해요. 팟캐스트를 듣고 회의를 하고 가설을—버나데트는 컴퓨터 키보드 치는 몸짓을 했다—밤새도록 주고받아요. 안락의자 탐정 동맹이죠. 누군가는 이 남자가 누구인지 알아야만 해요. 사람들은 변해요. 관계는 끝나죠. 가책은 자라고요. 이 사건에 대한 책이 사람들의 관심을 새롭게 할 거예요. 몇몇 기억들을 불러낼 거고요. 당신이 이 사건에 대해 쓴 책은 모든 이들의 관심을 끌 거예요. 사건을 앞으로 나아가게 해줄지도 몰라요. 어쩌면 그자가 누구인지, 그리고 어디 있는지 찾아내는 결과를 낼지도 몰라요. 이게 그 괴짜를 체포되게 할 수도 있어요. 왜냐하면 이 시점에서는, 경찰은 못 할 테니까."

나는 우리의 친구가 그녀에게 이 말을 준비시켰다는 걸 의심치 않았다. 에글린은 낫씽맨을 잡는다는 아이디어가 내 에세이를 게재하도록 설득했다는 걸 알고 있었고, 이제 버나데트가 책을 쓰겠다는 내 동의를 구하기 위해 같은 가설의 당근을 흔들고 있었다.

하지만 그렇다고 그녀의 말이 거짓은 아니었다.

그날로 부모님과 애나는 죽은 지 14년이었고, 누구도 그 일로 처벌받지 않았다. 그 일에 대해 생각할 때마다 나는 강렬한 분노가 내 안에서 끓어오르는 것을 느꼈고, 눈물이든 말이든 혹은 그보다 더 심한 무엇이 터지는 걸 막기 위해 주먹을 꽉 쥐고 입술을 깨물며 그 분노가 지나가기를 기다려야 했다. 하지만 그 분노를 이용한다면? 그 분노로 몸을 돌려 지나온 과거를 마주하는 데 필요한 용기로 돌린다면? 그 분노를 자세히 들여다보고 이 책을 쓴다면? 그래서 분노를 완전히 제거할 수 있다면 어떨까? 그가 마침내 잡혀서 내가 더 이상 분노를 느낄 필요가 없게 된다면? 대신 그가 자신이 무슨 짓을 했는지 생각하는 것 외에는 달리 할 일이 없는 어딘가 아주 작고 어두운 감방에 갇혀서 남은 날들을 어떻게 보낼지 내가 생각할 수 있다면?

"그래도, 문제가 있어요." 나는 버나데트에게 말했다. "세세한 부분들요." 나는 사는 내내, 내 가족에게 일어난 일뿐 아니라 다른 사건들 역시 최대한 피해왔다고 설명했다. 그래서 내가 아는 거라곤 아주 전반적인 것뿐이었다. 내가 그렇게 애를 썼는데도 불구하고 밀고 들어온 것. 우연히 알게 된 것. 그리고 그날 밤 자체에 대해서라면, 나는 욕실에 갇혀 있었다. 소리가 들렸고 그 후에 목격하긴 했지만 그 이상은…

나는 그날 밤에, 그리고 낫씽맨이 공격을 감행했던 다른 네 밤에 정확하게 무슨 일이 있었는지를 내가 감당할 수 있는지 확신이 없다는 말을 하고 있었지만, 버나데트는 오해했다. 그녀는 내가 사실들을 어떻게 알아낼 수 있는지를 묻고 있다고 생각했다. 그녀는 책상 위에 있던 전화기로 손을 뻗었다.

"우리 범죄 작가들 중 한 명이 은퇴한 경위 한 명을 자문으로 쓰고 있어요." 그녀가 내게 말하는 사이, 전화선 너머에서는 누군가의 전화기가 한 번, 두 번, 세 번 울렸다. "그녀는 내 친구예요. 그녀가 우리가 누구와 얘기해야 하는지 자문에게 물어봐 줄 거고 우리도 가능한 한 빨리 그 사람들하고 미팅을 잡죠."

우리의 첫 미팅 전에 내가 에드워드 힐리에 대해 알았던 것은 그가 형사였으며 낫썽맨에 대해 내가 더 알고 싶다면 그가 이야기해 줄 수 있는 사람이라는 것이었다. 우리는 어느 목요일 아침 일찍 코크의 임페리얼 호텔 로비에 있는 라파예트에서 만나기로 했다. 그 전날 밤 나는 그의 이미지를 검색해보았다. 처음 뜬 사진은 그가 어느 레이스의 끝에서 자랑스럽게 메달을 들어 보이는 모습이었다. 그는 불그스름한 머리카락에 코에 주근깨가 돋아 있었다. 나는 그를 즉시 알아보았다. 에드워드 힐리가 주근깨 남자였다. 이번이 우리의 첫 만남이 아니었다. 14년 전 그날 이후, 우리는 두 번째 만남을 가질 것이었다.

에드―이제 나는 그를 그렇게 부른다. 다른 호칭으로 부르는 것이 이상하게 느껴진다―는 조종석에서 나와, 비행기에서 내리는 승객들에게 작별 인사를 하는 항공기 조종사처럼 보인다. 친절하고 편안하면서 동시에 자신감이 넘치고 권위 있는. 그는 소년처럼 잘 생겼다. 동료들은 그가 점점 어려진다고 농담을 하고, 내가 본 사진을 바탕으로 하자면, 나도 동의하고 싶다. 그는 6년 전 마흔 살 생일 즈음 건강에 대한 불안으로 술, 담배, 그리고―그의 말에 따르면―맛있는 음식들을 끊었다. 이제 그는 여가 시간을 하이킹, 채식

주의 요리책에 나오는 음식 요리하기, 그리고 할 수 있을 때는 파운튼스타운에서 바다 수영을 하며 보낸다. 그는 낫씽맨 사건을 지휘했던 권위자로 보이지 않는다. 하지만 그는 그랬고 지금도 그렇다. 그리고 그는 그 이상이다. 그는 낫씽맨의 네메시스*다.

에드에게 이 사건은 그저 여느 사건이 아니었다. 이 사건은 그의 사건, 그의 집착이었다. 모든 양심적인 형사들에게 있는 '미해결' 사건, 그들을 사로잡고, 밤새 깨어 있게 하는 그것. 에드는 심지어 승진도 포기했다. 경사 이상 진급하면 이 사건에서 배제될 테니까. 그는 자신의 집착에 대한 대가로 사생활을 포기했다. 그렇게 큰 희생을 치른 후에, 에드는 낫씽맨을 찾을 때까지 멈추지 않겠다고 자신에게 맹세했고 멈추지 않았다. 하지만 거의 15년 동안 그가 사건 파일에 첨가한 건 부스러기만큼도 안 됐다. 에드에겐 은퇴할 때까지 고작 10년 정도밖에 더 남지 않았다. 시간이 없었다.

그날 아침, 그 카페에서는 이 모든 걸 다 알지 못했지만, 나는 나를 만나겠다는 에드의 열정이 약간 지나칠 정도였다는 건 기억한다. 그는 그 병원에서 내게 질문을 했던 것을 기억했고 그 후로 내가 어떻게 지냈는지, 내 삶이 어땠는지 정중하게 물었다. 내 에세이를 읽었고 그에 대해 칭찬했다. 책을 쓰겠다는 내 생각을 환영했고 무엇이든 돕겠다고 다짐했다. 하지만 우리의 대화 뒤에는 그쪽에서 드러내는 초조한, 뚜렷한 성급함이 맴돌았다. 그는 그때에 대해, 그날 밤에 대해 내게 말하려고 필사적이었다. 내게 무언가 있으리라는 희망이 파도처럼 그에게 밀려들고 있었다. 가능한 한 빨리, 나는

---

* Nemesis: 그리스 신화 속 복수의 여신.

반창고를 떼어버렸다. 나는 그에게서 정보를 얻으려고 이 자리에 왔고, 내가 줄 건 아무것도 없다고 말했다.

"기억나지 않아요." 나는 설명했다. "제 말은, 기억할 만한 게 아무 것도 없어요. 저는 욕실에 있었어요. 그냥 소리만 들렸죠. 그리고 그 후에 제가 본 건… 저는 거의 아는 게 없어요. 그래서 경사님하고 얘기하고 싶었던 거예요. 무슨 일이 있었는지 알고 싶어요. 우리 집에서, 그리고 다른 사람들 집에서. 혹은 적어도… 네, 그런 것 같아요."

아침나절이었고 카페는 몇몇 테이블만 차 있었다. 에드는 강을 건너 몇 분 거리에 있는 앵글시스트리트, 경찰 지역 본부에서 대화를 계속하자고 제안했다. 그는 그곳에 미해결 사건만 다루는 그의 비공식적인, 1인 미해결 사건 전담 팀을 위한 작은 사무실이 있다고 말했다.

흐린, 구름 낀 날이었고 하늘은 위협으로 가득 찬 듯이 느껴졌다. 나는 에드에게 호감이 갔지만, 당시엔 솟구치는 의혹 때문에 완전히 편하게 느끼지 못했다. 내가 실수하는 걸까? 알고 싶지 않을, 잊을 수 없는 무엇을 내가 알게 될까? 내가 에드의 시간을 낭비하는 걸까? 아마도 나의 불안을 느꼈는지 그는 책의 목표가 무엇인지 물었다. 그건 분명히 말할 수 있었다. 나는 책으로 그자를 잡고 싶었다. 나는 버나데트가 안락의자 탐정들에 대해 했던 말을 되풀이했고 그는 동조의 뜻으로 고개를 끄덕였다. 누군가는 분명 무언가를 알고 있을 거라고, 나는 말했다. 그들이 그 책을 읽고, 그가 저지른 짓의 정도를 안다면, 그가 유발한 상처를, 그가 얼마나 위험한지를 안다면… 그러면, 어쩌면 그들의 양심이 전화기를 들어 경찰에 전화를 하게 만들지도 모른다고.

에드는 이 말에 움찔했고 나는 내가 무언가 잘못 말했다는 것을 알았다. 그는 손을 들어 내 말을 멈췄고, 우리는 초록색을 띤 리강 너머 맞은편 둑에 있는 시청의 장엄함이 바라다 보이는 선착장의 한 벤치 옆에 멈춰 섰다.

"지금 말해두죠." 그는 차분하게 말했다. "우리가 그의 정체를 밝히고, 그를 찾아내고, 체포한다 해도 자백이 없으면 기소가 불가능합니다." 낫씽맨은 다섯 건의 끔직한 짓을 저질렀고 그중 두 건은 생명까지 앗아갔지만 그는 그 모든 짓을 저지르면서 어떤 흔적도 남기지 않았다. 누구든 범죄에 결부시킬 물리적 증거가 전혀 없었다. "TV 탓에 사람들은 지문만 있으면 무슨 슈퍼컴퓨터에 돌려서 일치하는 주인을 찾아낼 줄 알지만, 그건 허구죠. 그에 맞는 지문도 수집해야 해요. 이 경우엔, 검사할 지문조차 없어요. 그리고 이 사건은 모든 증거들이 다 그래요. DNA, 섬유, 목격자 진술, 심지어 차량의 흔적까지. 번호판, 타이어 자국, 그런 것들 말입니다. 누가 이름을 대서 곧장 그 자식 집에 가서 잡아 온다 한들, 우리가 맞는 놈을 잡았는지 무슨 수로 증명하겠어요? 뭐가 있어서 확인을 하겠습니까? 그 전화들이 아니었으면, 다섯 건의 범죄를 전부 같은 놈이 저질렀다는 것도 몰랐을 겁니다."

"괜한 짓 하지 말라는 말씀이군요." 나는 이해가 안 돼서 말했다.

"당신 목적이 남자가 누구인지 알아내는 거라면, 아마도 달성할 수 있을 거라는 말입니다. 하지만 그걸로 만족해야 할지도 몰라요. 그가 유죄 판결을 받고 자신이 한 짓에 처벌을 받게 될 확률은 복권에 당첨될 확률이나 마찬가지예요. 그러니 그래야만 한다면, 그래야만 모든 게…" 에드는 한숨을 쉬었다. "나는 당신이 이걸 하길 바랍니다만, 그게 당신이 원하는 바라면, 거의 틀림없이 이루지 못할 겁니다. 그가 자백하지 않는 한은요, 그건 이 긴 세월 끝에 물리적 증거도 없는 마당에 가능성이 거의 없는 일이죠. 게다가 그것도 우리가 그를 찾았을 때의 일입니다."

나는 이해한다고 말했지만 내 속은 뒤틀리고 있었다. 나는 항상 문제는 경찰이 그를 찾지 못한 것이라고 짐작했다. 그를 찾는다는 것이 자동적으로 그를 집어넣는다는 의미라고. 그 목적이야말로 내가 나아갈 방향을 가리키는 나침반이었기에 그 목적을 잃는 것은 나를 어쩔 줄 모르고 길을 잃게 했지만, 나는 에드에게 계속 나아가고 싶다고 말했다. 이제는 달리 무엇을 할지 모르겠다고.

나는 앵글시스트리트에 있는 경찰서에 그날 이전에 가본 적이 없었고, 그 인테리어에 놀랐다. 밖에서 보면 그 건물은 별 특징 없는 정사각형 모양의 사무실 건물처럼 보였다. 하지만 그 건물은 빛으로 가득한 안마당을 숨기고 있었고, 돌바닥 덕에 대성당의 엄숙한 고요가 깃들어 있었다. 에드의 '사무실'은 그렇지 않았다. 그건 분명 한물간 컴퓨터 장비를 보관하는 창고 방에 책상 하나를 우겨 넣은 식이었다. 천장 타일에는 얼룩이 번지고 있었고 먼지 낀, 물 없는 정수기가 한 대 구석에 서 있었다. 의자들은 플라스틱이었고 짝이 맞지 않았으며 불편했다. 에드가 커피를 더 가져왔지만 그건 기껏해야 우리가 카페에서 마신 물질의 먼 친척 정도 될까 싶었다.

에드는 서랍에서 두꺼운 마닐라 파일을 꺼내 우리 사이 책상 위에 쿵 내려놓았다. 더러운 옵틱 딱지가 앞표지에 붙어 있었다. 방이 그 파일로 가득 찬 것처럼 느껴졌다. 마치 그 파일이 어떤 파동을 내뿜는 것처럼. 순진하게도, 나는 그것이 그 파일이라고, 그 전체 사건이라고 생각했다. 사실 그건 그저 에드가 손쉽게 참조하기 위해 둔, 그 다섯 사건에 대한 짧은 요약본일 뿐이었다.

이후에, 나는 상자마다 가득한 옵틱 작전 파일 전부를 읽어나가고, 에드가 옆에서 설명해주며 맥락을 알려줄 터였다. 그랜드퍼레이드에 있는 코크 중앙 도서관의 자료 조사실에서 끝도 없는 나날 동안, 이 사건에 대해 내가 찾을 수 있는 모든 게재된 글들을 샅샅이 조사할 터였다. 생존자들을 만나고, 그들이 더듬는 각자의 공포를 지극히 고통스러운 세부 사항까지 들을 터였다. 심지어, 결국에는 범죄 현장 사진들까지 보게 될 터였다. 하지만 이때는 시작, 그 첫날이었고, 내가 할 수 있는 거라곤 에드가 천천히 낫씽맨이 저지른 다섯 건의 범죄에 대해 순화된 개요를 말해주는 동안 간신히 스스로를 추스르고 있을 뿐이었다.

그는 아직 언론에 보도되었던 이상을 나와 공유하는 부분에 대해 허가를 받지 않아서―그 허가는 이후에 에드처럼 그 남자가 잡히기를 원하는 에드 위의 경정에게서 얻게 된다―이때는 핵심만 짚었다. 당시 그의 목표는 낫씽맨이 어떤 자인지, 그리고 그날 밤 우리 집에 오기 전까지 무슨 짓을 했는지 내게 이해시키는 것이었다. 그는 우리 집에서 일어난 일이 가장 심각했다는 말로 시작했다.

그는 캐리갤라인의 밸리스레인에 있는 오설리번네 집에 대해 얘기했다. 코벤트코트의 크리스틴 키어넌. 퍼모이에 있는 그 집의 린다 오닐. 웨스트파크의 마리 미라와 마틴 코널리. 그 가엾은, 자기 차바퀴 아래 갇힌 남자는 집 안에서 자기 아내 역시 죽어가고 있거나 혹은 심지어 이미 죽었으리라는 사실을 알면서 서서히 죽어갔겠지― 그날 밤 잠을 자려고 애쓰는 순간에도, 나는 그 남자만 떠올랐다.

에드와 나에겐 동일한 답 없는 질문들이 많았다. *왜 이 사람들일까? 왜 이 집들일까? 어떤 연관이 있을까?* 에드는 경찰이 피해자 간에 연결고리를 찾으려고, 그들의 삶을 고통스러울 정도로 샅샅이 뒤져가며 겹치는 부분을 찾으려 했지만 언제나 허탕이었다고 말했다. 그는 그 연결고리를 찾으면 그 남자를 찾으리라 믿었다. 코크는 인구 50만의 도시였지만 그보다 훨씬 작게 느껴졌다. 경찰이 희생자 간에 어떤 의미 있는 연결점을 찾지 못한 것은 이례적이었다. 보통은 이 정도 인원의 코크 주민 그룹이라면 어떤 연결점을 찾기 마련이었다. 두 명이 동시에 같은 학교에 다녔다거나 혹은 심지어 인척 관계라거나. 아무것도 없다는 건 분명 이상했다.

나는 우리 집, 패시지웨스트의 우리 가족의 집에 대해 무언가를 언급했고, 에드는 그곳에 돌아가 봤냐고 물었다. 나는 그날 아침 집에 있었다고, 코크에 있는 동안에는 그 집에 머물고 있다고 말했다. 나는 집을 팔지 않았고, 장기 세입자들이 2년쯤 전에 나간 이후로 새 세입자를 구하지 않았다. 대신, 그 집에 이따금 머물기 시작했다.

"이상하게 들리는 거 알아요." 나는 말했다. "하지만 좋은 것 같아요. 우리 모두가 함께 있었던 곳이니까. 하룻밤만 빼면, 모두 좋은 기억뿐이죠. 그 집에 있으면 모두에게 가깝게 느껴져요."

사람들에게 이 얘길 하면, 나는 언제나 같은 반응을 얻는다. 혐오. 가족이 살해된 집에 머문다고? 어떤 사이코가 그런 걸 좋아해?

하지만 에드는 다른 반응을 보였다.

그는 내게 집에 갈 수 있냐고 물었다. 같이. 당장.

짐은 이제 완전히 잠이 깼다.

8
그날 밤

인구 6,000명의 패시지웨스트는 코크하버 서쪽 둑에 있는 항구 도시다. 도시 쪽에서 오다 보면, 우리 집은 마을 위원회가 세운 '패시지웨스트에 오신 걸 환영합니다' 표지가 나오기도 전에 오른쪽으로 틀어 좁은 길로 들어서야 해서, 시내를 완전히 등지게 된다. 우리는 원래의 집을 똑같이 복제해서 그 두 집을 끝에서 끝까지, 다만 비스듬히 붙여서 건물이 이상한 V형태를 취하게 되는 식으로 확장한 지붕창이 달린 단층집에 살았다. 우리 땅은 대략 5,000평 정도였고 집은 자갈돌이 깔린 진입로 끝 중앙에서 오른쪽에 위치해 있었다.

나는 내 차로 가자고 했지만, 에드가 자기 차를 가지고 가겠다고 해서 내가 앞장서서 안내하겠다고 했다가 그가 그곳을 아주 잘 알고 있다는 사실을 깨달았다. 우리는 몇 분 간격으로 도착했다. 그는 집이 얼마나 그대로인지, 그 오랜 세월 동안 얼마나 안 변했는지 보고 놀란 것 같았다. 그건 의도한 바가 아니었다. 나는 묘소를 세우려던 것이 아니었다. 그저 아직은 무언가를 바꿀 기운이 없었다.

나는 스스로 놀랍게도 이렇게 말했다. "우리, 그가 간대로 쫓아가 봐요."

우리는 밖에서, 뒷문에서 출발했다. 뒷문은 그날 밤, 그리고 아마도 그 전의 모든 밤에 열려 있었다. 이 주변은 전부 문을 잠그지 않는, 열쇠들은 열쇠 구멍에 꽂아두는, 모든 이웃들이 당신이 나가는 걸 아는 동네였다―적어도 예전에는 그랬다, 그때까지는. 아무도 낯썽맨이 이 집에 어떻게 접근했는지, 혹은 그가 어느 방향에서 왔는지, 혹은 그가 자기 집에서 여기까지 어떻게 왔는지 알지 못했다. 그는 마치 그냥 나타난 것 같았다. 암흑 속에서 형상을 맺은 것처럼. 순전히 그림자에서 형성된 유령인 것처럼.

그의 차림새가 도움이 되었다. 에드는 앨리스 오설리번, 크리스틴 키어넌, 린다 오닐의 진술을 바탕으로 그가 우리 집에 왔을 때 아마도 입고 있었을 옷차림을 설명해주었다. 온통 검은 옷들, 검은 장갑, 검은 방한모 스타일의 마스크. 머리에는 손전등을, 탄력 있는 헤드밴드에 달린 바이크 램프 비슷한 것을 썼을지도 모른다. 어떤 사건에서는 썼지만 항상 쓰지는 않았다. 몸 어딘가에는 또한 칼과 발사하지는 않았지만 총을 소지했을 수도 있다. 에드는 우리 집을 나선 곳에서는, 그림자들 너머에서는 그의 연쇄살인범적인 착의가 정반대의 효과를 지녔을지도 모른다고 지적했다. 그를 두드러지게 했을 거라고. 그렇다면, 그가 접근하다가 어느 지점에 멈춰서 그런 장비를 착용했을 거라는 뜻이었다. 뒷문 밖에 서서 에드는 말했다. "아마도 여기였을 겁니다."

한낮이었고, 에드는 하얀 피부에 주근깨가 돋았고 호리호리했지만 한순간 그곳엔 검은 옷을 입은, 자신의 마스크를 끌어내리며 문손잡이에 손을 뻗는 한 남자가 언뜻 스쳤다. 나는 춥지 않은데도 몸을 떨었다.

에드가 말했다. "준비됐어요?" 그리고 나는 고개를 끄덕였다. 준비되지 않았는데도, 전혀 아닌데도.

그리고 우리는 안으로 들어섰다.

수사관들은 낫씽맨이 오전 3시에서 4시 사이에 우리 가족을 덮쳤으리라고 추정한다. 이는 주로 내가 999에 오전 4시 10분에 전화했다는 사실과 병리학자가 엄마와 아빠의 시체를 조사했을 때 발견한 것들을 바탕으로 했다. 경찰은 또한 부엌에서 발견한 것들로 보아 그가 계단을 오르기 전에 부엌에서 시간을 보냈다는 사실도 알아냈지만, 얼마의 시간인지를 알기란 불가능했다. 여느 때처럼 그는 물리적 증거를 남기지 않았고 자기가 마신 커피 컵 가장자리에는 엄마가 개수대에 보관했던 표백제를 뿌리기까지 했다. 에드와 나는 부엌을 거쳐 복도로 걸어갔다. 에드는 계단 아래 멈춰 서서 방들로 올라가기 전에 내가 아는 것을 말해줄 수 있겠는지 물었다.

나는 그 일이 전부 기억나진 않았고, 그저 순간순간 스칠 뿐이었다. 하지만 간신히 그 조각들을 순차적으로 한데 그러모았다. 이제는 이미지가 군데군데 건너뛰고 거칠긴 했지만 기억을 끝까지 떠올릴 수 있었다.

마치 일련의 사진들로 영화를 만드는 것 같다고, 나는 에드에게 설명했다. 핵심적인 순간들은 모두 갖춰져 있지만 연결 조직들이 빠져 있다고. 이 기억은 펼쳐지는 게 아니라 깜박거린다고.

나는 화장실이 가고 싶어져서 한밤중에 깨어났다. 평소에는 그런 적이 없지만 잠자리에 들 때 클럽 오렌지 한 캔을 몰래 가지고 들어간 탓이었다. 애나와 내가 함께 쓰는 방은 문이 닫혀 있었다. 내가 이걸 아는 이유는 문이 닫혀 있었다는 걸 기억하기 때문이 아니라 방이 어두웠다는 게 기억나기 때문이다. 나는 그게 좋았다. 애나는 플러그에 꽂는 작은 수면 등을 켜놓고 잠들었지만 내가 매일 밤 자러 갈 때 맨 처음 하는 일이 그 등을 뽑는 것이었다. 문이 열려 있으면 복도 전등의 불빛이 방까지 흘러들었을 것이고 내가 무언가 다르다는 사실을 알아차렸을 터였다.

나는 방에서 화장실까지 살금살금 걸어갔다. 바로 옆이기 때문에 고작 몇 초 거리였다. 화장실 스위치는 문 밖에 있었지만 엄마 아빠가 밤에는 거울 위쪽에 달린 작은 전등을 켜두었다. 나는 내 뒤로 가능한 한 부드럽게 화장실 문을 닫았다. 열쇠는 열쇠 구멍에 들어 있었지만 나는 열쇠를 돌리지 않았다. 짤깍 소리가 날 테고, 경험상 경쟁자도 없는 이 시간에 소리만 크게 날 테니까. 나는 같은 이유로 변기 물을 내리지 않았다.

막 팬티를 올렸을 때 이상한 소리가 들렸다. 내가 처음 떠올린 생각은 천식 발작이었다. 학교의 한 여자애가 몇 달 전 체육 시간에 발작을 일으켰을 때 냈던 소리가 떠올랐기 때문이다. 약간 막힌 듯한 헐떡임 같은. 나는 애나가 악몽을 꾸나 보다 생각했다.

나는 밖에서 발걸음 소리가 층계참을 가로지를 때, 문고리를 쥐고, 돌리지는 않은 채로 화장실 문 앞에 서 있던 기억이 난다. 그 소리는 내게서 멀어져 왼쪽에서 오른쪽으로, 엄마 아빠 방으로 움직이고 있었다. 낯선 리듬과 무게가 있었다.

그 시점에 우리 가족을 제외한 누군가가 우리 집에 있다는 생각이 내게 떠올랐을 것 같지는 않다. 낯선 이가 우리 집에 있을 수 있다는 것은 내가 상상할 수 있는 현실 세계를 넘어서는 일이었다.

하지만 그럼에도 무언가가 나를 그 자리에 머물게 했다. 어떤 직감이. 몇 분 뒤에, 같은 느낌이 열쇠를 돌리게 했고, 거울 위 전등불을 끄는 줄을 당기게 했다. 나는 어둠 속에 남겨졌다.

비명도 외침도 없었다. 들리는 소리라곤 낮게 웅웅거리는 조용한 목소리들뿐이었고, 그러다 아마도 몇 분 뒤, 알 수 없는 리드미컬한 끙끙거림이 들려왔다. 그 뒤로 묵직한 쿵 소리가 연이어 들렸다. 어느 순간 아빠가 안 돼, 라고 말하는, 딱 한 번, 제발 안 돼, 라고 말하는 소리를 들은 것 같다. 어떤 실랑이 소리, 누군가 카펫 깔린 바닥을 오가는 소리.

나는 부모님 침실에서 무슨 일이 벌어지는지 전혀 알 수 없었지만 알면 안 된다는, 무언가 어둡고 어른의 일이고 끔찍한 일이라는, 그리고 최선은 기다리는 것이라는, 지금 이 자리에 머물면서 내가 깨어 있다는 것을 알리지 않는 것이라는 깊은 감각이 있었다.

내가 애나에 대해 생각했는지는 모르겠다. 그랬다면 그 애가 깊이 잠들어 있다고 생각했으리라.

시간이 흘렀다. 이상한 소리는 잠잠해졌고 나는 문틈에 귀를 대고 무슨 소리가 들리는지 귀를 기울였다. 무슨 소리가 들리는 것 같았다. 한 풀 죽은, 희미한 소리였지만 어떤 소리인지 알 수 없었고, 솔직히 말해서, 그저 상상인지, 정말로 열심히 들어보려 할 때면 들리는 백색 소음 같은 건지 확신이 가지 않았다. 나는 겁이 날 때면 그런 착각을 했다. 어쩌면 스스로를 보호하기 위해 부러 그런 착각을 일으켰는지도 모른다. 하지만 무슨 생각을 하고 있었건, 무엇을 느끼고 들었건, 내가 화장실에 있었다는 것은 안다. 코를 문 뒤에 대고 서 있었던 건. 손은 열쇠를 잡고. 기다리면서.

갑자기, 층계참에 발소리가 들렸다. 재빠르게, 오른쪽에서 왼쪽으로 지나치는. 계단을 향해서.

나는 아빠의 발소리가 틀림없다고 생각했다. 나는 열쇠를 돌리려고 움직였다.

하지만 그때 또 다른 발걸음 소리가 층계참을 가로질렀고, 그 소리 역시 아빠의 것처럼 들렸다.

나는 얼어붙었다.

저 밖에 누가 있는 거지? 뭘 하고 있을까?

비명. 아주 작은, 얼음판에서 미끄러져 나동그라질 참에 내는 것 같은 소리가 났다. 그 뒤로 쿵 소리와 쾅 소리들이 이어졌고, 어째선지 나는 이런 배경음에 들어맞는 행위가 무엇인지 정확히 알고 있었다. 누군가 방금 계단에서 굴렀다.

커다랗고 고통스러운 신음 소리가 한 번 들리더니 고요해졌다. 그 고요함이 끝날 때까지 얼마나 더 기다렸는지는 알 수 없지만, 고요는 끝나지 않았고 나는 화장실에서 나왔다. 열쇠를 돌렸던 기억이 나고 그 짤깍 소리가 마치 사이렌 소리처럼 크게 들려서 움찔했던 기억이 난다. 문을 열었던 기억이 난다. 바깥은 이제 깜깜했고, 층계참을 밝히던 천장의 등이 내가 화장실 안에 들어가 있을 때, 어느 틈엔가 꺼져 있던 기억이 난다.

하지만 계단 아래는 불이 켜져 있었다. 나는 그쪽을 향했다.

계단 꼭대기에 다다라 아래를 내려다 봤을 때, 나는 계단 아래 쓰러져 있는 어떤 형상을 보았다. 불빛이 사정없이 그를 비추고 있었지만, 다른 건 모두 그림자에 가려져 있었다. 그럴 리가 없는데도, 그 불빛이 마치 무대 조명 같았던 기억이 난다.

아빠의 몸이 아래쪽 계단 세 개를 가로질러 뻗어 있었다. 머리는 벽에 눌려 있었고 발은 난간에 낀 것처럼 보였다. 몸 전체가 이상한 각도에 부러지고 잘못된 것처럼 보였다. 나는 아빠를 불렀지만 아빠는 대답하지 않았다. 나는 계단을 한두 개 내려가며 아빠에게 다가갔지만 아빠 몸의 위치, 그 미동도 없는 몸이 무언가… 나는 너무 겁이 났다. 대신 엄마를 깨우려고 엄마 아빠 방으로 달려 올라갔다.

애나와 내가 함께 쓰는 방은 이때 문이 닫혀 있었던 것 같지만 확실하진 않다.

아래층 불빛은 이 구석까지는 닫지 않아서 내가 엄마 아빠 방 안에 들어서자 방 안은 깜깜했고 나는 기억을 더듬어 방향을 잡았다. 똑바로 걸으면 몇 발짝 안에 엄마 쪽 협탁에 닿을 터였고 그보다 몇 센티미터 뒤가 엄마가 자는 쪽이었다. 나는 엄마의 이름을 속삭였고, 그다음에는 말을 걸었고, 그다음에는 외쳤다. 답이 없었다. 이상한 냄새가 났다. 침대에 가 닿자, 발에 축축하고 끈끈한 무언가가 밟혔다. 나는 이불을 더듬기 시작했다. 쥐고 흔들 팔을 찾아서. 하지만 내 손에 똑같이 축축하고 끈끈한 무언가가 닿자 손을 멈췄다. 나는 왼쪽으로 손을 뻗어 협탁 위 램프를 찾아 손을 허공에 휘저었다. 램프에 닿았을 때, 차양 아래로 스위치를 더듬었다. 눌렀다. 갑자기 빛이 들어왔고 나는 이불이 침대 머리 판 쪽으로 밀쳐져 있고 사방이 피로 물든 것을 보았다. 이불에도, 벽에도, 램프 차양에도.

나는 다시 스위치를 눌렀고 방은 이내 다시 깜깜해졌다.

그게 다였다.

그다음은 그저 손전등 불빛들이 있었고 머리카락을 어깨에 늘어뜨린 할머니와 잘못된 방들이 있었고, 누군가 녹슬고 무딘 무언가로 나의 텅 빈 속을 찔러댔다. 그 자리에 영원히 남을 그 빈 공간을.

짐은 연필을 들고 이전 몇 페이지들을 되넘겨서 정확하지 않거나 사실이 아닌 모든 문장들에 밑줄을 쳤다. 그런 다음 그는 '그게 다였다'에 동그라미를 치고 그 옆에 이렇게 썼다. *그래? 나머지는 어디 갔지???*

이브가 정말로 이런 식으로 기억하는 건가?

아니면 이건 생략이라는 거짓말인가?

나는 에드에게 이걸 전부 말했고 그런 다음 단서를 덧붙였다. 나를 믿어서는 안 된다고. 나는 그 일이 일어났을 때 고작 열두 살이었다. 아직 화장실에 있었던 때조차, 나의 뇌는 생존에 대비해서 내 기억 저장소의 가장 깊은 보관함을 열고 있었다. 내가 곧 보게 될 최악의 상황을 곧장 그곳으로 보낼 수 있도록. 보관함의 용량이 차기 시작하자, 뇌는 어떤 것들은 그저 내버렸다. 나는 아이의 마음에 미치는 트라우마의 영향을 이런 식으로 이해하게 되었다. 그날 밤은 조각을 잃어버린 직소 퍼즐이 되었고 몇몇 부분은 분명 잘못 맞춰져 있다.

예를 들어, 나는 부엌에 있는 전화기로 할머니에게 전화를 걸었지만 계단을 내려간 기억이, 가는 길에 아빠의 시체를 넘어가야 했을 그 길이 기억나지 않는다. 할머니에게 뭐라고 말했는지도 모르고, 999에 전화를 건 기억도 없다. 분명 내가 했는데도. 내가 신고한 기록이 있다. 나는 우리 방으로 돌아간 것도 기억하지 못하지만 애나의 손을, 짧게 잘리고 빨간 색으로 서툴게 칠해진 손톱들이 침대 한쪽에 늘어져 있는 것을 본 기억은 있다. 방에 들어가지 않았다면 그걸 어떻게 봤겠는가? 어떻게 고함이나 비명이 전혀 없었을까? 이 사건들 사이에 시간이 얼마나 흘렀을까? 어째서 낫씽맨은 나를 살려뒀을까?

내가 말을 멈췄을 때, 에드는 아주 오랫동안 침묵했다. 그런 다음 그날 밤 어떤 일이 벌어졌는지 경찰이 추측한 내용을 들려주었다. 우리는 그가 내게 보여줄 수 있도록 위층으로 올라갔다.

누구도 사건이 일어난 정확한 순서를 확신할 수는 없지만, 수사 관점에서 볼 때 애나가 가장 먼저 죽은 것이 타당했다. 낫씽맨은 애나의 베개로 그 애를 질식시키려 했고 지연되긴 했지만 성공했다. 그 애는 병원에 도착했을 때 코마 상태였고 깨어나지 못했다.

우리 방문은 계단 꼭대기에 이르면 가장 먼저 나오는 문이었고 그 역시 가장 먼저 들어갔을 터였다. 에드와 나는 그 열린 문간에서 잠시 멈추었다. 지금은 방 안에 침대가 없지만 당시에는 방에 들어서면 바로 마주 보이는 곳에 창문 아래 벽 쪽으로 애나의 침대가 놓여 있었다. 내 침대는 그 반대쪽, 문 뒤쪽에 위치했다.

이 사실을 에드에게 말하자 그는 이후에 내가 아주 잘 알게 될 어떤 시선을 던졌다. 이미 잘 알고 있다는, 현장에 있었고 몇 시간이고 계속해서 그 사진들을 봤다는 사실을 상기시켜줄 시선을. 아마도 그가 나보다 2001년 10월에 우리 집이 어떤 모습이었는지를 더 잘 알 거라는.

우리는 내 부모님의 방으로 이동해서 다시 문간에 멈춰 섰다. 나는 그 방들에 들어가지 않으려 했었다(집에 머물 때면 나는 아래층에 있는, 아빠의 서재였던 방에서 잤다). 이 방은 비어 있었지만 세입자들이 녹색 바탕에 분홍색 꽃들이 그려진 화려한 벽지를 발라놓았다. 라디에이터 역시 새것이었지만 이전과 같은 자리에 설치되어 있었다. 에드는 그걸 가리키면서 아빠가 거기에, 그 아래 파이프에 묶여 있었다고 말했다. 경찰이 이 사실을 아는 이유는 그 자리에서 찢어진 파란 밧줄을 발견했기 때문이었다.

그는 용케 벗어날 수는 있었지만 손목과 발목이 여전히 묶여 있었다. 아빠가 계단에서 떨어졌다면, 그 때문이었을 가능성이 높다고 에드는 말했다. 또한 그 추락이 죽게 된 이유이기도 했다ー팔을 써서 추락을 늦출 수 없었을 테니까. 결박이 없었다면 아빠는 멍이 들고 상처가 생기거나, 최악의 경우 팔다리가 부러졌을 터였다. 결박 탓에 그는 경추가 끊어졌다. 당시 집에는 전화기가 한 대만 있었고 유선 전화였으며, 그 전화는 우리 부엌에 있었다. 아마도 아빠는 전화를 걸려고 했던 것 같다.

우리 엄마는 침대에서 발견되었다. 얼굴은 아래로 하고, 이불은 머리 위로 밀쳐져 있었다. 엄마는 열네 번 찔렸고, 대부분 등과 어깨 부위였다. 엄마의 손목과 발목 역시 아빠처럼 묶여 있었지만 낫씽맨은 잔혹한 폭력을 썼거나 칼, 아니면 총으로 엄마를 위협해서 침대에 묶어 두었다. 그는 엄마를 강간했다. 나는 이 일에 대해 세세하게 생각할 수 없다. 이 단락을 다시 읽을 수조차 없다.

나는 급하게 자리를 떠 아래층으로 내려가 부엌으로 들어갔다. 에드가 쫓아왔다. 나는 수돗물을 한 잔 들이킨 다음 차를 끓이기 위해 주전자 스위치를 눌렀다. 말을 할 수 있을지 확신이 없었다. 지난 10분간은 그 사건 이후 이 집에서 무슨 일이 있었는지에 대해 내가 생각한 가장 긴 시간이었다.

나는 몸을 돌려 에드를 마주하며 조리대에 기댔다. 어지럽고 열이 오르는 데다 무릎이 나를 제대로 서 있게 해줄지 신뢰할 수 없었기 때문이었다. 나는 냉장고 옆 벽면에 붙은 전화기를 쳐다보고 있는 그를 발견했다. 같은 전화는 아니었지만 더 새로운 모델이 같은 자리에 걸려 있었다.

"그는 우리한텐 전화한 적이 없어요." 나는 말했다. 그리고 에드를 쳐다보았다. "했나요?"

그 공격이 있던 날 밤에는 장난 전화가 기억나지 않는다고 말했지만, 그런 일이 없었다는 말은 아니었다. 나는 전화를 받지 못하게 되어 있었으니, 그런 전화를 받은 사람은 엄마였을 터였다. 혹은 내가 그냥 잊었을 수도 있었다.

"했을 수도 있죠." 에드가 말했다. "어쩌면요." 그는 내게 2001년 그 당시, 옵틱 작전의 일원들이 우리의 전화 기록을 샅샅이 뒤졌으며 수신 전화 중에 1분 이내의 기록을 모두 추적했다고 말했다. 그들은 수사할 만한 건수를 다섯 건 발견했다. 이 전화들은 다양한 시간대에 걸려왔지만 코크시티 내 혹은 그 주변 공중전화 부스에서 걸려왔다. 그중 두 건은 패트릭스트리트에 있는 같은 공중전화 박스에서 걸려왔는데, 그 외에는 지역이나 순서에 글자고 이유고 맞는 부분이 없어 보였다. 그중 어떤 것도 낫씽맨이 크리스틴 키어넌과 린다 오닐에게 전화했던 GAA 스타디움 근처는 아니었다. "그일 수도 있어요." 에드는 말했다. "하지만 알 수 없죠."

우리는 차가 담긴 컵을 거실로 들고 가 자리를 잡았다. 에드는 안락의자에 나는 소파에.

나는 막 떠오른 또 다른 질문을 던졌다.

"그가 전화하지 않았다면, 어떻게 그날 밤 여기 온 자가 낫씽맨이라는 걸 알죠?"

"밧줄." 에드가 말했다. "대부분은. 거기에 사건의 특성, 타이밍, 그리고 위치. 밧줄은 언론에는 결코 묘사되지 않았죠."

"그럼 그자가 무언가를 남기긴 했군요…"

"그 상표는 일반적으로 구할 수 있어요. 전국 150여 개 이상의 철물점에 쌓여 있죠. 우리는 코크카운티와 차로 두 시간 이내 거리의 모든 가게를 방문했지만 이런 말 외에는 할 말이 없었죠. '최근에 이런 밧줄을 구매한 사람 기억해요? 아니면 언제든 아주 많이 샀다든가?' 결실이 없었어요."

"칼은요?"

"그 칼은 그만큼 일반적으로 구할 수는 없지만, 우리는 공격당한 적이 없는 사람에게 받은 진술밖에 없었어요. 크리스틴 키어넌의 이웃. 우리는 그가 같은 종류를 다른 집에도 가져갔는지 알 수 없어요. 병리학자는 그녀의 진술을 바탕으로 여기서 사용됐던 것도 같은 것일 수 있다고 했죠, 당신 어머니한테도, 하지만…"

"맞아요. 그랬어요."

에드의 얼굴이 변했다. "무슨 뜻이에요?"

나는 그가 내가 밧줄과 칼을 발견했던 것을 모른다는 사실을 깨달았다—내가 아직 그에게 말하지 않았으니까. 아무에게도 말한 적이 없었다. 에세이에도 없었는데, 그 글이 게재되고 내가 다른 기사들을 읽기 시작하기 전까지 그 중요성을 깨닫지 못했기 때문이었다. 그래서 나는 지금 그에게 말했다. 그 공격이 있기 몇 주 전 애나와 게임을 했던 것을. 소파 쿠션을 들어 올리고 밧줄과 칼을 목격했던 것을. 그날 밤 일과 달리, 나는 그 일은 분명하게 기억했고, 자세히 묘사할 수 있었다. 그 파란 밧줄을. 피셔 프라이스 장난감들을 떠올리게 했던 그 노란 핸들을. 그 반짝이는, 오염되지 않은 날을.

에드는 일어나서 조금 걸은 다음, 자리에 다시 앉았다. 그는 경찰 수첩을 꺼내 휙 펼치고 펜을 찾아 셔츠 주머니를 뒤졌다. 그는 내가 말한 걸 전부 다시 말해달라고 부탁했다.

처음에 나는 그의 반응에 멍해졌다. 그는 방금 내게 밧줄과 칼이 어떤 실마리도 이끌지 못했다고 말하고 있었다. 그런데 왜 내가 그걸 한 번 봤다고 저렇게 흥분할까?

하지만 그를 불붙인 것은 정보 그 자체가 아니라 14년이 지난 뒤에 정보를 얻고 있다는 사실이었다. 그를 흥분시킨 것은 내 정보가 지닌 속성이었다. 내가 그동안 내내 그 사실을 알고 있었지만 최근까지 그 중요성을 인지하지 못했다는 것.

이 모든 세월이 흐른 뒤에도, 아직 알아낼 수 있는 것들이 있다는 것.

그리고 그렇게 낫씽맨의 마지막 공격 이후 수년이 흐른 뒤에, 그가 마지막으로 목격되었던 바로 그 집에서 낫씽맨 수사의 새로운 국면이 시작되었다. 나는 다른 어떤 집에, 아마도 아내는 부엌에서 바쁘게 일하고 아이들은 뛰어다니는 집에 있을 그를 상상했다. 혹은 이 시점이라면 손주들일지도 모른다. 그에게 아이가 있었다면, 그 아이들은 분명 다 컸을 테니까. 나는 자신이 이 모든 세월, 추적을 피해왔으니 이제 누구도 자신을 쫓아오지 못할 거라고 확신하며 안전하다고 느끼고 있을, 혹은 우쭐대고 있을 그를 상상했다.

하지만 내가 그에게 가고 있었다, 에드와 함께.

시간문제일 뿐이었다.

지난 6개월 동안, 센터포인트의 그 어떤 날도 이번 목요일처럼 느리게 지나간 적이 없었다. 짐은 지겨울 뿐 아니라 이틀 밤을 연속으로 샌 탓에 지치기도 했다. 그는 책 사인회에 간 자신을 상상하며 시간을 죽였다. 짐이 《낫씽맨》의 주인공이라는 것을 전혀 모르는 이브 블랙의 몇 센티미터 거리에 서 있는 자신의 모습을. 그 이후엔 종일 근무에 대한 악의 없는 거짓말로 벌어들인 몇 시간을 또다시 마리나 근처에 차를 세워놓고 보냈다. 이번에는 시간을 차 속에서 낮잠 자는 데 이용했다. 너무 피곤해서 그럴 수밖에 없었다. 마침내 6시가 넘었고 그와 노린은 시내로 향했다.

부둣가를 따라 차를 몰고 있을 때 노린이 인터뷰에 대해 뭐라고 했다.

"인터뷰?"

"그래." 노린은 보조석 쪽 창문을 내다보고 있었다. "먼저 인터뷰를 한 다음에 사인회를 할 거래."

짐은 길에서 눈을 떼지 않았다. "인터뷰 얘기는 안 했잖아."

그는 서점의 테이블들과 책꽂이들 사이로 구불구불 길게 늘어선 사람들 덕분에 그가 그녀 앞에 서고 그녀가 그를 보기 전에 그 여자를 쳐다볼 기회가 충분하리라고 상상했다. 이제 그는 그 상상을 집어치우고 늘어선 접이식 의자들과 그들을 마주하고 앉아 청중을 쳐다보고, 원하면 그 얼굴 하나하나를 들여다볼 수 있는 그 여자로 대체해야 했다. 그는 마지막 순간의 변화들을 좋아하지 않았다. 기습당하는 느낌이 싫었다. 세부 사항들은 중요했다. 준비가 핵심이었다.

짐은 운전대의 10시, 2시 위치로 손을 옮겼다가 검은 가죽이 그의 땀으로 번쩍이는 것을 보았다. 그는 손을 다시 원래 위치로 옮겼다.

"그럼 누가 인터뷰하는 거야?"

"무슨 기자가." 노린이 말했다.

"어느 기자?"

"모르지."

"찾아봐."

"가면 알지 않겠어?"

"찾아보라고."

그녀는 한숨을 쉬었다. "알았어."

짐은 차를 폴스트리트에 있는 다층 주차장 쪽으로 돌렸다.

"대니얼 케네디." 노린은 전화기 화면을 보며 큰 소리로 읽었다. "〈아이리시 타임스〉 기자라고 나와 있네."

그들은 1층 엘리베이터 가까이 주차하고 차 밖으로 나왔다. 서점은 이제 겨우 2분 거리였고, 짐은 자신이 하고 있는 행위의 무게를 양 어깨에서 느낄 수 있었다. 머리 뒤쪽에서, 멈춰야 한다고, 이건 좋지 않은 생각이라고 말하는 작은 목소리가 들렸다.

하지만 훨씬 더 큰 목소리가 가야 한다고 말했다. 그녀가 백만 년 만에 그를 알아볼 리 없고, 이건 필수적인 정찰이라고.

그가 신뢰하는 목소리는 그거였다.

그들은 폴스트리트 쪽으로 난 뒷문으로 서점에 들어갔다. 노린이 그보다 한 발 앞서 문을 열자마자, 짐은 그의 등 근육이 풀어지는 것을 느꼈고 안도했다. 서점은 꽉 차 있었다. 그들이 안으로 들어서자 100명은 가볍게 넘는 따뜻한 몸들이 벽인 양 그들에게 부딪혀왔다.

노린은 전혀 다른 반응을 보였다. 그녀는 붐비고 시끄러운 장소들을 싫어했고, 그런 곳은 피했다. 그리고 그건 그녀가 그래야만 하는 상황이 오면 제대로 대처하지 못한다는 뜻이었다. 짐은 그녀에게 일어나는 변화를 볼 수 있었다. 갑작스러운 경직, 배회하는 눈, 걱정으로 물든 얼굴.

"오." 그녀는 말하며 그에게 반쯤 몸을 돌렸다. 그녀는 방금 전보다 더 창백해 보였다, 서점의 강한 조명 때문일 수도 있었지만. 그리고 모여든 사람들의 열기 때문인지 그녀의 윗입술, 보통은 하얀 털들이 한 줄기 자라게 두는 그곳에 땀이 몇 방울 솟아 있었다. "잘 모르겠네. 생각보다 훨씬 붐비는데…"

그녀는 도움을 구하며 그를 쳐다보았다.

"여기까지 왔잖아." 짐은 말했다. "우린 안 가."

그는 노린 주변을 돌아다니다가 이내 멀어져 서점 안으로 더 깊이, 사람들이 가장 두텁게 모여 있는 곳을 향했다.

접이식 의자들이 줄지어 놓여 있었고 그 의자들은 전부 차 있었다. 그건 그가 서 있어야 한다는 뜻이었고, 다시 말해서 이브 블랙이 줄지은 의자들을 마주 보고 놓인 작은 테이블 양 끝에 배치된 두 개의 가죽 의자 중 하나에 앉는다면 그가 더 잘 보일 거라는 뜻이었다. 적어도 무대나 스툴은 없으니, 그녀가 청중을 보는 시선은 그들과 같은 높이일 터였다. 테이블에는 물병 두 개가 놓여 있었고, 작은 꽃병과 《낫씽맨》 한 부가 놓여 있었다.

짐은 팔꿈치들과 돌아선 등들을 헤치며 계속 서점 앞으로 나아갔다. 그는 서점의 정문 바로 안쪽에 보다 큰 테이블이 하나 마련되어 있고, 와인과 물로 반씩 차 있는 유리잔들이 차려져 있으며 그 옆에는 책들이 높게 쌓여 있는 것을 보았다. 바로 그 뒤편, 공책들을 진열해둔 곳 근처에 비좁은 빈 공간이 있었다. 거기에 서 있으면 그는 그녀를 충분히 가까이서 볼 수 있지만 그녀가 그를 보기는—불가능하지는 않지만—매우 힘들만큼 적절히 떨어져 있을 수 있었다.

짐은 그 지점을 향해 밀고 나가기 시작했다.

누군가 어깨를 두드렸다.

그는 돌아보지 않을 참이었다. 노린이거나, 혹은 그가 지난번 여기 왔을 때 잠깐이긴 했지만 대화를 나누는 실수를 저질렀던 서점 직원 중 하나라고 생각했다.

하지만 그때 이렇게 말하는 목소리가 들렸다. "짐?" 남자 목소리였다.

친숙했다.

그는 몸을 돌렸다.

에드 힐리.

개새끼.

"에드!" 짐은 얼굴 가득 억지웃음을 지으며 손을 내밀었다. "오랜만이군."

"너무 오랜만이네요."

그들은 악수를 나누었다. 세 번, 단단하게 흔드는.

"어떻게 지냈나?" 짐은 물었다.

"좋죠. 딱히 별일 없고요. 선배는요?"

"아… 자네도 알잖나."

두 남자는 적절하다 싶은 시간보다 좀 더 오래, 서로를 들여다보았다.

그런 다음 짐이 말했다. "자네는 아직, 있겠지?"

"아, 사실은… 일을 줄이는 중입니다. 크리스마스에 은퇴하려고요. 30년은 버티려고 생각했지만 상황이 달라졌어요. 그냥 어느 날 아침에 깨보니 이제는 내 삶을 시작해보자 싶더군요. 기다리지 말고요. 알죠?"

짐은 고개를 끄덕였지만, 에드가 무슨 헛소리를 지껄이는지 전혀 알 수 없었다.

"선배는요?" 에드가 물었다. "요즘은 무슨 일 해요?"

"사설 경비 업체에 있지." 짐이 이전 동료들을 마주칠 때 고정적으로 하는 대답이었다.

은퇴한 동료들이 그에게 하는 말이기도 했다. 하지만 그들이 말하는 건 웬 돈 많은 멍청이에 대한 경호였지, 지랄 맞은 쇼핑센터 경비는 아니었다.

"아, 그래요?" 에드가 말했다. "이 지역에서요?"

"그래."

"옛날이 그립지 않아요?"

"전혀." 짐은 껄껄대는 것처럼 들렸으면 싶은 소리를 냈다. "자네는 여기서 뭐 하나?"

짐은 에드가 묻기 전에 먼저 에드에게 물었다.

에드는 짐의 뒤쪽 무언가를 턱짓으로 가리켰다.

"저는 그녀와 함께입니다."

짐은 무슨 말인지 알아보기 위해 돌아볼 필요도 없었다. 그는 그녀를 느낄 수 있었다. 등에 서늘한 기미가 느껴졌다. 돌아보자, 그 공간에 있는 다른 모두가 기다란 한 줄기의 다른, 알아볼 수 없는 사람들 속으로 묻혔다.

오직 그녀만이 있었다.

그녀는 지난 몇 분 사이 나타난 게 분명했다. 가죽 안락의자 옆에 서서 남자 한 명, 여자 한 명과 얘기하고 있었다. 남자는 짐이 잠깐 얘기를 나눴던 부매니저 같았고, 마이크로폰 두 개와 쪽지 한 다발을 들고 있는 걸로 보아 다른 여자가 그 기자인 것 같았다.

이브 블랙은 그가 예상했던 것보다 커서 175센티미터 정도였고 보통 사람으로 꽉 찬 방에서, 약간 천상의 존재처럼 보였다. 그녀는 TV에서 봤던 것처럼 말라 보이지 않았는데, 아마도 그녀가 걸치고 있는 옷—여러 겹 겹친 드레스인지 스커트 같은 종류—이 그녀 몸의 윤곽을 감싸 어디서 그 검은 옷이 끝나고 그녀의 실제 몸이 시작되는지 알아보기 힘들게 만들기 때문인 것 같았다. 손은 주머니에 넣고 있어서 팔뚝까지 반쯤 올라온 주름 사이로 사라져 있었다. 오늘 저녁엔 화장을 좀 더 해서 피부가 화사하고 촉촉해 보였고 그 끔찍하게 그었던 빨간색 립스틱은 자연스럽고 분홍빛이 도는 색으로 은은하게 누그러뜨렸다. 길고 달랑거리는 금 귀걸이에는 움직이는 자잘한 조각들이 달려 있어서 그녀가 고개를 돌릴 때마다 머리 위 조명에 비쳐 반짝거렸고 눈은 더 크고 어딘가 좀 달라 보였…

그녀가 그를 똑바로 쳐다보고 있었다.

그리고 이제, 손을 흔들고 있다.

아주 잠깐 그는 자기 손을 들어 흔들고 싶은 충동을 느꼈지만, 이내 곁눈으로 에드가 손을 들어 올리는 모습이 들어왔다.

그녀는 에드를 보고 있었다, 그가 아니라.

짐이 말했다. "저 여자를 아나?"

이브는 자신이 나누던 대화로 돌아갔다.

"네, 뭐…" 에드가 얼굴을 찌푸렸다. "그녀가 이브 블랙입니다."

"이브 블랙?"

에드의 표정은 읽을 수 없었고 짐은 자신이 너무 모른 척하나 싶었다.

"그 생존자요." 에드가 말했다. "패시지웨스트의." 그는 《낫씽맨》으로 뒤덮인 근처 테이블을 가리켰다.

"아…" 짐은 말했다. "맙소사. 미안하네, 에드. 내가 좀 이해가 느렸군. 아내가 나를 여기 끌고 왔거든. 어떤 책이 있는지는 들어오다가 알았다네. 내 취향이 아니라서."

에드가 눈썹을 치켜 올렸다. "아닙니까?"

"전혀. 자네도 알잖나. 30년이나 하고 나면, 빠져나간 놈들 얘기를 읽는 게 제일 싫지. 안 그래?"

에드는 말했다. "음." 하지만 그는 새로운, 몇 분 전까지만 해도 그 자리에 없었던 어떤 것이 담긴 표정으로 짐을 쳐다보고 있었다.

면밀함.

"그럼 자네도 이 책에 애 좀 썼구먼, 그런가?"

에드는 고개를 끄덕였다. "선배도 옵틱 작전에 참여했었잖아요, 그렇죠? 그 당시에?"

"그냥 우리가 다 어느 시점엔가는 발을 담갔던 정도지. 몇 번 그 전화 문제를 도왔던 것 같아."

"여기 있네!"

노린이 관자놀이에 땀을 번뜩이며 짐의 왼쪽에 나타나 화를 내뿜으며 그를 올려다보았다.

그녀는 에드에게 말했다. "안녕하세요. 나는 노린이에요, 짐의 아내요."

짐은 그녀를 쳐다보았다.

그는 그녀를 처음 볼 에드가 무엇을 보게 될지 상상했다. 작고 뚱뚱하고 촌스럽고. 그녀는 야한 무늬가 있는, 짐이 아는 한 식탁보 같은 원피스 아래 새하얀 운동화를 신고 있었다. 새집 같은 회색 머리카락에는 평생 아무것도 하지 않았고, 화장도 하지 않았다. 그녀는 염병할 엉망진창이었다.

짐은 그 얼굴을 있는 힘껏 갈긴 다음 가장 가까이 있는 딱딱한 물체에 머리부터 처박고 싶었다. 그는 아플 정도로 입술을 깨물었다. 그 순간 그를 붙들어 매기 위해서, 충동적인 행동을 저지하기 위해서.

에드는 자신을 소개하며 노린과 악수를 나누었다.

"선배를 여기 끌고 오신 분이군요." 에드가 사람 좋게 말했다.

노린이 입을 열다가 멈칫하고 짐의 눈치를 살폈다.

"자, 여러분." 서점 반대편에서 목소리가 들려왔다. "준비되셨나요? 모두 자리를 잡으시면…"

덕분에 살았다.

짐은 노린의 팔꿈치를 잡으며 피부를 세게 꼬집었다.

"우리도 자리를 잡으러 가는 게 좋겠네." 그가 말했다. "여기서는 하나도 안 보여. 만나서 반가웠네, 에드. 끝나고 내가 자네를 찾아가지, 응?"

짐은 이미 몸을 돌리며 노린을 끌고 있었다.

그는 노린의 등을 밀며 사람들을 헤치고 서점을 가로질렀다. 서 있을 다른 자리를 찾을 때까지.

그들은 이브가 보이지만, 그녀는 그들을 볼 수 없는 곳으로.

실시간으로 전국에 방송되는 TV 카메라 앞에 앉는 상황이 아니게 되자, 이브 블랙은 이전과 달랐다. 그녀는 걱정스러워 보였지만, 안절부절못하지는 않았다. 그 기자—대니얼 뭐시기—가 시작하길 기다리는 동안, 그녀는 완벽하게 가만히 앉아 있었다. 자신감 있고 느긋해 보였다. 소개되는 동안—"…그녀는 작가이자 생존자이며 탐정입니다…"—이브는 청중을 훑어보며 그녀가 알아본 듯한 얼굴들에 미소를 지어 보이고, 여기저기에 작게 손을 흔들거나 고개를 끄덕거렸다.

"잠깐 낭독을 하고 시작하는 게 어떨까요?" 대니얼이 말했다.

이브는 고개를 끄덕였다. 그녀는 몸을 굽혀 자기 의자 다리에 기대 있던 커다란 핸드백에서 책을 꺼냈다. 그 책은 《낫씽맨》이었지만 아니기도 했다. 말랑거리는 표지가 붙어 있었고 책등에 새하얀 글씨로 낫씽맨이라고 인쇄된 것 외에는 아무것도 없었으며 검은 색이었다.

그녀는 물을 약간 마시고 목청을 다듬었다.

"안녕하세요, 여러분." 그녀는 말했다. "와주셔서 정말 감사합니다. 책의 맨 처음, 도입부를 조금 읽어볼까 합니다. 그 정도가 안전하겠죠. 누구든 억지로 그런… 부분을 들으실 필요는 없을 것 같아요. 아시죠." 그녀는 잠깐 멈췄다. "섬뜩한 세부 사항들을요."

청중 사이에 속삭임이 번졌다. 의심할 바 없이 몇몇 사람들—대부분?—은 그 때문에 이 자리에 온 것 같았다.

짐은 그들이 이제 실망했기를 바랐다. 그 생각이 마음에 들었다.

이브는 다시 목청을 가다듬고 강한 목소리로, 마이크로폰 없이도 서점을 네 귀퉁이까지 꽉 채울 만큼 커다랗게 읽기 시작했다. 마이크로폰은 의자 옆 테이블 위에 여전히 놓여 있었다. 잊은 것 같았다.

"'우리가 만나면, 아마도 나는 당신에게 에벌린이라고 나를 소개하며 '만나서 반가워요.'라고 말할 것이다. 잔을 다른 손으로 옮기며 당신이 내민 손을 맞잡으려 하지만, 동작이 서툴러서 결국 당신과 나 둘 다에게 화이트 와인을 몇 방울 튀기게 되리라. 나는 당황해서 얼굴을 붉히며 사과한다. 당신은 손을 저으며, 아니, 아니, 괜찮습니다, 정말로요, 라고 말하지만 나는 당신이 피해를 가늠해보려고, 어쩌면 그날을 위해 드라이클리닝을 맡겼을 셔츠를 슬쩍 쳐다보는 모습을 본다. 당신은 내게 무슨 일을 하는지 묻고 나는 이 대화가 길어질 것이라는 점에 실망하는지 안도하는지 알 수 없다…'"

짐은 귀를 닫고 상황의 기이함에 빠져들었다.

여기 그가 있었다. 이브 블랙이 그에게 그에 대해 그녀가 쓴 책을 커다랗게 낭독해주고 있는 이 자리에 서서. 한편 낯씽맨 수사를 이끄는 데—아무 소득 없이—기여했던 에드 힐리가 근처에 서 있었다.

그리고 노린이 그의 바로 옆에서 어물대고 있었다.

그가 받은 느낌은, 상상해보자면 스카이다이버들이 땅에서 수천 킬로미터 위에 떠 있는 비행기의 열린 문 앞에 앉아 다리를 대롱거리면서 출발 사인을 기다리는 심정 같은 것이었다. 임박한 죽음의 위협 덕분에 그 어느 때보다 살아 있는 느낌. 하지만 동시에 모든 일이 계획대로 될 것이라는, 사실 위협은 전혀 없으며, 어떤 대가도 없이 이 기분만을 느낄 수 있을 거라는 자신감.

이브는 계속했다. "'…이것이야말로 내가 새로운 누군가를 만날 때 언제나 품는 두려움이다. 왜냐하면 내가 맞으니까. 나는 그 여자애다. 내가 열두 살 때, 한 남자가 우리 집에 침입해서 내 엄마, 아빠와 그 당시에, 그리고 영원히 일곱 살일 내 여동생 애나를 살해했다…'"

짐은 그 자리에 모인 청중들을 훑어보며 그들이 어떻게든 낫씽맨이 여기, 그들 사이에, 바로 이 자리에 있다는 걸 알게 되면 어떤 반응을 보일까 궁금해졌다.

달아날까?

아니면 대신 그에게 모여들어 그에게 질문을 던지고 그의 이야기를 듣고자 기다릴까?

그는 자신이 답을 안다고 확신했다. 누구도 이브 블랙에게는 관심이 없었다. 정말로는. 이 모든 사람들이 알고 싶어 하는 것은 그녀를 지금의 그녀로 만든 남자, 그녀를 누군가로 만든 그 남자였다. 그들은 그에 대해 더 알고 싶어 했다. 언론을 이용하기 전에 조디악 킬러나 그 이전의 다른 살인자들이 그랬듯 그의 마음속에도 그런 생각이 스쳤었다. 하지만 여기는 미국이 아니었다. 아일랜드는 그런 별난 짓이 통하기엔 무대가 너무 작았다. 게다가, 과학 수사가 발전했다.

하지만 여전히 그의 일부는 자신의 이야기를 할 수 있었으면 하는 바람을 품었다.

여기 서서 이런 쓰레기나 주워듣고 있는 대신에.

"…우리는 이 남자가 공격한 마지막 가족이었지만 첫 번째는 아니었다. 우리는 2년 새 그의 다섯 번째 피해자였다. 미디어는 그에게 낫씽맨이라는 별명을 붙였다. 왜냐하면 그들 말로는 아일랜드 경찰이 그에 대해 아무것도 발견하지 못했기 때문이다…'"

바로 그 앞에 서 있던 한 남자—이제 보니 직원 중 한 명이다—가 갑자기 계산대 쪽으로 고개를 홱 들었다. 멀리서 전화기가 울리고 있었다. 그는 아마도 전화를 받으려는 듯 서둘러 나가면서 짐과 이브 사이에 텅 빈 공간을 남겼다.

이제 그녀는 고개만 들면 그를 정면으로 쳐다볼 수 있었다.

"…나는 열두 살에 실제로 잃었을 때보다 지금, 서른 살에야 내가 잃은 것이 무엇인지 훨씬 더 잘 알고 있다. 그리고 그에 책임이 있는 괴물은 여전히 저 밖에, 여전히 자유롭게, 여전히 알려지지 않은 채 남아 있다. 어쩌면 그는 그동안 내내 자신의 가족과 함께했는지도 모른다. 이런 가능성—이런 가설—이 나를 너무도 강렬한 분노로 채워서, 심한 날이면 견딜 수가 없다. 최악의 날이면 그가 나도 죽여줬기를 바란다…"

나도 그래, 짐은 생각했다. 나도 그래.

하지만 옳은 일을 하기에 너무 늦은 때란 없지.

이브는 고개를 들고 청중 한가운데를 바라보았다.

"네, 제가 낯씽맨에게서 살아남은 그 여자애였어요." 그녀는 더 이상 책을 읽지 않고 말했다. "제가 그를 잡을 그 여잡니다."

20년이야, 짐은 스스로에 상기시켰다. 그가 밸리스레인의 그 집에 들어간 지가, 대략 20년 전이었고, 그동안 누구도 그에게 가까이 오지 못했다.

자원을 빵빵하게 갖춘 경찰도 아니었고, 에드 염병 힐리도 아니었고, 십자군 전쟁에 나선 여자 한 명은 더더욱 아니었다.

이브는 고개를 살짝 왼쪽으로 돌렸다.

훑어보고.

탐색하다가.

짐에게 눈길을 멈추었다.

"그리고…" 그녀는 말했다. "믿어주세요. 저는 잡을 겁니다."

박수갈채가 일었다.

짐은 가장 가까운 책꽂이에 손을 뻗어 몸을 기대려 했지만, 그러면서 어떤 얼간이가 거기, 늘어선 채식주의 요리책들의 책등과 책꽂이 가장 자리 사이 약 5센티미터 공간에 두고 간 와인잔을 넘어뜨렸다. 노린은 그 액체가 다리 뒤에 닿자 펄쩍 뛰었고, 그들 가까이 있던 대여섯 명의 사람들이 무슨 일인지 보려고 고개를 돌렸다. 두어 명은 다시 몸을 돌리기 전에 짐의 얼굴을 흘끔거렸다.

그는 냉기와 열기를 느꼈다. 입은 너무 말라 혀가 부풀어 오르고 두텁게 느껴졌다. 손바닥은 축축했다.

저게 대체 뭐였지?

그녀가 그를 알아본 건가?

이브는 모여 있는 여러 사람들에게 입 모양으로 '고마워요' 하고 있었다. 그녀 옆에서 대니얼이 환하게 웃으며 역시 박수를 쳤고, 그러더니 자기 마이크로폰을 들고 말했다. "네. 훌륭합니다. 그리고 이건 그냥 시작이죠!"

더 많은, 더 열렬한 박수.

이브가 자신의 마이크로폰을 들고 거기다 말했다. "감사합니다. 정말 감사합니다, 여러분. 고마워요." 그녀의 뺨에 희미한 분홍빛이 피어났다. 그녀는 쑥스러워하고 있었다.

혹은 그런 것처럼 보이려고 했다.

"그럼 이제 본론으로 들어가 보죠." 대니얼이 말하며 수첩을 뒤적거렸다. "저는 종종 책이란 특히 그 안에 들어가는 모든 성가신 일들을 숨기는 데 탁월하다고 생각해요." 그녀는 그들 사이 작은 테이블에 놓여 있는 《낫씽맨》에 손을 댔다. "우리는 이 화려한, 완성된 작품을 여기 가지고 있죠. 다시 말하지만, 오늘 밤 동이 틀 때까지 여러분을 지새우게 할 정말 놀라운 책입니다. 하지만 이 책이 어떻게 만들어졌는지 얘기해보죠. 책이 만들어진 시작으로 돌아가 볼까요, 이브. 많은 분들이 《낫씽맨》의 시작이 우리 모두가 온라인으로 읽은 그 글이라는 것에는 친숙할 텐데요. 하지만 사실, 그 글이 영작문 에세이로 태어났다고요?"

짐은 주위를 둘러보았다. 바닥에 물이 약간 남아 있고 테두리에는 립스틱 자국이 찍힌 유리잔 하나가 근처 책꽂이에 놓여 있었다. 그는 그 컵의 정당한 소유자가 도중에 그를 저지하기 전에 재빨리 그 물을 들이켰다. 혀는 적셨지만 목구멍의 뜨거운, 꺼끌꺼끌한 건조함은 그대로였다. 그는 사람들에 에워싸여 있었고 움직이고 싶지 않았다. 더 이상 그에게 관심이 쏠리게 하고 싶지 않았다. 그의 등 아래쪽이 갑작스러운 식은땀에 흠뻑 젖었다. 희미한 두통이 그의 관자놀이께 몰려들고 있었다. 얕은 숨만 내쉴 수 있을 뿐이었다.

그는 노린을 쳐다보았다.

그녀는 이리저리 몸을 꼬면서 치마 뒷자락이 얼마나 상했는지 확인하고 있었다. 앞을 봤다가 옆을 봤다가 하며 화를 냈다. 그런 다음 고개를 쳐들어 짐을 보았고, 그녀의 얼굴이 달라졌다.

처음에는, 놀라움으로 눈이 휘둥그레졌다.

그다음에는 걱정으로 표정이 누그러졌다.

그녀는 속삭였다. "당신 괜찮아?"

그는 그녀의 손을 보았다. 손에 아무것도 들고 있지 않았다. 그녀는 음료를 집어오지 않았다.

쓸모없기는.

그는 몸을 돌리면서 그녀를 무시했다.

이브는 물을 한 모금 마시고 잠깐 답변이 늦은 부분에 대해 대니얼에게 사과했다.

"괜찮아요." 대니얼이 부드럽게 말했다. "천천히 하세요."

그녀의 지난 에세이에 대한 얘기가 그 뒤로 몇 분간 이어졌다. 이브는 임박한 기한, 그때까지 마감을 잊었던 것, 애나의 생일이 된 것, 그리고 그 글에 대한 교수의 반응 등을 설명했다. 그녀는 그를 '저명한 소설가'라고, 책에서 표현한 것과 정확히 같은 문구로 불렀다. 그녀는 그런 책의 출간이 그 오랜 세월 뒤 살인자를 잡는 데 기여할 수 있다는 가능성이 자신이 스스로의 정체를 밝히는 공포를 극복하는 데 얼마나 도움이 됐는지 설명했다. 그녀는 대니얼에게 직접 대답했고 손짓을 하며 말했다. 분명하게, 그리고 간결하게 말했다. 그곳에 있는 한 사람 한 사람이 그녀의 모든 말에 집중했고, 사로잡혔다.

거의 모든 사람이.

짐은 그녀를 쳐다보며 기다렸다.

그를 다시 보려면 이브는 대니얼에게서 고개를 돌려 왼쪽 어깨 너머를 쳐다봐야 했다. 그녀가 처음에 그렇게 했던가? 자신을 인터뷰하는 사람에게서 고개를 돌려, 청중 대부분에게서 고개를 돌려 그를 돌아본 건가?

아니면 전부 그의 상상이었나?

그녀가 어떻게 그를 알아볼 수 있겠나? 그녀는 계단 꼭대기에 서 있었고, 그는 그 아래 바닥에서 그림자 속에, 맨 아래 계단에서 몇 발짝 떨어진 곳에 서 있었다.

18년 전에.

그녀가 열두 살이었을 때.

"틀림없이 굉장히 어려웠을 텐데요." 대니얼은 이제 이렇게 말하고 있었다. "과거를 돌이킨다는 게. 고백하자면, 저는 어떤 부분은 읽기가 꽤 힘들었는데 당신은 그 부분을 경험했으니까요. 어떤 식으로 접근해서 쓰셨나요? 특히 그날 밤. 비록, 당신이 책에서 썼듯이, 당신에겐 주로 청각적인 경험이었지만요. 아무것도 보지 못하셨죠, 그게⋯ 끝날 때까지는."

이브는 왼쪽 귀 뒤로 머리카락을 넘겼다. 약지손가락에서 무언가가 빛을 받으며 반짝거렸다. 짐은 에드가 했던 이상한 말을 떠올렸다. *저는 그녀와 함께입니다.*

"저는 그날 밤에 대해 제가 기억하는 것을 설명하기가 어려웠어요. 어려워요. 제가 어떤 식으로 기억하는지. 마치 순간순간이 늘어선 것 같죠. 저는 이걸—스탑 모션 애니메이션 아세요? 음, 〈크리스마스의 악몽〉 같은?—그런 것에 비유해요." 대니얼은 고개를 끄덕이며 나지막이 웃었다. 그러자 몇몇 사람들도 따라 웃었다. "음, 꼭 그 질 나쁜 버전 같거든요. 매끄럽지 않고 건너뛰죠. 끊어지고요. 몇 토막이 사라졌으니까요. 하지만 저는 기억해요. 다만 이제 다른 문제는 제가 무엇을 기억하는가예요. 저는 거기 있었지만 있지 않았어요. 화장실에서 어둠 속에 숨어 있었죠. 소리는 들렸지만 당시엔 그 소리가 무엇인지 몰랐어요. 저는 겁이 났어요, 맞아요, 하지만 그보다 아마 혼란이 컸던 것 같아요. 그리고…" 이브는 침을 삼켰다. "모든 분들이 아시다시피, 저는 그 후에야 목격했어요."

서점 안은 완전한 정적에 휩싸였다.

"하지만 그자는 못 봤죠." 대니얼이 말했다. "낫씽맨은요."

이브는 고개를 끄덕였다, 네. "다른 사람은 보지 못했어요. 우리 가족만 봤죠. 그리고 제가 가족들을 봤을 때는…"

그녀의 목소리가 약간 떨리기 시작했고 그녀가 말을 멈추고 물을 한 모금 마시는 사이 대니얼은 동정의 미소를 띠웠다.

"다른 이야기를 해볼까요…" 대니얼은 풍선에 송곳을 꽂듯이 서점 안에 가득한 긴장감을 꺼뜨리며 말하기 시작했다. 청중은 집단적으로 의자에 축 처지는 것 같았다. 이제 그들이 온 목적을 달성하지 못하리라는 사실을 깨닫고.

이브가 거짓말을 하고 있나? 아니면 정말로 기억을 못 하는 건가?

방금 일어났던 일, 그녀가 그런 식으로 자신을 바라본 이후로, 그는 그녀가 모든 일을 완벽하게 기억한다는 생각이 들기 시작했다.

"그 후에", 대니얼은 계속했다. "당신은 할머니가 서쪽으로 데려가셨죠. 처음에 어떤 일이 벌어지는지, 어떤 일이 벌어졌는지는 얼마나 아셨나요?"

"잘 몰랐어요." 이브는 말했다. "할머니가 저한테는 상당 부분 함구하셨어요. 엄마, 아빠, 애나가 죽었다는 사실은 분명히 알았고, 나쁜 남자가 우리 집에 들어와서 가족에게 그런 짓을 했다는 건 알았지만, 제가 제대로 이해했던 건지 모르겠어요, 그게 말이 될까요? 어쩌면 알고 싶지 않았던 것도 같아요. 그리고 저는 너무 어렸어요.

제가 받아들일 수 있었는지 확신이 없어요."

대니얼은 음, 소리를 냈다. "그리고 기자들이 당신을 쫓아갔다고요…?"

"할머니가 몇 사람이 마을을 돌아다닌다는 말을 들으셨던 것 같아요, 우리에 대해 심상찮은 질문들을 해댄다고요. 그리고 한 명은 실제로 집까지 왔고요." 이브는 눈동자를 굴렸다. "음, 두 명이네요. 사진사 한 명과 기자 한 명. 같이 일하는 사람들이었죠. 해변으로 난 길을 따라 돌아왔더니 그 사람들이 우리 집 문에서 기다리고 있었던 기억이 나요. 남자랑 여자가 저한테 질문을 해댔어요. 그 사람들이 제 이름을 아는 게 너무 이상했어요. 저를 아나 보다 했죠. 대답을 하려고 했는데, 할머니가 집에서 뛰어나와서 그 사람들에게 소리를 지르고 저한테도 들어오라고 소리쳤어요."

"다른 피해자들도 있다는 걸 알았나요?" 대니얼이 물었다. "낫씽맨에 대해 조금이라도 알았나요?"

"중학교 갈 때까지는 몰랐어요. 어땠을지 상상이 가시죠. 수군대는 10대들. 할머니는 저를 보호하기 위해 최선을 다하셨지만, 인터넷은 생각을 못 하셨어요. 저는 도서관으로 몰래 들어가서 인터넷으로 부모님 이름을 찾아봤어요. 하지만 찾아낸 걸 읽을 용기는 없었어요. 이상하게 들리지만, 마치 두 개의 우주가 있는 것만 같았어요. 한쪽에는 제가 있고, 다른 한 쪽에서는 부모님과 동생이 낫씽맨의 희생자였기 때문에 신문에 오르내리는 거죠. 그건 전부 아주 별개처럼… 느껴졌어요. 모르겠어요. 설명하기 어렵네요. 하지만 스페니시포인트에서 지낸 몇 년 동안은 그 모든 일에서 아주 동떨어진 것처럼 느꼈던 것 같아요."

잠깐 시간이 흘렀다. 대니얼은 자신의 손목시계를 들여다보았다

"이제 시간을 봐야죠. 여러분 모두 책에 사인 받을 시간을 충분히 남겨드리고 싶으니까요. 하지만 마무리하기 전에… 이렇게 말해도 무방할 것 같은데요. 딱히 스포일러는 아니지만 조사하시는 중에 낫씽맨의 정체를 밝히지는 못하셨는데…"

"네."

"하지만 상당량의 새로운 정보를 찾으셨죠. 사실이죠?"

이브는 고개를 끄덕였다. "우리가 찾아냈죠. 그리고 제가 '우리'라고 말하는 건 저 혼자 한 일이 아니기 때문입니다. 저는 도움을 주신 에드 힐리에게 정말로 깊이 감사드립니다. 에드는 기존 수사에 참여했었죠. 연쇄적인 공격이 있다는 것을 파악해낸 바로 그분이고요. 사건들의 연결고리를 찾은… 처음으로 찾아낸 분이었습니다." 이브는 손을 들고 서점 안을 훑어보았다. "어디 있어요, 에드?"

청중들도 그를 찾아 몸을 돌리고 고개를 꼬았다.

"저기 있네요!" 대니얼이 짐이 에드를 두고 떠난 그 구석을 가리켰다. 그녀는 다시 청중을 향해 말했다. "이 책을 읽고 나면, 장담하건대 여러분 모두 이분에게 감사하게 될 겁니다. 이 남자가 이 사건에, 이 괴물 같은 살인자를 찾는 데 얼마나 헌신했는지. 여전히 그렇죠."

"박수 받아 마땅하다고 생각해요." 이브가 말했다.

청중은 호응했다.

짐은 에드를 볼 수 없었지만 각양각색인 청중들이 같은 위치를 향해 웃고 있는 것을 볼 수 있었다. 정확히 뭐에 대해 박수를 치는 거지? 에드는 낫씽맨을 찾아내지 못했다. 그리고 지금도, 저 남자는

낫씽맨이 그와 같은 공간에 있다는 사실도 전혀 알지 못했다.

대니얼은 정중하게 기다리다가 말했다. "그리고 이 새로운 정보 말인데요. 어떤 말을 해주실 수 있을까요? 아마도…"

"우린 그가 희생자를 어떻게 골랐는지 압니다." 이브가 선언했다.

흥미어린 속삭임이 서점 안에 퍼져갔다.

짐의 세계가 갑작스럽게, 끼익하며 멈춰 섰다.

"와우." 대니얼이 숨을 들이켰다.

그녀가 알 리 없다. 그들이 알 리 없다. 누구도 알 수 없었다. 그건 불가능했다.

그는 노린이 뭐라고 속삭이고 있다는 걸 깨달았다.

"짐? 짐, 왜 그래? 머리를 흔들고 있잖아."

이브는 웃고 있었다. "인정하자면, 저도 상당히 만족스러워요."

"그래야죠." 대니얼이 말했다. "제 말은… 제가 그 부분에 이르렀을 때, 완전히 한 방 맞았거든요. 그리고 당신이 그걸 조합하는 방식은… 꼭 스릴러를 읽는 것 같았어요!" 그녀는 청중에게 몸을 돌렸다. "이 얘기는 그만하죠. 여러분의 재미를 망치고 싶지 않으니까요."

짐의 심장이 튀어나올 듯이 고동쳤다.

노린은 아직도 그를 쳐다보며 답을 기다리고 있었다.

"마지막 질문입니다." 대니얼이 말했다. "걱정되지 않으시나요?" 그녀는 말을 멈췄다. 짐의 눈에 그건 드라마를 배가하려는 애처로운 시도였다. "그자가 당신을 찾아올까 봐… 제 말은… 그자는 아직 저 밖에 있잖아요, 우리가 아는 한 말이죠. 그자가 여기 있다고 보시나요, 아직, 코크에? 그자가 이 책에 대해 알까요?"

이브는 깊은 숨을 들이키며 생각했다.
"제 생각은 이래요." 그녀가 말했다. "그자가 아직 살아 있다면, 그는 아마 아직 여기 있을 거예요. 그리고 여기 있다면 이 책에 대해 알겠죠. 하지만 그래서요, 알면요? 저는 그가 두렵지 않아요. 그는 이제 노인이죠. 거의 20년 동안 아무것도 하지 않았고요. 그리고 그 20년 동안 수사 기법은 비약적으로 발전했어요. 저는 그가 오늘날 범죄를 저지른다면, 며칠 안에 그를 잡을 거라고 믿어요. 그가 아직 이 주변에 있다면, 그 사실을 알겠죠. 저는 그자가 그래서 멈췄다고 생각해요—더 이상 벗어날 수 없다는 걸 아니까요. 그자는—결국 겁쟁이였어요—겁쟁이죠. 하지만 저는 아닙니다. 그리고 저는 그를 잡을 겁니다. 제 수색은 책을 다 썼다고 끝나지 않았어요. 실제로 저는 그 책이—사람들이 책을 읽고, 반응하고, 사건을 기억해내면서—새로운 실마리를 양산하리라 믿어요. 그러니까 당신 질문에 대한 답은, 아니, 두렵지 않습니다. 다만 저는 단호해요. 저는 그자를 찾아낼 거예요." 이브는 잠깐 멈췄다. "전 제가 찾을 거라는 걸 알아요. 그리고 오래 걸리지 않을 겁니다."

대니얼은 청중에게 이브를 위해 박수를 쳐달라고 부탁했고, 그 소음 속에서 짐은 노린에게 몸을 돌려 말했다. "가야 돼. 지금."
"하지만 케이티 책에 사인 받아야지."
케이티.
그는 케이티 때문에 자신들이 거기 있다는 걸 완전히 잊고 있었다.
"좋아." 그는 말했다. "하지만 빨리 해. 뒷문에서 만나자고."
노린은 반발할 듯이 보였다. 짐은 그녀가 기회를 잡기 전에 몸을 돌렸다. 주변 사람들이 모두 자리에서 일어나 몸을 돌려 서로 얘기를 나누며 이동해서 이브 블랙이 아직 앉아 있는 의자 앞에 긴 줄을 만들고 있었다.

짐은 거기서 벗어나 뒷문 쪽을 향했다.

서점은 길고 넓었으며 한가운데서 살짝 구부러지는 구조였다. 짐은 책들이 진열된 매대를 지나쳤다. 계산대를, 알록달록한 깃발이 달려 있는 아동 섹션을. 그가 뒤로 갈수록 사람들은 점점 더 적어졌고 그가 '참고서'에 도달했을 즈음에는 혼자 남았다.

마침내.

그는 가장 가까운 책꽂이에 기대서 지난 몇 분 사이 처음인 듯 느껴지는 숨을 들이켰다.

우리는 그자가 희생자들을 어떻게 골랐는지 알아요.

하지만 그럴 수 없었다. 그건 그냥 불가능했다.

그는 집에 가야 했다. 그 책으로 돌아가서, 읽어야 했다.

"짐! 거기 있었네요."

에드 힐리의 목소리. 다시. 가까이. 바로 뒤에 서 있는 게 분명했다. 짐이 얼굴을 누그러뜨려 반가운 표정으로 만들고 돌아서서 마주한 얼굴은…

이브 블랙.

너무 가까워서, 그들 사이엔 60센티미터도 안 되는 투명한 공기만이 있을 뿐이었다. 그는 그녀의 얼굴 양 옆으로 드리워진 아름다운 머리카락을 볼 수 있었다. 눈꺼풀의 반짝이는 무언가를. 목 아래 살짝 움푹한 곳에 안착되어 있는 섬세한 금목걸이 아래 펄떡거리는 그녀의 맥박을.

그녀는 그를 쳐다보고 있었다.

그러더니 그에게 미소를 지었다. 환하게. 가지런한 치열의 새하얀 아랫니를 드러내며.

"이쪽은 이브예요." 에드가 말했다. "이브, 이쪽은 짐 도일."

그녀는 손을 내밀거나 그에게 다가오지는 않았다. 그녀는 완벽하게 가만히 서서 그의 얼굴을 강렬하게 뜯어보고 있었다.

"당신이 기억나요." 그녀는 말했다.

짐은 다리가 무너질 것만 같아서, 지탱하라고 적극적으로 지시해야만 한다는 걸, 뇌에서 의식적으로 적절한 메시지를 보내야만 한다는 걸 깨달았다. 그는 입을 열었지만 아무 말도 나오지 않았다.

더 이상은 어디에도, 아무 말도 존재하지 않았다. 그의 정신은 공허한, 완전히 텅 빈 상태일 따름이었다. 그는 더 이상 자신이 육체 속에 들어 있지 않고 다만 근처에 서서 이 상황을 지켜보는 것만 같았다.

"저 기억 안 나세요?" 그녀의 눈은 여전히 그의 얼굴을 더듬고 있었다. "그때는 아주 다르게 보였을 거예요. 머리는 길고 검었고요."

짐은 심장마비를 겪은 적이 없었지만 이제 한 번 겪을 것만 같다고 생각했다. 가슴속에 갑작스럽게 무언가 꽉 막히는 통증이 일었고 목구멍으로 산이 치밀어 타는 것만 같았다. 숨을 쉬기가 전혀 불가능했다. 패닉이 먼 곳에서 쓰나미처럼 밀려들었다.

이브는 의아한 듯 그를 쳐다보고 있었다.

말을 해. 말을 하라고. 아무 말이나 해.

짐은 말을 밀어냈다. "나는… 나는 기억이 없는데."

이브는 에드와 아주 잠깐 시선을 교환했다.

"괜찮아요." 그녀는 말했다. "그게 범죄도 아닌걸요."

짐은 자신의 몸 전체가 불타오르는 것 같았다. 그는 혀끝으로 입술을 적시려고 시도했다.

"어디… 어디서…?"

"토거 경찰서요." 이브가 말했다. 그녀는 무시하듯 손사래를 치며 그에게 작은 미소를 던졌다. "아주 잠깐이었어요, 걱정 마세요. 저를 기억하리라고 기대하지 않았어요. 그냥 제가 얼굴을 잘 기억하거든요."

얼음물을 갑자기 부은 것처럼, 기억이 그에게 돌아왔다. 2, 3년 전이었다. 그는 토거의 안내 데스크에 앉아 있었다. 그녀가 들어와 지금은 GNBI, 더블린의 하코트스퀘어에 있는 국내 범죄 수사과에서 일하는 경찰을 찾았다. 애슬링 피니. 아무것도 아니었다. 기껏해야 3, 4분 정도였다.

짐이 그 대화를 기억이라도 하는 이유는 애슬링 피니 때문이었다. 그녀는 코벤트코트에 살던 여자를 방문해서 여자가 자신의 소파 쿠션 아래서 발견한 칼과 나이프를 회수해온 두 경찰 중 한 명이었다. 그걸 공식적으로 증거물로 등록한 사람이 피니였다. 증거물 봉투에 그녀의 서명이 남아 있었다.

짐이 증거물 보관실에서 그것들을 가져와 없앴기 때문에, 그는 그 이름을 알고 있었다.

하지만 그건 수년 전이었고 경찰은 온갖 일에 관여했으며, 짐이 그녀를 찾았던 여자에 대해 아는 거라곤 그 여자가 친척…

그 여자는 빌어먹을 이브 블랙이었다.

"노린은 잃어버리셨어요?" 에드가 물었다. 그런 다음, 이브에게.

"오늘 밤에 여기에는 아내분한테 끌려오셨대. 아마 사인 받으려는 줄에서 당신을 기다리고 있겠네."

"아, 그래요?" 이브가 말했다. 그리고 짐에게. "노린이라고요? 제가 잘 찾아볼게요. 남편분이 책에 일조하셨다고 말씀드려야죠. 책에서 이름을 잘 찾아보시라고. 거기에 있어요."

거기에 있다.

"어떻게 지내요?" 짐이 불쑥 내뱉었다. 그가 물은 이유는 이런 상황에서 보통 사람이 할 법한 질문이라고 여겼기 때문이었다. 보통은 이브를 걱정하리라. 이브에게 동정을 느낄 것이다. 그 모든 일에도 불구하고, 이후에 행복한 삶을 누릴 방법을 찾기를 바라겠지. "내 말은…" 그는 목청을 다듬었다. "지금은, 요즘은 어때요?"

한순간, 이브는 즐거워 보였다.

"저는…" 그녀가 더 말을 잇기 전에 누군가 그녀의 어깨를 건드렸다. 직원처럼 보였다. 그들은 줄에 대해 뭐라고 속삭였고 그녀는 고개를 끄덕이고 바로 가겠다고 말했다. 그녀는 짐에게 돌아섰다. "저를 찾는 것 같네요. 이제 가서 다른 사람들 책에 제 이름을 쓰기 시작해야 할 것 같아요. 만나서 반가웠어요, 짐. 그리고 기분 나쁘지 않으셨으면 좋겠네요. 제가 혼란만 드린 것 같아요. 저를 기억하시리라고는 생각하지 않았어요. 그래도 도와주셔서 고마워요. 감사하게 생각해요. 노린을 눈여겨볼게요, 남편분의 찬가를 불러드릴 수 있게." 그녀는 이제 다가섰지만, 손을 내밀지는 않았다. 대신에 그녀는 짐의 왼쪽 손목을 자신의 손가락으로 감싸고 움켜쥐었다. 그녀가 그의 눈을 들여다보았다. "와주셔서 고마워요. 곧 다시 만나길 바라요."

짐의 머릿속 목소리가, 다른 목소리, 모든 위험한 것들을 좋은 생각이라고 말하는 목소리가 저 깊은 곳에서 기어 나와 말을 만들어 내고…

"그자를 잡기를 바라요."

…그 말이 입 밖으로 굴러 나왔다.

"고마워요." 이브가 웃었다. "행운을 빌죠."

그런 다음 그녀는 가버렸고 에드는 작별인사를 하고 있었고 짐은 머릿속이 웅웅거렸고 울림은 점점 커져갔고 그는 사람들을 헤치며 서점 밖으로 나가려 움직였고 사람들은 이제 서점 곳곳에 퍼져 있었고 그들 대부분은 그 책을 껴안고 있었고 다음 순간 그는 회전문을 통과하고 있었고 이제는 바깥으로 나와 어두운 하늘 아래 빗물에 젖어 반짝이는 자갈돌들을 밟고 서서 얼굴에 흐르는 빗물을 맞으며 호흡을, 심장 리듬을 가라앉히려고 애를 썼다.

그녀가 알고 있다.

그가 낫씽맨이라는 사실을 알고 있다.

하지만 알 리가 없었다. 불가능했다.

하지만 그의 이름이 책에 나온다고 말했다. 어째서 3년 전에 고작 몇 분 말했던 사람에 대해 쓴단 말인가?

그리고 그들이 연결고리를 찾아냈다는 건 무슨 개소리지? 그것도 역시 불가능했다.

그는 집에 가야 했다. 책의 나머지 부분을 읽어야만 했다.

그의 뒤에서 문이 활짝 열리더니 노린이 나왔다.

"뭐, 기다려줘서 고맙네."

짐은 안이 너무 답답했고 어쩌고 중얼거렸다.

그들은 길을 내려오기 시작했고, 노린은 한기에 코트 단추를 잠갔다.

"책에 사인 받았어?" 짐이 물었다.

"응."

"그 여자가 당신한테 무슨 말 했어?"

"누가?"

"그 작가."

"뭔 소리래?"

속으로, 짐은 비명을 지르고 있었다.

"책에 사인해달라고 그 여자한테 갔을 때," 그는 한마디씩 또박또박 발음하면서 말했다. "그 여자가 당신한테 뭐라고 했냐고."

그는 노린이 고개를 돌려 자신을 쳐다보는 것을 느낄 수 있었지만 시선을 앞에 고정하고 걸음을 빠르게 했다. 그녀가 그와 보조를 맞추려고 서두르게끔.

"그냥 어떤 이름을 적을지 묻고, 와줘서 고맙다고 했지. 다른 말 할 게 뭐 있어?"

케이티.

책에 쓰인 이름은 케이티의 이름이었다. 그래서 이브가 그녀에게 아무 말도 하지 않은 것이었다―그녀는 노린이라는 이름의 여자를 기다리고 있었으니까.

집에 오는 동안은 거의 완벽하게 정적이 흘렀다. 집에 들어섰을 때, 짐은 노린에게 책을 달라고 했다. 그녀는 얼굴을 찌푸렸지만 책을 건넸다.

그는 표지를 넘겼다. 케이티의 이름과 이브의 사인이 똑같이 허수한, 이상한 손글씨로 휘갈겨져 있었다.
 노린도 그걸 보고 있었다.
 "케이티가 좋아하겠네." 그녀가 말했다.
 짐은 그 자리에서 그 페이지를 뜯어내서 수천 조각으로 찢어발기지 않기 위해 안간힘을 써야 했다.

9

관련성

나는 당장 작업을 시작하고 싶었지만, 석사 학위를 마쳐야 했다. 몇 달 동안 낫씽맨을 생각하지 않으려고 애썼지만, 대개는 비참하게 실패했다. 나는 코크로 돌아가서 그에 대한 탐색을 제대로 시작하고 싶어서 몸이 근질근질했다. 기말 과제를 제출한 다음 날, 나는 버나데트와 다시 만나 책에 대한 계약서에 서명했다. 그런 다음 집에 가서 가방을 꾸리고 몇 주 혹은 몇 달 동안 아파트를 비워둘 준비를 했다.

떠나기 전 마지막으로 한 일은 짬을 내어 조와 리아넌, 내가 두 달 이상 그럭저럭 관계를 유지할 수 있었던 유일한 친구들과 침묵 속에서, 불편하게 나눈 저녁 식사였다. 우리는 NUI 갤웨이에서 신입생 주간 술집 순례 기간에 만났고, 그렇게 그들은 지금, 확실히 내 가장 오랜 친구들 자격을 갖게 되었다. 우리 셋은 내가 그들 중 한 명을 만날 때보다 그 둘이 만날 때가 훨씬 더 많은, 상당히 치우친 관계였다. 하지만 나는 그들을 잃고 싶지 않았다. 그 글이 나온 뒤로 나는 그들이 멀어지는 것을 느꼈다. 이 저녁 식사는 기념하려는 의도였지만, 그들은 아직 내가 유명한 범죄 피해자라고 밝힌 데 적응이 쉽지 않은 중이었고 우리 중 누구도 내가 내 인생의 다음 해를 내 가족과 다른 네 가족들에 일어난 최악의 일을 파헤치는 데 보낼 예정이라는 사실에 샴페인을 터트리는 것이 옳다고 생각하지 않았다.

헤어지면서, 나는 코크로 나를 만나러 오라고, 와서 나와 주말을 같이 보내자고 말했다. 즉흥적으로 나온, 충분히 생각하지 않은 가벼운 초대였다.

"어디서 지낼 건데?" 조가 물었다.

내 망설임이 질문의 답이 되었고 그녀는 새파래졌다. 리아넌은 혐오감을 숨기지 못한 채 시선을 피했다.

나는 우리의 우정이 이번 일을 버텨낼지 알 수 없었다. 더 나쁜 것은 내가 사실은 신경 쓰지 않는다는 것이었다. 진실은 내가 그들에게서 도망치려고, 궤도에 오르려고, 에드에게 그리고 코크에, 그리고 그 사건의 가장 어두운 심연에 도달하려고 근질거린다는 것이었다. 그 외 모든 것은 방해물일 뿐이었다. 나는 성인으로 사는 내내 내가 정말 누구인지 숨기려고 힘껏 노력하며 보냈다. 이제 나는 온전히 나 자신이 되는 것 외에 아무것도 바라지 않았다.

흥분됐다.

두려웠다.

다음 날 아침 일찍, 나는 코크로 차를 몰았다.

그곳에 내가 소유한 유일한 공간은 그 집이었는데, 그 책을 그중 어느 방에서 조금이라도 집필한다는 건 불경스럽게 느껴졌다. 에드의 사무실은 빠듯했고, 나는 민간인이라 앵글시스트리트를 내키는 대로 들락거릴 수는 없었다. 내용의 민감한 본질 때문에 우리는 어딘가 조용히 일할 장소가 필요했고, 커피숍과 도서관은 그래서 탈락이었다. 운 좋게도, 에글린턴스트리트에 협업 공간이 있었고 에드의 소위 사무실에서 채 5분 거리도 되지 않았다. 나는 그들이 제공하는 가장 작은 개인 공간을 임대해서 책상 두 개, 책꽂이 하나, 그리고 잠글 수 있는 문서 보관함 세 개를 들였다. 거대한 화이트보드를 달았고 작은 커피 머신을 샀다. 나는 블라인드를 닫아서 필요한 건 무엇이든 벽에 붙일 수 있게 했다. 관리인에게는 우리가 아일랜드의 정치에 대한 책을 쓰고 있으며 사무실은 우리가 직접 청소하겠다고 말했다.

2015년 11월 첫 화요일에, 에드가 조그만 바퀴 달린 수레에 파란 플라스틱 상자 더미를 실어 끌고 왔다. 그 상자들에는 '경찰'이라는 글자가 찍혀 있었지만 에드는 사무실 이웃들이 괜한 호기심을 품지 않도록 마스킹 테이프를 붙여 놓았다. 이날 들어온 짐은 전체의 8분의 1이었다. 에드의 상관이 우리 사무실에 안전이 확보되고, 사건에 직접적으로 관계되지 않은 사람에겐 사무실 위치나 우리의 활동을 알리지 않으며, 앵글시스트리트로 돌아가는 것이 아닌 한 해당 자료를 이동시키지 않는다는 조건으로 자료 이전에 동의했다. 에드는 윗사람들이 아마 이런 이동을 반길 거라고 농담했다. 먼지 쓴 컴퓨터들과 구식 프린터 케이블들을 놓을 자리가 이제 더 많아졌으니까.

우리는 한참 동안 짐을 풀고 파일을 정리했다. 에드는 코크 시티와 카운티의 육지측량부 지도를 벽에 걸고 빨간색 마커로 사건 위치를 표시했다. 나는 내 책상에 내가 가장 좋아하는 가족사진을 올려놓았다. 할미, 엄마, 아빠, 애나, 내가 2001년 8월 우리가 함께한 마지막 휴가 때 클레어에서 찍은 사진이었다. 그건 우리 다섯 명이 함께 찍은 마지막 사진이기도 했다.

에드와 나는 느슨하게 계획을 짰다. 여름까지는 낫씽맨에 대해 가능한 한 많은 정보를 찾을 것. 우리는 확인할 것들, 얘기해볼 사람들, 가볼 장소들에 대한 목록을 만들었다. 일은 대부분 내 몫이 될 터였다—에드는 여전히 풀타임으로 일해야 했지만, 가능한 한 시간을 내기로 했다(결국 이후 18개월 동안 그의 남는 시간 전부가 될 터였다). 그런 다음 9월에, 나는 실제로 그 책을 쓰기 시작했다.

다음 날 아침 나는 알람이 울릴 시간 훨씬 전에, 임시로 마련한 내 침실에서 깨어났다. 무언가 달랐다. 나는 일어나며 이 집 때문이라고, 사람이 밤새 집에 있었기 때문이라고 생각했다. 하지만 그건 나였다. 내가 달랐다. 어쩐지 더 밝았다. 더 활기찼다. 거의… 흥분된 건가? 그랬다, 그건 흥분이었다. 나는 에드와 내가 시작할 일에 흥분해 있었고, 그랬다는 게 부끄럽게 느껴졌다.

하지만 나는 침대에 있을 수 없었다. 심지어 집에 있을 수도 없었다. 빨리 시작하고 싶었다. 결국, 나는 그 일이 필요했다. 나는 아직 어둠 속에 잠긴 텅 빈 도로를 달렸고 알람이 울렸을 때는 내 책상에 앉아, 내 첫 커피를 반 이상 마신 후였다.

우리가 처음으로 한 일은 사건을 완벽하게 재구성하는 것이었다. 여기엔 원래의 수사 과정에서 발생된 모든 서류들—진술, 보고서, 지도, 기타 등등—을 하나하나 살피면서 새로운 시각으로 진단하려 애쓰는 일이 포함되었다. 우리의 진도는 두 가지 요소에서 제한을 받았다. 기술적인 문제들 때문에 에드가 옆에 있어야 하는데 그의 시간이 제한적이라는 것과 서류의 양이 방대하다는 것. 우선, 5,000건이 넘는 제보 전화가 걸려왔는데, 이는 이 전화들의 한 장짜리 요약본 5,000장을 다시 살펴야 한다는 뜻이었다. 보스턴에서 자랐고 아버지가 그곳 경찰이었던 내 오랜 대학 동기 하나는 경찰 수사를 멋대로 묘사한 허구적 산물—TV 드라마들, 책들, 영화들—을 대할 때마다 커다랗게 욕설을 내뱉곤 했다. "저건 현실적이지 않아." 그녀는 소리쳤다. "저런 일은 일어나지 않는다고." 에글린턴스트리트에 있는 우리의 작은 사무실에서 보낸 그 몇 달 동안 몇 번이고 나는 그녀를 떠올렸다. 그런 것들이 실제로 현실을 묘사한다면, 그저 몇 시간이고 서류를 보며 눈을 찡그리고 있는 사람들이나 나올 테고, 그러면 터무니없이 지루할 테니까.

우리는 가장 관련 있는 정보라고 생각되는 것을 담는 일종의 마스터 파일을 만들기 시작했다. 나는 에드에게서 어떤 것들을 배제할지를, 그리고 진술, 증거 기타 등등을 버리는 것도 그것들을 포함시키는 것만큼이나 중요하다는 것을 재빨리 습득했다. 그래도 무언가를 어떤 범주에 넣어야 할지 결정할 때마다 나는 망설였다. 우리가 마침내 사건을 해결하게 될 명백한 증거를 배제할 참인지도 모른다는 생각에 일순간 마비가 되었다. 이따금 밤이면 깬 채로 누워 망설임에 괴로워했다.

우리의 목표는 건초더미에서 건초더미 전부를 날려버릴 잠재적인 힘을 가진 바늘을 찾는 것이었다. 즉, 낫쎙맨의 피해자들 사이의 연관성을. 나는 연관성이 없는 게 아닌가 걱정했다. 그가 어둠 속에서 차를 몰고 다니다가 무작위로 사람들을 골랐을 가능성도 있지 않을까? 오설리번 가족은 코크시티 경계에서 14킬로미터 떨어진 통근 지역인 캐리갤라인 바로 외곽에 거주하는 아이 넷, 어른 둘의 가족이었다. 크리스틴 키어넌은 코크시티 남쪽 교외 지역에서 혼자 살았다. 린다 오닐은 코크시티에서 35킬로미터 떨어진, 카운티 북쪽 마을 퍼모이에서 남편과 함께 살았지만 그녀가 공격당했을 때 남편은 거기 없었다. 웨스트파크 사건에서 낫씽맨은 시티로 돌아와 교외 주택가에 거주하는 부부를 공격했고, 그런 다음 다시 시티를 떠나 10킬로미터 밖 패시지웨스트에서 우리를 공격했다. 세 집은 다른 집들과 멀리 떨어져 있었고, 한 집은 반쯤 떨어져 있었고, 다른 한 집은 양쪽에 이웃이 붙어 있는 타운하우스였다. 여자들은 20대, 30대, 40대였고 통상 매력적으로 받아들여지는 외모라는 점 외에 공유하는 신체적 특징이 없었다. 그리고 웨스트파크에서 낫씽맨은 남자를 살해했다. 우리 집에서는, 남자, 여자, 그리고 아이가 죽었다.

하지만 유사점이 있다고 에드는 지적했다. 지역이 흩어진 듯 보이지만, 지도상에 표시하면—우리는 실재로 그렇게 했다—하나만 제외하고 전부 코크카운티 내에서 비교적 작은 원을 형성했다. 퍼모이만 유일한 예외였다. (낫씽맨이 그 지역에서 살거나 일을 했을까? 그곳이 친숙하기 때문에 거기서 범행을 저질렀나?) 여성은 분명한 공통분모였다. 그가 저지른 처음 세 건의 범행이 여성에 집중되어 있었고 여성이 제외된 사건은 없었다. 그리고 피해자들 간에 가장 분명한, 두드러진 연결고리가, 너무 분명하기 때문에 전에는 생각해보지도 않았던 것이 있었다. 모든 피해자들은 자기 집에서 당했다. 그는 그들을 길에서 덮치거나 제2의 장소로 끌고 가지 않았다. 엄마를 포함해서 그중 두 건은 심지어 그들의 침대에서 끌어내지도 않았다.

우리는 내가 우리 집 소파 쿠션 아래서 칼과 밧줄을 발견했고 크리스틴의 이웃도 같은 일을 겪었기 때문에, 낫씽맨이 해당 집의 거주자들을 공격하러 오기 전에 그 집들을 방문한다는, 아마도 한 번 이상 방문한다는 사실을 알았다. 전화들은 그가 자신의 피해자들을 조롱하고 놀라게 하기를 즐긴다는 사실을 방증하며, 그가 피해자들의 전화번호를 안다는 사실은 그들에 대한 정보를 수집했다는 뜻이었다. 그는 피해자들의 이름을 알았다. 밸리스레인에서, 그는 앨리스 오설리번의 귀에 협박의 뜻으로 아이들 넷의 이름을 모두 속삭였다. 에드는 낫씽맨이 공격을 감행하기 이전에 자신의 피해자들을 몇 주, 어쩌면 심지어 몇 달씩 스토킹했을 거라고 확신했다. 그리고 웨스트파크에 입주자들이 들어오기 이전에, 그는 텅 비었지만 공사가 마무리된 집들을 자물쇠 따기, 창문으로 침입하기, 어둠 속에서 돌아다니기 같은 연습 용도로 사용했다. 그는 꼼꼼했고, 자신의 범행 현장에 트라우마, 슬픔, 자신이 가장 선호한 파란 밧줄 조각들 외에는 아무것도 남기지 않았으며, 그 파란 밧줄은 유용한 섬유 조직이나 DNA를 결코 내놓지 않았다. 그가 목격된 것은 오설리번 가족의 집 바깥 길 위에서 클레어 바딘이 목격한 단 한 번뿐이었고 누구도 그녀의 스케치에 담긴 남자를 안다고 나서지 않았다.

이 모든 것들이 우리에게 낫씽맨은 누구인지, 그가 어떻게 작업했는지, 그의 동기가 무엇인지에 대해 상당히 많은 것을 알려주었다. 이자는 연구하고 준비하는, 조사를 하는 범죄자였다. 그는 우월하다고 느꼈으며, 자신이 피해자들과 경찰보다 더 영리하다고 확신하기도 했다. 집을 사전에 방문한다는 것은 그가 관음증 기질이 있다는 것을 암시했다—그는 아마 관음증으로 자신의 범죄 이력을 시작했을 가능성이 높았다. 이 모든 것을 나란히 두고 보면 그가 피해자들을 무작위로 골랐다는 것이 말이 되지 않았다. 그는 어떻게든 피해자들을 물색하고 있었다. 여기엔 동기가 있었다. 하지만 기존의 수사도 그 점을 밝히지 못했고, 이제 10개월째, 비공식적인 재수사를 해온 에드와 나도 마찬가지로 실패했다. 우리는 출발점으로 돌아왔다, 꽉 막힌 채로.

이제 2016년 9월이었다.

아일랜드의 여름 날씨를 구성하는 온난 기단이든 뭐든 그게 학교가 개학하는 주에 최정상에 달했다. 에드와 나는 바첼러스 부두에 있는 어느 바 바깥에 앉아 석양을 바라보며 드물게도 휴식을 취하고 있었다. 바는 셔츠 소매를 걷어 올리고 맨 다리를 드러낸 채 의자에 기대 앉아 고개를 젖히고 햇살을 만끽하는 회사원들로 붐볐다. 우리가 왜 거기 있는지, 에드와 내가 무엇을 하고 있는지는 쉽사리 잊혔고, 나의 일부는 그러고 싶었다. 이 일이 전부 무기력하게 느껴지던 참이었다. 우리는 모든 자료를 검토했고 새로운 건 아무것도 발견하지 못했다. 우리는 땀 흘리는 맥주병에서 심란하게 라벨을 떼어내며 홀짝거리는 사이사이 번갈아 말하고 있었다. "분명 우리가 생각하지 못한 무언가가 있을 거예요."

그러다 무언가가 떠올랐다. 우리는 새로운 것을 사건 파일에서는 찾지 못했지만, 직접 마주하고 있었다. 새로운 무언가를 발견했으니까—수년 전에 내가 그 쿠션 아래서 밧줄과 칼을 발견했다는 사실을. 그건 내가 가진 퍼즐의 한 조각이었지만 최근까지 나는 내게 그 조각이 있는 것을 몰랐다.

다른 피해자들 역시 자기도 모르게 그런 조각을 품고 있지 않은지 얘기해볼 가치가 있지 않을까?

쉽지 않을 터였다. 크리스틴 키어넌은 낫씽맨의 방문으로 인한 정신적 외상이 너무 커서 몇 주 뒤에 스스로 목숨을 끊었다. 린다 오닐은 재혼해서 샌프란시스코에 살고 있었다. 그녀는 에드에게 전화로 낫씽맨의 정체를 밝히고자 하는 내 의도에는 공감하지만, 자신의 삶에서 그 시간을 돌이키고 싶은 생각은 없다고 말했다. 그녀는 자신의 재혼한 성은 밝히지 말아달라고 부탁하고 사과한 뒤 전화를 끊었다. 웨스트파크 사건에서는 생존자가 없었고, 남은 사람은 앨리스 오설리번, 낫씽맨의 첫 번째 피해자뿐이었다. 우리가 재빨리 알아낸 바로 그녀는 더 이상 밸리스레인에 있는 집에서 살지 않았다. 여러 통의 전화와 셀 수 없는 막다른 길에 부딪힌 뒤에, 우리는 마침내 더블린카운티 말라하이드에 사는 그녀의 전화번호를 알아냈다. 그 번호로 전화했을 때, 우리는 비극적이게도, 앨리스가 2년 전에 암으로 사망했다는 소식을 들었다. 내가 통화한 사람은 그녀의 딸 낸시로 이제 스물일곱 살이었다.

낸시는 결혼해서 아이가 둘이었고 가족이 밸리스레인에서 이주했던 그 집에서 살고 있었다. 아버지 역시 5년 전에 심장 마비로 사망했다고 했다. 하지만 그녀는 말라하이드로 이주한 덕에 가족이 그날 밤의 사건을 충분히 뒤로 하고 앞으로 나아갈 수 있었다고, 그 이후 부모님은 가족, 즐거움, 해외여행으로 충만한 삶을 꾸리셨다고 말했다. 낸시는 정의에 대한 내 욕구를 충분히 이해했고 기꺼이 돕고자 했지만, 우리의 정보에는 별다른 보탬이 되지 못했다. 그녀는 감사하게도 집 안에서 벌어지는 일을 알지 못한 채 자기 방에 있었고, 당시 열 살이어서 이제 와 그때를 기억하기에는 너무 어렸다. 하지만 그녀는 의견을 내놓았다. 오빠인 토미에게 전화해보라고. 그는 단순히 더 많이 기억할 뿐만 아니라 1999년 새해 전날에 실제로 낫씽맨과 통화를 했다.

토미는 우리와의 대화에 열심이었다. 오설리번 가족의 맏이로서,

그는 사건의 여파에 훨씬 더 근접해 있었다. 부모님이 어떻게든 행복한 삶을 꾸려냈다고 했을 때 낸시는 사실을 말하고 있긴 했지만 그건 그녀의 진실, 그녀의 관점이었다. 나이가 더 위였던 토미는 다른 시각을 가졌다. 그는 어머니가 우울증에 시달렸고 암 진단을 받기까지 외상 후 스트레스 장애로 매주 심리 치료를 받았다고 말했다. 낯씽맨이 그들의 삶에 끼어든 시간은 한 시간도 채 안 됐지만, 그 트라우마는 치유할 수 없는 감염이었다. 그들은 결코 다시는 전적으로 안전하다는 느낌을 받을 수 없었다. 낯씽맨은 어머니의 마음 한구석에 도사린 얼굴 없는 괴물이었고, 토미는 그 범죄를 저지른 자가 처벌은 고사하고 결코 잡히지 않았다는 것에 분노했다. 그는 에드와 내가 작업 중인 책과 조사를 반겼다. 하지만 그는 지금 아부다비에 살고 있었다. 그가 크리스마스에 집에 돌아와 우리가 선호하는 방식대로 직접 이야기를 나눌 수 있기까지는 세 달이라는 긴 시간이 남아 있었다. 에드와 나는 둘 다 전화와 영상 통화는 직접 만나는 것과 다르다고 느꼈고, 여행할 만한 명분도 없었다. 우리는 끝도 없는 목록에 있는 기타 항목들로 시간을 보내면서 기다리기로 했다.

12월 중순에 우리는 더블린 공항으로 가서 비행기에서 내리는 토미를 만났다. 우리는 사람들이 자동문 밖으로 줄지어 나와, 기다리고 있던 사랑하는 사람들의 벌린 팔 안으로 들어가는 동안 '도착' 앞에서 기다렸다. 우리 주변은 온통 기쁨의 비명과 눈물, 심지어 몇몇 손으로 쓴 '환영' 표지판들로 가득했다. 나는 내가 만난 적 없는 한 남자의 이름이 적힌 종이를 들고 있었고, 그에게 우리 둘 모두의 삶의 방향을 바꿔버린 살인자에 대해 얘기하려고 기다리는 참이었다. 이 상황은 잔혹한 범죄의 피해자로서 내가 받곤 하는 전형적인 느낌이었다. 나는 괜찮아 보였다. 보통사람처럼 보였다. 다른 사람들과 섞일 수 있었다. 하지만 나에겐 나를 별개로 구분 짓는 비밀이, 나를 다르게 만드는 비밀이 있었다. 나를 둘러싼 사람들의 삶은 내 삶과 너무도 달라서 SF나 마찬가지였다. 나는 내 가족을 기다리며 '도착' 앞에서 서 있을 일이 결코 없을 터였다. 나는 내 가족을 전부 잃었다. 그리고 만일 내가 미래에 어떻게든 나 자신의 가족을 만들 방법을 찾는다면—그러기 위해서 내가 거쳐야 할 모든 단계를 생각하자면 결코 불가능해 보이지만—나는 절대 내 가족을 나 없이는 아무 데도 보내지 않으리라. 너무 겁이 날 것이다. 왜냐하면 집에, 함께 있을 때조차, 여전히 안전하지 않으니까. 나는 그 증거를 직접 목격했다.

토미 오설리번은 이제 서른셋이었고 항공기 제조업체에서 엔지니어로 일하고 있었다. 검은 머리카락과 덥수룩한 수염에는 회색이 섞여 있었고, 편안한 청바지 차림에 가죽 메신저 가방을 한쪽 어깨에 걸치고 있었다. 그는 아부다비에서 런던으로, 그런 다음 런던에서 여기로 날아왔다. 하지만 그의 가방들은 첫 번째 여정에만 함께 했다. 그는 결혼반지를 끼고 있었다. 아내인 어맨다가 영국에 가족이 있어서 말라하이드에 있는 낸시의 집에서 남편과 합류하기 전에 자신의 가족들과 며칠 지내는 중이었다. 토미는 다정하고 개방적이었으며 대화하기 편하고 자신의 시간에 관대해서, 우리에게 거듭해서 서두르지 않아도 된다고 말했다. 우리는 중이층에 있는 바에서 테이블 하나를 찾아 커피를 한 잔씩 시켰다. 나는 전화기로 우리 대화를 녹음해도 괜찮을지 물었고 그는 동의했다.

그는 우리에게 자신이 오랜 시간 이날을 기다려왔다고 말했다. 몇 주 정도 차이는 있을지 몰라도, 17년 동안 내내.

경찰은 그 집에서 토미를 인터뷰했지만, 토미가—그의 말에 따르면—아직 그 사건으로 반쯤 넋이 나가 있던 사건 다음 날 아침에 아주 짧게 했을 뿐이었다. 수개월 뒤 〈크라임콜〉의 방영으로 그 장난 전화가 관련되었다는 걸 깨달았을 때, 그는 다시 경찰과 얘기했지만 그 만남도 짧았다. 그는 항상 자신이 경찰이 그에게서 알아낸 것보다 더 많은 걸 알고 있다고 믿었다. 토미는 그 사건이 무작위적인 공격이 아니라 그의 가족이 타깃이 된 것이라고 확신했다. '선택된'이 그가 사용한 단어였다. 지금까지도, 그 오랜 세월이 지난 뒤에도 그는 '왜'라는 의문에 시달렸다. 왜 그들일까? 왜 그자는 그런 짓을 했을까? 그리고 왜 그자는 결코 잡히지 않았을까?

토미는 그날 밤의 사건들에 대해서 우리에게 얘기해주었다. 그에게는 사실 낯씽맨이 떠난 뒤, 이른 아침 시간에서야 시작된 일이긴 했지만. 그는 자신의 전화기가 울렸던 것과 이른 시간이며 바로 옆 방인데도 전화기 너머에서 아버지의 목소리가 들렸던 것을 묘사했다. 잠긴 방문을. 아버지가 밖으로 나가더니 토미에게 경찰에 전화하라고 외쳤던 일을. 부분적으로 열린 화장실 문 사이로 얼핏 보이던 어머니의 잠옷을. 그날 늦게, 어머니가 병원에서 씻고 소독하고 붕대를 감은 채로 퇴원할 때까지 어머니를 제대로 볼 수 없었던 것을. 경찰의 반응. 실패한 인질 강도극이라는 경찰과 아버지의 즉각적인 가정.

"하지만 뭘 어떻게 실패한 건데요?" 토미는 우리에게 말하며 그 오랜 세월 뒤에도 여전히 표면 바로 아래서 들끓고 있는 그 가설에 대한 불만을 손짓으로 토해냈다. "인질극에는 패거리와 차량이 포함되잖아요. 그들이 어디 있었는데요? 남자 하나에, 우리가 알기로는 차도 없었어요. 그럼 정확히 어느 시점에서 일이 잘못됐다는 거예요? 전혀 제대로 되지 않았죠, 왜냐하면 그건 인질극이 아니었으니까. 거기 대한 증거는 전혀 없어요. 애초에 그게 거론된 유일한 이유는 아버지가 은행 지점장이었고, 경찰한테 그걸 말하는 실수를 저질렀기 때문이었죠. 그리고 경찰은, 이런 식이었던 거죠. '오, 좋아. 수수께끼가 풀렸어. 인질극이네. 다음!'" 그는 공격이 있기 2주 전에 걸려온 장난 전화, 새해 전날 친구 중 한 명이 장난질한다고 생각했던 그 전화를 되짚었다. 그는 그 목소리를 설명했고 그다음 그 인상을 묘사했다. 쉰 듯한 목소리였고, 기괴했고, 부자연스러웠다. 극적인 속삭임. 게임을 해보자. 그는 지루한 채널 탐색 중에 우연히 〈크라임콜〉을 보다가 그 전화가 사건의 일부였으며, 자신이 실제로 낫씽맨과 대화했다는 사실을 깨닫고 갑작스러운 냉기를 느꼈던 일을 설명했다.

나는 집에서, 특히 공격이 있기 몇 주 전 동안 이상한 것을 발견한 적이 없는지 물었고, 그에게 내가 칼과 밧줄을 발견했던 일에 대해 얘기했다. 하지만 토미는 밸리스레인에 있었던 그 집에서 유사한 일이 일어난 기억이 없었다.

에드는 애초에 우리가 왜 토미를 만나고 싶었는지, 가능한 한 많은 생존자들을 만나길 희망하는지 설명했다. 우리의 우선순위는 낫씽맨이 선택한 사람들 사이의 연결고리를 찾는 것이었다. 무언가 있어야만 했지만, 우리가 무엇을 찾고 있는지를 정확히 모르는 상황에서 그것을 찾기란 어려웠다.

하지만 우리에겐 토미와 나, 낫씽맨의 타깃이 된 두 가족 중 두 맏이들이 있었고 우리는 서로 고작 몇 킬로미터 거리에서 자랐다. 어쩌면 우리 둘이 그 사건이 있던 시기에 우리 가족의 생활에서 기억나는 모든 것을 나눈다면, 공통된 무언가에 부딪힐지도 몰랐다. 마치 낫씽맨 스냅*의 뒤틀린 게임 같았고 승산 없는 게임이었다. 하지만 그게 우리가 가진 전부였다.

우리는 기본적인 것들부터 시작했다. 학교와 선생님, 친구들, 친척들, 동아리들, 그리고 다른 활동들. 그런 다음 거기서부터 넓혀갔다. 우리는 우리가 갔던 음식점들, 자주 갔던 영화관, 가고 또 갔던 쇼핑센터들에 대해 얘기했다. 엄마들이 어디서 일주일치 큰 장을 봤는지. 휴가 때는 어디를 갔는지. 화창한 날이면 어디를 갔는지. 화창하지 않은 날엔 어디를 갔는지. 버스 노선, 미용사들, 병원들. 집에 배달 오던 것들. 토미의 기억력은 나보다 월등했지만, 당시 그의 나이가 위였던 탓이었다. 그는 가족이 갔던 도서관, 두 동생들의 피아노 선생님의 이름, 엄마가 가장 좋아했던 원예용품점을 기억했다. 그는 심지어 엄마가 그를 카페에 데려갔을 때 자신이 즐겨 주문했던 것까지 기억했다. 하지만 우리 사이의 연결고리는 아무것도 건지지 못했다.

토미는 낫씽맨이 그의 집에 들어왔을 때 나보다 네 살 위였다. 가족 이외의 바깥 생활을 시작하던 때였다. 그는 친구들과 많은 시간을 보내고 있었다. 덕분에 그의 세계는 넓어졌다. 그의 가족은 일요일 오후에 드라이브를 가거나 휴가를 가거나, 날씨가 좋은 날에는

---

* Snap: 일종의 카드 게임으로 같은 카드가 두 장 나왔을 때, 먼저 '스냅'을 외치는 쪽이 이긴다.

수영을 하러 해변에 가거나 하는 등의 함께하는 일이 많았다. 반면에 우리 가족의 활동이라면 할미의 집에 점심을 먹으러 가거나 혹은 잠시 야외에 놀러 나가는 정도였다. 엄마는 할 일이 생기면 보통 나가는 길에 우리를 할머니의 집에 떨군 다음 오는 길에 데리러 오곤 했다. 그편이 모두에게 잘 맞았다. 나는 주말에 친구들 집에 놀러 가기도 했지만 학교 밖에서 활동이라고 할 만한 일은 많지 않았고, 애나는 그러기엔 너무 어렸다. 토미는 대가족이었고 반면에 우리 부모님은 두 분 다 외동이었으며, 조부모님들 중에서 할미만 남아 있었다. 따라서 밀레니엄의 전환기에 우리의 우주는 그의 동그라미가 내 것보다 몇 배 더 큰 벤다이어그램의 두 부분이었고 그 두 원이 교차하는 부위에 넣을 거라곤 아무것도 없었다.

우리는 대화가 잦아들 때까지 지푸라기를 잡고 있었다. 토미는 지친 기색이 역력했지만 여전히 좀 더 있을 수 있다고 우리를 안심시키고 있었다. 그는 연결고리를 찾고자 결심한 것 같았다. 우리는 커피를 더 주문했다.

내 녹음 기록에서 이 대화 부분에 이르면 세라믹 컵들 안쪽에서 티스푼이 쨍그랑거리는 소리만 간간히 들리는 침묵 구간이 많다.

마침내 내내 대체로 조용했던 에드가 입을 열었다.

"어쩌면 그가 당신들한테 왔을지도 모릅니다." 그가 말했다. "어쩌면 이건 당신들이 집 밖에서 만난 사람이 아닌지도 몰라요. 이 시기에 집에 방문했던 사람들이 혹시 기억납니까? 낯선 사람이나 혹은 부모님의 새 친구였는데 그 후로 다시는 보지 못한 사람이라든가? 방문판매원, 모금하는 사람들, 일꾼들… 그런 사람들?"

내가 무엇이든, 뭐든 들어맞는 게 있는지 기억을 더듬고 있을 때,

토미가 아주 조용하게 말했다. "경찰이 있었어요."

에드가 그 즉시 다급히 대답했다. "경찰? 그 사건 이전에요?"

토미는 고개를 끄덕였다. "네, 몇 달 전에요." 그가 기억하는 바는 이랬다.

어느 저녁, 아직 어둡지는 않았지만 어둑어둑해질 무렵, 초인종이 울렸다. 토미는 거실에서 TV를 보고 있었고 그의 어머니는 교복 셔츠를 다리고 있었다. 새로 봉투를 뜯은 새 셔츠들이었고 어머니는 그 주름을 다리고 있었다. 토미에 따르면, 그랬다는 건, 분명 이 일이 개학 무렵이었다는 얘기라고, 그러니 1999년 9월의 일이라고 했다.

소파에 웅크린 자리에서, 토미는 열려 있는 거실 문을 통해 복도를 지나 현관 통로 끝부분 15센티미터 정도까지 시선이 닿았다. 어머니가 문을 열었을 때, 그는 틀림없이 경찰복에 달린 오른쪽 팔과 어깨 부위를 볼 수 있었다. 호기심에 토미는 TV 소리를 죽이고 엿들었다. 주변에서 발생한 절도 사건에 대해 뭐라고 말하는 남자의 목소리가 들렸다. 주민들이 이 사실을 알도록, 그리고 필요하다면 집의 보안 상태를 강화하도록 주의를 주기 위해 경찰이 집집마다 다니는 중이라고. 어느 시점에선가 토미의 아버지도 문간에 나와 있었다.

"그래서 제가 기억해요." 토미가 말했다. "어머니가 아버지에게 몸을 돌려 이런 말을 했거든요. '내가 그랬잖아. 저 온실 문 고쳐야 한다고.' 그 경찰 앞에서요. 엄마는 항상 그 빌어먹을 문에 대해 말했고, 아버진 항상 그 문을 봐줄 사람을 구해보겠다고 말했지만, 그런 일은 절대 없었죠… 그러다 몇 달 뒤에 낯선 맨이 그 문으로 들어왔고 나는 부모님이 그 문에 아무 조치도 안 했다는 사실을 저주했고요. 경찰이 왔다 간 후에도, 심지어 근처에 도둑이 들었다는데도. 하지만 이제 생각해보니…" 토미는 말을 멈췄다. "어쩌면 그 남자가 진짜 경찰이 아니었을 수도 있겠네요."

"차를 봤습니까?" 에드가 물었다.

토미는 차를 보거나 차 소리를 들은 기억이 없다고 말했다.

"도둑질당한 사람이 누군지는 기억해요?"

"아니요."

"그 남자가 어떻게 생겼는지 설명할 수 있습니까? 그 남자 얼굴을 봤어요?"

"아뇨, 죄송합니다. 아버지랑 키가 비슷했던 것 같지만, 그게 다예요."

실망 어린 한순간이 지났다.

나는 깊은 숨을 들이켰다.

"제 생각엔 우리 집에도 경찰이 왔던 것 같아요." 나는 말했다. "제 생각이에요."

두 남자가 너무도 강렬한 시선을 내게 돌리는 바람에, 나는 그 즉시 그런 말을 입 밖에 낸 사실을 후회했다. 내가 기억하는 건 실제 사건이라기보다 가능성에 불과했기 때문이었다.

어둠이 내린 뒤 울리던, 그 시간엔 낯설고 거슬리게 들리던 초인종 소리. 숙제를 하다가 이 특이한 사건에 이끌려 나왔지만 달려 내려가 직접 문을 열 만큼 어리석지는 않아서, 뭐가 보이는지 엿보려고 계단 꼭대기에 서 있던 나. 복도로 쏟아져 들어오던 불빛. 그 불빛에 길게 늘어졌던 한 그림자. 알아들을 수 없는 무언가를 말하던 남자의 목소리. 그러더니 이런 말을 하던 엄마. "오, 세상에, 누군가요? 로스? 콜레트?" 전에는 결코 그렇게 부른 적이 없는, 아빠와 할머니의 이름들. 뭐라고 더 말하던 보이지 않는 남자와 안도하는 소리를 내던 엄마. 그런 다음 문을 잠그지도 않는다고 뭐라고 말하던 엄마.

"그게 제가 기억하는 전부예요." 나는 말했다. "언제였는지는 모르겠지만 경찰일 수 있잖아요, 그렇죠? 엄마는 그 남자가 누군가 죽었다고, 사고가 있었다고 말하려고 왔다고 생각했어요. 하지만 그가 엄마에게 하던 말은—아마도—절도 사건 얘기였던 거예요. 그렇죠? 그럴듯하지 않나요?" 두 남자 중 누구도 대답하지 않았고 나는 당황해서 얼굴을 붉혔다. "알아요, 저도 알아요. 다 너무 모호하죠. 심지어 꿈이 아니라고 100퍼센트 확신할 수도 없으니까요. 신경 쓰지 마세요."

에드가 나와 토미를 번갈아 보았다.

토미가 그를 쳐다보았다.

에드는 말했다. "그거야. 그거야. 그거야."

그 말들이 짐의 눈앞에서 맴돌았다. 그는 책을 덮고 무릎에 떨구었다. 손이 떨리고 있었다.

그럼 그들이 아는구나. 그들은 알았고, 그리고 몰랐다. 그들은 퍼즐 조각들을 한데 모았고 그걸 끼워 맞추는 건 시간문제일 뿐이었다. 그에게 시간이 얼마나 있는지 가늠하기는 어려웠지만 시계는 째깍거리고 있었다.

이제 그게 보였다.

느껴졌다.

짐은 거실에서 케이티의 《낫씽맨》을 읽고 있었다. 노린은 몇 시간 전에, 집에 돌아온 지 얼마 안 되어 두통이 있다는 둥 중얼거리며 자러 갔다. 그녀는 부작용으로 숙면을 취하게 해주기 때문에 선호하는 그 진통제를 찾고 있었다. 그는 전처럼 창고로 갈까 생각했지만 거기는 추웠고 케이티의 책이 여기 있었다. 따뜻하고 안락의자도 있는 곳에.

그럴 리는 없겠지만, 노린이 내려온대도 딱히 대답할 일도 없을 터였다. 그냥 뒤적거리고 있었다고 말하리라. 그는 에드를 알았다고. 알고 보니 이브 블랙이 자료를 조사하고 있을 때 토거 경찰서에서 만난 적도 있었다고.

그녀가 자신을 찾고 있던 중에.

그녀는 그를 찾아내지는 못했을지 몰라도, 그에게로 이어진 길을 발견했다.

짐은 책을 옆으로 치우고 술 진열장으로 향했다. 그에게는 낯선 영역으로. 그는 거의 마시지 않았다. 하지만 날카로움을 없애줄, 그의 뇌 안쪽에서 찌릿거리는 흥분을 누그러뜨릴, 모든 걸 가라앉혀서 좀 더 명확하게 생각할 수 있게 해줄 무언가가 필요했다.

그는 먼지 낀, 반쯤 마신 위스키 병을 골라 그 정도면 잔에 얼음을 넣었을 때 가장자리까지 찰랑거릴 거라 생각되는 만큼을 부었다. 그는 잔을 들고 자리로 돌아가 테이블에 올려놓았다. 그는 잔에 물방울이 맺히는 것을 한동안 바라보았다, 그 물방울이 잔 밖으로 줄지어 흘러내리는 것을. 얼음이 녹기 시작했다.

그는 살짝 입에 대고 그 맛에, 그다음엔 그 액체가 그의 목구멍으로 흘러들어 속까지 타고 들어가는 그 감각에 눈살을 찌푸렸다.

짐은 책을 다시 집어 들었지만 펼치지는 않았다. 대신에, 그는 전에 했던 것처럼 손으로 책 커버를 쓸어내렸다. 조심하기 위해 자신의 책 커버를 버린 뒤로는 그렇게 하지 못했다.

이제 조심할 필요가 없었다.

글자들은 돌출되어 있었고 매끄럽고 번쩍였다. 글씨들이 일어나 그를 맞았다.

낫씽맨.

이제 그림자 속에서 나타나리라. 그 오랜 시간 뒤에.

혹은 그림자 속에서 끌려 나오거나.

그가 그렇게 둔다면 말이지만.

모든 게 토미 오설리번의 무심한 언급 때문이었다. 당시 10대였던. 또 하나! 그와 이브의 공조로.

짐의 모든 작업, 그의 신중함, 그의 기술, 그의 계획, 그의 천재성—그 모든 게 두 명의 웃자란 애새끼들 때문에 엎어지게 되다니.

환장할 노릇이었다.

그 생각은 1990년 7월에 짐의 머릿속에 들어왔다.

그 당시 짐은 말로에 있는 경찰서의 신참이었다. 그는 이전에 3년간 근무했던 템플모어 외곽 그의 첫 부임지였던 밀스트리트에서 상관과 문제가 발생한 후 재배치되었다. 그가 한 일이라곤 머그컵을 들어 벽에 던진 것뿐이었지만, 상관이 바로 그 벽 앞에 서 있었고 머그컵에는 뜨거운 차가 담겨 있었다. 짐은 바로 그 전에 일곱 살짜리 소년이 자동차 앞 유리를 뚫고 나와 7미터 앞 도로에 떨어진 다음 반대쪽에서 오던 차에 치인 현장에 나갔었다. 그들은 소년의 시체를 치웠다기보다는 긁어냈다. 짐은 자신이 목격한 것 때문에 힘들었다고 말하며 그럴듯하게 보이기 위해 눈물을 몇 방울 짜냈고, 그 연기 덕에 징계를 받고 말로로 전근되었다. 하지만 사실 짐은 얼간이들에게 얼간이 취급받는 것에 한계에 달해 있었고, 그날 마침내 뚜껑이 열린 것이었다.

경찰서 밖에서 짐은 마땅한 존경을 받았다. 유니폼은 우둔한 대중이며 범죄자들의 밑바닥 삶, 차를 너무 빨리 몰거나 술을 너무 많이 마시고는 마감 시간에 비틀거리며 술집을 나와 자기들을 이상하게 쳐다본다는 이유로 다른 바보들에게 주먹질을 하는 바보들과 그를 구별 짓는 차별적인 힘이었다. 그가 엄지손가락을 조끼에 걸고, 벨트와 그 벨트에서 늘어져 엉덩이에 대롱거리는 모든 것의 무게를 느끼며 거리를 걸을 때마다 그는 스스로가 괜찮게 느껴졌다. 더 크고. 더 강하게. 그는 오가는 사람들이 아닌 척 그를 흘끔거리며 초록색 불이 켜지기 전에 길을 건넌 일이며 불법 주차한 일이며 쓰레기 투기 등에 대해 생각한다는 것을 알았다. 그래, 소소한 일들이지. 하지만 중요한 건 그들이 그를 주목한다는 것이었다.

그를 본다는 것.

그에게 경의를 표한다는 것.

그가 현장에 나갈 때마다, 목격자를 인터뷰하거나 누군가에게 수갑을 채워 차 뒷좌석에 집어넣을 때마다 같은 기분이 최고조에 달하면서, 들리지는 않지만 가슴으로 느낄 수 있는 베이스 라인이 실제로 울려 퍼졌다. 그런 순간에는 그의 삶 전체가 그를 이 자리, 이 위치, 이 직업으로 이끌기 위한 사건들의 연속이었던 것처럼 느껴졌다. 그가 하는 일이 그가 하도록 예정된 일이었던 것처럼.

경찰서 내부에서는 얘기가 달랐다. 그는 토템폴에서 가장 바닥이었다. 심지어 조롱거리이기까지 했다. 누구도 그를 존경하지 않았다. 심지어 누구도 그를 좋아하지 않았다, 비록 그는 쥐똥만큼도 신경 쓰지 않았지만. 그들은 그를 괴롭혔고, 그의 뒤에서 그에 대한 험담을 주고받는 것 같았다. 그들 중 한 명이 밀스트리트에 친구가 있었고, 그가 짐이 교통사고당한 소년을 보고 오줌을 지렸다고 서 전체에 떠벌렸다. 그 뒤로 현장에서 돌아온 동료들이 거짓 눈물을 훔치면서 머그컵을 달라며 상관을 쳐다보는 일도 몇 번 있었다.

모두 그가 그들보다 우월하고, 그들도 그걸 알기 때문이었다. 그들도 알았고, 그 사실을 견딜 수 없는 거였다.

심지어 그날도, 그 모든 게 시작된 그날도 그랬다. 메도브룩에서 호출이 들어왔을 때, 짐과 데이비드 투메이는 집집마다 방문하는 일을 도우라는 지시를 받았고, 짐은 다른 동료가 그들에게 오만상을 찌푸리는 것을 보았다. 그들은 현장까지 얼음 같은 침묵 속에서 차를 몰고 갔는데, 오히려 다행스러웠다. 데이비드는 끔찍한 운전자였고 짐은 괜히 그의 주의를 끌어서 상황을 더 심각하게 만들고 싶지 않았으니까.

상황은 이랬다. 전날 밤, 메도브룩이라 불리는, 합리적인 가격대의 ㄷ자형 주택들이 넓게 펼쳐진 주택가에서 거주자들이 잠든 사이에 세 채의 집이 털렸다. 도둑들은 거실 가전들, 현금, 잠든 여자 쪽 침대 옆 협탁에서 찾은 보석들을 가져갔다. 범죄 대상들은 주택가 여기저기 흩어져 있었고, 그들은 빠르게 이동하면서 세 집을 연이어 덮쳤으며, 심지어 아무도 모르게 들락거렸다. 분명히 계획된 범죄였다. 그 시간대에 하얀색 밴 한 대가 그 지역에서 목격되었고, 최근 몇 주 사이에는 빈번했다. 짐과 데이비드 투메이는 그 지역 모든 집을 방문해서 다른 주민들도 이 하얀색 밴 차량을 목격한 적이 없는지 탐문하는 일을 돕게 되었다.

그들은 한 쌍으로 움직일 수도 있었지만—현장에는 이미 인간들이 많이 있었다—할당을 받고 나자 데이비드가 제안을 던졌다. 갈라지면 같은 시간에 두 배로 뛸 수 있다고. 맞는 말이었지만 짐은 데이비드가 왜 그런 말을 했는지 알고 있었다. 자신을 떼놓고 싶은 것이다. 짐도 괜찮았다. 그 역시 그 병신을 떼놓고 싶었으니까.

그들은 두 줄로 길게 늘어선 집들을 나눠서, 짐은 길의 한쪽을, 데이비드는 반대쪽을 맡았다. 처음 네 번의 방문은 전형적으로 흘러갔다. 경찰을 돕겠다는 열의가 넘쳐서, 사람들은 그를 문간에서, 혹은 안으로 들여서 얘기를 들었고 그가 기다리는 동안 머릿속을 뒤져 끝도 없이 단조로운 자신들의 일상에서 무언가를, 무엇이든 찾아내서 이 유니폼 입은 남자에게 바치려 했다. 그들은 그를 만족시키고 싶어 했다. 깊은 인상을 남기려고. 그가 자신들 역시 중요하다고 생각해주길 바랐다. 하지만 누구도 실질적인 정보는 없었다.

그다음, 다섯 번째 집에, 거기 알바가 있었다.

그녀는 어딘가에 정신이 팔린 채로, 지쳐서, 이미 뒤쪽에서 들려오는 꽥 하는 소리 쪽으로 몸을 돌릴 준비를 한 채로 문을 열었다.

짐은 검은 눈과 산발이 된 곱슬머리를 보았다.

그녀는 그의 유니폼을 보고 얼굴이 변했다. 그녀는 한 발 앞으로, 빛 속으로 나섰고…

그리고 짐은 거기 진이 서 있는 것을 보았다.

물론, 그건 진이 아니었다. 그럴 수 없었다. 사실대로 말하자면, 두 여자는 그렇게 많이 닮지도 않았다. 그보다는 느낌이 비슷했다. 그의 마음속 어딘가 깊은 곳에서 문이 열렸다. 메도브룩에 있는 어느 집 문간에 선 그 순간까지 짐은 진만이 그 열쇠를 가졌다고 생각했었다.

진은 그의 베이비시터였다. 일곱 살부터 열네 살까지 거의 매주 토요일 밤마다 아그네스 이모가 그 주에 빠져 있는 상대—그가 누구든—와 함께 시내에 나가 있는 동안, 그녀가 와서 그를 봐주었다. 진은 재미있었다. 그녀는 정교한 게임들을 짜내고, 같이 볼 재미있는 영화들을 가져오고, 안쪽에 꿀을 바른 구운 치즈 샌드위치를 만들어주었다. 그녀는 그 꿀이 그녀만의 비밀 재료라고 말했다. 그녀는 어둠 속의 한 줄기 밝은 빛이었고, 그녀가 왔다 갈 때마다 짐은 그녀가 다시 오는 날까지 날짜를 세곤 했다.

어느새 둘 다 나이가 들었다. 그녀는 늘 그보다 훨씬 더 나이가 많아 보였지만, 세월이 흐르면서 어떤 신비한 힘이 작용해서 그가 그녀를 따라잡을 수 있을 것처럼 보이기 시작했다. 수년에 걸친 토요일 밤들이 지나고, 진은 교정기를 빼고, 머리 모양을 바꾸고, 그녀를 달라 보이게 하는 것들을 걸치기 시작했다. 그리고 그녀는 달라졌다, 그 형태가. 그리고 짐―지미, 그녀는 항상 그를 그렇게 불렀다―은 그것을 눈치채기 시작했고, 특정한 방식으로 느끼기 시작했고, 그녀가 없을 때에도 그녀를 생각하기 시작했다. 다시 오기를 기다리는 것을 넘어선 방식으로. 이건, 그녀가 주변에 있을 때 그의 행동이 달라지게 만들었고 그들이 함께 보내는 토요일 밤을 새로운, 위험한 긴장감으로 채워 넣었다―적어도 짐 쪽에서는.

 짐은 그녀 때문에 고통스러웠다. 유일한 약은 그녀를 생각하는 것, 그녀에 대한 생각에 잠기는 것, 눈을 감고 그 생각에 흠뻑 빠져드는 것뿐이었다. 그의 상상 속에서 그들은 언제나 함께였다. 그의 판타지 속에서, 그는 그 연한 분홍빛 살을 만질 수 있었고, 손을 그녀의 브래지어에 가져가 그 아래 집어넣을 수 있었고, 진은 눈을 감고 신음 소리를 냈다. 다음 단계는 흐릿하고 애매했다. 정확한 과정은 명확하지 않았다. 하지만 그는 그들이 그 후에 함께 침대에 누워 있는 모습을 그릴 수 있었다. 그의 목에 고개를 파묻고 누워 있는 그녀를. 그는 가끔씩 이런 꿈을 꾸었고 이불 아래 그를 질책하는 차갑고 끈적거리는 축축함을 느끼며 홀로 깨어나곤 했다.

 그러다 마지막 여름 어느 날 밤, 진이 부엌에서 피자를 만들다가 운동복 상의를 벗으면서 티셔츠까지 끌어올리며 짐에게 먼저 그 하얀 피부와 그녀의 오른쪽 옆구리의 매끈한 곡선을, 그다음에는 그녀가 입은 브래지어의 파란색 밴드 끝을 흘끗 보이게 했다. 그 동작에는 그를 위한 것이었다고 생각하게 만드는―이상하게 느리고, 의도적이고, 연기 같은―무언가가 있었다. 그를 확신시키는 무언가가. 그는 그녀가 자신에게 메시지를 보내고 있다고 생각했다. 그가 무엇을 느끼건, 그녀도 느끼고 있다는 걸 알리고 있다고.

하지만 그건 거짓말이었다. 장난. 왜냐하면 짐이 TV에서 본 대로, 남자가 여자들에게 다가가는 방식으로 다가가자 그녀는 움찔했으니까.

그러더니 화를 냈다.

그러더니 웃었다.

그녀는 대굴대굴 구르면서 눈에 눈물이 그렁할 때까지 웃었다. 타버린 빵 냄새가 부엌에 가득 차서 연기를 뿜어내는 오븐으로 달려가 열어야 될 때까지 웃었다. 짐의 몸 속 모든 세포가 뜨거운, 끈적거리는 굴욕감으로 하얗게 타오를 때까지 웃었다. 그녀는 짐이 몸을 돌려 계단을 달려 올라가 자기 방으로 들어갈 때도, 손이 얼얼해지고 손마디가 갈라지고 벽지에 붉은 얼룩이 번질 때까지 주먹으로 벽을 내리칠 때도 여전히 웃고 있었다.

진은 그날 밤 이후 오지 않았다. 아무도 오지 않았다. 아그네스는 그를 '꼬마 변태'라고 불렀고 이제 혼자 집에 있을 만큼 다 컸다고 말했다. 하지만 그녀는 자정까지만 그렇게 믿었다. 자정이 되면 그녀는 만나러 갔던 아무개를 데리고 집에 돌아왔다. 짐은 잠자리로 보내졌고 그들은 거실에 남곤 했다. 처음 이런 일이 일어났을 때, 그는 이상한 소리를 듣고 그 남자가 그다지 착하지 않고 아그네스에게 그의 도움이 필요할지도 모른다고 생각하며 확인 차 아래층으로 내려가 보았다. 지금 그녀를 구해주면 진과의 사건으로 입은 피해를 좀 만회할 수 있을 터였다. 하지만 그녀는 곤경에 처해 있지 않았다. 열린 거실 문틈으로 보건대 아그네스는 남자가 하는 짓을 즐기고 있었다. 그리고 계단 위 그림자 속에 숨어서 몇 분이 지난 뒤에,

짐은 자신도 그들을 바라보는 걸 즐기고 있다는 것을 깨달았다.

그는 수년 째 진을 생각하지 않았다. 이제 그녀는 자신보다 더 늙었을 테고, 주름지고 늘어지고 살이 찌고 그들이 다 그렇듯 아이들 때문에 망가졌을 터였다. 하지만 여기, 메도브룩 문간에 있는 것은 알바였다. 그녀는 아마 열일곱 혹은 열여덟 살 정도 같았다. 말을 하자 스페인 억양이 짙었다. 그녀는 그 집에 살지 않았고 이 가족의 오 페어*로 머물고 있었다. 그녀는 하얀색 밴을 본 적이 없었지만 집주인은 봤을지도 몰랐다. 아이 엄마와 아빠는 둘 다 저녁 늦게 집에 올 것이었다. 그녀가 입은 티셔츠, 목 부분이 V자로 깊게 파인 그 티셔츠의 끝자락은 채 청바지 허리춤에 못 미쳤고, 드러난 맨 살은 매끄럽고 햇볕에 그을려 가무잡잡했다. 그는 그 피부를 만져보고 싶었다. 그는 진을 원했던 것과 같은 방식으로 그녀를 원했다.

하지만 그는 더 이상 열네 살이 아니었다. 그녀는 그보다 어렸다. 훨씬 더 어렸다.

그리고 그는 이제 경찰이었다. 유니폼을 입고 그녀 앞에 서 있는.

그녀는 그를 비웃지 않을 터였다. 감히 그럴 수 없으리라.

그날 밤, 저녁 식사 후에 짐은 노린에게 한 시간 정도 다시 서에 나가봐야 한다고 말했다. 그는 가방에 유니폼을 담고 나와 코크 더 블린로드에서 차를 세워놓고 옷을 갈아입었다. 그런 다음 메도브룩으로 차를 몰았다. 그는 부지 뒤쪽 U턴 지점에 차를 세우고 내려 알바의 집까지 걷기 시작했다. 바로 그 집 밖에 설 때까지 모자를 벗지

---

* Au Pair: 외국 가정에 입주하여 아이 돌보기 등의 집안일을 하고 약간의 보수를 받으며 언어를 배우는 사람. 일반적으로 젊은 여성이다.

않았다.

하지만 그가 미처 생각지 못한 점이 있었다. 이제 그녀의 고용인들이 집에 있었고, 그녀가 문에 나올 필요가 없었다. 집주인들은 시티에서 근무하는 30대의 쾌활하고 전문 직종에 있는 부부였다. 그는 그들에게 하얀색 밴과 의심스러운 인물들에 대해 물었지만 그들은 아무것도 보지 못했다.

"우리는 집에 있을 때가 드뭅니다." 남편이 말했다. "안타깝게도요. 알바하고는 이미 얘기해보셨겠죠?"

짐은 그랬다고 말했다. "그녀는 두 분의, 어," 그는 수첩을 보는 척했다. "오페어죠?"

부부는 열심히 끄덕거리면서 그 어린 여자애가 얼마나 놀라운지, 그녀 없이는 어떻게 했을지, 그녀가 먼저 아이보다 오래 머물면 얼마나 좋을지 떠벌리기 시작했다. 그들은 그에게 그녀가 몇 살인지(열아홉 살이었다), 어디서 왔는지(히로나, 스페인), 그리고 언제 쉬는지(그들이 가능한 경우 토요일 반나절, 그리고 일요일 종일) 얘기했다. 그들은 남는 방이 위층에 있는 작은 방 하나밖에 없어서 창고를 독립적인 스튜디오 공간으로 바꿨으며, 알바는 거기 머문다고 말했다. 그래도 여전히 작기는 하다고, 그리고 그녀는 아마 다음 주를 고대하고 있을 거라고. 다음 주에 부부가 어린 두 아이를 데리고 런던에 가족들을 방문하러 가고 알바는 집 전체를 혼자 쓰게 될 거라고. 뭐, 완전히 혼자는 아니죠, 그들은 덧붙였다. 알바의 여동생이 히로나에서 며칠 지내러 올 거라고.

짐은 집으로 차를 몰면서 생각에 잠겼다. 사람들은, 정말이지 지랄 맞게 어리석기도 하다고.

그는 그 다음 주에, 세 번 그 집에 다시 갔다. 집 바깥의 그림자 속에서 알바와 그녀의 여동생을 지켜보기 위해서. 마지막 방문했을 때는 여자들이 잠든 사이 집 안에 들어가 부엌을 돌아다니고, 빨래 바구니에서 두어 가지 내밀한 것들을 슬쩍하고, 알바가 자는 방의 열려 있는 문간에 서 있었다. 그는 그녀가 몸을 뒤집으면서 맨 다리 한 짝을 이불 밖으로 털썩 내려놓는 것을 보았다. 그녀는 화장실에 가려고 일어나, 복도의 우묵한 곳에 숨어 있는 그의 바로 옆을 지나치면서도 그가 거기 있다는 사실을 전혀 눈치채지 못했다.

그날 밤, 그 일이 그에게 불을 붙였다. 그를 흥분시키고, 그를 살아나게 했다. 그는 이런 밤들이 있는 한 낮이 얼마나 형편없었건 더 이상 신경 쓰지 않았다. 다른 곳에서 일어났던 모든 일—생기 없고 물렁한 노린도, 서에서 겪은 쓰레기 같은 일도, 밤에 눈을 감을 때면 어른거리던 아그네스 이모가 하던 짓도—모든 것이 미끄러져 나갔다, 녹아버렸다.

다른 사람들 역시 이런 식으로 세상을 살아가는 법을 배우는 거라고, 짐은 생각했다. 이게, 사람들이 그럭저럭 차분하게, 얼굴에 미소를 띠며 그날그날의 똥을 치워가는 방식이었다. 그들은 아울렛을, 해결책을, 해소할 수단을 찾은 거였다. 그게 유일한 해답이었다.

그리고 이제 그는 자신의 방식을 찾았다.

하지만 메도브룩 건은 더 이상 써먹을 수 없었다. 세 번째이자 마지막으로 알바를 찾아갔던 다음 날 아침 출근했다가, 한 이웃이 전날 밤 수상한 사람을 목격했다고 신고했다는 사실을 알게 되었다. 그가 동료 두 명이 탄 차를 근소한 차이로 지나쳤다는 것을.

그는 어딘가 다른 곳을 찾아야 했다.

그리고 또 다른 곳을.

짐이 필요한 것은 공급이었다.

얼마 지나지 않아 어느 날 밤, 그는 노린에게 잠복근무를 한다고 말하고 외곽 15분 거리에 위치한 새로운 주택가로 차를 몰았다. 그는 길 한쪽에 차를 세우고 유니폼으로 갈아입었다. 그는 집집마다 노크하기 시작했다.

주민이 문을 열면, 그는 배지를 얼핏 보였다. 그는 투명한 주머니 아래로 새로운 신분증을 집어넣었다. 사진은 본인의 것이지만 이름은 다른 것으로. 그는 자기 신분증을 복사해서 손글씨로 내용을 수정한 다음 다시 복사했다. 그저 희미한 잉크로 인쇄된 종이 한 장이었고 면밀히 뜯어보면 통하지 않겠지만 어둠이 내린 문간에서 손가락으로 일부를 슬쩍 가리면—그리고 얼핏 보면—문제없었다. "방해해서 죄송합니다만, 이 지역에서 절도 사건이 발생해서 지난 몇 주 혹은 몇 달간 이상한 걸 목격하시지는 않았는지 거주자 여러분께 확인하고 있습니다, 수상한 차량이라든가 하는 것들을…"

이런 식으로 접근하자 한 가지가 즉시 분명해졌다. 온갖 질문이 그에게 쏟아졌다. 실제로 그 지역에 절도 사건이 발생하지 않았고, 이번에 처음 그 얘기를 들었기 때문이었다. 그들은 놀랐고 걱정했고 꼬치꼬치 캐물었다. 처음 두 집은 대충 넘어갔지만, 세 번째 집에서 그는 그 지역 주민 협회의 회장과 마주쳤다. 다음 날 그 남자가 서에 전화를 걸어 이 가상의 사건에 대해 물었다. 짐은 운이 좋았다. 전화를 받은 사람이 바로 그였다. 하지만 그는 유사한 일이 다시 일어날 위험을 감수할 수 없었다.

등잔 밑에 숨는 것이 더 수월하리라는 것을 그는 깨달았다. 짐은 소소한 주택가 사건들을 살피기 시작했다 – 빈집털이, 절도, 기물 파괴. 때로 그 사건들은 실제로 탐문이 필요했고 때로는 그렇지 않았다. 그는 수사가 종료되거나 흐지부지되는 것이 확실해질 때까지 일주일 혹은 그 이상 기다린 다음, 수정한 신분증과 유니폼을 뒷좌석에 싣고 저녁에 그 지역으로 차를 몰았다. 그가 주민들에게 '경고' 하는 절도 사건들은 실제로 일어난 일이었지만, 그의 방문에는 그와 관련이 없는 세 가지 목표가 있었다. 거주자들을 평가하고, 집들을 관찰하고, 정보를 모으기.

그 자신을 위한.

짐은 점점 더 용감해졌다. 그는 밤이면 마음에 들었던 집들을 다시 방문하기 시작했다. 때로는 바깥에서 지켜봤고, 때로는 안으로 들어갔다. 이따금 여자들이 자는 모습을 지켜보기도 했다. 그들의 침대에서 고작 몇 발짝 떨어진 곳에 서서. 어느 집에서는 그 집에 사는 여자가 세면대 앞에서 화장을 지우는 동안, 샤워 커튼을 치고 그 안에 서 있었다.

하지만 시간이 지나자 똑같은 오랜 감정들이 그의 삶에 다시 기어들었다. 욕구 불만, 분노, 굴욕감. 그의 밤의 활동들이 살아가는 고통의 해독제라면, 삶은 저항력을 키우기 시작했다. 노린은 팔이 부러졌다. 직장에서는 또 다른 사고가 있었다. 이번에는 코크시티, 토거 경찰서로 전근되어 내근직으로 틀어박히게 되었다.

짐은 무언가 새로운 것이 필요했다. 더 강력한 무언가가.

10
암호

절도. 거의 20년 가까이 흐른 뒤에, 우리는 마침내 낫씽맨 사건 전체를 풀어낼 암호를 얻었다고 생각했다.

이제 우리가 할 일은 토미와 내가 이 일들을 제대로 기억하고 있는지 확인하는 것, 그런 다음에 다른 세 건의 피해자 집들에서도 같은 일이 벌어졌는지 알아내는 것이었다. 우리가 옳았고 그들도 그랬다는 것을 확인할 수 있으면, 다음 단계는 그런 방문들의 성격을 확인하는 것이 되리라. 그 남자가 정말로 경찰이었나? 그 지역에 정말로 절도 사건들이 발생했나? 이 사실이 어떻게 연결고리로 작용했나?

에드는 재빨리 1999년 9월 밸리스레인에 있는 토미 가족의 집 근처에서 절도 사건이 정말로 발생했다는 사실을 확인했다. 9월 5일 오후에, 나이 든 집주인의 장례식이 치러지는 동안 그 집이 빈집털이를 당했다. 수천 파운드 가치가 있는 수많은 골동품들이 아마도 그 시간대 해당 지역에서 목격된 가짜 이사 회사의 이름이 새겨진 어느 밴에 실려 나갔다. 그 절도 사건은 뉴스거리가 되었는데, 고인이 된 남자의 맏아들이 눈물을 글썽이며 지역 라디오에 나와 돌아가신 아버지가 평생에 걸려 모은 그 수집품들을 회수할 수 있도록 도와달라고 대중에 호소하는 것이 생중계되었기 때문이다.

이 사건은 경찰이 계획범죄라고 부르는 종류의 범죄 행위였다. 그저 평범한 주거 침입 절도가 아니라 누구건 이 사건을 저지른 자는 집 안에 무엇이 있는지, 그리고 이후 물건을 어떻게 실어 갈지 알고 있었다. 이런 종류의 범죄를 해결하는 방법은 골동품 중개상들과의 협동을 통해 이루어졌다. 누군가 그들에게 해당 물건을 하나 이상 팔려고 시도하면 그들은 경찰에게 알렸고, 경찰은 그 물건을 구매자에서 구매자로 역추적해서 애초에 그 물건들을 훔친 자들을 찾아냈다. 동일한 수사에 관련 있는 누군가가 이 사건에 대해 주민들에게 경고하기 위해 그 지역 집들을 돌아다니는 것은 말이 되지 않았다. 그들 역시 골동품으로 가득 찬 집을 소유하고 있고 가족 전부 장례식에 가려고 그 골동품들을 두고 집을 비우지 않는 한, 그들이 같은 운명에 처할 위험은 제로였다—그것이 경찰이 그런 일을 하지 않은 이유였다. 목표가 된 집과 바로 이웃한 집들을 제외하고는 누구도 아무 곳에도 가가호호 방문하라고 파견된 기록이 없었고, 그 옆집의 거주자들은 절도 사건이 발생하고 몇 시간 내에 목격자 진술을 마쳤다.

크리스틴 키어넌이 공격당하기 전 몇 주 이내에 경찰의 방문을 받았다는 기록은 없었고, 그녀의 부모님과 조심스러운 대화를 나눈 이후 나는 그녀가 부모님에게 그런 사실을 언급한 적이 없다는 것을 확인했다. 하지만 당시에 그 주변에서 절도 사건이 발생해서 출입구에 문을 설치해야 한다는 말이 있었다. 나는 밧줄과 칼을 찾았던 이웃, 매기 배리를 이미 만났고, 그녀에게 다시 전화해서 혹시 이 일에 대해서나 경찰의 방문에 대해 기억나는 것이 있는지 물었다. 그녀는 없다고 말했다. 하지만 매기는 현재 코벤트코트 주민 협회 비서였고 그녀의 업무 중 하나가 협회 파일을 저장하는 것이었다. 그 파일들에는 총회와 임시 회의의 회의록들이 포함되어 있었다. 그녀는 파일들을 뒤져서 2000년 6월 초, 크리스틴이 공격당하기 6주 전에 열린 임시 회의에서 바로 이 문제가 제기되었던 기록을 찾아냈다. 회의록에는 '블랙록로드의 주거 침입'이 언급되어 있었다. 누가 기록했는지, 이 말 뒤 괄호 안에 '플로리다'라는 말을 적어놓았다.

조사에 나선 에드는 2000년 4월 29일자로 보고된 블랙록로드에 있는 외딴 집의 절도 사건 보고서를 찾아냈다. 올랜도에 있는 디즈니월드에서 2주간의 휴가를 보내고 돌아온 한 가족이 집 전체가 뒤집어지고 엉망이 된 것을 발견했다. 에드도 나도 언론에서 이 사건을 언급한 흔적은 찾지 못했다. 그렇다는 것은 세 가지 중 하나를 의미했다. 언론에 보도가 되었지만 우리가 찾을 수 없었거나, 코벤트 코트의 거주자들 중 한 명 이상이 개인적으로 그 가족이나 그 가족을 아는 사람을 알았고 그런 식으로 이야기를 전해 들었거나, 혹은 코벤트 코트의 거주자 중 한 명 이상이 이 사건에 대해 경고하는 경찰의 방문을 받았거나. 이 중 무엇도 배제할 수 없었고, 에드가 즐겨 말했듯이, 증거의 부재는 부재의 증거가 되지 않았다. 하지만 어떻게든 피해자들 사이의 연결고리라는 우리의 가설은 살아남을 수 있었다.

에드는 우리 집에 경찰이 방문했다는 내 막연한 기억을 지지할 두 가지 후보군을 찾았다. 몽크스타운에 있는 한 농장에서 장비를 도난당했고, 패시지웨스트 외곽 모나스터리로드에 있는 한 집에서 전자 기기들과 현금을 도둑맞았다. 두 사건 모두 내 가족의 살인 사건에서 6주 이내에 발생했다. 수사를 담당했던 경찰에게 보관된 기록은 불충분했지만 해당 사건을 맡았던 형사 중 한 명이 여전히 현역에 있었고 그가 에드에게, 이번에도 역시, 그 집과 실제로 이웃한 집들을 제외하고는 사건과 관련해서 어느 집이든 방문한 기억은 없다고 말했다. 큰 정보는 아니었지만, 우리는 얻을 수 있는 것은 얻어야 했다. 내가 에드에게 경찰들이 공식 수사와 별개로 재산 범죄 피해자가 되는 것을 막기 위해 집집마다 방문하는 가정 안전 계획 같은 것이 있을 수도 있냐고 묻자 에드는 나를 비웃었다. 어느 때건 혹은 어디서건 경찰에 그 정도의 자원이 주어진다는 시나리오는 있을 수가 없다고.

우리는 웨스트파크나 그 주변 지역의 절도 사건을 탐색할 필요는 없었다. 에드 본인이 사건들을 조사했으니까, 비록 입주 전이었지만. 그는 그 이후로 보고된 사건은 찾지 못했다. 우리는 당연하게도 마리나 마틴에게 경찰의 방문을 받았는지 물을 수 없었다.

낫씽맨 사건은 모두 다섯 건이었다. 그중 두 건에서, 우리는 공격이 있기 이전에 해당 지역에서 최근 벌어진 절도 사건을 경고하는 경찰의 사전 방문을 받았다. 하지만 그중 한 건은 나 자신의 희미한 기억을 기반으로 한 것이었다. 엄마가 아빠와 할머니를 그들의 이름으로 부르게 만든, 문간에 서 있던 한 남자에 대한. 그중 네 건에서, 우리는 공격이 있기 전, 인근에서 절도 사건들이 발생했다는 사실을 확인할 수 있었다—하지만 절도는 상당히 흔한 범죄였고 어느 때건 무작위로 코크의 다섯 집을 골라도 그들을 연결 지을 유사한 사건들을 찾아낼 수 있을 터였다.

이것이 정말로 낫씽맨의 피해자들 사이의 연결고리라 해도, 왜 우리인가라는 미스터리를 풀 열쇠라 해도, 아직은 먼 거리에서 보이는 흐릿한 형체일 뿐이었다.

하지만 아직 퍼모이의 린다 오닐을 확인해봐야 했다.

우리는 수개월 동안 응답 없는 전화, 이메일, 심지어 그녀의 직장으로 보낸 손 편지 등의 시도 끝에 최근에야 린다 오닐과 연락이 닿았다. 에드와 내가 더블린 공항에서 토미를 만나기 얼마 전에, 나는 그녀를 포기하고 그녀의 사건에 관한 장을 내가 가진 재료들, 즉 경찰 보고서와 그녀가 당시 언론과 가졌던 인터뷰들로 완성하기로 했다. 그러자 에드가 공권력을 동원했고 마침내 그녀와 전화 통화를 했지만, 그녀는 그에게—그리고 나에게—이 책에 연루되고 싶지 않다는 말을 할 정도로만 통화했다. 이제 와서 퍼모이에 있는 그 집에서 경찰의 방문을 받은 적이 있냐고 묻기 위해 그녀에게 다시 연락한다면 공정하지 않으리라. 그리고 솔직히 도덕적인 문제가 없다고 해도 그녀를 추적하느라 또다시 6개월을 보낼 자신이 없었다. 대신, 에드가 그 사건이 있기 전 몇 주 동안 그 집에서 많은 시간을 보냈고 기꺼이 우리와 얘기를 나눌 다른 사람을 찾아냈다. 조니 머피, 집수리 작업반장.

조니는 여전히 관련 업에 종사하고 있었지만 이제는 자신의 회사를 차렸고, 그가 대단히 시적으로 표현했듯이, 더 이상은 건설 현장에서 불알이 얼어붙는 일 없이 포타카빈스에 있는 사무실에서 난방기에 몸을 지지고 있었다. 그리고 에드가 "그 일이 있기 전에 오닐의 집에 경찰이 방문한 기억이 있습니까?"라고 묻자마자 조니는 말했다. "그래요, 기억해요. 그 얼간이 녀석."

그는 정확한 방문 날짜는 몰랐지만, 그와 그의 팀이 일을 시작한

지 얼마 지나지 않았을 때로 기억했다. 그렇다면 2001년 3월 초, 오닐의 집 건축 허가가 막 떨어진 무렵이었을 것이다. 그날 늦게, 아마도 5시나 6시 무렵에, 조니는 1층 부엌 옆에 있는 다용도실에 있었다. 그는 이 공간을 임시 사무실로 쓰고 있었다. 그날 저녁 그는 서류 작업 때문에 늦게까지 머물고 있었고 현장에 유일하게 남은 사람이었다. 린다와 코너는 욕실용품들을 사러 코크에 가고 없었다. 부엌에서 어떤 소리를 들었을 때 그는 그들이 예상보다 빨리 돌아왔다고 생각했다. 하지만 확인 차 나왔을 때 조니는 유니폼을 입은 경찰과 마주쳤다.

조니는 평생 퍼모이에서 살았고 운영 위원회, GAA 게임에 정기적으로 얼굴을 비쳤으며 동네 술집들을 대신 맡아주기도 했다. 그는 이런 곳들에서 오며 가며 마주쳐서 퍼모이 경찰서에서 근무하는 경찰들을 잘 알았다. 하지만 이 경찰은 누구인지 알아볼 수 없었고, 집 안에서 그 남자를 발견했다는 사실이 마음에 들지 않았다. 그가 배지를 보였을 때, 조니는 잘 들여다보고 신분증에 있는 이름을 기억해두었다. 경찰 로넌 도너휴. 그는 그 신분증이 약간 조잡하다고 생각했지만 실제로 경찰 신분증을 자세히 들여다본 적이 없었고 그것들이 어때야 하는지도 몰랐다. 그리고 그 경찰의 작은 펼쳐지는 지갑 속 신분증 옆에 붙은 배지는 합법적인 것처럼 보였다. 조니는 자신의 삶에서 깊이 후회되는 시기인 10대 시절 경찰과 살짝 말썽이 있었기에, 성인으로서 그들을 대하는 그의 기본자세는 공손하고, 순종적이었으며, 정중했다.

"무엇을 도와드릴까요?" 조니는 물었다.

도너휴는 그 지역에서 절도 사건이 있었다고 말했다. 그는 안전

확보 문제로 소유주들과 이야기를 하고 싶어 했다. 특히 공사가 진행 중인 동안에는 '온갖 사람들'이 들락날락거리므로. 정확한 사례. 그 자신이 열려 있는 현관문을 통해 바로 집 안으로 걸어 들어올 수 있었다(조니는 자신이 문을 열어놓은 것 같지 않았지만 확실치 않았으므로, 아무 말도 하지 않았다). 도너휴는 집주인들에 대해 물었다—그들이 누구인지, 이 지역에 새로 이사 온 사람들인지, 아이가 있는지, 공사가 진행되는 동안 그들이 여기 사는지 아닌지.

조니는 도너휴가 자신을 비판하고 있다고 느꼈다. 조니와 그의 팀이 현장의 안전을 확보하는 데 안일했다고 은근히 내비치고 있었고, 그것이 마음에 들지 않았다—특히 남자는 이 동네의 신참이고 조니는 영원한 붙박이인 마당에. 도너휴가 말을 계속할수록 조니는 점점 더 화가 났다. 하지만 그는 참아야 했다. 적대적인 말은 전혀 할 수 없다고 느꼈다. 도너휴가 떠날 무렵, 조니의 귀에서는 거의 김이 피어오르고 있었다. *저 새끼는 자기가 뭐라고 생각하는 거야? 자기가 누구랑 얘기하고 있다는 생각하는 거야? 건방진 놈.*

조니는 린다나 코너에게 이 방문을 언급한 기억은 없지만 초등학교에서 가르치는 자기 친구 제럴드 바이언에게 말했다. 바이언은 자기 생각엔 조니가 피해망상 같으며 완전히 과민반응하고 있다고 말했다. 하지만 그는 또한 자기가 아는 한—그리고 그는 그런 것들을 아는 사람이었다—퍼모이 서에서 일하는 도너휴라는 경찰은 없다고 했다.

조니는 이 정보로 아무것도 하지 않았다. 서에 전화를 걸어 확인하지 않았다. 누군가 경찰을 사칭하고 있다고 신고하지 않았다. 그는 그 방문을 제럴드 바이언 외에 다른 누구에게도 언급하지 않았다—심지어 린다가 공격을 당해서, 내 생각에, 그 방문이 한층 더 크고 걱정스럽게도 불길한 중요성을 띨 수 있는 상황에서도. 조니는 그저 그 일을 잊어버렸다. 그는 에드가 전화해서 그런 일이 발생한 적이 있는지 특정해서 물어볼 때까지, 심지어 그 일을 다시 생각해보지도 않았다고 말했다.

나는 시계를 되돌려 이 이야기 속, 경찰 로넌 도너휴라고 주장하는 누군가가 조니 머피를 멍하니 문간에 남겨 두고 퍼모이의 그 집을 떠나는 시점에 알람이 울리도록 맞출 수 있었으면 좋겠다고 절실히 생각한다. 알람은 치우자. 공습경보를 울리자. 왜냐하면 그런 순간이니까. 여기서 숲속의 두 갈래 길이 갈라졌고, 우리가 다른 한 길로 그를 쫓아갔다면 우리 가족은 아직 살아 있을 테니까.

하지만 나는 앞으로 벌어질 일에 대한 지식으로 무장하고 있다. 나는 누군가 오닐의 집에 들어가 물건들을 움직이고 물건들에 손을 대고 무언가를—린다의 일기장—을 가지고 가리라는 사실을 안다. 나는 린다가 자기 집에서 그녀를 거의 죽일 뻔한 지독한 사건을 겪으리라는 사실을 안다. 나는 수개월 내에 에드가 이 사건을 다른, 내 가족의 살인 사건을 포함해서 네 건의 사건들과 연결 지을 거라는, 그리고 거의 20년 뒤에 그와 내가 경찰을 가장한 남자에 대한 또 다른 연결고리를 찾으리라는 사실을 안다.

하지만 조니는 아무것도 몰랐다. 그는 어느 날 5분 동안 불쾌한 대화를 나누고 친구에게 불평했으며, 그 친구가 그 지역 경찰서에는 그런 이름을 가진 경찰이 없는 것 같다고 언급했을 뿐이다. 그래서 뭐? 그건 별 볼 일 없는 어느 날의 별다를 것 없는 소소한 일이었고, 곧장 조니의 머릿속에서 잊혔다.

당신은 어느 저녁 문을 열고 유니폼을 입은 경찰이 바깥에 서 있는 것을 발견한다. 잘못된 일은 없다, 걱정 마라. 예방 차원에서의 방문이다. 이 지역에서 절도 사건이 있었고 당신 집이 다음 대상이 되지 않도록 그냥 알려주는 것뿐이다. 문과 창문을 잠가라. 값나가는 것들을 치워라. 경보 장치를 설치하는 것을 고려하라. 당신은 몇 분간 이런 이야기를 나눈다. 당신은 뒷문이 잠기지 않는다고 언급할지도 모른다. 혹은 여기 혼자 산다는 사실을. 혹은 이 건설 부지를 소유한 부부가 공사 중에 여기 머물고 있다는 사실을—혹은, 음, 그중 한 명이. 여자의 남편은 다음 주부터 몇 주 동안 샌프란시스코에 가고 없을 것이므로. 어쩌면 당신은 아무 정보도 비치지 않지만 당신이 말하는 동안 그가 정보를 모으고 있을 수도 있다. 현관 자물쇠의 상태. 1층의 레이아웃. 당신의 외모가 마음에 드는지 아닌지. 이미 다른 사람들에게 했던 그 짓을 당신에게도 하고 싶어지는지 어떤지.

이런 식으로 그는 피해자들을 선택하고 있었다고 우리는 확신했다. 경찰 유니폼을 입고 실제 도난 사건이 발생한 이후에 집집마다 돌아다니면서. 하지만 그가 정말로 경찰이었나?

톰도 조니도 경찰차를 본 기억은 없었고, 우리는 사실 비슷한 것만 입어도 일반 사람들에게는 경찰 유니폼을 입고 있다는 확신을 주기가 비교적 쉬울 거라고 생각했다. 또한 그 남자는 실제 경찰복도 쉽사리 구했을 터였다—무고한 사람들을 살해할 준비를 하고 있다면 옷가지를 훔치는 정도는 기꺼이 저지를 테다. 더욱이 이런 행동을 실제 경찰로 근무하는 자가 행하기란 믿기 힘들 정도로 위험할 터였다. 지역 경찰서에 전화 한 통이면 그의 작은 사기 정찰 임무를 짓밟을 테니까.

에드는 한 번도 내게 그렇게 말하지 않았지만, 나는 에드가 우리의 유령 경찰이 진짜라는 가설에 또 다른 이의를 품고 있다고 느꼈다. 그는 경찰이 이런 짓을 할 리가 없다고 생각했다. 린다 오닐을 강간하고 죽게 내버려두는 종류의 인간이 한편으론 경찰로 일하면서 자기 같은 짓을 저지르는 사람들에게서 시민들을 보호하려고 할까? 에드는 차마 그 대답이 '예'라고는 믿을 수가 없었다.

나는 그편이 훨씬 쉽다고 생각했다는 걸 인정해야겠다. 진짜 경찰이라면 훨씬 더 진짜처럼 행동하리라. 보고서와 수사 세부 사항에 접근할 수 있을 테고, 주택 침입 절도가 어느 지역에서 있었는지, 동료들이 언제 공식적으로 탐문을 나갈지 알 수 있을 것이다. 또한 수사 기법들에도 친숙하고 물리적인 증거를 남기지 않는 중요성도 알리라. 그리고 이미 실제 경찰복과 배지를 가지고 있을 터였다.

우리는 조니 머피와 스케치 화가의 만남을 주선해서 '경찰' 도너휴의 초상을 얻어보고자 했지만 그 남자의 얼굴에 대한 조니의 기억은 그들의 대화에 대한 기억만큼 상세하지 못했다. 하지만 그는 남자의 유니폼에 대해서는 상당히 자세하게 기억했다. 그는 숫자가 수놓아진 어깨 장식을 언급했고 그 숫자가 뭐였는지 기억하지는 못했지만 그중 하나가 삐딱하게—말 그대로 실에 매달려 있었다는 것은 기억해냈다.

이것 때문에 에드는 그 남자가 진짜 경찰은 아니더라도 유니폼은 진짜라고 생각하게 되었다. 숫자들이 헐거워지는 건 에드 본인도 유니폼을 입던 시절에 겪던 문제로, 만약에 대비해 늘 페이퍼클립을 챙겨 다녔다(급하게 다시 부착해야 할 때 가장 좋은 방법이었다). 일반 경찰은 지급된 물품을 잃어버리거나 제자리에 두지 않으면 상관에게 보고해야 하지만, 거의 20년이나 지난 뒤에 그런 경우를 찾아보는 것은 헛고생이 될 터였다. 하지만 이런 시나리오에 대해 아무렇게나 던진 말들 덕에 에드는 다른 종류의 분실물 보고를 떠올리게 되었다. 증거물.

흔하진 않았지만 때로 범죄 현장과 증거물 보관실 사이에서 물품들이 사라지기도 했다. 대부분 돈과 약물이. 부패는 사회의 모든 다른 분야가 그렇듯 공권력에도 번져 있었다. 그런 경우가 드러나면 용기 있고 원칙적인 일원이 보고를 하겠지만, 그런 일은 분명 일어났다. 에드는 자신의 상관인 케빈 테일러—이미 우리를 아주 많이 도와준—를 찾아갔고, 그를 통해서 낫씽맨의 첫 번째 공격이 있기 전 12개월 동안 코크카운티의 해당 보고서들을 찾아볼 수 있었다. 테일러는 에드와 내가 원하는 것과 같은 것을 원했다. 이 사건을 마침내 해결하는 것.

1999년 10월, 링개스키디에서 벌어진 현장 급습에서 포획된 권총 13정 중 1정이 발견된 농장과 그 총이 도착했어야 하는 증거품 보관실 사이 어딘가에서 사라졌다. 그 총이 낫씽맨이 사용한 것과 같은 총이라는 사실을 알 도리는 없었지만 해당 모델은 린다 오닐이 진술한 총의 묘사와 어긋나지 않았다. 낫씽맨이 범죄 현장에서 총 한 자루를 훔쳐서 습득했을까? 그랬다면, 우리는 해답을 얻게 된다. 그는 실제 경찰이었다는. 하지만 거의 20년 전에 그 총에 이론적으로 접근 가능했던 모든 경찰을 조사한다는 것은 에드에겐 도가 지나친 일이었다. 윤리적으로나 이론적으로는 아니더라도, 우리에게 그 분실된 총과 오닐의 집에서 사용된 총이 동일한 것이라는 증거가 없는 한, 분명 법적으로, 그리고 절차상으로 그랬다.

그리고 바로 그렇게, 우리는 또다시 막다른 길에 이르렀다.

그 외 무엇을 할 수 있을까? 사람들에게 20년 전에 유니폼 경찰에게 5분짜리 방문을 받은 적이 있느냐고 물어볼까? 누가 그런 기억이 있다 한들 우리는 그 말을 전달할 뿐 아니라 그에 대한 대답들을 효율적으로 수집하고 대응할 팀이 필요할 터였다.

나는 믿을 수가 없었다. 아니, 처음엔, 믿기를 거부했다. 하지만 이 새로운 정보의 흥분된 물결에 먼지가 내려앉은 뒤로 에드와 나는 다시 한 번 막혀버렸다. 우리는 유령 경찰이라는 실마리를 찾아냈지만 그 실마리는 우리를 전혀 아무 곳으로도 이끌지 못했다.

절도. 거의 20년 뒤에, 우리는 마침내 낫씽맨 사건 전체를 풀 암호를 찾아냈다고 생각했다.

하지만 그렇지 않았다.

11
낫씽맨

닥터 넬 위어는 더블린 트리니티컬리지의 범죄심리학 부교수다. 그녀는 40대 중반이고 웨일스의 포트탈보트에서 태어났다. 대학 웹사이트에 올라 있는 그녀의 프로필 페이지를 방문하면, 그녀의 동료 모두가 선택한 일반적인 증명사진 등은 발견할 수 없을 것이다. 대신, 닥터 위어는 매사추세츠, 폴강에 있는 리지 보든 하우스 밖에서 찍은 휴가 사진처럼 보이는 것을 골랐다. 1892년에 이 집에서 도끼 상처로 뒤덮인 보든의 아버지와 계모의 시체가 발견되었다. 오늘날 그곳은 섬뜩한 관광 명소인 동시에 인기 많은 비앤비다. 사진에서는 아주 작은 반짝임일 뿐이지만, 닥터 위어는 코트 깃에 그녀가 가장 좋아하는 액세서리 중 하나를 달고 있다. 한 쌍의 오므린, 도톰한 입술 모양의 작은 핀에 이렇게 적혀 있다. 연쇄살인범에 대해 얘기하자. 닥터 위어가 '평범한 괴물들: 연쇄살인범의 정신 세계'라 불리는 신입생 강좌에서 하는 일이 그것이다. 이 수업은 너무 인기가 좋아서 그녀는 수요에 맞추기 위해 1년에 두 번 강의를 했고, 심지어 공정을 기하기 위해 학번을 추첨해서 등록이 결정되었다. '이 수업이 캠퍼스에서 유일할 거예요.' 닥터 위어는 이메일로 이렇게 말했다. '학생들이 몰래 들어오는 걸 방지하기 위해서 사람을 문밖에 세워둬야 하는 수업은요.'

2017년 1월 화요일 아침에, 나는 첫 강의 시간에 앉았다. 적어도 100명의 자리가 있는 강의실에서 열렸지만 내가 도착했을 때는—나는 일찍이라고 생각했다, 닥터 위어가 오기까지 10분은 족히 남은 시간이었기에—이미 앉을 자리는 없었다. 나는 시끌벅적한 10대 소녀들 한 무리가 나를 가엾게 여겨 바짝 붙어 앉으며 그들이 앉은 긴 의자 끄트머리에 자리를 내줄 때까지 문간에서 서성였다. 교실은 열기로 가득했고, 나는 비록 닥터 위어가 이후 45분간은 유혈과 폭력이 난무하는 세세한 부분은 뺄 것이고 낮씻맨에 대해서는 얘기하지 않겠다고 다짐했지만 살짝 메스꺼움을 느꼈다.

옆자리 여학생들은 닥터 위어가 도착해서 중앙 계단을 내려와 강의실 앞으로 나갈 때, 자기들이 가장 좋아하는 실제 범죄 팟캐스트 이름들을 교환하고 있었다("그게 실종된 아이들에 대한 거야." "정말 훌륭해." "오, 세상에, 내가 완전히 빠졌다니까!"). 닥터 위어가 프로젝션 스크린을 켜자, 우리는 자신의 가장 유명한 역할인 음식과 와인과 인간 고기의 감정사, 한니발 렉터로 분한 안소니 홉킨스의 극단적인 클로즈업을 마주했다.

닥터 위어는 연단 뒤에 자리를 잡고 우리를 향해 미소 지었다. 모든 이가 조용해질 때까지 기다릴 필요도 없었다. 그녀가 강의실에 들어서자 자동으로 조용해졌으니까. 분위기는 들뜬 기대감으로 가득 찼다.

수업을 시작하기 전에, 닥터 위어는 우리가 알고 있는 정도를 확인해보고 싶다고 말했다. 그녀는 연쇄살인범의 이름을 아는 사람은 자신이 이름을 대라고 시킬 때까지, 혹은 그녀가 지명한 사람이 먼저 같은 이름을 말할 때까지 손을 들고 있으라고 요청했다.

강의실의 거의 모든 학생들이 손을 들었고 닥터 위어는 무작위로 지명하기 시작했다.

아일랜드 출신의 윌 힐리, 일명 운하 살인마가 다시 뉴스에 돌아왔으니, 그의 이름이 가장 처음 커다랗게 울린 것도 놀랍지 않았다. 그런 다음 미국과 영국의 늘 나오는 그 범죄자들이 등장했다. 테드 번디. 제프리 다머. 존 웨인 게이시. 에드 게인. 프레드 웨스트. 피터 수츠클리프. 헤럴드 시프먼.

"낫씽맨." 한 학생이 말했다. "하지만 그가 누군지는 아직 모릅니다." 나는 속으로 '아직'이라고 말한 부분에 대해 그 학생에게 감사했다.

그 이름들이 나온 뒤로도 치켜든 손들이 아직 반쯤 들린 채였다. 그다음에는 별명이 본명보다 더 유명한 범죄자들이 나오기 시작했다. 게리 리지웨이, 일명 그린강 살인마. 리처드 라미레즈, 일명 밤의 스토커. 데니스 레이더, 일명 BTK. 테드 카진스키, 일명 유나바머.

이제, 세 개의 손만이 남아 있었다. 닥터 위어가 그들을 지명하자, 조디악 킬러라고 의심받는 아서 레이 앨런, 지아니 베르사체를 총으로 쏴 죽인 앤드류 커내넌, 2002년에 6명의 남자들을 살해해서 사형당했으며 영화 〈몬스터〉에서 샤를리즈 테론이 연기해서 더 유명해진 에일린 워노스가 나왔다.

"음. 아주 인상적이네요. 스스로에게 박수 한번 쳐주죠." 닥터 위어는 말했다. 학생들은 기쁘게 따랐다. "이제 같은 일을 다시 한 번 해봅시다, 하지만 이번에는 그 살인자들의 희생자들 이름을 들어보죠."

침묵. 그리고 단 한 개의 손도 올라오지 않았다.

"성만이라도요." 닥터 위어는 말했다.

학생들이 자리에서 꼼지락거렸다. 그중 몇 명은 서로 고개를 돌리며 불안한 미소를 나누었다. 목청을 가다듬는 소리와 재채기 소리가 들렸다.

"아무도 없어요?"

닥터 위어는 학생들을 기다렸고, 마침내, 앤드류 커내넌의 이름을 댔던 학생이 베르사체를 시도해봤지만, 닥터 위어는 그건 포함되지 않는다고 말했다. 그 학생은 이미 그 이름을 언급했었고 베르사체는 유명인이었으니까. 맨 앞줄에 앉은 한 여학생이 손을 들어 캐롤라인 랜치라는 이름을 불확실하게, 대답이라기보다는 질문처럼 제시했다. 캐롤라인 랜치…? 닥터 위어는 좋은 시도라고 말했지만, 그 학생은 번디의 차에서 기적적으로 탈출해서 이후에 재판에서 그에게 불리한 증언을 했던 캐롤 다론치를 생각하고 있었다. 또 한 학생이 운하 살인마의 희생자 중에 '폴라 누구'가 있었을지 모른다고 했고(그렇지 않았다), 최근에 데이비드 핀처의 〈조디악〉을 본 다른 학생이 '폴 에이버리'라는 이름을 말했다. 그건 영화에서 로버트 다우니 주니어가 연기한 〈샌프란시스코 크로니클〉에서 일하는 범죄 전문 리포터였고, 조디악의 희생자는 분명히 아니었다.

"이런 점이 바로 문제죠." 닥터 위어는 말했다.

닥터 위어는 자신이 리지 보든 하우스 사진과 그녀의 재치 있는 라펠 핀으로 노리고자 하는 바를 정확히 알고 있었다(그녀의 컬렉션에 있는 다른 핀들로는 '어이! 테디 번드는 매력적이지 않아!'와 '내게 실제 범죄를 말해줘요' 등이 있다). 그녀가 《사이코(Psycho)》,《내 옆의 낯선 자

(The Stranger Beside Me)》*,《양들의 침묵(The Silence of the Lambs)》등을 참고 도서 목록에 넣은 것에는 이유가 있었다. 그 책들은 학생들을 끌어들이니까. 닥터 위어는 그들이 일단 수업에 들어오면 진실을 말해줄 수 있었다. 그들이 연쇄살인범들에 대해 안다고 생각하는 모든 건 잘못되었다고.

"연쇄살인범에 매혹되는 건 괜찮아요." 그녀는 수업이 끝나고 자신의 연구실에서 내게 말했다. "나도 그러니까요, 분명히. 그들은 매혹적이죠. 우리와 똑같이 평범해 보이는데 우리는 결코, 절대 하지 못할 짓을 저지르니까. 하지만 그들은 특별히 지적이지 않아요. 경찰보다 더 똑똑하지도 않죠. 데이비드 버코위츠 알아요? 샘의 아들? 그는 자신이 저지른 한 범죄 현장에서 주차 딱지를 떼는 바람에 잡혔죠. 그들은 지루하고, 평범한 실패자들이에요. 우리 모두가 10대 쯤이면 그럭저럭 익숙해지는 세계에서 제대로 생활하지도, 사랑하지도, 자기들 감정을 제대로 표출하지도 못하는 남자들—항상 남자들이지는 않지만 주로 남자들—이고요. 이들은 흑마술사가 아니에요. 특별한 기술이 있지도 않죠. 사람들은 그들이 잡혔기 때문에 우리가 그 이름들을 안다는 사실을 잊는 것 같아요. 사실, 그들에게서 주목할 유일한 부분은 그들이 세상에서 앗아간 것들이죠. 그 희생자들. 우리가 알아야 하는 건 그들의 이름이에요."

내가 닥터 위어를 찾아간 이유는 내가 품은 가장 강렬한 질문 중 하나에 대한 답을 얻기 위해서였다. *낯씽맨은 왜 멈추었는가?* 어떻

---

* 앤 룰이 쓴, 테드 번디에 대한 자전적인 실화 소설.

게 그럴 수 있었나? 혹은 전혀 멈추지 않았지만 이주했거나, 혹은 자신의 범행 방식을 변경했거나, 아니면 죽은 것일까? 그녀의 강의가 끝난 뒤에는, 그 답이 내가 예상했던 답이 아닐 것 같다는 생각이 들기 시작했다—그리고 내가 옳았다. 그녀와 함께한 지 한 시간쯤 지나 마침내 질문을 던졌을 때, 닥터 위어는 어깨를 으쓱하면서 양손을 들고 말했다. "따분한 진실이지만, 아마 그는 그냥 그만뒀을 거예요."

그녀는 내게 2005년 8월에 FBI가 개최한 한 심포지엄에 대해 얘기해주었다. 연쇄살인범 분야에서 100명이 넘는 전문가들이 한데 모인 자리였다. 내용은 다음과 같았다.

연쇄살인범을 잡는 것은 법 집행 기관에 특별한 도전을 제시하지만, 이번에도 당신이 생각하는 그런 이유들 때문은 아니다. 연쇄살인범은 지극히 드물어서 수치상으로는 연간 발생하는 모든 살인 중 1퍼센트에도 못 미치지만, 그들에 대한 대중의 끝없는 매혹 탓에 매스컴의 관심을 가장 많이 끌어간다. 그 어마어마한 불균형은 수사의 시작부터 조명을 받게 하고, 그 결과 경찰에 가해지는 압력이 수사를 빠르게 만든다. 하지만 연쇄살인은 극히 드물기 때문에 그들에게 적용 가능한 과학적인 자료가 상대적으로 적다. 일반 대중은 연쇄살인마에 대한 정보를 할리우드 영화들, 넷플릭스, 지역 서점의 범죄 섹션에서 얻는데, 그건 괜찮다. 일반 대중은 그저 흥미로 찾아볼 뿐이니까. 문제는 의식적으로 혹은 무의식적으로 일반 경찰들도 그들의 연쇄살인범에 대한 정보를 같은 곳에서 찾는다는 것이다—그리고 이건 괜찮지 않은데, 그들은 실제 가해자를 찾는 것이기 때문이다. 이 FBI 연쇄살인 심포지엄은 연쇄살인범들에 대해 가장 만연해 있는 신화와 오해를 바로잡고 공권력에 실제 정보들을 제시하려는 시도로 마련된 자리였다.

〈연쇄살인: 수사관들을 위한 종합적인 관점〉이라는 이 심포지엄의 2008년 보고서는 연쇄살인범들에 대한 가장 일반적인 오해들을 목록화했다.

- 연쇄살인범은 모두 망가진 외톨이다.
- 연쇄살인범은 모두 백인 남성이다.
- 연쇄살인범은 모두 돌아다니며 주 경계에서 범행을 저지른다.
- 연쇄살인범은 모두 미쳤거나 사악한 천재들이다.
- 연쇄살인범은 살인을 멈출 수 없다.

사실, 연쇄살인범들은 종종 결혼해서 가정을 꾸리며 직업이 있고 공동체에 소속되어 있다. 연쇄살인범의 인종적인 다양성은 그들이 범행을 저지르는 사람들의 인종과 들어맞는 경향이 있다. 대다수가 지리적으로 명확한 지역이나 혹은 '안전지대'에서 범죄를 저지른다. 이 범죄자들은 심신 미약 상태나 인격 장애를 겪을 수는 있지만 미치지는 않았으며 집단적으로 봤을 때 그들은 일반 대중과 동일한 범위의 지적 수준을 보인다. 연쇄살인범들은 스트레스와 같이 범행을 촉발시키는 계기가 줄어들게 되는 삶의 변화나—예를 들어, 새로운, 더 나은 결혼 생활이라든가—혹은 다른 활동에서 대체물을 찾음으로써 잡히기 훨씬 전에 종종 살인을 멈춘다. 예를 들어, BTK*

---

* 결박(Bind), 고문(Torture), 살인(Kill)의 앞 글자를 딴 것이다.

라고도 알려진 데니스 레이더는 1974년에서 1991년 사이에 10명을 살해했지만 2005년까지 잡히지 않았다. 그는 결혼해서 두 아이를 둔 아빠였고 군대에서 복무했으며 지방 행정부에서 일했고 교회의 집사였다.

또 다른 가능성은 연쇄살인범들이 단순히 '나이가 들어서' 살인을 멈추는 것이라고 닥터 위어는 말했다. 소아성애와 같이 성적인 동기가 있는 범죄들과 달리 50세 이상의 범죄자가 성적인 동기의 살인을 저지르는 경우는 극히 드물다고. 아마도 이 살인자들은 반세기쯤 살고 나면 테스토스테론 수치가 격감해서 살인 충동이 시들해지거나 혹은 완전히 없어지는 것 같다.

"연쇄살인이 멈추는 것에 대해 얘기하자면, 기억해야 할 핵심은 우리가 강박적인 행동에 대해 얘기하는 게 전혀 아니라는 사실이에요." 닥터 위어는 내게 말했다. "이 범죄자들에 대해 할리우드가 말하는 일부는 사실 정확해요. 그들은 계획을 하고 준비를 하죠. 기회가 올 때까지 기다린 다음 그 행위를 선택해요. 어떤 날뛰는, 피에 굶주린 동물처럼 살해하고자 하는 어떤 압도적인 강박에 사로잡혀서 걸어 다니는 게 아니죠. 그들은 통제 불능 상태가 아니에요. 그 짓을 해야만 하는 게 아니라, 하고 싶어서 하는 거예요. 충동과 강박 사이에는 큰 차이가 있죠. 그래서 그들이 나이가 들수록, 더 지치고 느려질수록, 그냥 사람을 죽이고 싶은 마음이 들지 않는다는 편이 그럴듯해요. 내가 한때는 밤새도록 파티를 즐기고 싶었지만 이제 50을 바라보는 나이가 되니 10시면 간절히 잠자리에 들고 싶어지는 것과 같은 방식으로요. 섹시하지 않죠, 할리우드스럽지도 않고요, 그렇게 극적이지도 않아요. 하지만 거의 분명히, 진실이에요."

나는 닥터 위어에게, 그녀가 아는 사실을 바탕으로 낫씽맨은 어떨 것 같은지 물었다.

"맙소사." 그녀는 말했다. "나한테 소위 '프로파일링'을 시작하게 하지 마요. 하지만 이 말은 할게요. 그는 지루할 거예요. 지루하고 평범하고 별 볼 일 없고요. 친구들이 있을 수도 있지만, 그를 정말 좋아하는 사람은 많지 않겠죠. 결혼생활도 대단치 않을 거예요. 정말로 잘하는 것도 없을 테고, 너무나 지루하고 성취감 없는 직업을 가졌을 테고요. 그런 직업으로는 암 치료도 못 하겠죠. 근본적으로, 그는 사람들을 강간하고 살해했다는 사실 외에는 그다지 보잘것없을 거예요. 낫씽맨은 연쇄살인범에게 특별히 잘 들어맞는 이름이에요, 이브. 그를 찾아내면, 아마 그가 사실 얼마나 아무것도 아닌지에 대해 충격받게 될 거예요."

우리는 자신의 삶을 돌이킬 때 우리의 기억을 처음, 중간, 끝으로 깔끔하게 선형적인 서술로 형상화하는 경향이 있다. 존 디디온이 썼듯이, 우리는 살아가기 위해 스스로에게 이야기들을 들려준다. 그것이 내가 여기서 하기로 했던 일이다. 내 이야기를 해서 내가 살 수 있도록, 그래서 미래에는 과거보다 더 삶다운 삶을 누릴 수 있도록. 시작부터 출발해서 결말에는 모든 것을 깔끔하게 매듭짓는 것.

하지만 당신은 살인범을 찾으려 하고 있고 출판사는 당신이 원고를 송부하기를 기다리고 있으며 당신이 그자를 (아직) 찾지 못했다면 임의적으로 선택하는 지점에서 '끝'을 찍을 밖에 별 도리가 없다. 나는 여기서 종지부를 찍는다. 하지만 이건 끝이 아니다. 우리의 수색은 계속된다. 내가 내 책상에 앉아 이 글을 쓰고 있는 지금 1미터 떨어진 곳에서 매우 지친 에드가 눈을 문지르며 자신의 노트북 스크린에 눈을 찡그리고 있다. 거의 자정이지만 나는 우리 둘 다 금방 끝나지 않으리라는 것을 안다.

법적인 이유로, 나는 우리가 조사 중에 낫씽맨에 대해 알게 된 모든 것을 이 책에 담을 수 없었지만, 이 점은 밝혀둔다. 에드와 내가 쫓고 있는 몇몇 실마리가 아직 더 있다는 것을. 이 실마리들은 작고 섬세하고 사실상 아주 가는 실이다. 우리는 그 실마리가 우리를 어디로 이끌지 확신하지 못하지만 진실에 더 가까워지기를 희망한다. 특히 하나는 상당히 가능성이 있어 보인다.

책들은 오래지 않아 책꽂이에 처박히고 말겠지만, 아마도, 이 책이 마침내 인쇄될 시점에는 낫씽맨의 이름도 이미 알려져 있을 것이다. 어쩌면 소중한 독자여, 당신은 그의 생김새까지 알지도 모른다. 어쩌면 뉴스에서 이미 그의 얼굴을 봤는지도 모른다. 당신은 그가 이 세상으로 끌려나와 손목과 발목이 묶인 채로 우중충한, 컴컴한 감방으로 들어가는 모습을 지켜보게 될까? 내가 거기 있을까? 나 역시 그 모습을 지켜보게 될까? 그러기를 바란다. 그 희망이 나를 지탱해준다. 그 희망이 이 길고 긴 몇 달을, 고통스럽고 외로운 몇 년을 버티게 해주었다. 그 끝―실제 마무리―이 감질나도록 가깝게, 그 어느 때보다 더 가깝게 느껴진다.

하지만 우리가 아직 그를 찾지 못했을 경우를 대비해서 독자 여러분에게 부탁을 드려야겠다. 우리가 이 끝을 시작으로 만들 수 있게 도와달라. 우리는 가능한 한 많이 낫씽맨에 대해 아는 것을 제시했다. 여기에는 원래 수사에서 나온 거의 모든 것과 지난 2년간 우리가 조사한 결실이 포함되어 있다. 이는 내 편집자가 약속했듯이 안락의자 탐정들이며 아마추어 탐정들의 영역이다. 나는 종종 그들이 모이는 포럼이나 페이스북 그룹을 몰래 들여다봤기 때문에 잘 알고 있다. 그러니 이제 나는 배턴을 당신에게 넘긴다. 제발, 우리가 그를 찾게 도와달라.

누군가는 낫씽맨이 누군지 틀림없이 알 것이다. 어쩌면 당신은 그 당시에, 아니면 지금, 그 스케치를 알아봤는지도 모른다. 혹은 함께 사는 사람이 사건이 있던 밤마다 어디로 갔는지 오랫동안 의심을 품었는지도 모른다. 어쩌면 그저 어떤 감이 있는지도 모른다. 제발, 우리를, 피해자의 가족을 생각해달라. 당신 자신의 가족을 생각해달라. 수화기를 들어 경찰에게 전화를 해달라. 1800-666-111로 보안이 되는 제보 전화에 연락할 수 있다. 옳은 일을 하기에 그릇된 시간이란 없다.

사람들은 내가 요즘 어떤지 묻는다. 요즘이라는 말의 의미는, '그 여자애' 시절 이후, 낫씽맨의 생존자로 나선 이후, 평범한 삶을 살고자 하는 모든 시도를 저버리는 대신 나의 시간과 자원을 내게서 내 가족을 앗아간 남자를 찾는 일에 헌신한 이후를 뜻한다. 대답하기는 어렵다. 왜냐하면 지금의 상태가 머잖아 지금 같지 않으리라는 확신이 있으니까. 나는 책이 출간될 시점이면, 혹은 그 전에, 우리가 이 얼굴 없는 살인자를 잡게 되리라는, 그리고 그자가 기소되고 교도소에 가리라는 희망이 있다. 그러면 마무리 비슷한 무언가를 누릴 기회가 내게도 생기리라.

그때까지는 내가 그간 해온 것을 지속하는 수밖에 없다. 버티기 위해 최선을 다하는 것. 앞으로 나아가는 것. 나는 멈추지 않는다. 멈추기 두렵다. 나의 감정은 끊임없이 달라지고 이동하고 추락한다.

마치 동작 중인 세탁기 드럼통의 내용물처럼. 꼼짝 못 하게 잡아서 고통을 하나하나 분류하기란 어렵다. 하지만 나는 언젠가 그 드럼이 마침내 잠잠해지리라는 것을 안다. 그러니 나중에 다시 물어달라. 우리가 그를 잡는 그때 물어달라. 나는 오래 기다리지 않으리라 확신한다.

결국, 우리는 그의 이름은 아직 모르지만 이 이름들은 안다. 앨리스 오설리번. 크리스틴 키어넌. 린다 오닐. 마리 미라. 마틴 코널리.

나의 아빠, 로스. 그리고 나의 엄마, 데어드리.

나의 여동생, 애나.

그들을 기억해달라, 제발.

짐은 너무도 격분해서 자신의 행동을 거의 알아차리지도 못했다. 무언가 거실 벽에 부딪히는 쿵 소리와 뒤이어 유리 조각이 박살나는 소리를 들었지만, 마치 멀리서 들려오는 것 같았다. 밤의 냉기에 깜짝 놀랄 때까지 자신이 밖에 나왔다는 것도 느끼지 못했다. 자신이 왜 창고로 향하는지도 몰랐다. 도구함에서 오래된 고블린 청소기를 꺼내어 그 커버를 벗기고 안에 든 봉투를 끄집어낼 때까지는.

봉투는 살짝 불룩했고 묵직했다. 그는 그 뒤쪽으로 자신이 만든 구멍을 더듬었다. 손을 그 안에 집어넣자 부드러운 천이 만져졌고, 그런 다음, 그 속에서 금속으로 된 무엇의, 마음을 달래주는 단단함이 느껴졌다.

짐은 바닥에 주저앉으며, 청소기 옆에 무릎을 꿇었다.

그는 물건들을 하나씩 꺼내어 돌바닥 위에 깔끔하게 일렬로 가만히 내려놓았다.

마스크.

장갑.

총.

칼은 오래전에, 그와 노린, 케이티가 그들의 첫 번째—그리고 마지막—외국 여행으로 프랑스까지 타고 갔던 페리에서 버렸다.

하지만 상관없었다. 이브 블랙에게 맨손을 쓸 테고, 매순간 즐기리라.

그 쌍년. 기회가 있을 때 죽였어야 했다.

해가 다시 떠오를 무렵이면, 죽어 있으리라.

밧줄은 필요치 않을 터였다. 그녀는 그렇게 오래 살지 못할 것이다. 그의 오래된 헤드램프는 10년도 전에 버렸지만, 도구함 어딘가에 새것이 있었다. 짐은 거기를 뒤지기 시작했다…

거기에 있어요.

그는 멈췄다.

그의 이름이… 거기에 있다.

이브는 그의 이름이 책에 등장한다고 말했다.

하지만 그는 끝까지 읽었고 짐 도일이나 혹은, 생각해보면, 이브가 토거 경찰서를 방문했다는 언급은 없었다.

그는 다시 밤의 공기 속으로 나서서 마당을 가로질러 파티오 문에 닿았다. 책은 책등이 위쪽으로 펼쳐진 채 TV 뒤쪽 바닥에 떨어져 있었다. 표지는 찢어졌다.

온 사방에 유리와 엎어진 위스키투성이였지만 치우는 일은 나중에 해도 된다. 한 번에 하나씩.

짐은 《낮씽맨》을 집어 들어 그가 놓친 부분이 있는지 휘리릭 넘겨보았다.

하지만 마지막 장 뒤에 나오는 것은 작가의 말뿐이었다.

작가의 말

에드 힐리, 조너선 에글린, 버나데트 오브라이언, 그리고 이비아 프레스의 총괄 팀이 없었다면 내가 이 책을 쓰는 일은 불가능했을 것이다. 그들의 시간과 도움을 주신 것에 감사를 표한다. 매기 베리, 제럴드 바이언, 브렌던 바이언, 조앤 코너, 애슬링 피니, 피터 파인, 일레인 그레이디, 그레이엄 해리스, 퍼트리샤 키언스, 조니 머피, 데니스 필립스, 케빈 프렌더개스트, 제럴딘 로슈, 케빈 테일러, 데이비드 월시, 그리고 닥터 넬 위어. 또한 멜리사 브로드벤트, 래 브라우턴, 앤디 카터, 케빈 G. 콘로이, 켄트 콜라인, 앤 마리 글리슨, 캐시 핸슨, 아이언 해리스, 홀저 하세, 캐서린 라이언 하워드, 실라 퀠리, 크리스티 맥도널드, 헨리에타 맥커비, 헨리 모나, 르네 내시, 마리 오할란, 조애나 페레즈, 바스케스, 사라 피커링, 프랜시스 퀸, 사샤 리즈, 로라 J. 로슈, J. H. 시스, 샌디 스미스, 니키 텔링, 올리버 트로이, 헤더 웹, 주디스 웰런, 발레리 화이트포드, 크리스털 윌리엄스. 특히 경찰의 관대함에 감사드린다. 토미 오설리번, 낸시 커, 브레파니와 엘리자베스 키어넌, 그리고 린다 오닐에게. 말로 다 할 수 없을 만큼 감사드린다.

그의 이름은 없었다.

짐은 마지막까지 책장을 넘겨보았고, 그 뒤에는 인덱스가 있었다. 그는 그 작은 글씨들을 훑어 내리며 모든 가능성을 확인했다. 그는 자신의 성을 확인하며 D란을 훑었다. 이름을 확인하면서 J를 훑었다. G 항목에서는 경찰과 경찰 소속을 훑었다.

그의 이름은 거기 없었다.

그는 이브가 정확히 뭐라고 말했는지 기억해내려 애써보았다. 남편분이 책에 일조하셨다고 말씀드려야죠. 책에서 이름을 잘 찾아보시라고. 거기에 있어요.

사실이 아니라면 그녀가 무엇 때문에 그런 말을 했겠나?

짐은 책장을 뒤에서부터 획획 넘기면서 혹시 자신의 이름을 놓쳤는지 빠르게 훑어가며 이브가 조사에 착수하는 도입부로 돌아가려 했다. 하지만 너무 넘기는 바람에 첫 장으로 돌아가 제목이 찍힌 페이지를 펼치고 말았다.

낫씽맨. 그의 다른 이름.

그가 선택하지 않은 이름.

그의 것이라는 사실을 아무도 모르는 이름.

이브 블랙 외에는 아무도. 그녀가 알아냈다. 책에 쓰지도 않았고, 경찰에 신고하지도 않았지만, 자신이 안다는 것을 그에게 알리고 싶어 했다.

왜? 그녀가 그에게 무언가를 전달하려고 하는 걸까? 그녀가 사실은 그날 밤 일을 모두 기억한다고 그에게 알리려는 걸까, 그녀가 한…?

"아직 못 끝냈어?"

노린이 문간에 서 있었다. 《낫씽맨》을 손에 들고.

또 다른 책을.

짐은 혼란스러워서 그녀를 쳐다보았다.

"나도 샀어." 그녀는 말했다. "오늘 밤에. 케이티 책에 사인 받은 다음 나오면서 나도 한 권 샀어." 그녀는 책을 들어 올려 그 표지를 쳐다보았다. "다 읽지는 못했지만 읽을 수 있는 만큼은 읽었어. 못 읽겠더라, 그… 묘사된 부분들은."

"위에서 뭐 하고 있었어, 놀?" 짐은 깨진 유리가 보이지 않게 하려고 한 발 앞으로 나섰다. "당신 몸이 안 좋은 줄 알았는데."

"안 좋아."

"그럼 왜…"

"케이티가 이걸 읽을 거야, 짐. 케이티가…" 그 뒷말이 뭐였든 흐느낌에 삼켜졌다.

눈물이 노린의 뺨을 타고 흘러내리기 시작했다.

"내가 케이티한테 얘기할게." 짐이 말했다. "케이티에게 적당하지 않다고. 그 애는 들을 거야…"

노린이 비명을 질렀다.

그 소리는 아주 높고, 원초적이고, 원시적이었다. 그리고 견딜 수 없을 만큼 컸다.

한순간 짐은 그런 소리가 그녀의 입에서 나왔다는 사실에 놀라서 그저 눈만 깜박일 뿐이었다. 그녀가 그 비슷한 소리를 내는 것도 들어본 적이 없었다.

순간 그는 그녀가 무슨 신경쇠약 따위를 겪는 건 아닌지 궁금해졌다.

"노린…" 그가 입을 열었다.

하지만 이제 그녀는 비명을 지르면서 그가 있는 쪽으로, 그를 향해서 다가오고 있었고 다음 순간 그녀의 손에 들려 있던 책이 공중에 들렸고 내려오면서…

그녀는 책으로 그를 공격하고 있었다.

책으로 그를 내리치면서. 거듭해서. 세게. 가슴과 옆구리와 그가 일격을 막고자 들어 올린 양팔을. 계속 비명을 지르고 흐느끼면서.

아니, 비명이 아니었다.

그냥 비명만은 아니었다.

충분히 반복된 이후에야, 짐은 그 말을 알아들을 수 있었다.

"어떻게? 왜? 어떻게 우리한테 이래? 케이티한테? 나한테?"

짐은 그 책을 잡아 거실 반대편으로 던져버렸다.

그런 다음 노린에게도 똑같이 했다.

침묵. 마침내. 그는 눈을 감았다.

그가 눈을 다시 뜨자 그녀가 훌쩍이기 시작했다.

노린은 반대쪽 벽을 등지고 바닥에 주저앉아 조심스럽게 머리 뒤를 손으로 더듬었다. 손을 떼자 손가락 끝에 선명한 빨간색이 살짝 묻어났다.

"노린." 짐이 차분하게 말했다. "대체 뭘 잘못 먹었는지 모르겠지만 진정해. 새벽 4시야. 이웃이 듣겠어."

"당신이 그렇게 하게 두지 않겠어." 호흡은 힘겨웠지만 그 외에 그녀는 기이할 정도로 차분했다. "당신이 케이티의 삶을 망가뜨리게 두지 않을 거야. 그 애가 자기 아빠가 어떤 사람인지 알게 두지 않아."

"도대체 무슨 소리야?"

그는 전혀 짐작이 가지 않았다.

왜냐하면 노린이 알 턱이 없으니까. 그건 불가능했다.

"나는 케이티를 임신한 상태였어." 그녀는 천천히 무릎을 짚고 일어서다 움찔했다. "한밤중에 통증 때문에 깼지… 무언가 잘못됐다고 생각했어. 나는 당신한테 말하려고 서에 전화를 걸었지만, 당신은 비번이라고 했어. 그리고 당신이 집에 왔는데 당신은… 당신은 어딘지 달라 보였어. 신이 난 것 같았어. 아니면 대단히 만족했거나. 그리고 당신은 유니폼을 입고 있지 않았어. 하지만 나한테 근무 중이었다고 말했지." 노린은 약하게 웃었다. "나는 그냥 당신이 바람을 피우고 있다고 생각했어."

짐은 그녀가 이 얘기를 어디로 끌고 가는지 몰랐지만, 마음에 들지 않았다.

"술 마셨어, 놀? 그런 거야?"

"또 어느 날 아침에는 당신이 퇴근하는데 당신 옷을 입고 왔지, 그리고 나는 또 그런 일이 있었나 궁금했어. 그게 뭐였든. 당신이 샤워하러 들어가자마자 나는 서에 전화를 걸었어. 전화 받은 사람이 누구였든 내 목소리를 몰랐지. 나는 전날 밤 통화했던 경찰한테 연락하고 싶다고 했지, 이름이 짐 어쩌구 같다면서. '짐 도일? 그럴 리 없는데요. 그분은 비번이었습니다.' 그 여자가 말하더라."

"이 얘기 그만하지." 짐이 말했다. "당신 지금 자기만 바보 만들고 있다고."

"뉴스를 봤을 때는 도대체 어떻게 해야 하나 생각했어." 노린은 더 이상 그를 보고 있지 않았다. 그녀의 시선은 그의 발치를 향해 있었다. "패시지웨스트의 그 가족. 네 명이 죽었다고, 처음엔 그렇게 생각했지. 그리고 그 일로 나는 그 전 일에 대해 생각하게 됐어. 어째서 나는 당신에게 어디 갔었냐고 물을 기회를 갖지 못했는지, 당신한테 맞설 용기를 내지 못했는지. 왜냐하면 당신이 그 메리버러 로드… 그게 뭐였지, 웨스트파크? 그 집에서 일어난 살인 사건에 대한 전화를 받았으니까. 그 젊은 부부. 남자는 자기 차에 깔리고, 여자는 위층에서 죽고. 전부 그 일에 매달렸고 당신도 가야 했지." 그녀는 말을 멈췄다. "그러더니 낫씽맨에 관한 것들이 온통 쏟아져 나왔고 그 스케치가 사방에 붙었어, 그리고 당신은 갑자기 몸무게에 집착해서 온갖 운동을 해대면서 인상을 달라 보이게 하고… 하지만 그건 눈이었어, 짐." 노린은 고개를 들어 이제 그 눈을 바라보았다. "나는 그 눈을 알았어. 어디서든 알아볼 거야." 그녀는 서 있으려고 애를 쓰면서 살짝 흔들려 벽에 기대 의지했다. "믿고 싶지 않았어. 하지만 마음으로는 그게 사실이라는 걸 알았어. 나는 경찰의 아내였어. 당신을 신고하려고 들면 어떻게 될지 알았지. 서에 있는 당신 동료들이 전부 내 말보다 당신 말을 믿을 테지. 그들을 비난할 수도 없었어. 경찰이 찾고 있는 그 남자가 자기들 사이에 숨어 있다고 누가 믿겠어? 그리고 나는, 그러고 나면 당신이 나에게 무슨 짓을 할지 알았어. 그래서…" 노린은 체념의 한숨을 내쉬었다. "달리 갈 곳도 없지, 케이티는 거의 다 내려왔지, 예정일이 며칠 남지 않았지. 나한테 선택은 하나였어. 남아서 아무 말 하지 않는 것. 그리고 그 애를 보호하는 것. 내 딸을 보호하는 것."

"우리 딸이지." 짐이 정정했다.

노린이 징징거리는 동안, 그는 자신의 선택권을 살피고 있었다.

지금 그녀가 입은 상처는 벽에 부딪혔을 때 발생한 뒤통수의 둔탁한 충격뿐이었다. 그가 움켜쥐었던 팔 위쪽에 멍이 좀 들 수도 있었지만 아닐 수도 있었다. 그녀의 머리카락을 잡고 계단 꼭대기에 올라가 아래로 밀어버릴 수도 있었다. 하지만 그 비명은? 이웃이 들으면 어쩌지? 그걸 어떻게 설명하지?

그리고 그녀가 살아남으면?

노린은 고개를 젓기 시작했다, 마치 그의 생각을 읽을 수 있는 것처럼.

"편지가 있어." 그녀가 말했다. "변호사한테. 나한테 무슨 일이 생기면, 변호사가 케이티에게 편지를 전달할 거야. 그러면 그 애가 진실을 알게 되겠지. 그런 일이 생기게 하고 싶지 않아. 그리고 당신도 그런 일을 원하지 않을 테고."

그녀는 몸을 펴고 벽에서 떨어지며 중심을 잡을 수 있는지 시험했다.

"당신이 죽기를 기도했어, 짐. 매일 아침, 그리고 매일 밤. 신이여, 용서하소서, 하지만 그랬어. 하지만 우리는 여기 있네, 그 모든 세월이 지난 후에도. 그리고 그런 행운은 없었어. 그리고 이제," 그녀는 그 책들을 가리켰다. 바닥에 버려진 채 뒹굴고 있는 책 두 권을. "그게 전부 거기 있어, 저 빌어먹을 책에. 그리고 그 책이 이제 세상에 나와 있지, 온 사방에. 그리고 우리 집 문 두드리는 소리가 들리는 건 시간문제야, 그리고 나는…" 그녀는 숨을 깊이 들이켰다. "나는 더 이상 케이티를 보호할 수 없어, 짐. 당신만 가능해. 그러니까 부탁해. 부탁이니까 그 애를 보호해줘."

노린은 불안정한 발걸음을 한 발 내딛었다. 그러고는 다음 한 발.

복도를 향해서.
 짐은 그저 그녀의 뒷모습을 바라볼 뿐이었다.
 "이제 당신이 이 일을 끝낼 시간이야." 그녀는 말하면서 문간에 멈춰 섰다. "해야 할 일을 해. 내일 밤에. 더 늦으면 안 돼. 누가 물으러 오면, 당신이 여기 있었다고, 나랑 밤새 같이 있었다고 할게. 맹세해. 하지만,"—그녀는 몸을 돌려 손가락 하나를 그가 있는 쪽으로 세웠다—"그게 다야, 짐. 그게 끝이야. 우리는 이 일을 얘기하지도 않을 거고, 당신은 다시는 이런 짓을 하지 않는 거야. 안 그러면 케이티에게 당신에 대해서 내가 직접 말하겠어, 알겠어?"
 잠시 뒤, 짐은 고개를 끄덕였다.
 "좋아." 노린은 복도로 사라졌다. "나는 다시 자러 갈게." 짐의 귀에 그녀의 슬리퍼 신은 발이 마루에 질질 끌리는 소리가 들렸고, 이내 그녀가 계단을 올라가며 외치는 소리가 들렸다. "누구 다치기 전에 그 유리 치워."

 금요일 아침은 센터포인트에서 가장 바쁜 시간이었다. 평소에 짐은 이 시간을 좋아했다. 한 주간 그의 마지막 근무였고 그 시간은 빠르게 지나갔으니까. 하지만 오늘은 제대로 기능하는 인간처럼 보이는 데만도 가진 힘이 전부 들어갔다. 알람을 맞추는 걸 잊어서 샤워와 면도를 건너뛰어야 했고 센터에 도착하고 나서야 자신이 어제 입었던 땀에 전 셔츠를 입고 있다는 걸 깨달았다. 무딘 통증이 관자놀이에 모여들고 있었다.
 왜냐하면 노린이 알았으니까.
 내내, 알고 있었다.

짐은 어젯밤 사건을 아무리 돌이켜보아도 그 일들이 벌어졌다는 걸 믿을 수가 없었다.

빕빕.

그 소리에 짐은 현실로, 식품 코너가 시작되는 옆의 신문과 잡지 진열대로 돌아왔다. 무전기였다. 그는 벨트에서 무전기를 풀어 송신 버튼을 눌렀다.

"말하라."

"짐, 저 좀 보죠. 위층에 있어요."

스티브.

"나중에 가면 안 되나? 내가 이제 막…"

"카메라로 다 보여요, 짐보. 바쁘지 않네. 올라와요. 당장."

짐은 턱을 들고 몇 발짝 앞 천장에 달린 어안 렌즈를 한참 동안 물끄러미 쳐다보았다. 그런 다음 냉동식품 뒤쪽에 있는 '직원 전용' 문으로 향했다. 문 뒤에는 금속 계단으로 스티브의 사무실 문까지 연결되어 있었다.

스티브는 책상에 앉아 아침을 먹고 있었다. 그게 들어 있던 부스러기 가득한 종이봉투가 활짝 벌어진 채로 그의 노트북 키보드 위에 놓여 있었다. 그의 얼굴에는 브라운소스가 묻었고, 아마도 계란 프라이의 흰자인 듯한 작은 조각이 아랫입술에 붙어 있었다. 사무실은 기름과 오래된 커피 냄새가 났다.

분노가 짐의 목구멍으로 솟구쳤고 한순간 그는 자신이 질식할지도 모른다고 생각했다.

관자놀이의 무딘 통증이 고동치는 맥박에 맞춰 점점 늘어갔다.

"짐." 스티브는 입 안 가득 고기를 씹으며 말했다. "앉으시죠."

짐의 오른쪽 벽에는 쇼핑센터를 다양한 각도에서 보여주는 TV 모니터들이 달려 있었다. 그는 스티브가 자신을 보고 있던 카메라를 찾아보았다. 어찌나 확대했는지 신문의 헤드라인도 읽을 수 있었다.

그는 책상 앞의 빈 의자 두 개 중 하나에 앉았다. 스티브는 반쯤 먹은 롤을 내려놓고, 뒤로 기대어 짐을 쳐다보았다. 그는 웃었다. 입술은 기름으로 번들거렸다.

무슨 말을 할 참이든, 그는 그 말을 고대하고 있었다.

"당신을 해고해야겠어요, 짐."

스티브는 말을 멈추고 보란 듯이 반응을 기다렸다.

짐은 반응하기를 거부했다.

"불만이 접수됐어요." 그는 계속했다. "손님한테. 어제 오후에요. 그 여자 말로는, 이번이 두 번째고, 그 여자가 마트를 돌아다니는 동안 당신이 그녀를 쳐다보고 있었다는군요. 음흉하게 쳐다봤다는 게 그 여자 말이에요. 내가 카메라를 확인했어요, 짐. 여자가 진실을 말하고 있는 것처럼 보이더군요. 이미 불복종으로 한 번 경고가 있었고, 요전에 당신이 맥주를 훔쳤다고 생각했던 남자가 영수증을 계속 보여주려고 했다는 일도 있었죠. 규정 위반은 세 번까지예요. 알잖아요. 달리 어쩔 수가…"

한 번의 매끄러운 동작.

습격.

짐은 일어나 롤 나머지를 낚아채서 책상에 기대 한 손으로는 스티브의 목 뒤를 움켜쥐고 다른 손으로는 그 롤을 그의 입 안에 쑤셔 넣었다.

스티브의 치아에 짓이겼다.

더 깊이, 더 깊이, 그가 콜록대고 캑캑거리며 숨이 막히기 시작할 때까지 박아 넣었다.

짐은 멈추고 물러나 서서 스티브가 의자에서 일어나 책상 위로 몸을 구부리는 것을 지켜보았다. 스티브는 자기 목을 할퀴었다. 눈이 커지고 불거져 나왔다. 입이 벌어졌지만 약한, 쌕쌕거리는 소리만 흘러나올 뿐이었다. 얼굴이 급속도로 빨갛게 변했다. 그는 숨을 쉴 수 없었다.

짐은 10초, 15초 동안 아무것도 하지 않았다.

그런 다음 차분하게 책상 반대편으로 가 스티브의 등 뒤에 서서 그를 다섯 번쯤 세게 내리쳤다. 그의 몸통에 팔을 두르고 주먹으로 배꼽 바로 위를 누르고는 다른 손으로 그 주먹을 잡고 약간 위쪽으로 힘껏 끌어당겼다. 스티브는 바로 빵, 소시지, 계란을 책상에 토해냈다. 그는 책상 위쪽으로 몸을 굽히고 콜록거리고 캑캑거리고 헐떡거렸다.

"더 조심해야지." 짐이 말했다.

스티브는 그를 돌아보았다. 눈이 두려움으로 커져 있었다. 그는 짐에게서 한 발 물러났다. 그런 다음 다시 한 발.

그는 반대쪽 벽에 닿을 때까지 뒷걸음질 쳤다. 눈을 짐에게서 떼지 못한 채로.

짐은 웃었다, 만족스럽게.

그런 다음 휙 돌아서서 떠났다.

집에 왔을 무렵, 짐의 두통은 너무 심각해서 뇌가 해머로 변해서 두개골을 깨고 튀어나오려는 것 같았다. 그는 차를 천천히 진입로로 몰면서 눈 안쪽에서 더해가는 통증에도 불구하고 사고 없이 집까지 도착했다고 안도했다.

데릭이 옆집 진입로에 서서 차 문을 열고 있었다. 캐런이 그 늙다리 똥개를 어색하게 팔에 끼고 막 집에서 나왔다. 개는 큰 소리로 낑낑거리고 있었다, 어디가 아픈 듯이.

캐런은 작고 투명한 비닐봉투도 들고 있었다. 이 거리에서는 확실히 알 수 없었지만, 그 안에는 개 간식이 두어 덩이 들어 있는 듯 보였다.

그녀가 몸을 돌려 차에 앉아 그들을 쳐다보고 있는 짐을 보았다.

그는 인사로 한 손을 들어올렸다.

그녀는 그를 죽일 듯이 노려보았다.

짐은 웃어주었다. 어떤 표정이건 맘대로 지으라지. 그들은 그게 짐이었다는 사실을 절대 증명하지 못할 것이다.

그는 그들이 출발하기를 기다렸다가 집으로 들어갔다.

열쇠를 문에서 뽑기도 전에 노린이 현관에 나타났다. 걱정으로 초췌한 얼굴로.

하지만 저게 걱정인가? 어젯밤 이후, 그는 더 이상 아무것도 확신할 수 없었다.

노린에 대해서라면 더더욱.

"집에서 뭐 하는 거야?" 그녀가 말했다. "뭐 잘못됐어?"

"머리가 아파."

노린은 이 말의 진실성 여부를 판단하듯이 그를 자세히 들여다보았다.

"피곤하구나." 그런 다음 말했다. "가서 자. 파라세타몰 좀 갖다 줄게. 당신이 필요한 건 휴식이야."

다른 날 같으면 짐은 그녀와 말다툼을 벌였을 것이다. 그녀가 옳을 때조차 그편이 좋았다. 하지만 그는 너무 끔찍한 느낌이었고, 머리 통증이 너무도 강렬해서 아무 말도 하지 않았다. 그저 계단을 터덜터덜 올라가 그들의 방으로 향했다.

신발을 걷어차 벗고 커튼을 내리고 잠자리로 기어들어 이불을 머리 위까지 끌어올리고 빛을 차단했다. 하지만 어둠 속에서 통증은 더 강렬해지는 것 같았다.

너무 심해서 이제는 아무것도 생각할 수 없었다.

노린이 물 한 잔과 하얀 알약 두 알을 가지고 방으로 들어왔다. 짐은 그게 뭔지 확인할 새도 없었다. 그는 약을 꿀꺽 삼키고 다시 누워서 이불 밑으로 파고들었다.

너무 피곤했다.

하지만 할 일이 너무 많았다.

오늘 밤을 위한 계획을 짜야 했다.

준비해야 했다.

그의 머릿속 통증의 날이 무뎌지기 시작하자마자 짐은 꿈도 없는 잠으로 빠져들었다.

몇 시간이 흘렀다.

그가 깨어났을 때, 바깥은 어두워지고 있었다. 두통은 사라졌다. 그는 푹 쉬었고 개운했고 머리가 맑아진 느낌이었다.

준비가 됐다.

음식을 요리하는 냄새가 아래층에서 올라왔다.

짐이 부엌에 가보니, 노린이 스토브 위에 무언가를 휘젓고 있었다.
"앉아." 그녀가 말했다. "먹어."

그는 시키는 대로 했다.

그녀는 김이 피어오르는 로스트 치킨 접시를 그 앞에 내려놓은 다음 맞은편, 식탁 반대쪽 끝에 가서 앉았다. 그녀 앞에는 작은 물잔 하나 외에 아무것도 없었다.

짐이 음식을 먹는 소리 말고는 아무 소리도 없이 꽉 찬 1분이 흘렀다.

그런 뒤 노린이 말했다. "오늘 밤에는 당신을 보고 싶지 않아, 알겠어?"

짐은 포크로 찍은 치킨을 입에 가져가다 말고 그녀에게 무언가를 물어보듯 쳐다보았다.

"당신이 나갈 때 말이야." 그녀가 명확히 했다. "당신을 보고 싶지 않아. 당신이… 당신이 준비됐을 때. 당신이 그런 옷차림을 했을 때." 그녀는 멈췄다. "나는 그를 보고 싶지 않아. 무슨 말인지 알겠어? 나는… 그자를 만나고 싶지 않다고."

짐은 아무 말도 하지 않았다. 그는 다시 먹기 시작했다.

짐은 옷장 속에서 검은색 운동복 바지, 검은색 운동복 상의, 그리고 검은색 모자 달린 재킷을 찾아냈다. 로고나 기타 식별 가능한 마크 같은 것들이 없다는 걸 이중으로 확인한 다음, 그 옷들로 갈아입었다. 검은색 작업용 부츠에 발을 집어넣은 다음 끈을 묶었다. 휴대전화를 무음으로 설정해서 침대 옆 탁자 서랍 속에 넣었다. 그런 다음 아래층으로 내려가 현관문을 빠져나가 집 옆으로 돌아 창고로 향했다. 자정에 가까운 시간이었다.

마스크, 총, 장갑은 지난밤 그가 둔 대로 바닥에 그대로 놓여 있었다. 그는 그 물건들을 자신의 장비를 이루는 다른 물건들과 함께 여기저기 주머니들에 숨겨놓았다. 마당을 가로질러 집 뒤쪽, 파티오 문 바로 옆에 등을 붙였다. 시야에 들지 않도록 조심하면서 재빨리 거실 안쪽을 훔쳐보았다.

노린은 소파에 앉아 있었다. 몸은 그를 향하고 있었지만 고개는 TV 쪽으로 돌리고 있었다.

그는 집 주변을 돌아보며 창문들을 확인했다. 불은 꺼져 있는지, 커튼은 처져 있는지. 만족한 그는 마스크를 꺼내서 머리에 뒤집어 쓰고 끌어내렸다. 장갑을 꼈다. 재킷 안쪽에 손을 집어넣어 총을 꺼냈다.

그런 다음 파티오 문을 밀어 열고 안으로 슬쩍 들어갔다.

노린이 그 소리에 곧장 고개를 돌렸고 그를 보자 어설픈 비명 소리를 냈다.

하지만 그녀는 움직이지 않았다. 도망치지 않았다.

몸은 굳고 눈은 공포로 휘둥그레진 채로 소파에 그저 앉아 있었다. "제발, 짐." 그녀는 말했다. 턱이 덜덜 떨렸다. "제발 그러지…"

짐은 몸을 돌려 등 뒤로 문을 닫고 잠시 유리에 비친 자신의 모습에 감탄했다. 온통 검은색으로 차려 입은 크고 어깨가 넓은 형체. 눈을 드러내는 마스크의 좁은 틈만 제외하고는 몽땅 가려져 있었다.

마스크는 늘 그의 정체를 가려주었지만 이제는, 그러고 있자니, 그의 나이도 가려주었다. 눈 주변의 주름들과 눈썹의 하얀 털이 보일 만큼 가까이 들여다보지 않으면 누구도 그 마스크 뒤에 선 남자의 나이를 전혀 알아볼 수 없을 터였다. 그들은 그저 그가 남자라는 것만, 그들보다 강하고 크고 거대한 남자라는 것만 알리라. 그리고 이전에 그런 모습을 본 적이 있다면 그건 그들의 악몽 속에서였을 테다.

그의 뒤로 비치는 거실, 따뜻한 집 안 풍경은 그 효과를 강조할 따름이었다. 사람들은 마스크를 쓴 남자가 어둠 속에서 그들의 침대 끄트머리에 나타난다는 생각에 겁을 먹지만 불이 밝혀진 거실을 조용히 돌아다니는 남자를 목격하는 편이 훨씬 더 끔찍한 광경일 것이다.

그는 몸을 돌려 노린을 마주 보았다.

그녀에게 다가갔다.

"제발, 짐." 그녀의 목소리는 초조한 속삭임이었다. "이러지 말라고 부탁했잖아. 보고 싶지 않다고 했잖아. 제발."

그는 그녀 앞에 서서 노린이 고개를 들어 자신의 얼굴을 올려다볼 때까지 기다렸다.

그의 눈을 들여다볼 때까지.

그녀가 실제로 볼 수 있는 짐의 유일한 부분.

그는 총을 들어 그 차가운 총구를 노린의 얼굴 옆에 댔다. 총구로 그녀를 쓰다듬었다. 부드럽게. 애무하듯이.

"제발, 짐."

그는 총의 개머리판으로 그녀의 턱선을 쓸어내린 다음 목의 살집 부분에 찔러 넣었다.

그녀는 이제 울고 있었다.

"케이티를 생각해, 짐."

그는 더 세게 눌렀다.

"제발, 짐. 하지 마. 내가 잘못했어."

그는 자신의 입이 그녀의 귀와 평행을 이룰 때까지 몸을 굽히고 속삭였다. "짐이 누군데?"

자신의 목소리가 아니라, 그의 목소리로.

낫씽맨의.

노린의 몸 전체가 떨리기 시작했다.

그때 그것이 돌아왔다. 맹렬한 물결로 그를 덮치면서. 그의 피부에 스며들고. 그를 가득 채우고.

그에게 힘을 불어넣었다.

낫씽맨이 돌아왔다.

그리고 그는 이 일을 완전히 끝낼 준비가 되었다.

그는 몸을 펴고 물러섰다. 총을 재킷에 집어넣었다. 마스크를 머리 위로 벗어 접어서 주머니에 넣었다. 장갑을 벗어서 그것도 집어넣었다.

노린은 겁에 질리고 불안한 채로 그를 올려다보았다.

"내가 이 일을 하는 건 어쨌거나 할 일이기 때문이야. 당신은 내 주인이 아니야. 당신한테 명령 따위는 받지 않아. 지금도, 앞으로도. 알겠어?"

노린은 고개를 끄덕였다.

"좋아." 짐은 가려고 움직였다. "기다리지 마."

그는 뒷길과 2차 도로들만 이용하면서 교통 카메라들을 피했다. 패시지웨스트의 그 집은 엄밀히 말해 마을 안에 있지 않았고 마을에 닿기 전 메인 도로에서 왼쪽으로 급하게 꺾이는 좁은 길 아래쪽에 있었다.

짐은 그 굽이를 지나 차를 몰았다.

200미터 더 아래쪽에 하버 마스터라 불리는 버려진 펍이 있었다. 그 뒤쪽 50미터 정도는 작고 불빛도 없는 빈터였다. 짐은 그곳으로 들어가 차로 한 바퀴 돈 다음 온 방향으로 되돌아 나왔다. 그 집으로 이어지는 길에 도착했을 때, 그 길에서 차를 돌려 다시 한 번 빈터로 돌아갔다. 오가는 차량이 끊긴 틈에 하버 마스터에 도착할 때까지 이 흐름을 세 번 반복해야 했다. 아무도 그가 하버 마스터 안쪽에 들어가는 모습을 보지 못했고, 일단 그가 그 버려진 건물 뒤에 주차를 하고 나자 오가는 차량의 누구도 길에서 그의 차를 볼 수 없었다.

그는 시동을 끄고 차 속에 앉아 기다렸다.

오전 2시에 그는 걸어서 메인 도로를 건너, 그 골목길로 들어가 블랙의 집으로 향했다. 그의 총은 재킷 안쪽에 확실하게 들어 있었다. 재킷 바깥 주머니들에는 장갑, 마스크, 헤드램프, 그리고 기대되는 새 장난감이 있었다.

그 길에는 차량이 전혀 없었다. 가로등도 없었고 아무 소리도 들리지 않았다. 그는 외곽 지역이 실제로 얼마나 어두운지 잊고 있었다. 움푹 파인 구멍에 발이 걸려 거의 넘어질 뻔 했고, 2분 뒤에는 방향성이 사라지는 것을 느끼기 시작했다. 제대로 왔나? 벌써 그 집을 지났나? 그 길 아래로 이렇게까지 멀리 들어왔던 것 같지 않았다…

하지만 그때 친숙한 대문과 그 뒤로 어슴푸레하게 떠오른 집의 형체가 보였다.

블랙 가족의 집은 정확히 똑같아 보였다. 그 집은 부지 한가운

데에 무심하게 툭 떨어진 듯한 모양새였다. 마치 — 오늘날까지도—마당도 혹은 어떤 조경도 그 주변에 형성되지 않은 것처럼. 현관문 위에 전등이 켜져 있는 집 밖에는 차 한 대가 주차되어 있었다. 작은 해치백으로 회색이었다. 짐은 그 차가 이브의 것이리라 짐작했다. 집 앞쪽의 커튼들은 전부 드리워져 있었지만 현관문의 유리 너머로 희미한 불빛이 보였다. 복도 전등이 켜져 있었다.

짐은 그 집을 지나쳐 길 아래쪽으로 계속 걸으면서 덤불 사이에 더블린 번호판을 가졌고 두 따분한 형체가 안에 앉아 있는 주차된 차는 없는지, 혹은 어둠 속 어딘가에서 움직임은 없는지 살펴보았다. 둘 다 보이지 않았다.

만족해서, 짐은 되돌아가기 시작했다.

그는 이브가 어떤 식으로든 경찰의 보호를 받을 거라고 정말로 믿지는 않았다. 그녀는 자신이 거의 20년 가까이 살인충동을 느끼지 않은 늙은 남자를 찾고 있다고 생각했고, 경찰은 이렇게 오랫동안 지은 죄를 면피해온 범죄자라면 계속 그러고 싶을 거라고 가정할 터였다.

그는 대문에 도착했다.

이제는 눈이 어둠에 익어 대문이 바뀌었다는 걸 볼 수 있었다. 18년 전에는 빗살달린 철문으로 한쪽으로 처지고 페인트가 벗겨져 있었다. 문을 열기 위해 필요한 일이라곤 빗살 사이로 손을 집어넣어 빗장을 들어 올리는 게 전부였다. 이제 대문은 견고한 나무였고, 적어도 60센티미터는 더 높고 확실하게 잠겨 있었다. 그리고 전자 장치가 달려 있었다. 작은 키패드의 버튼이 어둠 속에서 녹색으로 빛났다.

그는 그 대문을 기어오를 수 없었다. 이제는 못 했다. 주변 생울타리 사이로 뚫고 지나가야 했다.

지금이야말로 차림새를 갖추기에 적절한 순간이었다.

우선 장갑. 두 세트. 하얀색 라텍스 장갑으로, 병원에서 쓸 법한 종류였다. 그는 뻔한 이유로, 경찰이 사용하는 표준적인 파란 종류를 제치고 이걸 선택했다. 그는 장갑을 끼우고 가능한 한 팔 위로 끌어올렸다. 재킷 소매 위로 5센티미터가량 올렸다. 그다음엔 그 위로 검은 장갑. 두 겹이 겹치니 움직임이 다소 제한됐지만 털의 소실을 막아주고 지문이 찍히지 않게 그를 보호해주었다.

그는 머리에도 같은 절차를 거쳤다. 먼저 고무 재질의 스컬 캡. 이게 어떤 용도인지 잘 알 수 없었지만 아마도 여자들의 미용과 관련된 것 같았다. 그는 이마까지 스컬 캡을 끌어내리고 머리카락을 그 아래로 집어넣었다. 검은색 니트 조직의 마스크는 그 후에 썼다. 얼굴과 목까지 끌어 내리고 그 밑단을 재킷 컬러 속으로 집어넣었다. 그는 편안하게 느껴지도록 마스크를 조절하고 눈만 드러냈다.

그는 손으로 가슴팍을 더듬어 총의 든든한 부피를 확인한 다음 생울타리가 가장 얇은 부분을 찾아보았다.

그 사이로 헤치고 들어갔다.

생각보다 더 쉬웠다. 그 사이로 오를 수 있게 충분히 큰 구멍을 내기만 하면 됐다. 반대쪽 땅에 세게 떨어졌고 찌르는 듯한 통증이 엉덩이까지 타고 올라갔으며 내일이면 틀림없이 멍이 들겠지만, 그는 안에 있었다. 이브의 땅에 들어왔다.

여기서부터는, 인내가 그의 가장 큰 자산이었다.

그는 덤불을 등지고 웅크리고 앉아 숨을 고르며 주변을 훑었다.

아무 소리도 없었다. 아무 움직임도 없었다. 자신이 이 밤에 거기 나와 있는 유일한 사람이라는 확신이 들자 그는 집 쪽으로 나아가기 시작했다.

가까이에서, 그는 자신이 맞았다는 것을 확인했다. 안에는 불이 하나만 켜져 있는 것 같았고, 그건 복도 천장에 달린 붙박이 조명이었다.

조명과 함께 집 안의 정적이, 이브가 집에 있지만 이미 잠자리에 들었다는 사실을 말해주었다.

그는 집을 한 바퀴 더 돌아보며 창문에 사람의 흔적이 비치지는 않는지, 벽에 경보 장치는 없는지 확인했다. 둘 다 발견하지 못했다. 동작 감지 경보의 빛이 그를 놀라게 하지도 않았고, 짖거나 긁어대는 개소리도 없었다.

그가 바랐던 대로였다.

짐은 뒷문으로 갔다. 머리에 두른 전등의 고무 밴드를 조정하고 자물쇠와 시선이 평행하게 되도록 몸을 구부리고 손을 뻗어 불을 켰다. 눈부신 스포트라이트가 자물쇠에 떨어지자 18년이란 세월이 사라져버린 것만 같았다.

이 집 안에 네 명의 사람들이 각자 침대에서 잠들어 있었다. 혹은 그렇다고 생각했다.

알고 보니, 그중 한 명은 깨어 있었다.

그리고 그녀는 희생자가 아니라는 것이 드러날 터였다.

밸리스레인의 그 집은 온실 문이 잠기지 않았다. 코벤트코트의 그 여자애는 현관문을 닫는 것이 잠그는 것과 같지 않다는 걸 자꾸 잊었다. 퍼모이는 사람들이 늘 들락거리는 건설 현장이었다. 하지만 이 집과 웨스트파크의 집은 뒷문 자물쇠를 따기 위해 짐이 집에서 만든 만능 열쇠가 필요했다.

오늘 밤 그에겐 새 장난감이 있었다.

짐은 손을 주머니로 뻗어 조심스럽게 픽건을 꺼냈다. 그 장치는 은색 전동 칫솔처럼 생긴 물건으로 칫솔모 대신 길고 얇은 바늘이 달려 있었다. 그는 마스킹 테이프로 바늘을 손잡이에 붙여놓았다. 이제 그걸 떼어냈다.

그는 몇 년 전에 가지고 있으면 쓸모가 있을 것 같아서 그 물건을 구입했다. 오늘 밤, 그건 그의 장비 중에서 가장 중요한 부분이 되리라.

조용히 그리고 빠르게 움직이면서, 짐은 그 바늘을 뒷문 자물쇠에 찌른 다음, 바늘을 구멍 안으로 밀어 넣었다. 이 일에는 요령이 있었고—바늘을 이리저리 움직이며 적절한 당김이 있기를 기다려야 했다—그리고 그 픽건이 기계적인 딸깍 소리를 냈다. 그의 옛날 만능 열쇠보다 훨씬 더 나았다. 몇 초 만에 문이 열렸다.

짐은 헤드램프의 스위치를 끄고 숨을 참으며 귀를 기울였다.

아무 소리도 들리지 않았다.

그는 픽건과 바늘을 집어넣고, 뒷문 손잡이를 누른 다음 천천히 밀어 열었다. 문은 조용히, 경첩의 끼익거리는 소리 없이 열렸다.

그는 안으로 들어갔다. 부엌의 어둠 속으로.

고요했다. 복도의 불빛은 부엌문과 문틀 사이 틈으로 겨우 보일 뿐이었다. 눈이 어둠에 익자 그는 달라진 것이 거의 없다는 것을 알 수 있었다. 지금은 가구도, 물건도 더 적었지만 배치는 그대로였다.

짐은 부엌을 가로질러 문을 열고 복도에 발을 내딛었다. 현관문은 이제 반대쪽 끝에 그를 정면으로 마주하고 있었다. 그는 마지막으로 여기 왔던 이래, 안전 체인과 더불어 데드 볼트*가 하나 더 부착된 것을 알 수 있었다.

양쪽에 하나씩 복도에서 통하는 문이 두 개 있었다. 두 문 다 약간씩 열려 있었다. 거실이 왼쪽, 서재는 오른쪽이었다.

짐은 앞으로 세 발짝 걸었고 몸을 돌려 계단을 쳐다보았다.

18년 전 그날 밤 그 일이 벌어졌을 때, 그는 바로 이 지점에 서 있었다.

그 순간이 모든 것을 바꾸었다.

당시 이 계단을 올려다봤을 때, 그는 꼭대기에 서 있는 유령 같은 작은 형체를 보았다. 계단 밑바닥에 뻗어 있는 망가진 몸을 내려다보고 있는 형체를.

"아빠…?" 그녀는 말했다.

작게. 불안하게. 마치 이 집에서 무슨 일이 벌어지고 있는지 혼란스러운 듯이.

방금, 한순간 전에 무슨 일이 벌어졌는지.

짐 역시 혼란스러웠다. 그는, 남자는 위층에 결박된 채로 기다리게 두고, 다른 한 여자애는 언제든 때가 되면 발로 차서 쉽게 열 수 있는 화장실에 숨어 있게 그냥 두고—그렇게 생각했다—아래층으로 내려왔다. 하지만 그때 어떤 소리가 들려서 복도로 돌아왔고 그 순간 그 일을 목격했다.

양팔을 앞으로 뻗고 층계참을 달려오는 작은 형체.

---

* Dead Bolt: 열쇠나 손잡이를 돌리면 금속 막대가 걸리는 식의 걸쇠.

계단을 굴러 떨어지는 어른의 몸뚱이.

계단 끝에 멈추었고.

정적이 흘렀다.

그 남자였다. 짐이 그를 결박했던 파란 밧줄이 아직도 그의 손목과 발목에 묶여 있었다. 하지만 그는 어떻게든 자신을 라디에이터에 묶어뒀던 밧줄을 풀어낸 모양이었다. 남자의 사지가 배열된 모양새는 생명과 전혀 양립할 수 없어 보였지만 확실히 하기 위해서 짐은 몸을 구부려 남자의 입술에 귀를 대고 숨소리가 들리는지 혹은 미약한 간질임이라도 느껴지는지 확인했다.

아무것도 없었다. 그는 죽었다.

짐은 계단 꼭대기에 선 그 여자애를 올려다보았다. 그 애의 눈은 남자의 몸에 꽂혀 있었다.

"아빠…?"

그런 다음 그 애의 시선이 들리고 그에게 똑바로 꽂혔다.

짐에게.

그제야 그는 자신이 마스크를 쓰고 있지 않다는 걸 깨달았다.

마스크는 부엌 식탁 위에 놓여 있었다. 그는 아래층으로 내려오면서 마스크를 벗었다. 복도의 불빛은 그가 여자애의 얼굴을 알아볼 만큼 충분히 밝았고, 그는 실질적으로 그 아래에 서 있었기 때문에 그 애에게 그의 얼굴은 훨씬 더 잘 보일 터였다.

이브 블랙은 그를 목격했다, 진짜 그의 모습을, 대낮처럼 선명하게. 하지만 그녀는 누구에게도 그 얘기를 하지 않았다. 그가 그녀가 한 짓을 목격했기 때문에.

그녀는 자신의 멍청한 책 속에 낯씽맨에게 질문할 목록을 가지고 있다고 썼다. 어쩌면 오늘 밤 그는 그 질문들을 하게 해줄 수도 있었다, 그가 먼저 그녀에게 자신의 질문을 던질 수 있다면.

그의 질문은 단 하나였다.

이유를 말해, 이브. 왜 자기 아버지를 죽였지?

그는 문을 밀어 열었을 때 복도에서 새어 들어온 불빛만으로 거실을 먼저 확인했다. 커튼들은 드리워져 있었다. TV 리모컨들은 커피 테이블 위에 가지런히 나열되어 있었고 그 옆에 반쯤 마신 차갑게 식은 찻잔이 놓여 있었다. 그는 가죽 장갑 한 짝을 벗고 TV 뒤쪽을 만져보았지만 라텍스 장갑 너머로 전해오는 온기는 전혀 없었다. 이 방에는 몇 시간째 아무도 없었다.

이브는 자신이 서재에서 잔다고 썼다. 그는 서재 문 밖에서 잠깐 멈췄다. 장갑을 다시 끼고 스스로를 다잡기 위해서, 준비하기 위해.

하지만 무언가 빠졌다.

18년 전이라면, 이 순간이—그가 자신을 드러내기 직전—정점처럼 느껴졌을 터였다. 아드레날린이 혈관으로 밀려들어 용기와 힘으로 그를 가득 채웠으리라. 그 기대감이 만져질 듯 뚜렷했을 터였다. 그 밤이 약속하는 바가 영원처럼 느껴졌을 테고, 그 시간은 무한한 가능성으로 무르익었겠지. 그는 흥분했을 것이다.

하지만 짐은 오늘 밤 그런 식으로 느끼지 않았다. 이상하게도 분리된 느낌이었다, 마치 그가 자신의 범죄 현장의 관중인 것처럼. 아마도 그녀를 보면, 일이 정말로 시작되면, 달라지리라.

그는 총을 꺼내 들었다. 서재 문을 열어젖혔다.

그리고 즉시 그 안에 아무도 없다는 것을 알아차렸다.

복도에서 스미는 빛이 텅 빈 침대를 비추기도 했지만 그 이상이었다. 그는 느낄 수 있었다. 공기가 너무 경직되어 있었다. 완전히 죽어 있었다. 그는 어쨌든 확인을 하기 위해 안으로 들어갔다. 낡은 털 이불 하나가 침대에 던져져 있었다. 그는 다시 장갑을 벗고 온기를 확인했다. 차가웠다. 오늘 밤 여기엔 아무도 잠들어 있지 않았다.

짐은 다시 복도로 나가 멈춰 서서 오줌이 쪼르륵거리는 소리나 수도꼭지에서 물이 흐르는 소리가 나는지 들어보았다. 아무 소리도 없었다. 웅웅거리는 장치 소리도 없었다. 집 안을 정리하는 소리도. 매트리스 스프링이 삐걱대는 소리도.

그는 이브 블랙이 거짓말을 했다고 결정을 내렸다.

다시.

그녀는 서재에서 자지 않았다. 위층에, 침실 중 하나에 있었다. 그는 그녀가 왜 그 사실을 인정하지 않았는지 알 것 같았다. 두 가지 가능성 다 으스스했으니까. 자기 엄마가 죽은 방에서 자거나 자기 동생이 죽은 방에서 자거나.

짐은 계단을 오르기 시작했다. 고통스러울 정도로 천천히, 한 발씩 무게를 더할 때마다 계단이 삐걱대지 않고 그를 지탱할지 확인하면서.

반쯤 올라갔을 때 무언가 달라졌다. 공기가. 갑자기 어떤 존재감이 느껴졌다. 마치 텅 빈 방에 한 대 놓인 소리 죽인 TV처럼.

그녀는 여기 있었다. 여기 침실들 중 하나에.

그는 느낄 수 있었다.

짐이 층계참에 다다르자 양쪽 침실 문이 모두 살짝 열려 있는 것이 보였다. 그 너머 공간에 가득한 어둠을 드러내면서.

세 번째 문, 화장실은 활짝 열려 있었다. 그는 안을 대충 확인했다. 텅 비어 있었다. 물탱크는 조용했고 세면대는 말라 있었다. 그는 다시 층계참으로 나와 다음으로 가까운 문에 다가갔다.

그녀의 문에.

이브가 한때 동생과 함께 썼던 그 방이었다.

안에 들어갈 필요도 없었다. 문간에 섰을 때부터 이미 그녀의 기척이 들렸다. 고른, 규칙적인 숨소리가.

그녀는 거기 있었다. 그리고 깊이 잠들어 있었다.

짐은 문을 밀어젖혔다. 층계참의 불빛이 카펫 깔린 바닥을 달려 침대로 밀려드는 것을 지켜보았다.

그녀는 이불 아래로 형태 없는 덩어리가 되어 있었고 맨발 한쪽은 내밀어 이불 위로 나와 있었다.

잠시 동안, 그는 그저 그녀를 지켜보았다.

그러면서 그는 멀리서 밀려드는 물결처럼 그것을 느꼈다. 그 느낌을.

모여들고.

쌓이고.

이쪽으로 다가왔다.

그는 방으로 들어갔다. 어둠 속으로 더 깊이. 이브의 침대 옆으로 가서 잠들어 있는 그녀의 형체 위에 섰다. 그녀는 옆으로 몸을 돌려 드러난 팔로 머리를 배고 있었다.

여전히 잠든 채였다. 깊고 고른 숨을 쉬면서.

그 오랜 시간 끝에, 이 순간이 왔다.

마침내.

그는 눈을 감고 이브의 숨소리를 들으면서 마음을 다잡았다. 그 물결의 영향이 정점에 달할 때까지, 그리고 정점을 깨고 노호하며 그를 덮칠 때까지, 그를 뚫고 나갈 때까지.

짐 도일을 씻어내고.

낯씽맨만을 남길 때까지.

그는 한 손으로 총을 들고 다른 손을 뻗어 헤드램프를 켰다.

그리고 완전히 잠에서 깨어 자신을 올려다보고 있는 이브 블랙을 마주했다.

그는 개머리판을 그녀의 목 옆에 붙이고 속삭였다. "게임을 해보자."

이브는 불빛에 눈을 찡그렸지만 그 외에는 거의 반응이 없었다.

그는 총을 더 깊게, 세게, 이브의 턱 바로 아래 부드러운 살을 파고들 때까지 찔렀다.

그녀는 고통스러운 신음 소리를 냈지만 움직이지도 꿈틀거리지도 않았다.

이브가 각오했다는 걸, 그는 깨달았다.

그녀는 이런 날이 올 줄 알았고 이제 그날이 왔고 자신이 어쩔 도리가 없다는 걸 안다.

"짐." 이브가 말했다.

그는 그녀의 귀에 입술을 대고 마스크 너머로 속삭였다. "너는 묶지도 않을 거야. 그냥 죽일 거니까."

빛줄기를 다시 이브의 얼굴로 돌렸을 때, 그는 그녀의 눈이 커지고 호흡이 얕고 빨라진 것을 보았다.

좋아.

"원하는 대로 해." 이브가 말했다. 숨이 가쁜 듯이, 겁에 질린 듯이 들렸다. "하지만 먼저 말해줘. 이유를 말해. 왜 그런 짓을 했지? 그 오랜 세월이 지났으니 나는 답을 들을 권리가 있어. 이게 끝이라면 어차피 달라질 것도 없잖아?"

짐은 이 점을 생각해보았다.

그는 완벽히 통제하고 있었다. 그 이점을 이용해야 했다. 총을 이브의 살에 대고 방아쇠를 당긴다. 1분이면 집 밖에 나갈 터였다. 차까지는 2분. 집까지는 10분이었다. 낯씻맨의 가장 유명한 생존자가 죽었다는 사실을 누가 알아차리기도 전에, 옷가지를 버리고 흔적을 지우리라.

하지만 그 역시 대답을 듣고 싶은 질문이 하나 있었다. 그리고 이브도 일리가 있었다. 여기까지 온 마당에 뭐가 달라지겠는가?

그는 총으로 계속 이브의 목을 누르고 헤드램프의 불빛으로 그 얼굴을 비추면서 침대 모서리에 앉았다. 다른 손으로는 그녀의 턱을 잡고 거칠게 그 얼굴을 자기 쪽으로 돌렸다.

그는 자신의 입술이 그녀의 입술에서 고작 몇 센티미터 떨어질 때까지 몸을 숙였다.

그녀는 절박하게 '안 돼'처럼 들리는 무언가를 중얼대고는 눈부신 그 불빛에 눈을 질끈 감았다.

그는 속삭였다. "너 먼저."

그런 다음 그의 평상시 목소리로—이제 연기할 필요가 없었다, 여기, 이 마지막 몇 분에 이른 지금은—그는 말했다. "내 질문에 대답하면 나도 네 질문에 대답하지." 그는 이브의 얼굴에서 빛을 거두면서, 하지만 총은 계속 겨눌 만큼 가까이에 붙어서 몸을 뒤로 물렸다. "왜 그랬지?"

이브는 눈을 뜨고 그에게 눈을 깜박거렸다.

"뭐가?" 그녀가 속삭였다.

"알 텐데. 거짓말할 거면, 그냥 지금 끝내주겠어."

하지만 그녀는 여전히 혼란스러워 보였다.

"내가 봤어." 그가 말했다. "네가 한 짓을 봤다고."

짧은 순간이 지났고, 이브의 얼굴이 변했다.

그녀는 고개를 저으면서 말하기 시작했다. "아냐, 아냐, 아냐, 안 돼. 제발."

그는 총부리를 그녀의 관자놀이로 옮기고 자유로운 한 손을 그녀의 목에 댔다. 손가락을 펼쳐 목을 감았다. 그리고 할 수 있는 한 세게 눌렀다.

이브가 비명을 질렀다.

그는 그녀가 헐떡이며 몸부림치기 시작할 때까지 그 피부를 움켜쥐었다.

"말해." 그가 내뱉었다.

그는 그녀를 놓아주고 그녀가 다급히 숨을 삼킬 때까지 기다렸다.

"마지막 기회야, 이브."

그녀는 이제 울고 있었다. 거세게. 뺨을 타고 흐르는 눈물이 손전등 불빛에 반짝거렸다.

그녀는 뭐라고 속삭였지만 그는 알아듣지 못했다.

그는 다시 말하라고 했다.

그녀가 말했다. "당신인 줄 알았어."

목소리가 갈라졌다.

"내 가족을 구하려고 했어." 이브는 말했다. "내가 아빠를 계단에서 민 건, 당신인 줄 알았기 때문이야."

당연했다.

좀 더 일찍 그걸 깨닫지 못하다니 바보처럼 느껴졌다. 그 오래전, 이브가 갑자기 양팔을 앞으로 쭉 뻗고 화장실에서 달려 나왔을 때, 그리고 계단 꼭대기에 서 있는 남자에게 달려들었을 때, 그녀는 자신이 짐을 밀었다고 생각했다.

하지만 이내 복도의 불빛 속에 누운 시신을, 그리고 거기 서서 자신을 올려다보는 짐을 보았고, 자신의 실수를 깨달았다.

끔찍한 실수를.

하지만 이제 그는 자신 역시 실수를 저질렀다는 사실을 알았다.

그는 계단을 달려 올라가 그녀를 죽였어야 했다, 그 자리에서 당장. 망설임 없이. 그녀는 자신의 얼굴을 봤고, 어쨌거나 그는 집을 나서기 전에 그럴 계획이었다. 하지만 그는 방금 그녀가 자기 아빠를 죽이는 걸 목격했다. 열두 살짜리 여자애가 그의 앞에서 자기 아빠를 살해했고 그는 이유를 알 수 없었다. 여자애가 나쁜 애였나? 혹은 아빠가 나쁜 사람이었나? 이 집 안에서 대체 무슨 일이 벌어지고 있던 거지?

짐은 알 수 없었다. 그는 갑자기 대량의 정보를 잃었다. 통제가 날아갔다.

그리고 다음 순간 그는 몸을 돌려 부엌을 지나 달아났다. 뒷문 밖으로 그리고 밤의 어둠 속으로.

하지만 같은 실수를 두 번은 하지 않을 터였다.

총은 이브의 목에 겨눠져 있었다. 짐은 왼손을 입으로 가져가 치아로 물어 가죽 장갑을 벗었다. 천천히. 눈은 내내 이브의 눈에서 떼지 않은 채. 그런 다음 그는 그 밑의 라텍스 장갑에도 같은 일을 반복했다.

"내 질문은?" 그녀가 물었다.

그는 그녀를 무시했다.

"왜인지만 말해줘." 그녀가 말했다. "왜 우린데? 왜 우리는 오설리번네 아이들처럼 그냥 가둬두지 않았는데?" 그녀의 목소리가 갈라졌다. "왜 우리 가족을 죽였지? 무슨 목적으로? 그리고 왜 나는 살려두고 떠난 거야? 애나는 왜? 작은 여자애를 왜, 이 변태 새끼야."

짐은 쉿 소리를 냈다. 그는 맨손으로 이불을 젖히고 턱을 낮춰 머리 위 전등으로 이브의 목의 매끄럽고 창백한 피부를 곧장 비추었다. 그리고 그 아래, 그녀 가슴이 둥글게 솟아오르는 부분을.

그는 맨손으로 그녀의 피부를 만졌다. 손바닥으로 피부를 눌렀다.

이브가 거부하면서 몸을 뒤틀기 시작했다.

그녀의 피부는 따뜻하고 매끄러웠다. 그녀는 목 부분이 깊고 둥글게 파였고 소매가 없는 탑을 입고 있었다. 그는 한 손가락으로 이쪽 어깨에서 저쪽까지 그 가장자리를 훑었다.

한 번은 왼쪽에서 오른쪽으로. 한 번은 오른쪽에서 왼쪽으로.

그런 다음 그는 그 손가락을 옷 아래로, 그리고 그녀 가슴의 부드러운 쿠션 아래로 슬쩍 넣어, 옷을 위로 밀어 올리고 손 전체를 안에 집어넣어 그녀의 맨 가슴을 움켜잡으며 손바닥에 단단하게 쓸리는 젖꼭지를 느끼고 손을 움직여 젖꼭지를 비틀고…

이브가 비명을 질렀다.

짐이 이제껏 들어본 어떤 소리보다 더 크고 꿰뚫는 듯한 소리였다.

하지만, 그 순간, 그 소리만 들린 건 아니었다.

그 소리 너머, 저 아래서, 한바탕 소음이 밀려들었다.

도대체 무슨…

발걸음.

고함.

사람들.

다음 순간 갑자기 사람들이 방으로 달려 들어오고 있었고 누군가가 소리치고 있었다.

"그거 버려! 무기 버려! 지금 당장!"

짐은 반응할 시간도 없었다.

번쩍임이 있었고 충격이 있었고 그의 몸 전체가 흔들리더니 침대 뒤쪽으로 나가 떨어져 바닥에 굴렀다. 그는 총을 놓쳤다. 옆으로 떨어지며 굴러 얼굴이 카펫에 처박혔다. 그는 방금 벌어진 일이 뭐든 그 진원지인 듯한 왼쪽 옆구리를 손으로 만져보았다. 손을 들어 얼굴에 대자, 손이 피로 물들어 있는 것이 보였다. 번들거리는 빨간색으로.

"괜찮아? 당신 괜찮아?"

새로운 목소리. 남자.

짐은 '아니'라고 말하려고 했지만 말이 나오지 않았다.

그는 돌아누워 무슨 일이 벌어지고 있는지 보려 했다. 반밖에 몸을 돌릴 수 없었지만 그 정도로도 충분했다.

에드 염병 힐리.

그는 침대에 앉아 울고 있는 이브를 팔에 안고 있었다.

방에는 검은 형체들이 가득했고 그에게 다가오며 몸을 구부렸다.

경찰.

총을 들고 야구 모자를 쓴.

무장 대응 팀.

고통은 잦아들기 시작했지만 짐은 이제 무슨 일이 벌어지고 있는지 깨달았고 그건 좋은 소식은 아니었다.

이제 당신이 이 일을 끝낼 시간이야, 노린은 그렇게 말했었다.

어둠이 시야 가장자리에 서서히 기어들었고, 그러다 갑자기 사방에서 밀려들어 마침내 한가운데 아주 작은 구멍의 빛만 남았다.

그리고 이내 아무것도 남지 않았다.

1년 뒤

케이티는 눈을 뜬 채 누워서 알람이 울리기를 기다리고 있다. 텐트는 덥고 답답하고 누군가 다른 사람의 채취가 풍긴다. 캠프 침대의 얇은 매트리스 스프링이 등을 찌르는 게 느껴진다. 무릎까지만 끌어올린 슬리핑백은 더운 땀을 내보내지 않아서 그 합성섬유의 안감이 종아리에 찰싹 들러붙는다.

케이티는 일어나기 전까지 몇 분 더 누워 있다가 알람을 해제하고 밝은 색상의 면 반바지와 그에 맞는 티셔츠로 된 유니폼을 입는다. 수건을 잡아채서 밖으로 걸어 나온다.

이 시간의 야영장은 버려진 듯이 느껴진다. 들리는 소리라곤 새소리와 멀리서 흐르는 물결의 부드러운 리듬뿐이다. 일기 예보는 또 섭씨 30도인 하루를 예고했고 공기는 이미 후덥지근하다.

케이티는 공동 화장실에서 길고 차가운 샤워를 마치고 야영장의 수영장 옆 카페에서 커피와 담배 두 개비로 아침을 때운다. 이론적으로 직원은 손님들 영역에서 유니폼을 입고 앉아 있으면 안 되고, 흡연은 더더욱 안 되지만, 아직 여기엔 웨이터와 수영장에서 그물로 나뭇잎을 건지는 남자 외엔 아무도 없다. 그들은 서로 프랑스어로 얘기하면서 케이티가 거기 없는 듯이 군다. 요사이 케이티가 바랄 수 있는 최선이다. 무시당하는 것.

케이티는 여기, 프랑스의 남서부 해안가에 자리한 해변 리조트에 몇 달째 머물고 있다. 리조트에서 가장 가까운 시내의 한 레스토랑에서 영국인 인터 레일러* 커플의 대화를 엿듣던 중에 이 일에 대해 들었고, 마침 마지막 남은 10유로를 따끈한 식사에 써버리고 해변에서 두 번째 밤을 보낼 참이었다. 케이티를 여기까지 태워준 프랑스인 남자는 그녀가 안전벨트를 매기도 전부터 음흉하게 쳐다보고 있었지만, 케이티는 더 이상 남자들이 두렵지 않았다. 무의미하게 느껴진다. 그녀는 이미 최악의 남자를 보았고 그를 자신의 아버지라 불렀다.

케이티는 시간과 날짜에 대해 별로 생각하지 않았지만 이제 한 계절이 저물고 새로 도착하는 사람들이 줄어들고 있으니 며칠 내로 9월이 될 거라는 사실을 무시하기 어려웠다. 모든 일이 끝나고 1주년이다.

케이티는 도피 중이다. 나머지 세계는 여기와 별개로 느껴진다, 아주 멀게. 케이티는 전화가 없다. 이 장소의 유일한 TV들은 바에 있는 것들로, 항상 축구 경기를 틀어놓는 것 같다. 일은 소소해서 생각할 필요가 없고, 수도원 같은 시설에, 나날이 단조롭고 단순하다.

그녀에게 잘 맞는다.

속죄다.

"저기요?" 한 손님이 — 지난 한 주간 리비에라 디럭스 모델 중 하

---

* Inter-Railer: 할인된 요금으로 기차를 타고 유럽을 횡단하는 주로 젊은 배낭 여행객들.

나에 가족과 함께 머물고 있는 작고, 웃고 있으며, 통통한 여자—케이티 앞에 서서 해를 가리고 있다. "방해해서 미안해요. 하지만 우리가 막 로스코프로 출발할 참이라서요. 혹시 이 책들 좀 바꾸게 잠깐만 리셉션에 들어가게 해줄 수 있을까요?" 여자는 딱 봐도 바닷물과 햇빛에 절은, 불어터지고 낡은 책 두 권을 들고 있다. 다른 손으로는 어깨 너머 아이들이 꽉 찬 차 한 대를 가리킨다. 남편이 운전자석에 앉아 있다. 그들이 쳐다보는 것을 알자, 그는 가리키듯 손목시계를 창문으로 들어올린다.

"그럼요." 케이티는 말하며 자신의 아침 식사를 재떨이에 비벼 끈다. "문제없어요."

손님들에게 말할 때마다 그녀는 최선을 다해 억양에서 아일랜드를 지운다. 일을 시작할 때 그 교훈을 얻었다. 내가 듣는 게 아일랜드 억양인가요? 어디요? 오, 거기 사촌이 살아요! 성이 뭐예요?

리셉션은 카페에서 몇 발짝 떨어진 개조된 이동 주택이다. 케이티는 문을 열고 손님이 먼저 들어가게 하면서 자신이 들어가기 전에 내부의 그 짙은, 답답한 공기가 견딜 만한 그늘이 되게 시간을 둔다.

책들은 문 바로 안쪽 스탠드에 있다. 책은 교환이 원칙이다. 한 권 두고, 한 권 가져가기. 여자는 들고 온 페이퍼백들을 두고 다른 책들의 책등을 살펴보며 고개를 갸웃거린다.

"음." 그녀는 말한다. "모르겠네… 이 책들 중에 읽은 거 있어요? 추천하는 책 있나요?"

케이티는 책들을 볼 수 있게 몇 발짝 더 다가간다. 지난주에 다른 고객이 극찬했던 역사소설에 눈을 돌린다.

"저 책이 정말 좋아요." 케이티는 말한다. "페르피냥이 배경인데,

여기서 멀지 않죠."

그 손님은 그 책과 프로방스에서 샤토를 복구하는 회고록을 가져 간다.

여자가 떠난 후, 케이티는 책들을 정리하느라 시간을 보낸다. 그게 뭔지 알아차리기도 전에 손이 먼저 올라가 있다. 그녀는 그 책을 이렇게 크기가 더 작고 얇은 표지가 달린 판으로 본 적이 없다. 새로 나온 것 같다. 책등의 색도 다르다. 글씨체도. 그 책은 사실, 그녀가 읽은 책과 완전히 달라 보인다. 같은 것은 제목과 작가뿐이다.

낫씽맨: 살아남은 자의 진실 탐구
이브 블랙

책등 아래쪽에, 잔글씨가 있다. *새 후기가 실린 개정판.*

케이티의 혀에 흡연의 뒷맛이 갑자기 시큼하다. 쓴 커피가 그게 아니면 텅 비었을 속에서 메스껍게 빙빙 돈다.

내려놔야 한다. 그녀에게 도움이 되는 건 하나도 없을 것이다. 더 이상은 자세히 알 필요가 없다. 그녀의 악몽들은 앞으로 수년간 지속될 연료가 이미 충분하다.

케이티는 이미 선반에서 책을 집어들 때도 계속 이렇게 되뇌고 있었다.

표지에서 아버지의 얼굴을 본다—얼굴의 반을. 나머지 반은 눈만 빼고 검은 마스크로 덮여 있다. 두 개의 이미지가 서로 섞여든다. 그녀는 한 손가락으로 그 가운데 경계선을 쓸어본다.

하지만 정말로, 그 남자에겐 관심이 없다.

케이티가 알고 싶은 것은 이브다.

그녀가 어떤지, 괜찮은지, 어떻게든 이 일을 넘기고 삶을 살아가고 있는지. 케이티는 간절히 그렇기를 바란다. 케이티는 종교적이지 않지만 온 우주에 바로 이 한 가지에 대해 조용히 기도해왔다.

케이티의 아버지는 강간범이자 살인범이었지만, 케이티는 그 사실을 알기 전까지 18년간 행복한 어린 시절을 보냈다. 그는 이브의 삶을 열두 살에 끝냈다. 두 부모를 앗아갔다. 어린 동생을 뺏었다. 그 시체들을 집에 내버려두어 그가 한 짓을 이브가 그대로 보게 했다.

케이티는 그의 모든 피해자들을 그녀의 마음속에 담고 있다. 여기엔 그녀의 엄마도 포함된다. 적어도 어렸고 순진했고 자신이 무엇과 사랑에 빠졌는지 알지 못했던 때의 엄마. 그 여자를 케이티는 애도한다. 그 여자는 이제 죽었을 테니까. 그러나 아직도 살아 있는 쪽 여자는 그가 무엇인지 알고 있었지만, 그 곁에 머물렀고 어떻게든 그를 도왔다. 케이티는 살아 있는 쪽 여자에게는 아무것도 느끼지 않는다. 타인이나 마찬가지다.

케이티가 가장 많이 생각하는 건 이브다.

케이티는 리셉션 문을 안쪽에서 잠그고 뒤쪽에 있는 옷장만 한 사무실로 들어간다. 그녀는 만약에 대비해서 그 문도 잠근다. 자리를 잡고 새로 추가된 부분을 찾아 책장을 넘긴다.

뜨겁고 퀴퀴한 공기를 깊이 들이마신다.

책을 읽기 시작한다.

덧

그 여자

내가 열두 살 때, 한 남자가 우리 집에 침입해서 내 엄마, 아빠와 그 당시에, 그리고 영원히 일곱 살일 내 여동생 애나를 살해했다. 내가 서른 살이 되었을 때, 나는 그 사건에 대한 책을 썼다. 책이 출간된 지 8일 뒤, 2019년 9월 6일에, 같은 남자가 같은 집에 침입해서 나를 죽이려고 했다. 그는 경찰이 쏜 총을 맞고 죽었다. 그의 이름은 짐 도일이었다.

이제 나는 당신에게 진실을 털어놓아야 하리라. 나는 《낫씽맨》의 초판에서 아주 중요한 사실 하나를 생략했다. 그의 이름을. 나는 그가 짐 도일이라는 것을 알고 있었다. 그가 어떻게 생겼는지, 어디서 사는지, 어떤 사람인지 알고 있었다. 에드와 나는 내가 이 책의 첫 번째 장을 끝내기도 전에 그를 찾았다. 하지만 우리의 증거는 정황 증거뿐이었다. 우리의 발견을 책으로 쓰는 것은 최선의 경우 의미가 없을 테고, 최악의 경우에는 명예훼손죄로 고소될 것이며 짐 도일이 분명 이길 터였다. 한동안 나는 이런 사항을 생략하면 이 책을 쓰는 자체가 의미 없을 것이라 생각해서 전부 취소하려 했다. 하지만 에드가 이 책이 그를 끌어낼 바로 그것일지도 모른다고 나를 설득했다. 그럴 수 있는 유일한 것일지도 모른다고. 그래서 나는 책을 썼고 출간했고 수천 명의 독자 여러분이 서점에 가서 책을 구입했고 그 점에 대해 여러분께 깊이 감사드린다. 지금까지 이야기를 전부 들려드리지 못한 것에 대해 나를 용서해주기 바란다.

내가 코벤트코트에 사는 크리스틴 키어넌의 이웃, 매기 배리를 방문했을 때, 그녀는 토거 경찰서에서 그 칼과 밧줄이 분실됐다고 내게 말해주었다. 내가 이 책의 초판에 포함시키지 않은 내용은 매기가 자신에게 그 사실을 얘기해준 경찰의 이름을 기억하고 있었다는 것이었다. 짐 도일. 당시엔 그 이름이 아무 의미도 없었다. 나는 그 칼과 밧줄을 분실한 것이 공동의 잘못이라고 생각했고 그 나쁜 소식을 전하는 일이 도일이라는 경찰에게 주어졌다고 짐작했다. 그 일은 에드와 내가 사건을 재검토하면서 만들고 있었던 마스터 파일에 추가할 또 다른 내용일 뿐이었다.

하지만 에드는 짐 도일을 알았다, 약간. 에드는 토거에서 그와 함께 일했다. 또한 그 전에 도일이 말로에 있었다는 것도 알았다—퍼모이에서 고작 30킬로미터 떨어져 있는. 게다가 토거는 여러 남쪽 지역들로 연결되는 코크의 주요 외곽 도로 바로 옆에 위치했다. 이를테면 캐리갤라인으로 이어지는 28번 도로 같은. 블랙록과 패시지 웨스트도 쉽게 접근할 수 있었다. 사실, 퍼모이, 말로, 코크시티를 지도상에 표시하면 깔끔한 삼각형이 만들어진다. 하지만 가장 에드의 관심을 끈 사실은 도일이 이전 근무지인 밀스트리트에서 말로로 전근된 이유였다. 도일은 발끈해서 뜨거운 액체가 담긴 컵을 상관의 머리에 집어던졌다.

에드는 2004년 여름에 찍힌, 짙은 남색 유니폼을 입은 짐 도일의 사진을 찾아냈다. 그 사진을 봤을 때, 나는 강한 반응을 보였다. 그렇게밖에 설명할 수 없다. 갑자기 열이 치솟고 머리가 텅 비고 공황 상태에 빠져 내 손에 들고 있던 그 출력물이 세차게 흔들리기 시작했다. 나는 떨고 있었다. 공황 발작이 일어날 것만 같았다. 왜냐하면 그건 그였으니까. 나는 낫씽맨의 사진을 보고 있었다. 본능적으로 그 사실을 알았다.

하지만 이성적으로 보자면, 내가 그걸 확실히 알 리가 없었다. 나는 그날 밤 우리 집에서 낫씽맨을 보지 못했다—혹은 적어도 그를 본 기억이 없었다. 하지만 내가 기억하는 것에는 내가 떠올리는 식의 사건들이 완전히 믿음직하지 않다는 점을 암시하는 차이점들도 있었다. 이제 나는 그날 밤에 대한 내 기억에서 완전히 사라진 부분이 있지는 않은지 궁금할 수밖에 없었다. 어쩌면 가장 중요한 부분이. 내가 실제로는 낫씽맨을 목격했지만 차단했을까? 어떤 상황이었을까? 그와 내가 말을 했을까? 그가 나를 해하려고 했나? 그가 나를 살려두고 떠난 이유와 관계가 있을까?

그 답을 얻을 유일한 방법은 낫씽맨 본인이 그 얘기를 해주는 것뿐이었다. 하지만 우리는 도일에게 접근할 수 없었다. 사진 한 장에 대한 정서적 반응이란 성공적인 기소 요건이 되지 않는다.

우리는 도일의 사진을 다른 네 명의 경찰 사진과 함께 퍼모이의 공사 현장 감독이었던 조니 머피에게 보여주었고, 처음에 그는 도일의 사진을 골랐다. 하지만 이내 재차 생각하더니 그는 다른 사진이 보다 더 '로넌 도너휴' 같다고 결정했고 최종적으로 자신의 선택을 고수했다. 밸리스레인에서 한 남자를 목격하고 경찰에 스케치를 제공한 클레어 바딘은 추적할 수 없었다. 하지만 그 스케치와 도일의 사진을 비교하니 분명한 유사점들이 있었다. 이쪽이 이름을 포함해서 이제껏 우리가 가졌던 가장 확실한 실마리였지만, 그 방정

식에서 내 반응을 빼고 나니―그래야 했다―도일을 내 가족을 살해한 남자로 지목하기에 충분한 근거는 전혀 남지 않았다. 더 많이 필요했다. 훨씬 더 많이. 부인할 수 없는, 실증적인 증거가. 짐 도일이 정말로 낫씽맨이더라도, 그걸 어떻게 증명할 수 있을까?

우리가 처음 만난 바로 그날 에드가 내게 경고했듯이, 낫씽맨은 꼼꼼한 범죄자였다. 그는 자신을 자신의 범죄와 연결 지을 만한 어떤 물리적 증거도 남기지 않았고, 그가 희생자들을 고른 방식도 너무나 정교해서 이후 거의 20년 가까이 드러나지 않았다. 우리가 그를 찾는다 해도, 자백이 없으면 유죄 선고는 불가능할 터였다. 그리고 기소를 유지할 물리적 증거도 없는 마당에 그가 왜 자백을 하겠는가? 책이 출간되면 어쩌면 그를 좀 흔들어서 언론에 접촉한다든가 친구에게 음주 중에 고백을 한다든가 하는 어리석은 짓을 하게 만들 수도 있을지 모르지만 장담할 수는 없었고 우리가 취할 수 있는 유일한 행동은 두고 보는 것이었다.

"유일한 다른 방법은 현장에서 그를 잡는 거겠지만, 그쪽은 20년쯤 늦었지." 어느 밤 늦게 에드가 내게 말했다.

그때 처음 그 생각이 머릿속에 떠올랐다. 《낫씽맨》을―그리고 작가로서 나 자신을―미끼로 쓸 수도 있겠다는 생각이.

2017년 여름에, 에드에겐 제이콥아일랜드에 코크 내항이 내려다보이는 아파트가 한 채 있었고, 그해 7월, 우리는 임대한 사무실을 정리하고 '《낫씽맨》 쓰기 작전 본부'를 그의 빈 방으로 옮겼다. 우리의 연구와 조사는 대부분 끝났다. 사건 파일들은 앵글시스트리트로 돌아갔다. 이제는 실제로 책을 쓰기 시작할 시간이었다.

에드가 도울 수는 있었지만, 이 부분은 사실상 내 책임이었다. 나는 낫씽맨과 오래전 그날 밤 그의 침입이 내 삶에 어떤 영향을 미쳤는지를 썼지만, 또한 낫씽맨에게 쓰기도 했다. 내가 치는 한 줄 한 줄을 읽어가는 그를 상상했다. 그의 범죄 장면에 이르면, 그가 기억을 되살릴 만큼 충분히 세세하게 묘사했다. 나는 사실 내가 그를 어떻게 생각하는지에 대해 그에게 분명히 전달하고자 했다. 그를 분노로 미쳐버리게, 특히, 나에게 광분하게 하고 싶었다. 평생을 숨는데 소비한 뒤에, 내 개인적인 안전에 대해 편집증적으로 집착한 끝에, 가까운 친구들에게조차 내 진짜 성을 말하지 않은 끝에 나는 이 책의 모든 독자에게 내가 코크에서 밤이면 어디서 자는지 털어놓았다. 내게 이 모든 일이 시작된 바로 그 집에 돌아와 있다고.

그를 포함한 모든 독자들에게.

《낫씽맨》은 모든 게 잘 진행된다면 낫씽맨이 한 번 더 범죄를 저지르도록 이끌 범죄 실화 책이었다. 하지만 내 계획이 먹힐지 나는 전혀 알 수 없었다.

책은 2019년 8월에 출간되었다. 정확히 일주일 뒤, 9월 5일에 출판사에서 코크시티 한가운데 있는 서점에 이벤트를 잡았다. 시작되기 직전에, 에드가 옆에 나타나 내 귀에 속삭였다. "짐 도일이 여기 왔어." 우리 둘 다 놀랍게도, 나는 그에게 몸을 돌려 이렇게 말했다. "나를 소개해줘요."

에드가 나를 그에게 데려갔을 때, 나는 이 일이 보통 나누는 인사인 척하겠다는 것 외에 아무 계획도 없었다. 그저 에드의 옛 동료를, 다른 경찰을 만나는 것이라는 것 외에는. 하지만 사람들이 갈라지고 그가 그 자리에 서 있는 모습을 봤을 때, 나는 그를 알아봤다—낫씽맨이 아니라 조사 과정에서 만났던 사람으로. 낫씽맨은 에드가 찾아낸 사진 속 경찰 유니폼을 입은 짐 도일처럼 젊고 강하고 호리호리했다. 하지만 이 짐 도일은 회색 머리카락이 벗겨지고 늘어진 살에 파묻힌 칠면조 같은 목에 옆구리는 불거져 있었고, 서점의 강한 조명 아래서 진땀을 흘리며 불편해 보였다. 그는 또한 내가 잃어버린 칼과 밧줄에 대해 얘기할 사람을 찾아 토거 경찰서를 방문했을 때 안내 데스크에 앉아 있던 그 남자 같았다.

나는 그에게 우리가 전에 만난 적이 있지만 그때는 내가 다르게 보였을 거라고 말했다. 인정한다. 나는 그를 가지고 놀고 있었다. 이것 역시 인정한다. 나는 즐겼다. 두렵지 않았다. 나는 사람들로 꽉 찬 공공장소에 있었고 에드가 옆에 있었으며 도일은 내가 아는 것을 몰랐다. 이번만은, 나한테 힘이 있었다. 에드가 도일은 아내에게 '끌려왔다'고 말했을 때, 나는 그에게 그의 이름이 책 속에 있다고 말했다. 그가 책을 확실히 읽도록 하고 싶었다. 이론적으로, 그건 거짓말이 아니었다. 그의 이름은—그의 다른 이름은—내 책에 등장했다. 아마도 100번도 넘게.

출간 이후 나는 패시지웨스트에 있는 그 집에 머물렀다. 에드의 반대를 딛고 나는 혼자 지냈다. 에드는 집 바깥에 보호 인력을 두거나, 심지어 집 안에 경비를 세우고 싶어 했고, 그에 실패하자 다른 사람들이라도 같이 지내게 하려 했지만 나는 거절했다. 도일이 낫씽맨이라면, 그 역시 전직 경찰이었다. 아무리 잘 숨어도 경찰의 존재를 눈치챌 터였다. 그리고 나는 다른 사람을 위험에 빠뜨리고 싶지 않았다. 우리는 패닉 버튼으로 타협했다. 내가 버튼을 누르면, 소리는 전혀 나지 않겠지만, 캐리갤라인 경찰서에 경보를 울릴 것이고 그곳 경찰들이 늘 경보에 대비하고 있을 터였다. 경찰들은 몇 분 내로 도착할 것이었다.

서점 이벤트가 열린 다음 날 밤, 9월 6일 금요일 오전 3시경에, 낫씽맨이 자신의 마지막 범죄 현장으로 돌아왔다. 나는 잠을 잘 자지 못해서, 그가 뒷문으로 들어왔을 때 깨어 있었다. 그는 아마도 서른 발짝 정도 떨어져 있을 터였다. 나는 패닉 버튼을 누르고 오래된 이불을 내 침대에 던져둔 후 내 방으로, 내가 애나와 함께 썼던 방으로 달려 올라갔다. 몇 분간, 나는 그가 아래층에서 돌아다니는 소리를 들었고, 이내 내가 정확하게 추측한 대로 그가 계단을 올라오는 수상쩍은 정적이 따랐다. 나는 그가 침실 문간에 나타나는 모습을 보았다. 총을 들고 마스크를 쓴 모습을. 그리고 내가 책 속에 썼던 그 여자들—앨리스 오설리번, 크리스틴 키어넌, 린다 오닐, 마리 미라—이 또한 목격했던 것과 정확히 똑같은 것을 보고 있다는 사실을 깨달았다.

내 엄마가 목격한 것과 같은 것.

그리고 애나가.

나는 이상하게도 그들과 더 가깝게 느껴졌다. 함께 있는 것처럼. 그들의 배타적인, 끔찍한 클럽에 합류한 것처럼.

하지만 나는 두렵지 않았다. 솔직히 내가 느낀 것은 안도였다. 나는 평생 두려워했던 그 일이 마침내 일어나고 있다는 사실에 안도했다. 더 이상은 두려워하지 않아도 된다는 뜻이었으니까.

그가 죽은 그날 밤에 짐 도일은 63세였다. 30년 넘게 결혼생활을 했고 그의 외동딸은 이제 막 2년차 대학 생활을 시작한 참이었다. 그는 높은 집세와 좋은 학교들로 유명한 코크시티 남쪽 교외 지역에 있는 평범한 ㄷ자형 집에서 살았다. 그는 경찰이었지만 그다지 뛰어난 경찰은 아니었다. 머그컵을 던진 일 외에도 사고들이 더 있었고, 심각한 일들은 아니었지만 그는 경찰에서 경력의 대부분을 '서류 작업'이나 하면서 근본적으로 가장 소소한 일들을 제외한 어떤 일에서도 배제되었다. 30년의 정년 기한을 채운 그날로 그는 은퇴했다.

그가 흐트러지고 있었다는, 그 오랜 세월 유지했던 통제력을 상실했다는 조짐들이 있었다. 그렇게 만든 것이 이 책인지는 알 수 없으나 적어도 세 권의 책이 그의 자택에서 발견되었다(그중 한 권에는 책 속에 메모까지 해놓았다). 나를 죽이러 오기 몇 시간 전에, 그는 여성 고객들을 불편하게 했다는 불만이 접수되어 슈퍼마켓 경비 일에서 해고되었다. 그 소식을 들은 뒤, 그는 음식을 목구멍에 쑤셔 넣는 기이한 방식으로 상사를 폭행했다. 같은 날 아침, 그의 옆집에 사는 데릭과 캐런 핀치라는 이름의 부부가 경찰에 누군가 자기네 개에게 독을 먹이려 했다고 신고했다. 그들은 경찰에게 자신들이 발견한 개 간식을 보여줬다. 안에 쥐약이 들어 있었다. 같은 쥐약이 든 봉투가 도일의 마당에 있는 창고에서 발견되었고, 함께 발견된 진공청소기의 봉투에서는 린다 오닐, 마리 미라, 그리고 내 엄마와 일치하는 DNA 흔적이 나왔다. 경찰이 도일의 아내를 심문했을 때 그녀의 옆얼굴에는 분명한 상처들이 있었다. 그녀는 경찰에게 아무 말도 하지 않겠다고, 자신은 낫씽맨에 대해 아무것도 모른다고만 말했다.

도일은 메이요카운티 캐슬바에서 1956년 7월에 태어났다. 그의 부모님이 결혼한 지 일곱 달 후였다. 당시 숀 덜레이니는 42세, 에머 도일은 21세였다. 결혼식 이후 에머는 덜레이니의 농장에 있는 집으로 들어왔다. 그들의 결혼생활이 어땠는지에 대한 기록도, 그에 대해 말해줄 수 있는 생존자도 없지만, 우리는 이 정도를 알아냈다. 덜레이니는 그 동네에서 술을 마시면 미쳐버리는 남자—폭력적인 술주정뱅이—로 알려져 있었고 1961년 12월 26일, 총으로 아내의 머리를 쏜 다음 그 총구를 스스로에게 돌렸다. 다섯 살이었던 짐은 다치지 않았지만 이웃이 신고하기 전까지 이틀을 그 집에 혼자 있었다. 경찰이 들어갔을 때, 그들은 소년이 자기 엄마의 죽어버린, 피로 얼룩진 시체 옆에 몸을 말고 깊이 잠들어 있는 것을 발견했다.

그 이후, 도일은 어머니의 여동생 아그네스와 살도록 더블린의 라스마인으로 보내졌다. 이모는 그에게 어머니의 결혼 전 성을 주고 지역 학교에 입학시켰으며, 그곳에서 그는 평범한 학생이었다. 아그네스는 사람들과 어울리길 즐기는 싱글 여성이었고 토요일 밤이면 어린 짐은 종종 10대 베이비시터들의 손에 남겨졌다. 그중 한 명인 진 롱이 그가 죽은 이후 내게 연락해왔다. 그녀는 그가 진지한 어린 소년에서 사람을 쳐다보고 부적절한, 성적인 것들을 입에 담는 다소 기분 나쁜 10대로 자라났다고 묘사했다. 그가 한 번은 그녀의 가슴을 움켜쥐려고 했다는 말도.

도일은 1974년 18세가 되자마자 군에 입대하려 했지만 신체검사에서 탈락했다. 아그네스는 이듬해인 1975년 4월에 뇌동맥류로 갑작스럽게 사망했다. 그 이후로, 도일에 대한 공공기록은 10년 이상 사라졌다가 1986년 1월, 위크로카운티, 에니스커리에서 18세의 메리 화이트(실명이 아님)와 결혼했다는 결혼 증명서가 등장한다. 몇 달 뒤, 도일은 경찰이 되었다.

그는 왜 그가 한 짓을 했을까? 나는 그에게 물어볼 기회를 갖지 못했다. 무장 경찰이 방으로 쳐들어와 도일이 무장한 것을 보고 우리 둘 중 누구도 말하기 전에 그를 총으로 쏴 죽였다. 다만, 우리는 왜 그가 멈췄는지, 왜 내 가족에 대한 공격이 그의 마지막이 되었는지에 대한 답은 얻은 것 같다. 닥터 위어는 연쇄살인범들이 살인을 멈추는 이유 중 하나는 그들이 '나이가 들어서'라고 했고 도일은 2001년에 45세였을 것이다. 하지만 박사는 때로 그들이 멈추는 이유는 그들의 환경에 변화가 있기 때문이라고도 말했다. 2001년은 그의 딸이 태어난 해이기도 하다.

짐 도일의 삶을 짧게 축약하자면, 그는 전반적으로 별 볼 일 없는 남자였다. 그는 자신이 시도한 모든 일에 실패했다. 군대에 들어가지도 못했고 경찰에서 진급에도 실패했고 경비로 일했던 슈퍼마켓에서조차 해고당했다. 내가 아는 한, 그가 죽은 날 아내의 얼굴에 난 상처들은 또한 그가 남편으로서도 실패했다는 사실을 가리킨다. 그리고 그의 딸이 남은 생을 그가 진정 누구였는지 알면서 살아가야 한다는 사실은 또한 아버지로서의 실패도 보장한다. 그를 아는 모든 이가 그를 싫어했고, 육체적으로도 그는 전성기를 한참 지났다. 반대되는 정보가 부재하는 것으로 보아, 그의 범죄 동기는 전형적인 연쇄살인범 동기 1번, 여성 혐오인 듯하다. 그가 여자들을 싫어한 이유는 그들이 그를 싫어했기 때문이다. 불행히도, 그조차도 평범하다. 닥터 위어가 지적했던 대로, 낫씽맨은 연쇄살인범에게 특히 잘 맞는 이름이다. "그를 찾아내면, 아마 그가 사실 얼마나 아무것도 아닌지에 대해 충격받게 될 거예요." 그녀는 내게 말했다. 그녀가 옳았다.

몇 달 전에, 에드가 내게 레이첼 먼로가 쓴 《야만적인 욕구: 여성, 범죄, 그리고 집착에 대한 네 가지 실화》라는 책을 건넸다. 그 표지에는 얼굴과 검은 머리가 피로 범벅이 된 채 죽어 있는, 노란 드레스를 입은 작은 소녀의 그림이 있었다. 다시 보고서야 나는 그 소녀가 사실은 인형이라는 사실을 알아차렸다. 나는 설명해주길 바라며 에드를 쳐다보았고, 이 남자가 정신이 나갔나 반쯤 의아해했다. 그는 포스트잇을 붙여 놓은 페이지를 가리켰다. 책장을 펼치자, 짙은 색의 번지는 연필로 밑줄을 그은 문장이 나왔다. *당신은 내게 혼자 살아가야 하는 행성으로 가는 티켓을 끊어주었다.* 〈피해자〉라는 소제목이 붙은 장의 한 문장이었다. 그 깨달음의 충격은 강렬했다.

수년간 나는 슬픔에 대한 묘사들을 모았다. 내가 느끼는 감정을 말로 옮겨줄 한 문장을 찾아서. 나 자신에게는 그런 말이 없었으니까. 하지만 그중 무엇도 결코 들어맞지 않았다. 이제는 그 이유를 안다. 낫씽맨이 우리 가족을 방문한 이후에 내가 겪은 것은 슬픔이 아니었다. 그저 슬픔만이 아니었다. 가족의 일원을 병이나 사고, 혹은 시간에 잃는 것은 고통스럽긴 하지만 사랑하는 사람을 잔혹한 범죄로 잃는 것과는 다른 종류의 고통이다. 후자는 보다 복잡하다. 그런 경험이 있는 사람이 많은 곳은 어디에도 없고, 그래서 후자는 당신을 모든 사람들과 분리한다. 나는 열두 살 이래로 분리되었다. 나는 그렇지 않았다면 어땠을지 알지 못한다.

나는 또한 엄청난 죄책감을 품고 있다. 그날 밤 그 집에서 다르게 행동했더라면. 내가 누군가에게 그 칼과 밧줄에 대해 말을 했더라면. 나는 살아남은 유일한 사람이었고 그럴 자격이 없었다. 한 명만 생존해야 했다면, 그 목록에는 내 이름 위로 세 명이 더 있어야 했다. 왜 나는 아무것도 하지 않았나? 왜 아래층으로 내려가 신고를 하지 않았을까? 왜 내 동생을 보호하지 않았지? 나에게는 아무 일도 일어나지 않았는데, 다치지도 않았는데, 어떻게 내가 스스로를 피해자나 생존자라 부를 수 있나?

그리고 나는 이 축복으로, 나의 탈출로, 이 모든 추가된 시간으로 무엇을 했던가? 아주 최근까지, 아무것도 하지 않았다. 나는 몽유병자처럼 생을 지나왔다. 살았다기보다는 존재했다. 나는 고통에 굴복했다. 그것이, 결국, 더 큰 죄책감을 불러일으켰다. 애나가 살았다면, 그 애라면 매순간을 최고로 만들었을 게 분명하니까. 그 애라면 가족을 꾸리고 직업을 갖고 자신이 받은 것 이상으로 베푸는 멋진 사람이 되었을 테니까. 그 애라면 낫씽맨에게서 살아남을 가치가 있었을 것이다. 나는 결코 그럴 수 없을 것 같다. 사람들은 내게 자신을 용서하라고 하지만, 장담하건대, 말은 쉽다.

반면에, 내가 할 수 있는 일이라곤 이 지상에서의 내 시간을 어떻게든 의미 있게 만들어보려고 노력하는 것뿐이다. 그건 이 책을 쓰는 일로 시작했다. 나의 엄마, 아빠, 그리고 애나는 그 안에서 불멸이다. 그 책을 읽는 모든 이들이 그들이 여기 있었다는 사실을 알게 되리라. 이 책을 쓰는 것은 또한 그들을 앗아간 남자를 잡는 데 일조했다. 그리고 신비하게도, 의도치 않게 이 일은 나를 올해 초 내 남편이 된 멋진 남자에게 이끌어주었다. 몇 주 안에, 우리 딸이 태어난다.

한 친구가 내게 최근에 말했다. 우리 딸이 낫씽맨이 우리 집에 들어온 그날 밤의 내 나이가 되면, 그 나이가 얼마나 순진하고 작고 어린 때인지, 10대가 되어가는 바로 그 순간까지도 얼마나 아이 같은지 알게 될 거라고. 그리고 마침내 내가 얼마나 어렸는지 알게 될 거라고. 그 친구는 이미 하지 않았다면, 그때는 내가 자신을 용서하게 될 거라고 한다. 나는 잘 모르겠다. 두고 보면 알겠지.

    거의 19년 전에, 짐 도일은 내게 혼자서 살아가야만 하는 행성으로 가는 티켓을 끊어주었다. 나는 가고 싶지 않았지만 그 문제에서 내 선택권은 없었다. 나는 너무 어리고 너무 무기력해서 그 여정을 되새길 수 없었고 완전히 길을 잃고 갈피를 잡지 못해 돌아오는 길을 찾을 수 없었다. 나는 아직 여기 있다. 최근까지도, 나는 영원히 그럴 거라는 사실을 받아들였다.

    하지만 예기치 못했던 어떤 일이 일어났다. 한 방문객이 도착했고 그는 돌아가는 길을 안다. 그는 나를 데리고 가겠다고 한다. 우리는 곧 떠난다. 마침내 나는 집으로 간다.

이브 블랙
2020년 더블린

작가에 대해서

이브 블랙은 자신의 파트너,
에드와 어린 딸 애나와 함께 더블린에서 산다.
《낫씽맨》은 그녀의 첫 번째 책이다.

THE NOTHING MAN

작가의 말

CATHERINE
RYAN HOWARD

내가 꿈꾸던 일을 가능하게 해주는 여러분에게 감사드린다. 나의 에이전트인 제인 그레고리와 데이비드 히그햄, 코브스/애틀랜틱 북스, 블랙스톤 퍼블리싱, 그리고 질 헤스 Ltd의 모든 분들에게. 새라 오키피에게, 고마워요, 고마워요, 고마워요, 고마워요(책 한 권마다 한 번씩!). 당신의 새로운 모험에 행운이 깃들기를. 탁월한 경찰 행정 자문인 케이시 킹에게도 감사한다. 그리고 이브의 작가의 말에서 자신들의 이름을 쓰도록 지원해준 트위터의 내 팔로우들에게도 감사드린다. 제목에 도움을 준 내 동료 작가인 메이슨 크로스(그리고 펄 잼)에게도. 책뿐 아니라 짐에게도 완벽한 이름이었다. 너무도 다정하게 내 작품을 지지해주는 서적상들, 리뷰어들, 독자들에게도 깊이 감사드린다. 나를 제정신으로 붙들어주고, 즐겁게 해주고, 프렌치 75s에서 마실 구실을 계속 제공해주는 헤이즐 게이너와 캐멀 해링턴에게도 감사한다. 엄마, 아빠, 존, 그리고 클레어, 전부 다 고맙지만, 네가 거기서 일하지 않는 한 서점에서 물건들을 건드리면 안 돼, 알겠니? 우리 이 얘기 했잖아…

연쇄살인범들에 대해 얘기하자라는 입술 모양 핀은 정말로 구입할 수 있다(나는 크리스탄 세인트 캣에서 내 것을 구입했다). 하지만 어이! 테드 번디는 매력적이지 않아!는 실제로는 자석에 인쇄되어 있고

(이것 역시 크리스탄), 내게 실제 범죄를 얘기해줘요는 뉴욕시티의 그리니치 레터프레스에서 구입한 카드에 쓰여 있었다.

나는 조셉 제임스 디앤젤로가 캘리포니아에서 체포되고 일주일이 안 되어 사망한 미셸 맥나마라의 《나는 어둠 속으로 사라질 것이다(I'll be Gone in the Dark)》를 읽다가 《낫씽맨》에 대한 아이디어를 얻었다. 아직 읽지 않았다면, 그 책을 읽어보길 권한다. 또한 오더블 오리지널(www.audible.com)* 〈악마는 이름이 있다(Evil Has A Name)〉 역시 들어보길 권한다. 또한 나는 레이첼 먼로의 책 《야만적인 욕구들(Savage Appetites)》 역시 강하게 추천한다.

최종적으로, 책임 소재에 대해서. 이 작품은 소설이다. 다시 말해서 내가 모든 걸 만들어냈다는 뜻이다, 사실들까지 포함해서.

---

* 오디오북 사이트 오더블에서 자체 제작한 콘텐츠를 말함.

낫씽맨
The Nothing Man

1판 1쇄 발행 2021년 6월 25일
1판 1쇄 인쇄 2021년 6월 28일

지은이 캐서린 라이언 하워드
옮긴이 안현주

발행인 김태환
편집 신진
표지 및 본문 디자인 Miso

펴낸 곳 네버모어
출판등록 2016년 1월 7일 제385-2016-000002호
주소 경기도 안양시 동안구 귀인로 258, 108동 305호
전화 070-4151-5777
팩스 031-8010-1087
이메일 nevermore-books@naver.com
SNS https://twitter.com/nevermore_books

ISBN 979-11-90784-08-5

※ 이 책은 네버모어가 저자와의 계약에 따라 발행한 것이므로
   본사의 서면 허락 없이는 어떠한 형태나 수단으로도 이 책의 내용을 이용하지 못합니다.

※ 잘못된 책은 구입처에서 교환해 드립니다.

※ 책값은 뒤표지에 있습니다.